이번 한 번은 살려드립니다

FINLAY DONOVAN KNOCKS 'EM DEAD
by Elle Cosimano

이번 한 번은 살려드립니다

FINLAY DONOVAN KNOCKS 'EM DEAD

엘 코시마노 장편소설

김효정 옮김

INFLUENTIAL
인 플 루 엔 셜

등장인물

- **핀레이 도너번 :** 로맨틱 스릴러 작가. 이혼 후 아이 둘을 키우고 있다.
- **베로니카 루이스(베로) :** 핀레이의 아이들을 돌보는 베이비시터이자 둘도 없는 파트너.
- **스티븐 도너번 :** 핀레이의 전남편. 농장을 운영한다.
- **델리아 :** 핀레이의 다섯 살배기 딸.
- **재크 :** 핀레이의 두 살배기 아들.
- **조지아 마거릿 :** 핀레이의 언니. 형사.
- **니콜러스 앤서니(닉) :** 형사. 조지아의 동료로, 핀레이와 잘될 뻔했다.
- **줄리언 베이커 :** 로스쿨 학생. 핀레이의 연하 남자친구.
- **테리사 홀 :** 스티븐의 약혼녀. 미모의 부동산 중개인.
- **애이미 샤피로 :** 테리사의 절친.
- **이리나 보로프코프 :** 러시아 마피아 행동대장인 안드레이의 부인.
- **펠릭스 지로프 :** 러시아 마피아의 보스. 거물급 악당.
- **실비아 바 :** 핀레이의 출판 에이전트.
- **브리 :** 스티븐이 운영하는 농장의 직원. 그에게 푹 빠졌다.
- **해거티 부인 :** 마을의 감시자.

차례

일러두기

본문의 주는 모두 옮긴이가 독자의 이해를 돕기 위해 붙인 것입니다.

1

크리스토퍼가 죽었다. 동틀 무렵 툭 불거진 눈을 멍하니 뜬 채 수면에 동동 뜬 모습으로 발견되었다. 내가 딱히 누구를 죽인 적은 없지만, 이 죽음만큼은 100퍼센트 내 책임임을 인정해야 했다.

"당신 잘못이 아니에요." 베로니카가 나의 긴 검은 스웨터 소맷부리를 위로하듯 살짝 쥐었다. 달리 입을 옷이 없었다. 잠에서 깨자마자 초상을 치를 줄 누가 알았겠나. 그런데도 내 아이들의 젊고 세련된 베이비시터는 어느새 몸에 딱 맞는 슬랙스에 우아한 올림머리, 명품 블라우스로 완벽하게 격식을 갖추고 있었다. 그녀가 희미하게 미소 지었다. "일부러 그런 것도 아니잖아요."

딸아이는 보드라운 손을 내 손에 맡긴 채, 몸을 내 옆구리에 밀착했다. 울어서 두 눈이 빨갰다.

"설명서 글씨가 너무 작았던 걸 어쩌겠어요. 그 나이에 읽기에는—"

"나 서른한 살이거든요?"

"그러니까요. 그 깨알 같은 글씨를 똑똑히 읽을 수 있었겠냐고요. 지나치게 먹인 탓이죠. 그뿐이에요."

"배고파 보였다고요." 내가 생각해도 궁색한 변명이었다. 하지만 딜리아 방에 들어갈 때마다 어항 속 크리스토퍼가 동그란 눈으로 간절하게 나를 바라본 건 사실이었다.

"그랬겠죠." 베로가 반질반질한 입술을 오므리며 내 어깨를 토닥였다. "당신 나름대로 한다고 했겠죠, 핀."

금붕어는 자기를 죽인 범인을 지목하듯 볼록한 배를 내 쪽으로 내민 채 뿌연 물 위에 떠 있었다. 크리스토퍼는 딸 딜리아가 제 아빠에게 받아온 선물이었지만, 나는 애초에 그가 나를 곯리려고 물고기를 샀다고 확신했다. 안 그래도 감당 안 되는 내 삶에 책임을 하나 더 보태어 허덕이는 꼴을 지켜보다가, 나를 자괴감에 빠뜨리고 양육권을 빼앗겠다는 속셈이었다. 나를 버리고 부동산 중개인인 테리사와 약혼한 후로 스티븐은 내 무능을 증명하지 못해 안달 난 사람처럼 굴었다. 테리사와 파혼한 후에는 정도가 더 심해졌다. 나는 저 빌어먹을 물고기에게 제법 정성을 쏟았다. 글을 써서 버는 보잘것없는 수입으로 스티븐 없이도 아이들과 반려동물까지 먹여 살릴 수 있다는 것을 증명하고 싶어서였다. 딜리아, 재크, 크리스토퍼까지 나 혼자, 또는 베로의 도움이 있다면 제대로 건사할 수 있다는 것을 보여주고 싶었다.

하지만 내 보살핌 속에서 크리스토퍼는 채 한 달을 버티지 못했다. 재크는 제 아빠에게 고자질하기엔 너무 어리다지만 딜리아는 절대 비밀을 지키지 않을 것이다. 크리스토퍼의 부고가 스티븐의 귀에 들어가는 것을 막을 방법이 없었다. 그는 야비한 이혼 변호사 가이에게도 그 소식을 전할 테고, 법정에서도 떠벌릴 것이다.

"존경하는 재판장님, '증거물 A'라 표시된 비닐봉지 속 금붕어에 주목해주십시오. 사망한 물고기는 전처의 관리하에서 겨우 3주 만에 유명을 달리했습니다. 고로, 제 전처는 분명 우리 아이들의 양육자로 부적격입니다."

지난 한 달 사이 내 관리하에서 죽은 인간이 있다는 사실(그리고 베로와 내가 그 시체를 처리한 장소)까지 알게 되면 스티븐은 뒷목을 붙잡고 쓰러질 것이다. 베로는 실제로 그 전략을 진지하게 고려했다. 적어도 스티븐이 그 소식을 듣고 진짜 죽을 확률은 희박하다고 판단할 때까지는. 한 달 전, 북적대는 샌드위치 가게에서 내가 에이전트와 함께 소설을 구상하며 나누는 대화를 우연히 들은 퍼트리샤 미클러라는 여자가 내게 5만 달러를 제시하며 자기 남편을 죽여달라고 했다. 그녀의 남편 해리스는 러시아 마피아를 위해 돈세탁을 하던 추잡한 남자다. 약에 취해 어쩌다 내 미니밴에 탄 해리스를 실제로 살해한 사람은 내가 아니었지만, 그의 아내는 내가 그랬다고 굳게 믿었다. 퍼트리샤는 친구 이리나에게도 나를 소개했다. 이리나의 남편은 잔인하기 그지없는 마피아 행동대장이다. 그녀의 남편도 사고로 죽었다. 그런데도 두 여자는 고마워하며 내게 돈을 건넸다. 덤으로, 누가 인터넷에 내 전남편의 살해를 의뢰하며 거금을 걸었다는 소식까지 알려주었다.

베로가 녹색 플라스틱 뜰채를 내밀었다. "한 말씀 하시죠."

재크가 오동통한 다리를 움직여 어항 쪽으로 걸어왔다. 까만 셔츠 밑으로 오글오글 주름이 잡힌 기저귀가 보였다. 재크는 끈끈한 손가락으로 서랍장 모서리를 꽉 쥐고 까치발을 하더니, 턱에서 침을 질질 흘리며 손가락을 어항에 댔다. 달리아는 윗입술에 콧물을 번들번들하게 묻힌 채 훌쩍이며 나의 추도사를 기다렸다. 베로에게서 뜰채를 받아 들고 소곤거렸다. "무슨 말을 하라고요?"

베로는 나를 어항 쪽으로 밀었다. "그냥 크리스토퍼한테 좋은 말 몇 마디 해줘요."

그물을 가슴에 대고, 슬픔에 잠긴 다섯 살배기를 달랠 말을 찾느라 머리를 쥐어짰다. 잠에서 깨자마자 어항에 과자 조각처럼 떠 있는 반려동물을 발견한 아이는 내내 울고불고 난리를 쳤다. 나는 작가다. 말을 엮어서 먹고사는 사람. 이런 추도사쯤은 술술 나와야 마땅하다. 하지만 크리스토퍼를 볼 때마다 전남편의 얼굴만 떠오르는 게 문제였다. 스티븐을 죽이고 싶어서는 아니었다. 뭐, 그랬던 적도 없지 않다. 가끔. 아니, 거의 항상. 그가 입을 열 때마다. 하지만 스티븐이 부동산 중개인과 눈이 맞아 나를 떠난 후로 우리가 얼마나 아웅다웅했든, 스티븐은 우리 아이들을 사랑했고 아이들도 그를 사랑했다. 그리고 나는 달리아와 재크에게 상처를 줄 마음은 추호도 없었다.

스티븐이 죽기를 바라는 사람이 있긴 하다. 하지만 나는 아니다.

"크리스토퍼한테 무슨 말을 해주면 좋을까?" 뭔가 아이디어를 주려나 싶어 베로를 흘끔 돌아봤다. 베로는 입꼬리를 씰룩대며 손짓으로 재촉했다. "그는 착한 물고기였습니다. 우리 모두의 충실하고 변함없는 친구였던 크리스토퍼는……."

내 요가 바지가 확 당겼다. "크리스토퍼의 미소가 어땠는지도 얘기해줘." 달리아가 검은색 레오타드 소매에 콧물을 닦으며 말했다. "물방울을 얼마나 멋지게 뿜었는지도." 아이는 내 옆구리에 달라붙어 스웨터 주름에 얼굴을 파묻었다. 재크의 조그만 이마도 덩달아 우그러졌다. 그나마 지금이 무슨 상황인지 이해하기에는 재크가 너무 어리다는 데 감사하며, 딜리아의 절절한 마음을 대신 표현한 다음 뜰채로 크리스토퍼를 건져냈다.

딜리아에게 다리를 붙잡힌 채 엄숙하게 복도를 지나 욕실로 이동했다. 장례 행렬의 끝은 재크를 허리춤에 걸치고 뒤를 따르는 베로였다. 우리는 뚜껑 열린 변기에 둘러서서, '퐁당' 소리와 함께 변기통에 떨어지는 크리스토퍼에게 마지막 인사를 했다.

물을 내리려는데 딜리아가 내 팔을 잡았다. "안 돼, 엄마!"

"보내야 해. 영원히 변기 안에 둘 수는 없잖아."

"왜 안 돼?" 아이가 흐느꼈다.

"왜냐면……." 나는 베로에게 애원하는 눈빛을 보냈다. 《임신한 당신이 알아야 할 모든 것》이라는 책에 확실히 이런 상황에 대한 지침은 없었다. 환불이라도 받아야 하나.

"왜냐하면." 베로가 거들었다. "좀 있으면 썩은 내가 날 거라—." 나는 베로의 발을 꾹 밟았다.

"그치만 다시는 못 보는 거잖아." 딜리아가 흑흑거렸다.

딜리아의 코에 맺힌 방울을 내 소매로 닦아주었다. "우린 언제까지나 크리스토퍼를 기억할 거란다." 딜리아 등쌀에 못 이겨 '#금붕어스타그램'에 올린 수십 장의 사진도 남아 있다.

"가게에 가서 다른 물고기를 사면 돼." 미처 말리기도 전에 베로의 입에서 튀어나온 말이었다. 딜리아가 자지러지게 울음을 터뜨렸다. 재크도 아랫입술을 파들거렸다.

"다른 물고기는 싫어!" 딜리아가 통곡했다. "크리스토퍼 같은 물고기는 없어!"

"그래 맞아." 아이 둘이 울부짖는 통에 목소리를 높여야 했다. "크리스토퍼 같은 물고기는 절대 없지. 우리, 크리스토퍼를 생각하면서 잠시 묵념할까?"

딜리아가 입을 닫았다. 아이들이 몸서리를 치며 훌쩍대는 소리를 제외하면 욕실 안은 고요했다. 내가 먼저 고개를 숙였고, 베로도 고개를 떨어뜨릴 때까지 옆구리를 팔꿈치로 쿡쿡 찔렀다. 꼬박 1분을 그러고 있다가 레버로 손을 뻗었다. 이번에는 딜리아도 말리지 않았다. 주황색이 빙글빙글 돌다가 자취를 감췄다.

베로가 딜리아의 눈물 젖은 뾰족 머리를 가만히 쓰다듬었다. "자, 딜리아. 이모가 쿠키 만들어줄게."

"너무 많이 주지 마요." 내가 당부했다. 우리 엄마가 군부대 하나를 먹이고도 남을 칠면조와 속재료를 준비하고 있었다. 식사 전에 아이들 입맛을 버려놓으면 엄마는 나를 가만두지 않을 것이다.

베로가 꽥꽥거리는 재크를 데리고 아래층으로 내려갔다. 딜리아는 뭉그적대다가 변기를 마지막으로 한 번 쳐다보고 둘을 따라 주방으로 향했다.

전등 스위치에 손을 뻗다가 멈칫했다. 욕실로 돌아가 변기 물을 다시 내렸다. 나는 운이 별로 없는 사람이다. 죽은 시체가 돌아와 나를 괴롭히지 않으리라는 보장이 없다.

2

한 시간 후, 베로와 나는 딜리아와 재크를 카시트에 앉혔다. 베로가 아이들의 뺨에 붙은 쿠키 부스러기를 닦아 증거를 인멸하는 사이, 나는 조그만 여행 가방 두 개를 차 뒤로 끌고 가서 트렁크에 실었다.

"짐은 뭐 하러 쌌대요?" 베로가 물었다.

"오늘 아침에 스티븐이 이메일을 보냈어요. 다른 집으로 이사했다면서 주말에 아이들을 데려가고 싶대요." 아이들의 침실과 장난감을 벌써 정리해놨고 주방에 식료품도 채워뒀다며, 그는 포콰이어 카운티에 새로 임차한 전원주택 사진까지 첨부하는 정성을 보였다. 변호사 가이를 참조로 넣고서. 가이는 '아이들이 지내기에 딱 좋은' 공간을 찾은 스티븐을 칭찬하는 답장을 우리 둘 다에게 보냈다. '이제 집 갖고 꼬투리 잡을 생각 마'를 변호사식 화법으로 표현한 게 틀림없다.

스티븐과 약혼했던 여자가 체포되면서 나는 한동안 아이들을 스티븐의 농장 근처에도 못 가게 할 수 있었다. 농장에 묻혀 있던 시체 다섯 구가 발견되고, 곧이어 테리사 홀이 입건되자 스티븐은 그녀에게 파혼을 선언했다. 그 후 몇 시간 만에 테리사의 타운하우스를 나온 그는 사무실로 쓰는 농장 트레일러의 소파에서 지내기 시작했다. 스티븐과 변호사는 그가 다시 자리 잡을 때까지 아이들을 데려가는 것을 중단하기로 했다. 그런데 베로와 나는 알고 스티븐과 변호사는 모르는 사실이 있었다. 인터넷 커뮤니티에 스티븐 도너번을 없애주는 사람에게 10만 달러를 지급하겠다는 게시물이 올라왔다는 사실. 베로와 내가 조사해본 바, 그 웹사이트는 '엄마들의 공감과 소통의 장'으로 어설프게 위장한 사이버 범죄 소굴이었다. 불만 가득한 중년 여성 수백 명이 속 썩이는 남편, 직장 상사, 애인 등을 욕하는 익명의 대화 공간이자 돈깨나 있는 여자들이 그런 남자들을 없앨 방법을 찾는 곳.

아이들을 차에 태우고 문을 닫으면서 베로는 경악한 표정을 지었다. "설마 애들을 아빠한테 보낼 생각은 아니죠?"

"당연하죠. 친정에 전화해서 아이들을 며칠 맡아줄 수 있느냐고 물어봤어요. 스티븐한테는 이미 다른 일정이 있다고 답장을 보냈고요."

베로가 밴에 오르며 음흉한 미소를 지었다. 눈썹을 움찔거리며 은밀히 속삭였다. "사흘 내내 아이들을 떼어놓겠다고요? 주말에 줄리언을 초대해 알콩달콩 소꿉놀이를 하고 싶은 거라면, 나는 며칠 사촌 집에 가 있을게요."

우리 집 주방, 또는 내 침실에 있는 줄리언을 상상하자 얼굴이 달아올랐다. 민망한 마음에 백미러를 슬쩍 보니, 재크는 이미 카시트에서 고꾸라졌고 딜리아는 언저리가 붉어진 눈을 감을락 말락 하고 있었다. "소꿉놀이 할 시간이 어딨어요?" 젊고 섹시한 대학원생과 단둘이 주말을 보내는 것도 구미가 당겼지만 내겐 훨씬 중요한 용무가 있었다. "그런 게시물을 누가 올렸는지 밝혀내야죠. 아무도 스티븐을 죽이지 않을 거라는 확신이 들기 전까지는 아이들을 안심하고 보낼 수가 없잖아요." 더구나 월요일 아침 9시까지 에이전트에게 보내야 할 원고도 있었다.

나는 시동을 걸다가 툴툴대며 마지못해 돌아가는 엔진 소리에 당황했다.

베로가 넌더리를 냈다. "월요일에 당장 새 차 사러 가요."

"이 차 아직 쌩쌩해요. 당신 사촌이 얼마 전에 고쳐줬잖아요."

"겨우 반창고나 붙인 정도죠. 차가 완전 맛이 갔는데요."

중요한 부품만은 흔들려 떨어져나가지 않기를 기도하며 기어를 넣었다. 낡아빠진 닷지 캐러밴이 덜컹대며 진입로를 내려갔다. "지금은 새 차 살 여건이 안 돼요. 내가 돈을 어디에 쓰는지 스티븐이랑 변호사가 눈을 부릅뜨고 감시하잖아요."

"커뮤니티에 올라온 일을 당신이 맡으면 살 수 있죠. 10만 달러면 끝내주는 차를 뽑겠는데요."

"돈 때문에 전남편을 죽이는 일은 절대 없어요." 뒷좌석에 잠든 아이들을 힐끗 돌아보며 목소리를 낮췄다.

"스티븐의 변호사를 죽이면 우리한테 얼마쯤 이득일까요?" 베로가 슬며시 물었다. 나는 그녀를 째려봤다. "진정해요. 농담이니까. 하여간 저 변속기, 오래 버티진 못하겠어요. 에이전트한테 쓰고 있다고 거짓말한 그 책을 빨리 써내는 수밖에 없겠네요."

"안 그래도 그럴 생각이에요." 나의 에이전트인 실비아 바는 내가 한 달 전에 시작했어야 할 책의 샘플 원고를 내놓으라고 성화였고, 출판사는 올해 안에 소설이 마무리될 거라 기대하고 있었다. "이번 주말에 작업 좀 하려고요. 어차피 도서관에 갈 거니까." 베로와 나는 이 지역 공공 도서관 10여 군데를 차례로 돌며 커뮤니티에 올라온 일을 수락한 사람이 있는지 확인했고, 컴퓨터를 쓴 다음에는 검색 기록을 꼼꼼히 삭제했다. 한 달이 지나도록 아무 성과가 없었지만, 누가 내 아이들의 아빠를 죽이고 싶어 한다는 사실에는 변함이 없었고, 이제 스티븐에게 집이 생긴 만큼 아이들을 떼어놓을 변변한 구실도 없어졌다. 필요하다면 주말 내내 도서관에 있을 작정이었다. 그 여성 커뮤니티를 샅샅이 뒤져 누가 게시물을 올렸는지 밝혀야 했다. 아마도 스티븐에게 버림받았거나 농락당한 숱한 여자들 가운데 하나일 것이다. 그 여자가 무슨 짓을 꾸몄는지 알아내 경찰에 익명으로 제보하면 내 역할은 끝난다.

"나도 도울게요." 공원 도로에 들어서는 순간, 베로가 제안했다.

"우리 둘 다 주말을 낭비할 필요는 없잖아요. 데이트 같은 거 안 해요?"

"난 안 해도 돼요. 당신이 두 사람 몫을 하고 있잖아요."

공원 도로를 보던 눈길을 베로에게 돌렸다. 베로는 나더러 제대로 꾸미고 외출 좀 하라고 늘상 잔소리를 했다. 하지만 요즘 들어 점점 집에만 틀어박히는 사람은 베로였다. 커뮤니티 칼리지에서 수업을 듣는 날을 제외하면, 저녁 시간에 나랑 아이들과 잠옷 차림으로 영화를 보며 빈둥거리는 데 만족했다. "당신도 일단 집 밖으로 나가야 누굴 꼬시든가 말든가 할 텐데요."

베로가 눈을 부라렸다.

"거시경제학 강의에서 만났다는 토드라는 남자는 어때요?"

"미시경제학이거든요." 그녀가 '미시'를 강조하며 대꾸했다. "애인이랑 알몸으로 뒹굴고 싶어서 내가 꺼져주기를 바라는 거면, 나는 사촌이랑 주말 내내 미식축구나 볼래요."

도로를 살피면서 그녀를 뜯어보느라 차가 비틀거리자 옆 차선 남자가 경적을 빵 울렸다. "이모님이 편찮으셔서 올해 추수감사절에는 가족 모임이 없다면서요."

"아픈 거 맞아요. 엄마가 간호하고 있어요." 베로가 사촌인 라몬과 유난히 가깝다는 건 나도 잘 알았다. 우리 집으로 들어오기 전에는 사촌네 집 소파에서 지냈다고 들었다. 하지만 그것 외에 베로는 이상할 정도로 가족 얘기를 하지 않았다. 함께 지낸 한 달 동안, 그녀의 가족은 집으로 전화 한 번 하지 않았다. 어머니와 이모 둘 다 다리만 건너면 되는 메릴랜드 주에 사는데 내가 알기로 베로는 한 번도 그곳에 다녀온 적이 없었다.

"라몬도 집에 있을 거면 둘이서 같이 저녁 먹지 그래요?"

베로가 피식 웃었다. "라몬이 생각하는 집밥은 배달된 맥앤치즈예요. 차라리 당신이랑 명절을 보내는 게 나아요." 베로는 창밖으로 고개를 돌렸다. 그녀가 뭔가 숨기고 있다는 느낌을 떨칠 수 없었지만, 내 부모님이 사는 동네로 들어서는 순간 더 캐묻지 않기로 마음먹었다. 어차피 때가 되면 다 털어놓을 테니까. 가족도 속 썩일 때가 있다. 나도 모르지 않았다.

엄마와 아빠는 조지아 언니와 내가 어릴 때 살던 집에 아직 살고 있다. 한때는 지금보다 더 조용했던 버크 교외의 2층짜리 콜로니얼

벽돌 건물이었다. 진입로에 차를 대는 순간 엄마가 현관문을 활짝 열었다. '할머니는 못 하는 게 없지'라고 쓰인 앞치마가 기름과 밀가루로 얼룩져 있었다. 집에서 풍기는 칠면조 구이와 속재료 냄새에 군침이 돌았다. 나는 아이들을 깨워 집으로 이끌었다. 부모님 가까이 산다는 건 해마다 닷새쯤은 참 좋다. 나머지 360일은? 별로 좋을 게 없었다.

엄마가 딜리아를 현관으로 끌어당겨 포옹을 하다가 머리를 보고 얼굴을 찌푸렸다. 덕테이프와 가위 사건 이후로 손가락 마디 하나쯤 삐죽삐죽 자란 짧은 금발을 출발 전에 베로가 옆으로 빗어 분홍색 머리핀을 꽂아주었다. "그새 많이도 컸네! 이게 몇 달 만이니!"

"지난주에도 봐놓고선." 한쪽 팔에는 기저귀 가방을, 다른 팔에는 호박파이를 든 채, 엄마가 내민 두 팔에 재크를 안겼다. 엄마는 재크의 뺨에 묻은 초콜릿 얼룩을 닦아주고는 나를 흘겨보며 아이에게 입을 맞췄다. 그러더니 코를 찡그리면서 기저귀 가방으로 손을 뻗었다.

"미안. 출발하기 직전에 갈았는데 차가 어찌나 막히던지."

조지아가 벌써부터 손에 맥주병을 든 채 복도에 나타났다. 엄마가 눈을 치뜨며 하느님을 불렀다. "왜 그래?" 조지아가 영문을 모르겠다는 투로 물었다. "술도 시간 정해놓고 마셔야 하나?"

"아이고 머리야." 엄마가 중얼거렸다. 하지만 여행 가방 두 개를 문턱 위로 끌고 오는 베로를 보자 금방 표정이 환해졌다. "베로 양이죠? 반가워요. 우리 집에 와줘서 고마워요." 키득거리는 재크를 사이에 두고 두 사람은 어색한 포옹을 나눴다.

"저도 꼭 뵙고 싶었어요."

“가방은 저기 둬요.” 엄마가 문을 닫으며 대충 층계 밑을 가리켰다.

“어서 와요, 베로. 추수감사절 즐겁게— 아얏!” 조지아가 앓는 소리를 냈다. 딜리아가 달려들어 그녀의 다리를 으스러지도록 껴안고 있었다.

“조지아 이모, 다음 주에 우리 유치원에 와줄 수 있어? 직장의 날이거든.”

“직장의 날?”

“‘직업의 날’ 말하는 거야.” 나는 호박파이를 복도 테이블에 놓고 코트를 벗었다.

딜리아가 까치발로 섰다. “친구들한테 이모가 경찰이라고 자랑했더니 총을 보고 싶대.”

조지아가 핀이 헐거워지도록 딜리아의 머리를 헝클었다. “네 엄마랑 얘기해볼게. 할아버지한테 가봐. 쿠키 드시는 중일 거야.” 딜리아는 미식축구가 요란하게 중계되는 거실로 향했다. 조지아는 우리에게 맥주를 들어 보였다. 맥주병이 입술에 닿기도 전에 엄마가 재크를 언니의 가슴팍에 떠안겼다. 경찰다운 반사 신경으로, 조지아는 스웨터를 타고 미끄러지는 재크를 다른 쪽 팔로 붙잡았다.

“손님방에서 재크 기저귀 좀 갈아줘라.” 엄마가 기저귀 가방을 조지아의 발치에 떨어뜨렸다.

조지아의 눈이 휘둥그레졌다.

베로는 두 손을 쳐들고 뒷걸음질했다. “왜 나를 봐요? 오늘은 쉬는 날이라고요.” 베로는 거실로 피신해, 우리 아빠의 뺨에 입을 맞추고는 나란히 소파에 앉았다.

조지아가 코를 킁킁댔다. 삐쭉 나온 그녀의 입술을 보고 재크가 킥킥거렸다. "애 좀 데려가, 핀. 내가 처리하긴 역부족이야." 언니는 아이를 내게 내밀었다. 차라리 폭탄을 해체하라면 더 반길 사람이었다.

나는 언니의 손에 들린 맥주병을 빼내고, 기저귀 가방을 옷걸이에 외투 걸듯 팔에 걸어주었다. "전술배낭이라고 생각해." 언니를 토닥이며 말했다.

조지아는 기저귀 가방을 쳐다보며 애원하듯 내 이름을 불렀다. 나는 조지아의 맥주를 꿀꺽꿀꺽 마시며 고구마 조림과 칠면조 속재료의 달콤하고 고소한 냄새에 이끌려 주방으로 향했다. 식탁 의자에 앉아 눈을 감고 맥주를 홀짝이며 짧은 평화를 즐겼다.

묵직한 뭔가가 식탁에 쿵 하고 놓였다. 한쪽 눈을 떠보니 꼬투리와 줄기가 엉킨 껍질콩이 바가지에 수북했다. "내가 구이에 양념 바르는 동안 이것 좀 다듬어라." 엄마가 오븐 장갑을 끼며 말했다. 나는 한숨을 쉬며 맥주병을 내려놨다. 엄마는 오븐에서 김이 모락모락 오르는 칠면조를 꺼냈다.

"책은 어떻게 돼가?"

"잘되고 있어." 거짓말이었다.

엄마는 팬 바닥에 고인 육즙을 흡입기로 빨아들이며 나를 곁눈질했다. "돈은 받았어?"

"절반만. 나머지는 탈고하면 받을 거야." 다 쓴다면 말이겠지만.

"그 절반은 아껴둬라. 혹시 모르니까."

"뭘 혹시 몰라?"

"변호사를 구해야 할지도 모르잖아." 엄마는 끙끙대며 칠면조를 다시 오븐에 넣었다. 내가 돕겠다고 나설 필요는 없었다. 엄마에겐 직접 해야만 하는 일이 있었다. 명절 만찬을 준비하고 가족에게 먹이는 일을 엄마는 죽을 때까지 놓지 않을 터였다. 내게 콩 다듬는 작업을 맡긴 건, 일부러 망치고 싶어도 그럴 수 없는 일이기 때문이었다. "스티븐의 변호사가 아직도 애를 먹이니?"

나는 고개를 홱 들었다. "괜찮아, 엄마. 내가 감당할 수 있어."

"스티븐이 아이들을 일주일에 한 번 만나는 데 동의한 줄 알았다."

"이제 집을 구했다면서 매주 금요일 오후부터 월요일 오전까지 데리고 있겠대."

엄마는 넌덜머리가 난다는 듯 식탁에 도마를 쾅 내려놓고 칼을 탁 내리찍었다. 스티븐이 테리사와 결혼을 마음먹은 후 확보하려고 용을 쓰던 단독 양육권에 비하면 공동 양육권은 참아줄 만했다. 하지만 이제 아이들을 몇 집 건너가 아니라 아예 행정구역이 다른 동네에 3박 4일간 떼놔야 한다. "참 괴물 같은 놈이야." 엄마가 파슬리를 맹렬히 난도질하며 말했다.

"괴물은 아니야. 심사가 뒤틀렸을 뿐이지." 심사가 뒤틀린 이유는 테리사와의 관계가 잘 풀리지 않았기 때문이다. 농장에서 시체 다섯 구가 발굴되면서 사업에 타격을 입었기 때문이다. 이제는 내가 스티븐 없이도 먹고살 만큼 돈을 벌고 있기 때문이다.

"네가 만난다는 젊은 남자 때문에?"

그 때문인지도 모른다.

내가 누구를 만나는 게 스티븐은 어지간히 눈꼴사나웠던 모양이다. 내게 공연히 분풀이를 하고, 한 주도 거르지 않고 가이와 통화하면서 내 양육권을 야금야금 뺏을 계략을 세우는 걸 보면.

엄마가 한쪽 눈썹을 찡긋했다. "조지아가 그러는데 그 남자 아직

아르바이트한다며? 대학교도 졸업 안 했다던데.”

“대학원생이야.”

“너한테는 너무 어리잖아. 네 또래를 만나야지. 너랑 아이들을 부양할 수 있는 안정된 사람 말이다.”

“나 자신과 아이들은 내가 부양할 수 있어.”

“너한테 남편이 있으면 스티븐이 저렇게 아이들을 빼앗으려고 날뛰겠어? 어림없지.”

나는 엉망이 되어버린 껍질콩 그릇을 옆으로 밀쳤다. “엄마랑 아빠는 왜 항상 나한테만 남편감 구하라고 성화야? 조지아한테는 안 그러면서.”

“조지아에겐 건강보험이랑 퇴직연금이 있잖아.”

한숨을 쉬며 머리를 싸쥐었다. 엄마가 이렇게 나오면 할 말이 없었다.

“네 언니 동료라는 그 참한 남자는 어때?” 엄마는 국자를 허공에 휘저으며 그의 이름을 떠올렸다. “파트너가 암 투병 중이라는, 검은 머리에 늘씬한 남자 있잖아. 오래전에, 조지아 경찰학교 졸업식 날 한번 봤는데 인물이 어찌나 훤하던지.” 엄마는 은밀한 정보라도 되는 양 목소리를 낮췄다. “게다가 가톨릭 신자란다.”

나는 달아오른 얼굴을 감추느라 맥주병을 들어 입술에 댔다. 니콜러스 앤서니 형사가 꽤 잘생기긴 했다. 키스 실력도 기가 막혔다. 하지만 가뜩이나 그에게 환상을 잔뜩 품은 엄마에게 더 이상의 정보는 필요치 않았다. 닉이 샴페인을 들고 우리 집에 찾아와 내 의도를 오해했다며 사과한 지 한 달이 지났지만, 그와의 말다툼을 떠올리면 나는 여전히 괴로웠다. 내 동기는 순수했다 쳐도, 닉의 말이 틀리지 않았다는 것이 속상했다. 곤경을 벗어나려고 그에게 거짓말한 나 자신을 용서할 수 없었다.

"언니 직장 동료는 안 만나." 나는 딱 잘라 말했다.

"알았다. 조지아가 그러는데, 너랑 사귄다는 그 청년은 변호사가 될 거라며? 스티븐을 상대하는 데 도움을 받을 수도 있겠네."

"그쪽 법은 아니고." 줄리언은 형법 전공이다. 물론, 우리 관계가 얼마나 아이러니한지는 나도 잘 안다.

"그 청년이 아이들은 만나봤고?"

"아니." 줄리언은 우리 집에 오겠다고 한 적이 없고, 나도 초대한 적이 없다. 우리는 주로 줄리언이 일하는 술집에서 만났다. 아니면 그의 아파트에서. 보통은 침대에서, 가끔은 소파에서, 한번은 주방 바닥에서. 나는 맥주 한 병을 더 꺼내면서, 화끈거리는 얼굴을 숨기느라 열린 냉장고 문에 머리를 박고 서 있었다. 줄리언과 나는 진지한 사이가 아니었다. 우리가 정확히 어떤 사이인지도 모르겠다. 그와 같이 있는 시간과 섹스가 즐거울 뿐. 지금으로선 다른 건 필요 없다. 내겐 베로와 아이들, 안정된 수입이 있다. 가끔씩의 황홀한 오르가슴만으로 충분하다.

"돈을 모아야 하는 이유는 차고 넘친단다, 핀레이. 남자 없이 혼자 사는 여자는 저축을 더 열심히 해야 돼. 비상금이 꼭 필요하다고."

"알아서 하고 있거든." 냉장고를 닫고 맥주 뚜껑을 따면서 대꾸했다. 마피아의 돈, 시체, 내 남편이든 남의 남편이든 속 썩이는 남자는 이제 필요 없다.

주방 문이 휙 열리더니 경찰기동대 장비로 중무장한 언니가 재크를 한 팔에 끼고 들어왔다. 열린 헬멧 창으로 관자놀이에 흐르는 땀

방울이 보였다. "상황 종료." 언니가 꽁꽁 싸맨 기저귀를 휴지통에 던지며 선언했다. 재크가 팔에서 꿈틀대며 빠져나와 거실로 뒤뚱뒤뚱 걸어갔다. 조지아는 내 옆자리에 털썩 앉아 헬멧을 벗었다.

"역시 해낼 줄 알았어."

"그래도 언제 또 비상 상황이 터질지 알 수 없잖아. 저 아이는 언제 배변 훈련을 시킬 거야? 그리고 딜리아가 말하는 '직업의 날'은 또 뭐고?"

언니에게 내 맥주를 건넸다. "이번 주 화요일인데, 유치원에 어른을 초청해 직업에 대해 이야기를 듣는 행사야."

"네가 가면 안 돼? 유명 작가잖아."

"유명은 무슨." 책 한 권 계약해봤자 공과금 내기도 빠듯했다. 출판되려면 아직 한참 멀었고. 책이 망하면 두 번 다시 기회가 없을 수도 있다. "딜리아가 벌써 선생님한테 물어봤는데 안 된다고 했대."

"왜?"

나는 엄마를 흘끔거리며 목소리를 낮췄다. "내 책의 내용 때문에 좀 곤란한가 봐."

"섹스 장면 때문에?"

엄마가 움직임을 멈췄다. 식탁 밑에서 언니를 걷어찼다가 전투화 끝 금속에 발가락이 부딪히자 욕이 튀어나왔다. "추수감사절에 특공대 장비는 뭐 하러 챙겨와?"

"챙겨온 게 아니라 옛날에 경찰학교에서 훈련받을 때 입던 장비야. 2층 옛날 내 방 옷장에서 찾았지. 아직 몸에 딱 맞네." 조지아가 가슴 보호대를 쓰다듬으며 의기양양하게 말했다.

"사이즈 조절 되는 거잖아!"

"네 책에 섹스가 나온다니, 그게 무슨 소리니?" 엄마가 한 손으로 허리춤을 짚고 다른 손으로 육즙이 뚝뚝 떨어지는 국자를 든 채 물었다. "네 책에 섹스가 왜 나오냐고? 미스터리 소설이라며."

"다 언니 때문이야." 조지아의 맥주병을 다시 빼앗으며 중얼거렸다.

조지아의 눈이 짓궂게 반짝였다. "핀이 쓴 책 안 읽어봤어, 엄마? 섹스 장면 기억 안 나셔?" 조지아가 내게 눈을 찡긋하며 날콩을 집어 낼름 입에 넣었다.

다시 뻗어오는 언니의 손을 찰싹 때렸다. "하느님 맙소사, 조지아, 방금 기저귀 갈았잖아. 손은 씻었어?"

엄마가 국자를 내게 겨눴다. "내 집에서 주님의 이름을 함부로 부르지 마라, 핀레이 그레이스 맥도널."

"도너번이야." 조지아와 내가 동시에 말했다.

엄마가 이를 악물고 언니 쪽으로 육즙을 튀기며 국자를 흔들어댔다. "조지아 마거릿, 가서 그 더러운 손 좀 씻어라!"

조지아가 눈동자를 굴리더니 내 어깨를 치며 식탁에서 물러났다.

"네 책에 섹스 얘기가 왜 나오는지 한번 말해봐라." 엄마가 다시 요구했다.

"엄만 내 책을 어디까지 읽은 거야?"

엄마의 뺨에서 핏기가 가셨다. "첫 장만."

"전부 첫 장만 읽었다고?"

"첫 책의 첫 장."

입이 떡 벌어졌다. 아빠가 내 소설을 안 읽는다는 건 알고 있었고 그래서 오히려 다행이라고 생각했다. 아빠가 읽기에는 활자가 너무 작으니까. 하지만 내 인생에 참견할 기회만 노리며 살아온 엄마라면 적어도 한 권은 끝까지 읽었을 줄 알았다.

"하필 내가 고른 책이 영 재미가 없지 뭐니. 왜 그래?" 엄마는 멍하니 쳐다보는 내게 물었다. "나는 노라 로버츠* 좋아하잖니. 노라 책 읽어봤어? 글을 진짜 잘 써." 엄마는 다시 끙끙대며 칠면조를 오븐에 집어넣었다. "봐라, 이래서 너한테 남편이 있어야 한다는 거야."

"칠면조쯤은 내가 들 수 있어."

엄마는 천장을 보는 건지 하느님을 보는 건지 고개를 쳐들며 행주를 펼쳐 손을 닦았다. "네 아빠한테 가서 칠면조가 30분 뒤에 다 구워지니까 전기 칼 좀 찾아놓으라고 해라."

나는 고개를 절절 흔들며 맥주를 들고 여닫이문을 나갔다. 거실에서는 떠들썩하게 미식축구가 펼쳐지고 있었다. 베로와 아빠가 소파에 앉아 TV를 향해 고함을 치며 퍼스트 다운을 두고 언쟁을 벌이는 중이었다.

"저기, 아빠. 엄마가 주방으로 오시래요." 뒤에서 다가가 아빠의 뺨에 입을 맞췄다. 아빠가 어깨를 짚은 내 손을 토닥였다.

"어딜 달아나시려고요." 베로가 뻣뻣하게 일어서는 아빠에게 손바닥을 내밀었다.

아빠가 호주머니를 뒤적여 20달러를 꺼냈다. "나는 인터넷 도박이나 하련다."

"도박은 손도 대시면 안 돼요. 해서 좋을 거 하나도 없어요. 딸 확률이 거의 없잖아요." 베로가 윙크하며 아빠의 돈을 챙겼다.

"방금 내 지갑을 홀랑 털어간 아가씨가 할 소리는 아닌 것 같은데. 아가씨도 인터넷 도박 한번 해봐요. 이번 주말에 대학 리그 베팅이

* 200권이 넘는 로맨스 소설을 낸 미국의 베스트셀러 작가.

한창이거든. 그 20달러를 갖고 경기마다 몇 달러씩 걸어봐요. 나보다는 운이 좋을지 모르잖아."

아빠는 주방으로 향하고 베로는 손에 쥔 20달러를 보며 눈을 가늘게 뜬 채 생각에 잠겼다. 아빠가 온기를 남긴 소파 옆자리에 내가 주저앉는 줄도 모르는 듯 베로는 망연한 표정으로 지폐를 호주머니에 넣었다. 혹시 자기 사촌 생각을 하는 건가? 사촌이랑 소파에서 미식축구나 볼걸, 하고 후회하는지도. 내가 가자니까 거절하기 뭣해서 추수감사절을 우리 가족과 보내기로 한 걸까? 우리 엄마가 꼭 오라고 당부해서? 같이 시체를 파묻은 사람의 가족과는 칠면조를 같이 먹어야 한다는 암묵적인 규칙이라도 있었던가?

"마음 바뀌었으면 지금이라도 라몬한테 가요." 베로에게 말했다.

그 말이 생각 속을 헤매던 그녀를 끌어내기라도 한 듯, 베로는 놀란 표정으로 나를 돌아봤다. "하지만 어머님이—."

"엄마도 이해할 거예요. 갈 때 칠면조랑 파이도 좀 싸주실걸요." 나도 가족 때문에 환장할 것 같을 때가 있지만, 가족 없이 보내는 휴가는 상상도 할 수 없었다. 호주머니에서 차 열쇠를 꺼내 베로의 손에 쥐여주었다.

"당신은요?" 베로가 물었다.

"아이들 잠들면 조지아 차를 얻어 타고 집에 가려고요. 어서 가서 사촌이랑 주말을 보내요. 나도 주말에 할 일 많으니까."

베로가 짓궂게 웃었다. "너무 무리하지 말아요." 확실히 도서관을 염두에 두고 하는 말은 아니었다.

3

언니는 11시 다 되어 나를 집 앞에 내려주었다. 내 밴은 차고에 있고 베로의 차저는 보이지 않았다. 조리대 위에 베로가 쓴 쪽지가 놓여 있었다. 월요일까지 실비아에게 보낼 기획안을 꼭 쓰라는 내용이었다. 쪽지를 청구서 틈에 끼우고 생각하지 않으려고 애썼다. 냉장고를 열어놓고 엄마가 싸준 음식을 정리했다. 테트리스를 하듯 산더미 같은 일회용 반찬통을 끼워 넣느라 진땀을 뺐다. 맥주 두 병을 꺼내어 공간을 만들어도 문이 닫히지 않아서 결국 포기했다. 냉동실에서 아이스크림 한 통을 꺼내고 그 자리에 크랜베리 소스 용기를 마지막으로 밀어 넣었다.

뿌듯한 마음으로 신을 벗어 던지고, 서랍에서 숟가락을 꺼내 맥주, 아이스크림과 함께 위층으로 올라갔다. 빈집의 숨 막히는 정적은 애써 무시했다. 베로가 잠잘 때와 똑같이 침실 문이 꼭 닫혀 있었지만, 오늘따라 그녀의 부재가 절절히 느껴졌다. 집을 독차지하면 신날 줄 알았는데 막상 그렇게 되자 별로 좋다는 생각이 들지 않았다.

낡은 트레이닝복 바지와 늘어나고 빛 바랜 티셔츠로 갈아입고, 협탁 위 조명이 희미하게 밝혀진 침대에 누워 가슴에 아이스크림 통을 올려놨다. 숟가락에 붙은 민트 초콜릿 덩어리를 빨면서, 실비아에게 보낼 후속작 기획안을 쓸까, 아니면 잘 수 있을 때 푹 자둘까 고민했다. 아직 다음 책 내용도 전혀 구상하지 않았다. 작업을 하려고 컴퓨터 앞에 앉을 때마다 문제의 게시판을 떠올리며 스티븐의 이름이 포함된 글을 걱정하기 바빴다.

숟가락을 통에 찔러 넣고 천장을 응시했다. 엄마 말이 맞다. 돈을 모아 번듯한 변호사를 구해야 할지도. 양육권을 전부 가져오기 위해 싸워야 할지도. 하지만 뭐라고 말해야 하나? 어떤 주장을 펼쳐야 하나?

"존경하는 재판장님, 제 아이들을 주말에 아빠에게 보낼 수는 없습니다. 아빠의 목에 돈이 걸려 있거든요. 그 사실을 아는 이유는, 최근에 제가 문제 남편들을 제거하는 데 연거푸 성공한 탓에 저를 그 일의 적임자라 여긴 고객이 귀띔해주었기 때문입니다. 당장은 전남편을 죽일 계획이 없지만, 다른 누군가가 그를 죽이러 올지 모릅니다. 제 아이들을 아빠 곁에 두지 않는 편이 낫다고 생각합니다."

협탁에 놓인 휴대전화가 진동했다. 아이스크림 통을 내려놓고 가까이 끌어왔다. 화면에 줄리언의 사진이 뜨자 절로 미소가 떠올랐다.

집이에요?

네.

얼굴 좀 볼래요?

블라인드 틈새로 전조등이 어른거리더니 내 방으로 빛이 쏟아져 들어왔다. 침대에서 벗어나 창문 쪽으로 살금살금 다가갔다. 블라인드 틈새로 보니 진입로에서 줄리언의 적갈색 지프가 공회전하고 있었다. 나는 답장을 보냈다.

바로 나갈게요.

테니스화를 발에 끼우고, 트레이닝복 상의를 뒤집어쓰며 층계를 내려갔다. 바깥 공기가 시려서 몸을 움츠리며 서둘러 잔디밭을 가로질렀다. 오소소 떨면서 지프의 조수석 문을 열었다. 문을 닫을 새도 없이 줄리언이 변속기어 위로 몸을 숙여 양손으로 내 얼굴을 감쌌다.

그의 손끝은 부드러웠고, 갓 면도한 입가는 매끄러웠다. 육두구와 로션 향이 풍겼다. 두툼한 모직 스웨터에는 장작 연기 냄새가 배어 있었다.

"추수감사절 행복하게 보내요." 내 입술에 맞닿은 그의 입이 활짝 웃었다. 그는 뒤로 멀찍이 물러나더니 내 머리에 니트 모자를 씌우고 얼굴을 가린 머리카락을 귀 뒤로 넘겼다. 그의 연갈색 머리를 숨긴 검정 비니 밑으로 보드라운 곱슬머리가 엿보였다.

"여긴 어쩐 일이에요?" 그의 곱슬머리를 손가락에 감으며 물었다. "명절이라 부모님 댁에 갔겠거니 했는데."

"벌써 다녀왔어요." 그의 엄지손가락이 내 입술 주위를 천천히 움직였다. "아파트로 돌아가는 길이에요. 당신이 지난주에 우리 집에 모자를 두고 갔잖아요. 찾을 것 같아서요."

"아." 무릎을 짚고 몸을 일으켜 그의 목을 팔로 감쌌다. "맞아요, 없어져서 아쉬웠어요."

그가 눈을 반짝이며 좌석 밑으로 손을 뻗었다. 운전석이 뒤로 젖혀지면서 우리 몸도 뒤로 넘어갔다. "없어서 아쉬웠던 거 또 없어요?"

"있는 것 같아요." 나는 변속기어 위로 넘어갔다. 해거티 부인이 이쪽을 훔쳐보다가 놀라 자빠지든 말든 알 바 아니었다.

"보고 싶었어요." 그가 키스하며 소곤거렸다. 그의 손이 헐렁한 내 트레이닝복 밑으로 미끄러져 들어와 맨 등을 쓰다듬으며 올라가다가 브래지어 끈이 있어야 할 자리에서 멈추었다. 그는 싱긋 웃고는 내 입술과 맞댄 입술로 낮게 신음했다. 내 허벅지까지 내려온 손으로 나를 자기 무릎 위로 끌어올렸다.

그가 겹겹이 껴입은 옷이 거추장스러웠다. 가죽 항공점퍼와 두툼한 스웨터 때문에 그의 몸을 제대로 느낄 수 없었다. 하지만 그의 청바지 위로는 분명 느껴지는 게 있었다.

"당신 밴은 차고에 있나요?" 그가 물었다. 차창에 김이 서리기 시작했다.

마지막으로 내 밴에 탔던 남자가 어떤 꼴을 당했는지를 떠올리며 풋 하고 웃었다. 내 밴은 차고에 있다. 하지만 아이들의 카시트며 과일 젤리, 물티슈도 실려 있다. 줄리언을 그 차로 데려갈 수는 없었다.

"아이들은 주말 내내 우리 엄마 집에 있을 거예요. 들어갈래요?" 우리 사이의 공기가 후끈하고 끈적해진 순간, 안달 난 사람처럼 그 말을 내뱉었다. 되돌리기에는 너무 늦었다.

그가 내 아랫입술을 깨물었다. "베로는요?"

"사촌 집에 갔어요." 나는 숨을 헐떡였다.

그의 혀가 내 혀에 감겼다. 지프가 더 달아올랐다가는 옷을 훌렁 벗어던지고 잔디밭에서 뒤엉킬 것 같다는 생각이 들었다. 차문으로 손을 뻗었더니 그가 내 손을 잡았다. "잠깐만요. 그러면 안 돼요." 그가 거친 숨을 토하며 말했다. "오래 못 있어요. 집에 가서 짐을 싸야 해서요. 친구들이랑 아침 6시에 출발하기로 했어요."

나는 어리둥절하여 모자를 삐뚜름하게 걸친 채 일어나 앉았다. "어디 가려고요?"

그의 입술은 부풀었고, 눈빛은 아직 굶주려 있었다. "다음 주에 교수님들이 학회에 참석하러 가시거든요. 며칠 휴강할 테니 시험공부를 하고 있으라는 거예요. 그러는 대신 친구 몇 명이랑 패너마시티로 가서 한 주 동안 캠핑을 하기로 한 거죠."

"플로리다에 간다고요?"

"갑자기 떠나게 됐어요." 그가 산발이 된 내 머리를 가라앉히고 모자를 바로 씌워주며 말했다. "사장님이 근무도 바꿔주셔서 캠프장을 이번 주에 부랴부랴 예약했어요."

대학 시절 스티븐이 형제회 친구들과 데이토나와 마이애미로 떠났던 기억이 났다. 나는 그 여행에 초대받은 적이 없고, 여행지에서 무슨 일이 있었는지 구태여 알려 하지도 않았다. 그렇다고 내가 아무것도 모른다는 뜻은 아니다. "남자들만 가는 거예요?"

"여학생도 몇 명 있어요." 나는 뒤로 물러나 우리 사이에 한 뼘쯤 거리를 벌렸다. 줄리언이 내 턱을 살짝 잡았다. "그냥 별 좀 쬐면서 쉬다가 오려고요. 그게 다예요. 일주일만 있다가 올 거예요."

손바닥만 한 비키니를 입은 여학생들과 콧구멍만 한 텐트를 상상하자 질투가 밀려왔다. 하지만 내가 질투를 느낄 자격이나 될까. 줄리언과 진지한 사이도 아닌데. 그는 우리 집에 들어와본 적도 없는데. 아이들이나 베로나 전남편을 만난 적도 없고. "아." 나도 마찬가지라는 사실을 불현듯 깨달았다.

우리가 사귀는 한 달 동안 나 역시 그의 친구들을 만난 적이 없다는 뜻이다.

“왜 그래요?”

“아무것도 아녜요.” 나는 억지로 웃어 보였다. 그에게 뭘 기대한단 말인가? 내겐 아이 둘과 해야 하는 일과 책임질 집이 있다. 그가 나더러 진짜로 같이 가자고 할 줄 알았나? “괜찮아요.” 나는 그렇게 우겼다. “이제 가봐요. 재밌게 지내다 와요.”

“진짜로 괜찮아요? 문제가 있으면, 우리—.”

그의 얼굴을 붙잡고 입을 맞췄다. 그 문장을 끝내는 게 싫어서였다. ‘그만 만나는 게 좋겠어요. 시간을 좀 가져야 할까 봐요. 진지하게 대화 좀 해요.’ 그중 어느 것도 원하지 않았다. 그의 지프에서 섹스하고 싶을 뿐. 과자 부스러기가 굴러다니는 내 미니밴 바닥이라도 상관없었다. 해변에 있는 줄리언, 다른 사람과 한 침낭에 들어간 줄리언은 생각하기 싫었다.

그는 내 모자를 벗겨 조수석에 던졌다. 그의 손가락이 내 머리칼로, 셔츠 밑으로 파고들었다. 나를 다시 무릎 위로 끌어 올리며 그는 애타는 신음소리를 냈다.

타이어 끽끽대는 소리가 들렸다. 우리는 가쁜 숨을 몰아쉬며 서로에게서 떨어졌다. 트럭 한 대가 진입로 입구에 서서히 멈추었다. 미등이 으스스한 붉은 빛을 쏘았다.

줄리언의 팔을 빠져나와 조수석에 앉았다. 줄리언이 내 시선을 따라 뒤창을 내다봤다. “전남편이에요?”

고개를 끄덕이며 스티븐이 그대로 가속페달을 밟고 돌아가기를 기다렸다. 하지만 그는 트럭을 주차했다. "젠장!" 내가 내뱉었다.

줄리언은 목 받침에 털썩 기댄 채 갈라지는 목소리를 냈다. "나는 가봐야겠어요."

"가지 마요, 제발. 그냥…… 가만히 있어요." 나는 손가락 하나를 쳐들며 지프 문을 열었다.

내 의도와 달리 차문 닫히는 소리가 요란했다. 트레이닝복을 매만지고 부스스한 머리를 가다듬으며 진입로를 후다닥 내려가 스티븐을 만났다.

"여기 뭐 하러 왔어? 내가 얘기했잖아. 아이들은 우리 엄마 집에 가 있다고."

"저 지프는 누구 차야?" 스티븐은 뒤창에 붙어 있는 '조지메이슨 대학교' 스티커를 보고 눈살을 찌푸리더니 목을 쭉 빼고 내부를 기웃거렸다.

"친구야." 지프 쪽으로 다가가려는 그의 가슴께를 손으로 막았다. "있잖아, 내가 지금 좀 바쁘거든. 내일 전화하면 안 돼?"

스티븐이 멈칫했다. 당황했는지 얼굴이 붉어졌다. "목이 왜 그리 시뻘개? 머리는 또 왜 산발이고?"

"내 머리 걱정은 됐고. 그냥 좀 가면—."

내 뒤에서 차 문이 닫히자 스티븐은 뻣뻣하게 굳었다. 나는 눈을 질끈 감았다.

"이 자식은 누구야?" 줄리언이 내 옆으로 다가오자 스티븐이 물었다.

줄리언은 나를 자기 옆으로 끌어당겼다. "두 분 말씀 나누세요. 나는 이제 가봐야겠어요. 내일 아침 일찍 일어나야 해서. 가도 괜찮겠어요?"

"안 괜찮을 거 뭐 있어." 스티븐이 투덜거렸다.

나는 고개를 끄덕였다.

줄리언이 몸을 숙여 내게 한참이나 키스했다. 숨이 멎을 것 같았다.

"놀고 자빠졌네." 스티븐이 구시렁거렸다. "어린애가 밤늦게 싸돌아다니면 쓰나?"

"집에 가면 문자 보낼게요." 줄리언이 속삭였다. 내 욕구는 무참히 좌절되었다. 지금 기분 같아서는 10만 달러를 받고 전남편을 죽이라는 제안을 진지하게 받아들이고 싶었다. 줄리언은 지프를 타고 떠났다.

나는 스티븐을 돌아보며 양손을 허리춤에 짚었다. 그의 목을 쥐는 것보다는 나을 터였다. "이게 대체 무슨 짓이야?"

"누가 할 소리. 저 자식이야?" 그는 희미해져가는 지프의 미등을 손가락질하며 물었다. "베로가 지겹도록 얘기하던 의문의 변호사가 저 자식이냐고? 미쳤구나, 핀! 대체 몇 살짜리야?"

"브리는 몇 살인데?" 나도 반격했다. 그의 사무실에서 일하는 발랄한 금발 아가씨가 술 마실 나이는 됐는지 의문이었다.

"당신이 무슨 상관이야!" 나는 눈썹을 추켜올렸지만, 스티븐은 그게 이중잣대든 뭐든 전혀 개의치 않는 모양이었다. 그가 넌더리를 내며 입을 닫았다. "딜리아랑 재크를 주말 내내 친정에 보낸 이유가 이거였어? 잠옷 차림으로 어린애 차 안에서 창문에 김이나 뿜으려고?" 그가 실눈을 뜨고 내 트레이닝복 앞섶을 살폈다. "진짜 돌았구나, 핀, 브래지어도 안 했잖아."

나는 해거티 부인의 2층 창문에서 깜박이는 불빛을 어렴풋이 의식하며 가슴 위로 팔짱을 꼈다. "스티븐, 그러는 당신은 왜 여기서 이러고 있어? 추수감사절에, 갈 데가 그렇게 없어?"

그는 민망함을 감추려는 듯 까끌한 수염을 한 손으로 문질렀다. 그의 부모님은 몇 해 전 은퇴 후 탬파로 떠났고 누나는 필라델피아로 이사했다. 삐져나온 플란넬 셔츠에는 케첩이 묻었고 입에서는 양파 냄새가 났다. 아무래도 차 안에서 패스트푸드를 먹으며 추수감사절을 보낸 모양이다.

스티븐은 트럭 앞에서 단정치 못한 머리를 손으로 쓸어 넘기며 정신 사납게 서성거렸다. 한밤중에 우리 집 진입로에 나타났던 그날만큼 비참해 보였다. 테리사와 다투고 얘기 좀 하자며 찾아온 날이었다.

"브리한테 차였구나." 즉시 반박하지 않는 그를 보고는 진짜 그렇구나 싶었다.

"차이다니." 그가 씁쓸하게 대꾸했다. "사업상 내린 결정이었어. 경찰 수사 후에 고객이 무더기로 떨어져나가서 직원을 둘 수 없었을 뿐이야. 내보낸 지 벌써 몇 주 됐어." 나는 고개를 저으며 쓴웃음을 삼켰다. "왜 그래?" 가로등에 비친 그의 얼굴이 붉어졌다. "필요하면 다시 부르겠다고 얘기했어. 브리는 거절했지만, 그거야 뭐, 내 사정이 아니고."

나는 고개를 양손에 떨구고 한숨을 쉬며 스티븐의 이름을 중얼거렸다. 브리가 그를 고소하고 농장 앞 광고판에 폭로하지 않은 것만도 천만다행이었다. 그간 스티븐이 얼마나 많은 여자에게 그런 짓을 했을지 알고 싶지도 않았다. 관계 요구를 거절하면 잘라버리는 짓을. 베로가 우리 집에 들어와 살기 전에도 같은 수법으로 그녀를 농락하려 하지 않았냐. 돈을 줄 여력이 없다면서, 자기 아랫도리와 초과 근무를 해야만 고용을 유지하겠다고 으름장을 놨다. 베로가 섹스 제안을 단호히 거절하자 해고를 가장하여 그녀를 내쳤다.

나는 팔짱을 낀 채 현관 쪽으로 향했다. "집에 가, 스티븐."

"나한테 집이 어딨어?" 그가 내 뒤통수에 대고 외쳤다. 나는 진입로 한가운데에 멈췄다. 그를 돌아보는 나 자신이 원망스러웠다. 그의 코가 빨갰고, 눈부신 가로등 불빛을 받은 얼굴은 지쳐 보였다. "그 집은 집이 아니야. 아이들이 없잖아."

그걸 깨닫는 데 그토록 오래 걸렸다니 딱하기 짝이 없다. "원하는 게 뭐야, 스티븐?"

"일요일에 아이들을 데려가게 해줘." 그가 간청했다. "몇 시간이라도. 우리 농장의 전나무는 충분히 자라지 않았지만 예쁜 나무를 파는 농장을 알아뒀어. 아이들한테 고르게 하고 싶어. 한 집에 한 그루씩."

나는 눈을 비볐다. 그를 떼어놓을 핑곗거리가 떠오르지 않았다. "딜리아는 다음 날 유치원 가야 돼."

그의 얼굴이 기대감으로 환해졌다. "잘 시간에 맞춰서 데려올게. 약속해."

"알았어." 나는 트레이닝복 속으로 몸을 옹송그렸다. 따질 기력도 없었다. "밥을 일찍 먹일 테니까 당신이 5시에 데리러 와."

다시 집에 들어왔다. 스티븐이 느닷없이 완벽한 트리로 장식하고 싶어 하는 집이었다. 남의 떡이 더 큰 줄 알고 떠났던 집이기도 했다. 그는 손을 주머니에 꽂은 채 여전히 진입로에 서서, 문을 닫는 나를 지켜보고 있었다.

4

토요일 아침, 도서관 문이 열리는 시간에 주차장은 거의 비어 있었다. 세상 사람들은 칠면조를 배 터지게 먹고 늘어지게 자면서 바지 단추를 다시 끼울 수 있기를 기다리고 있을 것이다. 오늘 아침에는 내 요가 바지마저 너무 꽉 끼는 느낌이었다. 그래서 전날 입었던 편안한 트레이닝복 바지를 선택했다. 아직 줄리언의 지프 냄새가 희미하게 남아 있어서는 아니라고 혼자 우기면서.

베로의 야구 모자를 눌러쓰고 얼굴을 가린 채 도서 대출 데스크를 한 바퀴 돌았다. 그곳을 홀로 지키는 여자가 사서 특유의 예리한 감각으로 내 코트 밑에 감춰진 따끈한 테이크아웃 커피 냄새나 랩톱 가방 속 추수감사절에 먹고 남은 샌드위치 냄새를 감지하지 못하기를 바라며, 가장 먼 칸막이의 컴퓨터로 가는 가장 먼 길을 택했다. 서가에 아무도 없는 것을 확인하고 열람실 뒤편의 모니터 앞에 자리 잡았다.

샌드위치와 커피를 내려놓고 컴퓨터 가방에서 휴대전화를 꺼냈다.

화면에 새 알림이 뜨자 가슴이 콩닥거렸다. 열어봤지만 줄리언이 보낸 문자는 아니었다. 오후 미사에 가야 하니 내일 일찍 아이들을 데리러 오라는 엄마의 문자였다.

호기심에 인스타그램을 열고 줄리언의 프로필을 찾았다. 우리는 서로를 팔로우하지 않지만, 그의 계정은 '비공개'가 아니었다. 그의 이름 위로 마우스 커서를 움직이면서, 이건 염탐이 아니라고 혼잣말했다. 가슴을 두근거리며 그의 프로필 사진을 클릭했다. 무엇을 찾을 거라 기대했는지 몰라도, 이미 익숙한 사진들이 화면을 가득 메우자 어깨가 축 늘어졌다.

휴대전화를 책상에 엎어놓고, 도서관 컴퓨터로 관심을 돌렸다. 여기 일하러 온 거라고 속으로 되뇌었다. '진저리'를 찾고 실비아에게 보낼 글을 쓰기 위해 온 거라고. 휴가를 떠난 줄리언을 감시하러 온 것이 아니다.

줄리언을 머릿속에서 밀어내고 검색창에 웹사이트 주소를 입력한 다음 그 게시물에 대해 처음 알게 되었을 때 베로와 함께 만든 익명 프로필을 사용하여 로그인했다. 3만 명에 가까운 가입자들이 날마다 수천 개의 게시물을 새로 올리는 대규모 커뮤니티였다. 눈에 익은 여초 게시판들을 휙휙 넘겼다. [여성 연대], [여성의 건강], [이혼과 사별 여성 모임]……. 다음으로 [#육아생활] 그룹의 [워킹맘], [모유수유맘], [홈스쿨링맘], [배변훈련맘]……. 마지막 게시판에 나중에 들어가봐야겠다고 생각하며 계속 스크롤했다. 지난번에 베로와 이곳을 살폈을 때는 페이지 하단으로 갈수록 점점 더 수상한 소그룹이 나타났었다. 쿠폰 번호를 마약처럼 거래하는 짠순이들, 속을 알 수 없는 10대 자녀와 바람난 남편을 감시하는 요령을 공유하는 엄마곰들, '집 청소 요령'을 공유하다가 간혹 불편한 화제로 새기도 하는 똑 부러지는 여자들. 그곳에는 속 썩이는 배우자를 처리해달라는 은유처럼 읽히는 게시물이 적지 않았다.

스티븐의 이름이 포함된 게시물은 '쌍년들의 수다'라는 게시판에 등장했었다. 새 글을 휙휙 내리고 '요주의 업체'라는 제목을 클릭했다. 이 게시물 역시 가증스러운 남자들을 헐뜯는 여느 글처럼 시작했다가 갑자기 이상한 쪽으로 방향을 틀었다.

세아이엄마: 깨어 있는 시민으로서 모든 엄마에게 페어오크스에 새로 생긴 미용실에 가지 말 것을 강력히 권합니다. 거기 미용사가 내 딸에게 문자를 보내지 뭐예요. 겨우 17살짜리한테요!!!

섹시한쌍둥맘: 세상에!!! 당장 신고하세요! 음흉한 남자 얘기가 나와서 말인데, 제가 좌골신경통 때문에 센트레빌에 있는 물리치료실에 마사지 예약했다는 얘기 했었죠? 거기 치료사가 몸을 더듬는 거 있죠. 완전 변태였어요. 그런 놈은 당장 잘려야 해요.

말랑쿠키: 우웩! 기분 더러웠겠어요. 남자들은 다 짐승이에요! 내 친구 하나는 지난주에 르호보스에서 에어비앤비를 이용했는데 화장실에 카메라가 숨겨져 있었대요. 소름 돋죠. 찾아보니 집주인 남자가 민박집을 수십 채나 갖고 있더라고요. 링크 올릴게요.

해리스타일스짱: 토 나와요. 여기서 이런 정보 공유할 수 있어서 다행이에요.

진저리: 그러게 말이에요. 워런턴의 그린 로드에 있는 롤링그린 잔디 나무 농장에 진짜 골 때리는 물건이 있어요. 스티븐 도너번이라고, 완전 거짓말쟁이에 사기꾼이에요.

학부모회장: 가만…… 거기 10월에 뉴스에 나온 농장 아닌가요? 시체가 무더기로 발견됐다는?

진저리: 맞아요. 그 자식이 세상에서 없어져야 할 이유가 100가지는 될 걸요.

글은 거기에서 끝났다. 마지막 대답 다음에 당황스러운 침묵이 감돌고 있었다. 자기 집 정원에 깔린 값비싼 잔디가 조직범죄를 은폐했던 흙에서 자랐다는 사실을 상기하고 싶은 사람은 아무도 없으리라. 더구나 이 메시지는 연대감의 표현에 머무르지 않았다. 수상한 불법 거래의 냄새를 풍기는 은어가 사용되고 있었다.

'진짜 골 때리는 물건'은 계약을 뜻하는 말이 틀림없다. '이유 100가지'는 제시하는 가격이 아닐까 하는 의심이 들었다. 스티븐의 이름과 사업장 위치를 명확히 밝힌 데다, '그 자식이 세상에서 없어져야 할'……이 부분의 의미는 참으로 자명했다.

조금 마음이 놓여 게시판을 닫았다. 베로가 마지막으로 도서관에 갔다는 사흘 전을 끝으로 새 글은 올라오지 않았지만, 진저리의 정체를 밝히는 일은 순조롭지 않았다. 나는 그 후 몇 시간이나 웹사이트 구석구석 파고들며 진저리가 올린 다른 게시물이 있는지 살폈지만, 스티븐에 대한 글은 이게 유일했다. 프로필을 보니, 진저리는 그

글을 올리기 이틀 전에 회원으로 가입했고 이후로는 글을 쓰지 않았다. 하지만 여전히 활동 중이었다. 마지막 로그인은 오늘 아침 이른 시간이었다.

"대체 누구세요?" 진저리의 빈약한 프로필을 응시하며 물었다. 여자가 분명했다. 스티븐의 거짓말이나 바람기에 농락당한 여자. 도덕성이 의심스러운 여자. 화면에 흐릿하게 반사된 나 자신을 쏘아봤다. 반대쪽에서 진저리가 어둠 속에 숨은 채 누군가의 답장을 기다리는 것만 같았다.

5

일요일 아침, 진저리의 정체에 대한 단서를 전혀 얻지 못하고, 다음 책의 줄거리는 더더욱 떠올리지 못한 채 도서관을 나섰다. 엄마 집에서 딜리아와 재크를 데리고 오는데, 열린 차고 문으로 베로의 차저가 보여서 안도했다. 재크를 한 팔로 안고, 여행 가방 두 개와 랩톱, 기저귀 가방을 다른 팔로 든 채 주방 문을 간신히 열었다.

"베로!" 그녀를 불렀다. 내 품에서 빠져나간 재크가 아장아장 놀이방으로 향했다. 딜리아는 외투를 벗어 의자에 던졌다. 베로의 이름이 조용한 집 안에 메아리쳤다. 주말 내내 우리와 떨어져 지낸 그녀가 환호성을 지르며 주방으로 뛰어들 거라 기대하며 꾸러미와 가방을 바닥에 놓았다. 베로를 다시 부르며 기저귀 가방에서 꺼낸 빈 빨대 컵을 개수대에 넣었다. 부랴부랴 도서관에 가느라 미처 씻지 못한 아침 식사 접시가 여태 쌓여 있는 것이 의외였다. 커피메이커에도 식은 가루가 반쯤 차 있고, 조리대에는 토스트 부스러기가 흩어져 있었다.

내가 어질러놓은 걸 베로가 치워주길 바란 건 아니지만, 보고도 정리하지 않는 것은 그녀답지 않았다.

현관 계단 앞에 서서, 위층에서 샤워하는 소리가 들리는지, 베로의 방에서 레게 음악이 쿵쿵대는지 귀를 기울였다.

"베로 이모는 어딨어?" 달리아가 물었다.

"낮잠 자나 봐. 가서 동생이랑 놀고 있을래?" 딸아이를 놀이방 쪽으로 밀었다.

계단을 올라 베로의 침실로 향했다. 닫힌 문틈으로 은은한 음악이 새어 나왔다. 한 번도 들어본 적 없는 남성 밴드의 쓸쓸한 발라드였다. 자기 차 라디오에서 나왔으면 베로가 틀림없이 피식거렸을 음악이었다. 문을 두드리고, 침대 스프링이 삐걱대는 소리, 바닥에서 발이 질질 끌리는 소리에 귀를 기울였다. 문이 열리더니 내 것이 틀림없는, 상하의가 제각각인 플란넬 잠옷 차림의 베로가 문틈으로 내다봤다. 느슨하게 올린 머리에서 흘러내린 머리카락이 어제 칠한 마스카라가 번진 눈을 가리고 있었다.

"누구세요?" 나는 문을 밀면서 물었다. "내 베이비시터한테 무슨 짓을 한 거예요?"

베로의 입에서 자기는 베이비시터가 아니라 회계사라는 말이 나오기를 기다렸지만, 그녀는 침대로 돌아가 털썩 엎드릴 뿐이었다. 나는 매트리스에 걸터앉았다. 베로의 얼굴과 베개 사이에 손을 끼워 손바닥을 그녀의 이마에 대보았다. 피부가 축축하거나 뜨겁지는 않았지만, 머리에서 희미한 선술집 냄새가 났다.

"사촌이랑 주말을 신나게 보냈나 봐요?" 베로가 라몬 집에 갔다가 과음하고 돌아온 것이 처음은 아니었다. 하지만 이렇게 시무룩해서 돌아온 건 이번이 처음이었다. 베개에 얼굴을 푹 파묻는 베로를 보자 내 가슴에 걱정이 응어리졌다. "무슨 일인지 말해줄래요?"

"아니요." 대답이 베개에 묻혔다.

베로를 침울함에서 꺼내줄 것은 딱 한 가지밖에 없었다. "그럼 일어나요." 나는 일어서서 베로의 머리 밑 베개를 끌어냈다. 그녀의 머리카락이 정전기로 곤두섰다. "우리 쇼핑 가요."

그녀가 미심쩍다는 듯 한쪽 눈을 크게 떴다. "왜요?"

"크리스마스 선물 사야죠. 드라이브 스루 아이스크림 가게도 가고." 베로가 칠리 핫도그나 밀크셰이크를 마다한 적은 없었다. "그래도 너무 피곤해서 못 가겠으면—"

"딱 기다려요." 베로가 침대에 벌떡 일어나 앉았다. "나 없이는 아무것도 못 사요. 같이 가요."

2분 후, 욕실 샤워기에서 물 떨어지는 소리가 들리자 걱정의 응어리도 풀리기 시작했다. 베로의 집안에 문제가 있는 모양이었다. 우리 집에서나마 맘 편히 지내는 건 다행이지만, 집안 문제를 내게 털어놓으려 하지 않는 게 영 신경 쓰였다.

아이스크림 가게에 들어가자 베로는 생기를 되찾았다. 하지만 내가 밴을 집수리 용품점의 빼곡한 주차장으로 몰자 다시 축 늘어졌다.

"뭐 하려고요?" 베로가 물었다.

"쇼핑요."

"크리스마스 선물 산다면서요. 여기서 무슨 크리스마스 쇼핑을 해요?" 아이들을 차에서 끌어내어 가게로 데려가는 내내 베로는 우는 소리를 했다. "크리스마스 선물은 쇼핑몰에서 사야죠. 시간이 촉박하면 진저브레드랑 지팡이 캔디 정도는 인터넷으로 주문해도 되고요. 아님 폭신한 슬리퍼에 잠옷 차림으로 TV 홈쇼핑을 이용할 수도 있잖아요." 그녀는 문 옆에서 인사하는 직원에게서 쿠폰집을 낚아챘다.

나는 재크를 쇼핑 카트 앞에 앉혔다. 조명 코너에서 재크는 앉은 채로 몸을 꿈틀거리며 천천히 돌아가는 실링팬을 향해 통통하고 끈끈한 손가락을 뻗었다. 카트를 반대 방향으로 틀었더니 아이는 점점 요란한 소리로 빽빽거리기 시작했다. 나는 불을 깜박이며 삐 소리를 내는 금속 탐지기를 집어 아이의 무릎에 내려놨다. 재크는 그 물건에 정신이 팔려 입을 닫았다.

베로가 재크의 손에 들린 금속 탐지기를 빼앗았다. "네 엄마한테는 이런 물건이 필요 없단다, 아가." 재크가 발악하기 시작하자 베로는 과자 봉지를 쥐여주었다.

베로에게 쇼핑 목록을 건넸다. "이 물건들 좀 찾아봐요. 조지아는 차량 관리용품 세트가 필요하고 엄마는 창문에 설치하는 새 모이통이 있으면 좋겠대요. 정원용품 코너에 가서 집에서 쓸 눈삽을 찾아봐요. 나는 공구 코너에 가서 아빠 선물을 고를 테니까."

"여기." 베로가 쿠폰집을 건넸다. "할인 제품만 사야 해요. 돈을 너무 많이 쓰지 마요. 카드 값 나간 지 얼마 안 됐잖아요." 그녀는 딜리아를 데리고 인파 속으로 사라졌다. 나는 쇼핑객과 판매원으로 붐비는 통로로 카트를 밀어, 아빠에게 선물할 진열장에 마지막 남은 무선드릴을 의기양양하게 카트에 담았다. 가재도구 선반 앞을 천천히 지나갔다. 이 코너에는 선물 목록을 들고 남편 선물을 사려는 여자들이 모여 있었다. 그 가운데 지금부터 1년 뒤에 차고에서 텅 빈 작업대를 마주할 여자가 몇이나 될지 궁금했다.

우리 집 차고 작업대 위에 걸린 어설픈 분홍 모종삽이 떠올랐다. 스티븐이 집을 나갈 때 타공판에 남겨둔 유일한 연장이었다. 빈 꽂이와 먼지만 가득한 서랍이 떠올랐다. 베로와 내가 시체를 파묻을 삽을 구하느라 어떻게 했는지가 떠올랐다. 쇼핑객 사이에 끼어들어 선반에서 스크루드라이버, 망치, 줄자, 손전등, 갖가지 크기와 모양, 색상의 펜치를 꺼내기 시작했다. 다시 생각해보니 무선 드릴도 내가 가져야 할 것 같았다. 다양한 크기의 건전지가 들어 있는 커다란 팩을 집어 카트에 넣었다.

재크가 과자를 다 해치우고 다시 찡찡거리기 시작했다. 30분쯤 지나 베로가 어디 있는지 궁금해질 무렵, 그녀의 카트가 모퉁이를 돌아와 내 카트 옆에 섰다.

"이것 봐, 엄마!" 딜리아가 카트 구멍으로 늘어진 발을 까딱거리며 말했다. "이가 흔들려. 이빨 요정이 나타나서 돈을 많이 주겠지?" 딜리아가 혀끝으로 앞니를 밀었다. 나는 눈을 가늘게 뜨고 자세히 보았다. 이는 거의 움직이지 않았다.

"아직 빠질 준비가 안 된 거 같은데."

"그래서 베로가 이걸 사줬어." 딜리아가 펜치를 휘둘렀다. 나는 아이가 그것을 입에 넣기 전에 빼앗고 얼른 내 아이폰을 쥐여주었다. 펜치는 베로의 카트에 던졌다.

베로는 내 바구니의 내용물을 보고 실실 웃었다. "배터리에 환장한 사람 같아요. 줄리언은 일주일만 있다가 온다면서요?" 그녀가 비밀 얘기를 하듯 목소리를 낮췄다. "혹시 전동 도구가 필요해요? 길 건너 스테이시네가 성인용품 사업을 시작했대요. 물건을 사면 배터리를 끼워주고 은밀히 배달도 해준대요."

선반에 물건을 채우던 10대 점원이 하던 일을 멈추고 우리를 쳐다봤다. 얼굴이 화끈거렸다. "고맙지만 그런 도구 필요 없거든요."

"당신 협탁 서랍을 열어봤어요, 핀. 그 주장에는 동의 못 하겠네요." 점원이 눈을 커다랗게 떴다. "뭘 봐요?" 베로가 점원에게 호통을 치자 주위 사람들의 눈길이 전부 우리 쪽으로 쏠렸다.

호기심 어린 시선들이 전부 각자의 카트로 돌아가자, 목소리를 낮춰 베로에게 해명했다. "줄리언이랑 아무 상관 없어요. 차고에 들어갈 때마다 빈 타공판을 보는 게 지긋지긋해서 그래요. 뭔가 고장 날 때마다 스티븐이나 우리 아빠 도움만 바랄 수는 없잖아요." 베로와 나도 풀린 나사쯤은 야무지게 조일 수 있었다. 나는 덕테이프 두 개를 집어 그녀의 카트에 떨어뜨렸다.

"애인이랑 소꿉놀이도 안 한 모양인데 글은 좀 썼나요?"

나는 애매하게 둘러댔다. "주말 내내 웹사이트에서 진저리 뒷조사를 좀 하느라고요."

"뭘 좀 찾았어요?"

"전혀요."

"나도 마찬가지예요."

내 카트를 멈추고, 베로 것도 멈춰 세웠다. "사촌 집에서 웹사이트를 뒤졌다고요?" 내가 소리 죽여 물었다.

"그럴 리가요!" 그녀가 인상을 썼다. "호텔 로비에 있는 비즈니스 센터에서 했죠."

"호텔 로비라뇨?"

"그건 중요하지 않고요, 뭘 발견했냐가 중요하죠."

헉 소리가 나왔다. "진저리가 누군지 알아냈다고요?"

"그건 아니지만, 이런 사실을 알아냈어요." 베로가 내 쪽으로 머리를 기울였다. 우리는 다시 천천히 카트를 밀기 시작했다. "그 사이트에서 '싹쓸이'라는 사람이 떼돈을 벌고 있어요. 일단 누가 암호문처럼 애매모호하게 쓰인 게시물을 올려요. 주로 '큰 골칫거리를 얼마에 없애줄 사람'을 찾는다거나, '아무래도 안 지워지는 얼룩을 제거하는 데 도움을 받고 싶다'는 식으로." 베로는 작은 소리로 손짓을 해가며 설명했다. "그러면 며칠 후에 싹쓸이가 신중하게 선택한 단어로 몇 가지 질문을 담은 답장을 보내는 거예요. 글을 올린 사람과 자신이 생각하는 것이 같은지 확인하는 거죠. 그때부터 싹쓸이는 그 고객과 비공개 대화를 시작해요. 앞서 올린 글은 어느새 사라지고요. 골칫거리 남편도 함께 사라지겠죠."

"당신이 상황을 완전히 오해한 건 아닐까요?" 나는 못 미더워하며 물었다. "싹쓸이라는 사람이 청부살인을 하는 킬러가 맞다면 퍼트리샤 미클러의 게시물에는 왜 응답을 안 했겠어요?" 퍼트리샤는 그 웹사이트에서 남편을 없애줄 사람을 몇 달이나 찾다가 결국 포기하고 내게 부탁했다.

"싹쓸이는 전문가예요. 사전에 타깃을 조사하겠죠. 당신 같으면 마피아의 장부를 조작하는 회계사라는 사실을 알고도 해리스를 죽였겠어요?"

"목소리 좀 낮춰요. 그리고 난 아무도 안 죽였거든요."

"싹쓸이란 사람은 그야말로 청소 전문가라니까요, 핀! 이런 거래는 푼돈에 이뤄지지 않아요. 내가 보니까 지난 2주 동안 세 건 정도가 성사됐어요."

"왜 진작 말 안 했어요?"

"그렇게 단정하기에는 자료가 부족했거든요. 세 번째 의뢰가 올라오기 전에는 이게 무슨 상황인지 확신이 없었고, 공연히 당신을 걱정시키고 싶지도 않았어요. 그나저나 궁금하네요."

"뭐가요?"

"보수를 얼마나 받는지." 베로는 자기 턱을 톡톡 두드리더니 내 광고 전단으로 손을 뻗었다. "가전제품 코너에서 상자형 냉동고를 할인 중이에요. 차고에 두면 딱 좋을 거예요."

웃음을 터뜨리는 베로에게서 쿠폰집을 빼앗았다. "눈 치우는 삽은 어디 있죠? 우리 엄마한테 선물할 새 모이통은요?"

베로는 한숨을 쉬더니 자기 카트를 보며 이맛살을 찌푸렸다. "딜리아랑 내가 딴 데 정신을 파느라."

넓은 중앙 통로를 따라 정원용품 코너로 카트를 밀고 갈수록 사람 수가 점점 줄었다. 휴대전화로 시간을 확인했다. "서둘러야겠어요. 한 시간 뒤에 스티븐이 아이들을 데리고 크리스마스트리를 사러 가겠대요."

"어떻게 아이들을 그 사람한테 보낼 생각을 해요?" 베로가 아이들 귀에 들리지 않게 속닥였다.

"어쩌겠어요?" 스티븐에게는 법적 권리가 있고 짜증날 만큼 유능한 변호사도 있다. "나도 당신만큼이나 안 내키지만 아이들은 사람이 많은 실외에만 있을 거예요. 그리고 우리 둘 다 이번 주말에 웹사이트를 감시했잖아요. 한 달이 지났는데도 그 게시물에 응답한 사람은 없고, 이미 새 메시지 수백 개에 밀려난걸요. 아이들은 틀림없이 안전할 거예요."

“글쎄요, 핀.” 베로가 정원용품 코너로 들어서며 말했다. “싹쓸이가 이미 부지런히 움직이고 있다면요? 벌써 행동에 착수해 스티븐을 눈여겨보는 거 아닐까요?”

“설마요.” 말은 그렇게 했지만 속이 편치 않았다. 스티븐이 표적이 된 상태에서 아이들을 아빠 곁으로 보내려니 영 꺼림칙했다. “스티븐한테 나 없이 아이들만 보내지는 않겠다고 할 수는 없어요. 이번 달에 아이들이 아빠한테 갈 때마다 나도 같이 가겠다고 우겼더니 스티븐이 의심하기 시작했어요.”

베로는 고개를 기울인 채 다양한 새 모이통을 꼼꼼히 살폈다. “굳이 따라가지 않아도 아이들을 지켜볼 방법이 있어요.”

“어떻게요?”

베로는 조류 관찰용품 진열대에서 쌍안경을 집어 쇼핑카트에 넣었다. “앤서니 형사랑 현장조사 다니면서 배운 거 없어요?”

6

베로와 나는 김이 오르는 커피 두 잔과 반쯤 해치운 던킨도너츠 상자를 사이에 두고 겨울 코트와 니트 모자, 목도리로 중무장한 채 낡은 쉐보레 세단의 앞좌석에 웅크리고 있었다. 베로는 라몬의 차고에 차저를 갖다 두고 다른 차를 빌렸다. 스티븐이 아이들을 데리러 왔을 때 나는 아이들에게 외투를 입히고 딜리아의 등에 배낭을 메 주었다. 스티븐의 트럭이 진입로를 빠져나가는 내내 열심히 손을 흔들었다. 그러고 나서 코트를 들고 현관문을 잠근 다음 갓길에서 기다리는 베로에게 달려갔다. 우리는 적당한 거리를 유지하며 크리스마스트리 농장으로 향하는 스티븐을 미행하다가 자갈밭 구석의 으슥한 주차 공간에 차를 댔다.

베로가 실눈을 뜨고 쌍안경을 들여다봤다. "더 가까이 가요?"

"너무 가까우면 들킬지도 몰라요." 크리스마스트리 농장에는 자동차가 가득했다. 나무들에 매달린 따스하고 흰 조명이 밑동이 잘린 가문비나무, 전나무, 소나무의 가지런한 행렬을 비추고 있었다. 머리 위 스피커에서는 크리스마스캐럴이 울리고, 산타 모자를 쓴 농장 직원들은 손님들에게서 현금을 받고 나무를 대기 중인 차로 운반한다.

"저기 있네요!" 베로가 앞 유리 밖을 가리켰다. 허리를 세우고 커피를 음료수 홀더에 꽂은 다음 딜리아와 재크를 보려고 몸을 숙이자 베로가 내게 쌍안경을 건넸다. 재크가 스티븐의 팔 밑에서 꿈틀거렸다. 딜리아는 그의 다른 팔을 잡고 줄지어 선 사람들 사이로 끌어당기고 있었다. 딜리아의 입이 달싹거렸지만, 무슨 말을 하는지는 알 수 없었다.

"음량 좀 높여봐요."

베로는 대시보드에 올려둔 수신기의 하늘색 다이얼을 조절했다. 신이 나서 재잘대는 딜리아의 목소리가 잡음을 뚫고 나오다가 배낭 속 홈캠이 엎치락뒤치락하면서 내는 거친 소리에 묻혔다. 아까 스티븐이 딜리아의 배낭을 집기 직전에, 나는 얼른 홈캠을 켜서 넣고 지퍼를 채웠다. "이거 연결 가능 거리가 얼마나 되죠?" 베로가 물었다.

"제조사에 따르면 300미터는 거뜬하대요." 쌍안경을 대시보드에 놓고 커피를 몇 모금 마시며 차 안에 울리는 딜리아 목소리에 마음을 조금 놓았다.

"엄마 말을 들어야겠어요. 양육권 소송을 맡길 유능한 이혼 전문 변호사를 구해야 할까 봐요. 나 혼자 스티븐을 직접 상대하는 건 무리예요."

"진짜 변호사를 쓰려면 비용이 얼마나 들까요?"

"가이는 시간당 200달러를 받아요." 컵을 후후 불며 말했다. "은행에 돈이 좀 있으니 지금 구하는 편이 좋겠어요. 내 미니밴도 팔아버릴까 생각 중이에요." 나는 도넛으로 손을 뻗었다. 어쩐지 베로는 말이 없었다. 조용해도 너무 조용했다. 하나밖에 없는 초콜릿크림 맛을 내가 집어도 뭐라 하지 않았다. "왜 그렇게 쳐다봐요?"

"그렇게라니요?"

"꼭 뭔가 잘못된 것처럼."

"잘못된 거 없어요." 베로는 먹다 만 도넛을 내려놓고 바지에 떨어진 설탕 가루를 털었다.

"지난주만 해도 나더러 새 차 좀 사라고 아우성이었잖아요. 왜 안 쓰던 쿠폰을 쓰고 재고정리 세일 중인 냉동고를 사려 하죠?"

"경제적인 선택을 하는 데에도 이유가 필요해요?"

"계좌에 얼마 남았어요, 베로?"

그녀가 서서히 내 쪽으로 눈을 돌렸다. "우리가 크리스마스 쇼핑을 하기 전에요, 후에요?"

내가 입을 쩍 벌렸다. "설마, 농담이죠? 이리나한테 받은 돈 다 어디 갔어요?" 러시아 마피아 행동대장의 부유한 아내는 우리에게 현금 7만 5천 달러를 건넸다. 우리는 그 돈을 냉동실에 보관했다. "그 많은 돈을 어떻게 한 달 만에 다 써요?"

"다 쓴 건 아니고, 내가 투자를 좀 했어요."

"그럼 회수하면 되잖아요. 주식 팔아서 현금화하는 게 뭐가 어렵다고요!"

"그게 그렇지가 않아요, 핀레이. 투자금은 그냥 묻어둬야 해요."

"공과금은 어떻게 내라고요? 청부살인으로 메우자는 얘기는 꺼내지도 마요!"

"그렇다면……." 베로가 목소리를 높였다. "우리는 당신이 책을 써서 받는 돈을 써야 할 거예요. 원고를 빨리 완성할수록 돈도 빨리 들어오겠네요." 우리라. 베로는 키보드 앞에 앉아서 글 쓰는 사람이 자신인 양 그 단어를 남발했다. "그나저나 소설은 언제 끝나는 거예요?"

고개를 돌려 창밖을 내다보니 늘어선 크리스마스트리 사이로 요리조리 뛰어다니는 달리아와 재크, 그 뒤를 쫓아다니는 스티븐의 모습이 스쳐갔다. "모르는 게 나아요."

둘 다 말없이 앉아 있었지만 차 안에 긴장이 끓어올랐다. 베로가 몸을 꿈틀거리기 시작했다.

"로맨틱 서스펜스에 한계가 온 거 아닐까요." 그녀가 내 쪽으로 몸을 틀었다. "분야를 좀 넓혀봐요. 좀 더 예술적인 글을 써보라고요. 내가 새 트렌드에 대해 좀 알아봤거든요. 거대한 미개척 시장이 남아 있던데요."

"무슨 트렌드요?"

"공룡 포르노." 커피가 목에 걸렸다.

"진짜라니까요, 핀레이. 내가 자세히 조사해봤는데, 공룡 포르노야말로 미래의 대박 아이템이 틀림없어요."

그녀를 멍하니 응시했다. "그게 가능하기나 해요?"

"안 그래도 어찌나 궁금한지 샘플 몇 개를 다운받았거든요." 베로는 티라노사우루스의 조그만 팔처럼 팔꿈치를 구부렸다. "공룡 주인공은 조막손이지만 여주인공은 개의치 않아요. 대신 공룡은 엄청나게 거대한—."

"그만해요!" 상상하지 않으려고 안간힘을 쓰며 눈을 가렸다. "알고 싶지 않아요."

"알았어요. 하지만 너도나도 벨로키랍토르가 나오는 성애물을 사기 시작할 때에야 왜 미리 귀띔 안 해줬냐는 소리는 하지도 말아요." 그녀는 팔짱을 낀 채 몸을 등받이에 기댔다. 우리는 앞 유리 밖을 내다보았다.

스티븐은 방울 달린 모자를 쓰고 가슴이 엄청나게 풍만한 젊은 농장 직원에게 다가갔다. 그는 나무를 가리키는 척 몸을 기울여 그녀의 스웨터 속을 훔쳐보며 지갑을 꺼냈다.

"봤죠?" 베로가 역겹다는 듯이 말했다. "요정한테 추근대고 있네요. 어쩜 저리 하는 짓이 빤한지. 제거하기도 식은 죽 먹기겠어요. 10만 달러면 엄청 좋은 차를 살 거 아녜요. 변호사 비용도 아낄 수 있으니 얼마나 이득이에요."

"얼른 책을 끝낼 테니까 두고 봐요."

베로는 종업원에게 뻔뻔하게 추파를 던지는 스티븐을 쌍안경으로 지켜보며 고개를 절레절레 흔들었다. "당신은 대체, 저 남자의 어딜 보고 반한 거예요?"

1년 전에 이런 질문을 받았다면 스티븐의 매력, 추진력, 자신감이라고 대답했겠지만, 뒤늦게 나는 우리 관계에 대해 참 많은 것을 깨달았다. 한숨을 쉬며 대답했다. "저 남자한테는 자신이 상대에게 꼭 필요한 사람인 양 느끼게 하는 재주가 있었어요."

"이제는 안 통하겠네요."

"그래, 맞아요." 스티븐은 요정에게 명함을 건네고 있었다. 그러면서 은근슬쩍 번호를 따는 게 틀림없었다. 스티븐이 등을 돌린 사이 재크가 주적주적 나무들 사이를 빠져나갔다. 딜리아가 동생을 쫓아갔다. 스티븐은 제자리에서 한 바퀴 돌며 둘의 이름을 외쳤다. 그는 지갑을 앞주머니에 쑤셔 넣으며 아이들을 따라잡으려 허둥지둥 달리다가 천막 기둥에 걸려 넘어질 뻔했다.

셋은 미로 속으로 사라졌다. 차 안에 아이들이 까르르 웃는 소리가 울렸다.

"다들 어디 갔을까요?" 베로도 킥킥대며 쌍안경의 초점을 맞췄다.

"아이들이랑 실랑이를 벌이고 있겠죠. 곧 나타날 거예요."

딜리아의 배낭이 부스럭대며 재크의 웃음소리를 가렸다. 스티븐의 고함소리는 점점 더 멀어졌다. 나는 수신기에 손을 뻗어 음량을 높였다. 잠시 후, 셋의 목소리가 잠잠해졌다.

"왜 소리가 안 들리죠?" 베로가 물었다.

나는 수신기를 앞 유리에 바짝 갖다 댔다. 바스락 소리밖에 들리지 않았다. 목덜미가 오싹해지고 팔에 난 털이 곤두섰다. 멀리까지 보려고 몸을 쭉 뻗었지만, 조명 너머의 농장은 어둠 속으로 광활하게 펼쳐진 미로 숲 같았다. 컴컴한 숲의 끝이 어딘지 짐작조차 할 수 없었다.

딜리아의 목소리가 정적을 깼다. "아빠, 어딨어?"

나는 가슴을 졸이며 수신기를 꽉 쥐었다. "멀리는 못 갔겠죠. 스티븐이 딜리아를 금방 찾을 거예요."

"아빠? 아빠?" 딜리아의 목소리가 떨렸다. "나 무서워!"

베로와 나는 차문을 벌컥 열었다. 그러는 통에 컵이 떨어져 주차장에 커피가 쏟아졌다. 우리는 주차장을 달려 나갔다. '실례합니다'와 '죄송합니다'를 연발하며 커플들과 가족들을 헤치고 지나갔다. 요정 모자를 쓴 직원이 앞으로 다가와 뛰지 말라고 손짓했지만, 나는 그를 옆으로 밀쳤다. 심장이 쿵쾅거렸다. 베로도 내 뒤를 따라 조명이 미치지 않는 미로 숲으로 들어왔다. 우리는 서로 반대 방향으로 갈라지며 아이들의 이름을 외쳤다. 주위의 길이 어둡고 좁아졌다. 달리는 내 뺨을 나뭇가지가 후려쳤다.

"재크 찾았어요!" 베로가 소리쳤다.

"딜리아!" 아이의 대답이 들리는지 귀를 쫑긋 세운 채 주변을 맴돌았다.

"엄마!" 딜리아의 날카로운 외침이 내 손의 수신기와 오른쪽 어딘가에서 스테레오로 들렸다. 전력 질주를 하며 스쳐 지나가는 나무의 행렬을 살피다가 마침내 아이의 밝은 분홍색 코트를 발견했다.

"딜리아도 찾았어요!" 나는 무릎을 꿇고 아이를 안아 올리며 소리쳤다. 잠시 후 베로가 재크를 가슴에 꼭 껴안고 나타났다. "스티븐은 어디 있을까요?" 베로가 입김을 내뿜으며 물었다.

"스티븐?" 그를 불렀다. 어둠 속에서 낮은 신음이 들렸다. 베로와 함께 아이들을 데리고 소리 나는 쪽으로 가서 나무 한 줄 한 줄을 살피다가 흙에 처박힌 형체를 발견했다. "스티븐!" 딜리아를 한 팔로 들쳐안고 그에게 달려갔다.

스티븐이 꾸물꾸물 일어나 앉아 뒤통수를 문질렀다. 베로가 휴대전화를 꺼내 환한 빛으로 그의 얼굴을 비췄다. 관자놀이에 붉은 액체가 흘러내리고 있었다. "그것 좀 치우지 못해요! 여기서 뭐하는 거예요? 당신은 또 여기 웬일이야?"

"어떻게 된 거야?" 내가 물었다.

그가 뻣뻣하게 일어섰다. 부축해주려고 했지만 내 손을 뿌리쳤다. 그는 손가락으로 상처를 누르며 몸을 움츠렸다. "나도 몰라. 어두워서. 아이들을 쫓아가는데 누가 뒤통수를 내리쳐서 앞으로 고꾸라졌어. 넘어질 때 머리에 상처가 났나 봐."

스티븐은 주머니에 손을 넣어 지갑을 꺼내며 안도했다. 하지만 청바지, 셔츠, 재킷 주머니를 차례로 두드려보고는 얼굴을 찌푸렸다. "내 휴대전화를 가져갔어!"

딜리아의 축축한 뺨이 내 목을 파고들었다. "집에 가고 싶어, 엄마."

재크는 베로에게 기댄 채 코를 훌쩍이며 공갈젖꼭지를 힘껏 빨고 있었다. 베로가 등을 토닥이며 아이를 달랬다. "재크랑 딜리아를 차로 데려갈게요." 내가 딜리아를 내려놓자 베로가 아이에게 손을 내밀었다. 빌린 차로 걸어가는 세 사람을 보며 스티븐은 이를 갈았다.

"저건 누구 차야?"

"그게 뭐가 중요해?"

"당신은 아이들을 집에 못 데려가. 카시트도 없잖아."

"가져왔어. 혹시 몰라서."

"혹시 몰라서? 그게 무슨 뜻이야?" 내가 손에 든 수신기를 급히 끄는 것을 보고 스티븐이 그것을 낚아챘다. "이건 또 뭐야? 나를 감시했어?"

대답할 이유가 없는 질문이었다. "베로가 아이들을 집에 데려갈 거야. 당신 차 열쇠 이리 줘. 응급실에 데려다줄게. 다친 데를 꿰매야 할지도 몰라."

"꿰맬 필요 없어." 그가 땍땍거렸다.

"그래도 조지아한테는 연락할게. 경찰에 신고해야지."

"그냥 애송이한테 소매치기당한 거야, 핀레이. 별일 아니라고. 지갑에는 손도 안 댔어."

"별일 아니라니! 당신 다쳤잖아. 아이들이 다칠 수도 있었어. 베로하고 내가 여기 없었으면—."

"아이들은 무사하잖아!" 그가 눈 위로 피를 뚝뚝 흘리며 나를 노려봤다. "먼지를 털고 일어나서 아까 고른 나무 값을 계산하고 아이들을 바로 집에 데려다주려고 했어. 당신은 나한테 그것도 못 하게 해?"

베로가 차에 시동을 걸고 전조등을 켰다. "그 얘기는 내일 해. 제발 경찰에 신고 좀 하고." 떠나면서 그에게 당부했다. 나는 아이들을 숲에서 꺼내오고 싶었을 뿐이다. 스티븐은 퍽치기를 당했지만 돈은 뺏기지 않았다. 지갑도 같은 주머니에 있었는데. 그 말은 그를 쫓아온 사람이 오직 한 가지, 휴대전화만 노렸다는 뜻이다. 아니면 그 안에 담긴 정보…… 그러니까 그의 일정과 연락처, 자주 방문하는 장소를 노렸거나. 살인 청부업자가 완벽한 살인을 계획하는 데 필요한 정보 말이다.

베로가 옳았다. 아무도 그 일을 수락하지 않았다고 아무도 그 일을 할 계획이 없다는 뜻은 아니었다.

7

월요일 아침은 너무 일찍 밝았다. 나는 담요를 젖히고 코를 킁킁거렸다. 몸을 굴리다가 침대 옆에서 냄새의 근원을 발견했다. 눈을 비벼 남은 졸음을 몰아내는 사이, 재크는 달아나고 복도에서 킥킥대는 소리만 들렸다. 내 방에서 만행을 저질러놓고 혼자 재밌어 죽겠는 모양이었다.

무거운 한숨을 쉬며 일어나서 재크를 뒤쫓았다. 다시 내 방으로 끌고 와 기저귀를 갈았다. 주방에서 팬이 달그락거렸다. 지글지글 기름 끓는 소리와 짭짤하고 고소한 냄새가 계단을 타고 올라왔다.

"딜리아!" 큰 소리로 불렀다. "일어나서 유치원 갈 준비해야지." 딜리아는 눈을 가리는 뾰족한 앞머리를 쓸어 넘기며 찌푸린 얼굴로 내 방에 쿵쿵대며 들어왔다. 잠옷을 발목까지 늘어뜨리고 한 손에 강아지 인형의 목을 쥐고 있었다. 재크를 내려놓으려니 다리가 카펫에 닿기도 전에 파닥거렸다. "베로가 아침을 차리나 보네. 너희 둘은 아래층에 내려가 있어."

협탁에 놓인 무선전화기에 불이 들어왔다. 발신자는 실비아였다. 휴대전화로 시간을 확인하다가 발견한, 그녀의 부재중 전화 알림 세 건을 밀어 없애며 욕을 투덜거렸다.

"저러어어언." 베로가 주방에서 흥얼거렸다. 아래층 무선 전화기에 뜬 번호를 보고 있는 모양이었다. "누구누구는 큰일 났대요. 내가 누누이 말했죠, 제발 글 좀 쓰라고!"

음성사서함으로 넘어가도록 내버려두면 어떤 일이 벌어질까. 내가 아는 실비아는 통화가 될 때까지 전화통에 불이 나도록 걸어댈 사람이었다. 손에 밴 땀을 닦고 전화기를 귀에 갖다 댔다.

"월요일 오전 8시예요." 내가 인사말도 꺼내기 전에 실비아가 말했다.

"알아요. 죄송해요."

"한 시간 뒤에 작가님 기획안을 들고 출판사와 미팅을 하기로 했는데, 아직 메일이 안 들어왔네요."

"보내려고 했어요. 진짜로요. 그런데 주말이 어떻게 흘러갔는지 모르겠네요." 서둘러 복도로 나가 서재로 들어갔다. 랩톱을 여는 순간 주말 내내 생각도 하지 않았던 기획안이 짠, 하고 나타나기라도 할 것처럼. "어디 보자…… 여기 있네요." 책상 앞에 앉아 포스트잇 더미와 영수증을 한쪽으로 치웠다. "전부 제 머릿속에 들어 있어요. 미처 타이핑을 못 했을 뿐. 지금 당장 작성할 수 있어요, 진짜로요. 출판사 편집자를 만나는 9시 전까지 드릴 수 있어요." 무얼 주겠다는 건지는 나도 몰랐고 그것을 알아내는 데만도 한 시간은 걸릴 터였다.

"이건 짚고 넘어가야겠어요, 작가님. 내 명함에 '도너번 씨의 비서'라는 직함은 없어요. 나는 작가님의 에이전트죠. 같이 일하는 걸 행운으로 알아야 할 에이전트요. 마감일을 우습게 여기는 작가를 위해 받아쓰기를 하는 건 내 업무 영역에 속하지 않지만, 어쨌든 돈을 받아야 하니 그렇게 해드리죠. 하지만 이번만이에요. 그럼." 실비아가 자리에 앉는 듯 의자 삐걱대는 소리가 들렸다. "준비됐어요. 가진 거 다 꺼내봐요."

"네, 다 말씀드려야죠." 나는 구겨서 쓰레기통에 던진 포스트잇을 정신없이 뒤지며, 지난 한 달 내내 적었다가 구겨버린 온갖 형편없는 아이디어를 찾았다. 쪽지는 대부분 장보기 목록 아니면 할 일 목록이었다. 랩톱 화면에 붙어 있던 가장 최근 것을 떼어 할 일 목록의 첫 항목을 훑어보려니 이 상황의 아이러니에 쓴웃음이 나왔다.

월요일까지 실비아에게 기획안 보내기.

'……기가 막히네. 잘하는 짓이다, 핀!'

실비아가 조바심에 씩씩대는 소리를 들으며 다음 항목을 살폈다.

가이에게 연락해 방문권 취소하기.

"음, 어떤 남자가 있는데요. ……아이들 아빠였어요." 나는 흩어진 생각을 가다듬으며 천천히 운을 뗐다. "이 남자는…… 질 나쁜 사업가였기 때문에 주위에 적이 많았죠." 나는 눈을 감고 막막한 곳에서 영감을 더듬었다. 음침한 배경이 필요했다. 무시무시하고 끔찍한 사건이 일어날 수도 있는 곳. "남자는…… 아이들을 데리고 컴컴한 소나무 숲을 걷다가…… 등 뒤에서 공격받아 무참히 살해당해요."

"어떻게 살해당하죠?"

"둔기로 머리를 맞고?"

"좋아요. 계속해봐요."

"네…… 그런데…… 우리의 주인공인 킬러는…… 나무 뒤에 숨어 남자를 지켜보고 있었어요. 이 남자가 그녀의 다음 표적이었던 거예요. 남자는 이혼했는데, 전처는 그가 목숨을 위협받는다는 사실을 알고 아이들을 아빠가 모르는 곳에 숨겨놓으려 했었죠."

"좋네요." 실비아가 격려하듯 한마디 했다. 그녀가 의자에 앉아 몸을 앞으로 기울이는 소리가 귀에 들리는 것 같았다. 나는 할 일 목록의 다음 항목을 슬쩍 확인했다.

유치원 분실물 보관소에서 딜리아가 잃어버린 장갑 찾기.

"하지만 남자는 전처를 찾아냈어요. 유치원에서 아이들을 납치해, 아무도 찾지 못할 외딴 숲속 오두막으로 데려갔죠."

"개자식!" 실비아가 중얼거렸다.

"한편 그 남자를 진저리 치게 싫어하는 숙적이 있었는데요."

"그렇게 싫어하는 이유가 뭐죠?"

"글쎄요." 나는 목록을 책상에 던졌다. "그건 아직 밝혀지지 않았어요. 돈, 질투, 복수심 등등 나쁜 놈들이 살인을 하는 이유야 뻔하지만…… 이 의문의 숙적은 남자를 죽이려고 킬러를 고용했죠." 나는 의자에서 일어섰다. 꽉 막힌 머리가 마침내 뻥 뚫리기라도 한 듯, 방 안을 서성대며 말을 술술 쏟아냈다. "우리의 주인공은 표적의 뒤를 밟다가 그 남자의 오두막에 이르렀지만, 쌍안경으로 아이들과 함께 있는 모습을 보자 당장 행동을 취할 수는 없다고 판단했어요. 아빠가 죽으면 누가 아이들을 돌보겠어요? 과연 그녀가 자신의 정체를 노출하지 않으면서 아이들의 안전을 지킬 수 있을까요?" 실비아가 조용해졌다. 침묵의 의미가 무엇인지 아리송했지만, 나는 말을 이었다. 줄거리가 저절로 생명력을 얻으면서 이야기는 점점 절정으로 치달았다. "우리의 킬러는 멀리, 나무 위에서 남자와 아이들을 지켜보며 어떤 선택을 할지 갈등했어요. 한편 숲속에는 그녀가 모르는 다른 킬러도 숨어 있었어요. 눈이 내리기 시작했죠. 날이 저물어 숲은 추워지고 시야는 좁아졌어요. 남자와 아이들이 오두막으로 돌아가려는 순간, 다른 킬러가 숲에서 나타나 주인공의 타깃을 살해하고 아이들은 죽든 말든 버려둔 거예요."

"안 돼!" 실비아의 호흡이 거칠어졌다.

"주인공은 어쩔 수 없는 선택의 기로에 섰어요. 밤이 다가오고 기온은 떨어지는데 아이들을 그냥 뒀다가는 목숨을 잃을지도 모르니까요. 정체를 드러내고 아이들을 구할지, 현상금을 가로챈 다른 킬러를 뒤쫓을지 갈등했죠."

실비아가 숨을 헐떡이며 다급하게 물었다. "그래서 어떻게 했나요?"

"아이들을 구했죠."

"그럴 줄 알았어!"

"하지만 아이들을 보호 기관에 넘기는 과정에서, 주인공은 살인 혐의로 체포돼요."

"달아나야죠!" 실비아가 주장했다.

"아뇨, 감옥에 갇혀요."

실비아가 발꿈치로 바닥을 탁탁 치는 소리가 들렸다. "잠깐만요." 그녀가 전화기를 다른 쪽 귀로 옮기는지 아크릴 손톱이 전화기에 쓸리는 소리가 났다. "주인공이 감옥에 갇힌다고요? 이야기가 벌써 2부에 들어선 것 같은데 부차적인 줄거리가 전혀 없잖아요. 로맨스는 어디 있어요? 섹스는요? 감방에 들어가 있으면 그 잘나가는 형사는 어떻게 만나요?"

나는 콧등을 꼬집었다. "잘나가는 형사는 안 나오는데요."

"전편에 등장한 그 형사 있잖아요?"

왜 다들 그 형사에게 집착할까? "이번 책에는 안 나와요."

"왜 안 나와요? 다들 얼마나 좋아하는데."

"이번에는 주인공이 변호사와 눈이 맞거든요."

"둘이 감옥에서 섹스를 하나요?"

"그건 생각 중이에요."

"아무튼, 좀 서둘러요. 12분 뒤에 택시를 탈 거니까."

이러다 실비아가 기획안을 통째로 퇴짜 놓을까 봐, 나는 의자에 주저앉아 부랴부랴 나머지 내용을 쥐어짰다. "주인공은 자기 사건을 맡은 변호인과 사랑에 빠져요. 그는 젊고 똑똑하고—."

"섹시하다?"

"섹시해요."

"형사만큼?"

"더 섹시하죠. 그는 주인공을 믿으니까요!" 그녀와 핸런의 면도날과 피자와 맥주를 믿으니까. "그는 주인공의 결백을 꼭 밝히겠다고 다짐하지만……." 나는 말문이 막혀 허둥대며 목록을 다시 확인했다.

변호사 구하기.

"이번에는 그 변호사가 느닷없이 자취를 감춰요." 나는 책상을 탁 내리쳤다. "흔적도 없이 사라져요. 전화 한 통, 문자 한 통 남기지 않고요." 그가 해변에서 한가로이 오일을 바르고 비키니 차림의 여학생들과 맥주를 마시는 부분은 뺐다. "주인공은 누군가 그녀를 평생 감옥에서 고통받게 하려고 변호사를 납치했음을 직감하죠."

"그래서 탈옥하나요?" 실비아가 얼른 물었다.

나는 한숨을 내쉬었다. "네, 그래야겠죠?"

"어떤 대가를 치르더라도 그 섹시한 변호사를 찾아야 하니까요. 맘에 드네요. 제목을 그렇게 붙이죠, 핀." 실비아가 책상에 펜을 내려놓는 소리가 들렸다. "청부살인2 : 어떤 대가를 치르더라도."

"좋네요." 뭐라고 부르든 그녀 마음이었다. 내친김에 소설도 대신 써주려나?

"핀레이, 작가님을 공연히 의심했네요. 진짜 잘해낼 거 같아요. 영화 같은 느낌도 있고. 잘하면 영화 판권을 팔 수도 있겠어요."

"그건 좀—."

"이제 가봐야겠네요. 미팅에 늦겠어요. 출판사랑 무슨 얘기 했는지 나중에 이메일로 알려줄게요." 전화가 끊겼다. 의자에 기대어 방금 실비아에게 말한 내용을 일일이 곱씹으며 나중에 나를 궁지에 빠뜨릴 요소가 있는지 따져봤다. 큰 문제는 없어 보였다.

집 밖에서 엔진 소리가 났다.

블라인드를 벌리고 내다봤다가, 진입로에서 낯익은 픽업트럭을 발견하고 탄식했다.

슬리퍼와 가운 차림으로 계단을 부리나케 내려가니 베로도 현관 창을 내다보고 있었다. "스티븐이 어쩐 일이죠?"

"나도 몰라요."

"실비아랑 얘기가 잘 안 풀리면 언제든지 스티븐을 죽이면 돼요." 베로가 제안했다.

문을 열자 싸늘한 공기가 훅 끼쳤다. 두툼한 플란넬 셔츠를 입은 스티븐이 거대한 소나무를 팔에 끼고 현관 앞에 서 있었다. 작업용 부츠에 묻은 흙이 현관 깔개로 떨어졌고, 나무가 문턱을 넘을 때는 바늘잎이 떨어졌다.

"아빠!" 딜리아가 소리를 꺅꺅 지르며 계단을 뛰어내려 스티븐의 남는 팔에 몸을 던졌다. 재크도 집 안에 쿵쿵 소리를 울리며 누나를 따라왔다.

"안녕, 우리 귀요미." 스티븐이 딜리아의 머리에 입을 맞추고 바닥에 내려놨다. 그의 모직 모자 아래로 붕대가 보이고, 뺨에는 멍이 들어 있었다.

"이게 다 뭐야?" 나무 꼭대기가 천장을 긁는 것을 보고 나는 인상을 썼다. 그가 나무를 벽에 기대자 꼭대기가 구부러졌다. 재크가 나무를 만지러 뒤뚱뒤뚱 다가갔다. 스티븐의 안도감이 내게 전해졌다.

"어젯밤에 나무 농장에서 있었던 일이 마음에 걸려서, 오늘 날이 밝자마자 가서 제일 좋은 놈으로 사왔어."

베로가 한쪽 눈썹을 올렸다. "좀 크네요."

스티븐이 흐뭇한 얼굴로 나무를 올려다봤다. "내가 언제든 손질하면 되니까요. 나무 농장 아가씨가 작은 것보다는 큰 게 낫다고 해서요."

베로의 시선이 스티븐의 가랑이로 향했다. "그 여자가 실망하겠네." 그녀는 팔꿈치를 옆구리에 붙이고 두 손을 공룡 발처럼 구부린 채 나를 지나쳐 주방으로 들어갔다.

스티븐의 얼굴이 붉어졌다. "저게 무슨 소리야?"

"모르는 게 나아." 나는 관자놀이의 붕대를 가리켰다. "다친 데는 괜찮아?"

그는 모자를 벗고 거즈를 쿡쿡 눌렀다. "두 바늘 꿰맸어." 그가 쑥스러운 듯 대답하며 호주머니에서 휴대전화를 꺼냈다. "오늘 아침에 트럭 바닥에서 찾았어. 어젯밤에 아이들 내려주다가 떨어뜨렸나 봐."

아니면 '싹쓸이'가 필요한 정보를 빼내고 다시 가져다 뒀거나. "누가 당신을 공격했잖아. 경찰에 신고해야 해."

"신고해서 뭐라고 하게? 어두운 데서 뛰어다니다가 머리를 부딪쳤다고? 그냥 사소한 사고였어, 핀. 별로 할 얘기도 없다고." 그는 코를 킁킁댔다. "좋은 냄새가 나네. 아침 메뉴가 뭐야?" 쾌활한 투로 말했지만 어쩐지 딱딱하게 들렸다.

딜리아가 손뼉을 쳤다. "베로 이모가 토르티야 칩을 만들고 있어!"

스티븐이 눈살을 찌푸렸다. "칩? 아이들에게 과자를 먹인다고? 아침부터?"

"칠라킬레스* 거든요!" 베로가 주방에서 대꾸했다. "당신 건 없어요."

"사람이 더 올 줄은 몰랐거든." 내가 해명했다.

"괜찮아." 그가 어색한 미소를 지었다. "어쨌거나 나무를 갖다놓고 팬케이크 먹으러 갈 생각이었어. 딜리아랑 재크도 데려갈까 하는데."

"딜리아는 유치원 가야 돼."

* 토르티야 칩, 치즈, 달걀 프라이 등에 소스를 뿌려 만든 멕시코 요리.

"먹고 나서 내가 유치원에 데려다주면 되지."

창밖의 트럭을 흘끔 보았다. 지금 이 순간도 싹쓸이가 트럭을 지켜보고 있을지 어찌 알겠는가.

"엄마, 제발." 딜리아가 내 팔에 매달려 졸랐다. "아빠랑 팬케이크 먹으러 가고 싶어!"

"유치원 시간이 한 시간도 안 남았고 베로가 이미 요리도 했잖아."

"칩도 요리라면 말이지." 스티븐이 중얼거렸다.

나는 이를 바드득 갈며 딜리아를 주방으로 밀었다. "얼른 아침 먹어. 동생이랑 같이. 너 그러다 유치원 지각한다." 딜리아는 입을 삐죽 내밀고 발을 질질 끌었다. 나는 아이들이 충분히 멀어지기를 기다렸다가 스티븐을 문 쪽으로 잡아끌었다. "나무 고마워. 아이들한테 밥 사주겠다는 것도 고맙고. 하지만 지금은 때가 안 좋아."

"왜 이래?" 그가 문을 닫으며 물었다. "내가 연락할 때마다 아이들을 안 보여줄 핑계만 대잖아."

"핑계 대는 거 아냐. 그냥 좀 바빴어."

"테리사 때문이지? 농장에서 발견된 시체 때문에 겁먹은 거잖아."

"무슨 말을 듣고 싶은 거야, 스티븐?"

"테리사가 무슨 일에 관여했든 나와는 아무 상관 없어. 당신도 알잖아, 핀. 내가 그런 일에 엮일 사람 같아?"

"그래? 우리 사이에 있었던 일을 생각하면 내가 지금껏 당신을 제대로 알기나 했는지 의심스러운데?"

그의 턱에 힘이 들어갔다. "그건 말이 어딨어. 당신은 저 여자보단 나를 안 지가 훨씬 오래됐잖아." 그가 주방을 가리켰다. "만난 지 1년도 안 된 사람을 집에 들였지. 딜리아를 유치원에 데려다주게 하고,

하루 종일 재크 옆에 있게 하고! 저 여자가 어떤 사람인지 제대로 알기나 해?"

"베이비시터잖아, 스티븐!"

"나는 아이들 아빠야! 내 아이들을 만나고 싶다고."

그 말은 반박할 수 없었다. 스티븐에게는 아이들과 시간을 보낼 권리가 얼마든지 있었다. 그가 딜리아, 재크와 함께 있고 싶은 만큼 나는 아이들을 그에게서 떨어뜨리고 싶었다. 하지만 진실은 내가 밝힐 수 없는 복잡한 문제와 섞여 있었다. "만나면 되지. 오늘 아침은 좀 곤란할 뿐이야." 나는 그의 옆으로 손을 뻗어 문을 열었다.

"이번 주말에 데려갈 거야."

나는 미적지근하게 고개를 까딱했다. "주말 전에 전화할게. 그때 당신이 올 시간을 정해."

"아니, 핀." 그가 이글거리는 파란 눈으로 나를 내려다봤다. "금요일 유치원 끝날 때 맞춰서 데려갈 거야. 홈캠은 안 돼. 차에서 날 감시할 생각 마. 아이들은 주말 내내 내가 데리고 있을 거야. 그게 안 된다면 가이에게 전화하겠어."

그는 나무를 한 번 더 쳐다보더니 밖으로 나가 문을 쾅 닫았다. 어깨에 닿는 베로의 손길에 나는 화들짝 놀랐다. "아무래도 삽을 하나 더 살걸 그랬죠."

8

화요일 점심 무렵의 쇼핑몰은 혼잡했다. 내 옆의 화분에 설치된 스피커에서 크리스마스캐럴이 흘러나왔지만, 쇼핑하러 온 사람들이 푸드코트에서 분주하게 움직이는 소리와 플라스틱 쟁반 달그락거리는 소리 때문에 가사는 제대로 들리지 않았다. 나는 음수대의 물을 마시며 쓸려 들어왔다 밀려 나가는 인파를 바라봤다. 내게 서재를 벗어나라고 제안한 사람은 베로였다. 사람 구경과 크리스마스 쇼핑으로 기분 전환을 하면 슬럼프를 벗어나 영감을 좀 얻을지 모른다며. 적어도 줄리언이 떠난 지 나흘이 지나도록 문자 한 건 없다는 사실은 잊을 수 있을지도. 아직 내게는 이야기의 씨앗뿐이었다. 저지르지 않은 살인으로 재판받는 여성 킬러. 그녀와 사랑에 빠졌지만 돌연 자취를 감춘 변호사. 하지만 키보드를 몇 시간이고 노려봐도, 이 이야기의 해피엔딩을 상상할 수는 없었다.

테이블 위 휴대전화가 진동했다. 손을 뻗다가 줄리언의 번호가 아니어서 조금 실망했다.

수화기를 귀에 대고 손으로 다른 쪽 귀를 막았다. "네, 실비아."

"엄청 좋은 소식이에요." 그녀가 소리쳤다. "출판사에서 기획안이 마음에 든대요. 샘플도 보고 싶대요. 2만 단어 분량을 쓰는 데 얼마나 걸리겠어요?"

2만 단어라면 거의 책 4분의 1 분량이다. "글쎄요. 올해 말까지는 가능하려나." 내 속도를 감안하면 그조차도 무리였다.

"좋아요! 월요일까지 보낸다고 얘기했어요." 탄산음료가 목에 걸렸다. "그 정도면 내용에 아주 살짝 변화를 주기에 충분한 시간일 거예요."

"무슨 변화요?"

"그 잘나가는 형사가 다시 등장하면 좋겠대요. 내 말 끝까지 들어봐요." 내가 항의하려 하자 실비아가 말했다. "변호사는 그대로 둬도 좋대요. 하지만 독자들은 그 형사도 다시 나오기를 고대하고 있어요. 그러면 내적, 외적으로 긴장이 더해지겠죠. 두 번째 연인이 등장하면 이야기는 한층 흥미진진해질 테고요."

"삼각관계는 다루기가 워낙 까다로워서요."

"그러면 3부에서 둘 중 하나를 죽여요. 남은 한 명이 주인공을 구하고 사랑을 이루는 거죠. 작가님 마음에 드는 쪽을 골라요. 일단 샘플에는 잘나가는 형사를 넣으라고요. 다음 주 월요일까지 2만 단어예요, 핀레이. 날 실망시키지 말아요."

실비아가 전화를 끊었다.

쟁반의 기름 웅덩이에서 먹다 만 프레첼이 식어가고 있었다. 왜 내 주인공에게는 구해줄 남자가 필요할까? 왜 스스로를 구할 수 없다는 인상을 주었을까?

그렇다면 그녀는 언제쯤 자신을 구원할 수 있을까?

빵을 한입 가득 베어 물며 원고를 닫고 인터넷 브라우저를 열었다. 커뮤니티로 이동하면서 나를 지켜보는 사람이 있는지 등 뒤를 살폈다. 로그인했다가 1분 내로 로그아웃하면 된다. 게시물을 확인하기에는 충분한 시간이었다. 아무 문제 없었다.

'요주의 업체'를 클릭하자 짧은 글이 나타났다.

씹던 입을 멈췄다. 내 손이 트랙패드 위에 얼어붙었다.

싹쓸이: @진저리, 스티븐 도너번은 진짜 골 때리는 물건이던데요. 제가 좀 알아봤는데, 그야말로 거짓말쟁이에 사기꾼이었어요. 다음 주에 쥐도 새도 모르게 사라져도 아무도 아쉬워하지 않을 인간이 분명해요. 50가지 이유가 있으면 님과 대화를 시작할 수 있어요. 님을 이해하는 사람과 대화할 준비가 되셨다면 DM 주세요. 저는 들을 준비 됐으니까요.

목이 컥 막혔다.

일어서서 가방에 프레첼을 넣고 랩톱을 챙겨 딜리아의 유치원으로 이동할 준비를 했다. 직업의 날 발표를 위해 조지아도 가 있을 터였다. 언니에게 게시물을 보여주면서 우리 집 우편함에 익명의 쪽지가 들어와 있었다고 말을 지어낼까 고민했다(아예 거짓말은 아니지 않나). 몇 주 전에 했어야 할 일이지만 지금이라도 해야 한다. 이 일은 경찰에게 맡기고—.

싹쓸이의 답글 밑에 새 글이 떴다.

진저리: 제안 고마워요. 내가 뭘 잘못하고 있는 게 아닌지 슬슬 걱정이

되네요. 이런 쪽으로 경험이 별로 없어서. 아무튼 제 얘기를 들어줄 사람이 있다니 기쁘네요. 곧 메시지 보낼게요.

컴퓨터 가방에서 휴대전화를 꺼내 베로의 번호를 눌렀다.

'제발 받아, 제발 받아, 제발 받아…….'

"죽일 거야 진짜." 그녀가 웅얼거렸다.

"자고 있으면 어떡해요. 11시가 다 됐잖아요."

"재크가 낮잠 자기에 나도 잠깐 눈 붙이는 거예요."

"싹쓸이가 그 일을 맡았어요."

이불 부스럭대는 소리가 들렸다. 갈라지는 음성으로 우물대던 베로가 갑자기 맑고 또렷한 소리를 냈다. "싹쓸이가 일을 맡았다니, 그게 무슨 말이에요?"

"말 그대로예요! 지금 커뮤니티 게시판을 보고 있다고요!" 옆 테이블의 여자가 나를 흘겨봤다. "우리도 뭔가 조치를 취해야 돼요."

"당신 전남편을 비행기에 태워 시베리아로 보내지 않는 한, 달리 뭘 할 수 있겠어요?"

"30분 후에 달리아 유치원에 가요. 직업의 날이라서 조지아도 거기 가 있어요. 언니한테 얘기 좀 해봐야겠어요."

베로가 숨을 훅 들이마셨다. "뭐라고 하려고요?"

"꼭 필요한 얘기만 할 거예요."

"아니, 절대 안 돼요, 핀레이!"

나는 목소리를 낮추며 옆 테이블의 여자를 등졌다. "나무 농장에서 아이들이 얼마나 겁을 먹는지 봤잖아요. 누가 아이들 아빠를 살해하려 하는데 손 놓고 있을 수는 없어요!"

"경찰이 그 게시물을 발견하면, 웹사이트를 샅샅이 뒤지겠죠. 그러면 수사 방향이 어디로 향하게 될지 당신도 잘 알 텐데요. 거긴 퍼트리샤 미클러가 당신을 찾기 전 해리스를 죽일 사람을 구하려 했던 사이트예요. 그 사건은 종결됐고요, 핀레이. 펠릭스는 이제 감옥에 있고 우리는 용케 잘 빠져나왔잖아요. 하지만 이제 와서 언니한테 이 일을 발설했다가는 펠릭스가 재판을 받기도 전에 수사가 재개될 수 있어요. 우리 둘 다 살인죄로 감옥에 갈지도 모른다고요."

나는 입술에 맺힌 땀을 닦았다. 틀린 말이 아니었다. 경찰을 끌어들이는 것은 너무 위험할 테지만 그래도 뭔가 해야만 했다. 진저리와 싹쓸이의 대화가 일단 채팅방을 벗어나면 추적할 방법이 없어진다.

"핀레이?" 아이들이 지나치게 조용할 때 베로가 쓰는 말투였다. 그럴 때 아이들은 보통 사고를 치고 있다. "지금 뭐 하는 거예요?"

랩톱을 끌어당겨 '답글 달기'를 클릭했다.

"빨리 집으로 와요." 베로가 단호히 말했다. "같이 상의 좀 해요."

내 손이 자판 위를 날아다녔다. 이렇게 긴 글을 쓰기는 몇 주 만에 처음이었다. 일을 막으려면 이 방법밖에 없었다.

익명2: @진저리: 진짜 전문가와 이야기하셔야죠. 저는 여성들을 위해 원치 않는 골칫거리를 제거해드린 경험이 있어요. 이 문제도 해결할 수 있다고 자신합니다. 50가지 이유가 없어도 대화를 시작하실 수 있어요. 일단 DM 주세요. 저희가 처리해드리죠.

"핀, 우리 현명하게 행동해야 돼요. 무슨 짓을 하려는지 몰라도 당장 그만둬요."

나는 '등록'을 누르고 떨리는 숨을 내쉬며 랩톱을 옆으로 밀었다.

전화기에서 잠시 아무 소리도 들리지 않았다. "답글 쓴 거 아니죠?"

"그 방법밖에 없는데 어떡해요!" 내겐 시간이 필요했다. 생각할 시간. 진저리가 누구인지 알아낼 시간. 그것만으로 충분했다.

"지금 어디예요?" 베로가 물었다.

"쇼핑몰 푸드코트요."

"당신 랩톱을 썼어요?"

"맞아요."

"미쳤네, 핀! 대체 무슨 생각이에요?"

"언제는 상자형 냉동고를 사라면서요!"

"내가 언제 당신더러 푸드코트 개방 와이파이로 전남편 살해 의뢰를 받으라고 했어요?"

나는 경악하며 랩톱을 쾅 닫고 눈으로 주위 테이블을 훑었다. 내가 지금 무슨 짓을 저지른 거지?

"잘 들어요, 핀레이." 베로가 애써 침착하게 말했다. "지금 당장 로그아웃해요. 직업의 날 행사에 가서 딜리아를 데려오고 언니한테는 입도 뻥긋하지 말아요. 이 일은 우리가 직접 처리해야 돼요. 지난번에 한 것처럼."

시체들, 한 남자의 목숨의 무게, 달빛 아래서 끝없이 삽질하던 순간을 떠올리며 나는 침을 꿀꺽 삼켰다.

'지난번에 한 것'은 내가 무엇보다 두려워하는 것이었다.

9

열린 외투 사이로 살을 에는 바람을 맞으며 꽉 찬 유치원 주차장을 둘러봤다. 차 사이를 지나다니며 언니의 반짝이는 청색 임팔라를 찾았지만 어디에도 보이지 않았다. 유치원 건물 앞에서 휴대전화를 꺼내어 푸드코트에서 무심코 넘겼던 통화 목록과 메시지를 스크롤했다. 조지아가 보낸 네 건의 문자 중 첫 번째를 훑어보다가 심장이 멎는 줄 알았다. 거의 한 시간 전에 도착한 메시지였다.

급한 사건이 터져서 빠져나갈 수가 없네. 바보 1호가 자기 형의 발을 쐈어. 바보 2호는 보복했고. 입건하기 전에 응급실부터 데려가야 해. 유치원에 제때 못 갈 것 같아. 다른 사람을 보내도 될까?

두 번째 메시지가 온 것은 그로부터 5분 뒤였다.

베로는 어때? 회계사도 괜찮은 직업이잖아?

다음 메시지는…….

신경 쓰지 마. 아까 한 말은 잊어버려.

마지막 메시지가 도착한 지도 40분이 넘었다.

직업의 날은 걱정하지 마. 딜리아한테 이모가 알아서 한다고 전해줘.

붐비는 로비로 서둘러 들어갔다. 사과의 말을 중얼거리며 주황색 공사장 조끼를 입은 아빠와 파란색 수술복을 입은 엄마 사이를 비집고 지나갔다. 까치발을 하고 딜리아의 교실을 들여다봤다. 딜리아는 교실 앞 선생님 옆에 서서 불안한 듯 뾰족 머리를 만지작거리고 있었다. 부모들 틈에서 경찰기동대 유니폼과 헬멧 차림의 당당한 형체를 발견하고 나는 안도했다. 엄마들이 서로 소곤대며 유니폼을 입은 조지아의 긴 다리를 품평하듯 응시하고 있었다. 조지아는 러그 위에 엇갈린 대형으로 앉은 채 환호하는 아이들 사이를 조심스레 지나가고 있었지만, 내 눈에는 딜리아의 환한 미소만 보였다.

딜리아의 손님이 아이 옆에 서서 교실을 돌아보며 헬멧을 벗자 박수 소리는 잠잠해졌다. 헬멧이 올라가고 두 개의 검은 눈, 언니의 것이 아닌 눈이 교실 안의 얼굴들을 훑다가 내 눈과 마주쳤다. 닉이 헬멧을 겨드랑이에 끼웠다. 그의 뺨에 수줍은 보조개가 패자 몇몇 엄마들이 그를 더 자세히 보겠다고 목을 뺐다. 그들의 뻔뻔한 시선은 닉의 허벅지를 감싼 권총집과 가슴에 꼭 맞는 전술 조끼를 타고 올라갔다.

딜리아의 선생님이 클립보드를 읽으며 웅성거림을 잠재웠다. "여러분, 딜리아 도너번이 오늘 특별한 손님을 초대했어요. 페어팩스 카운티 경찰서의 앤서니 형사님이에요. 형사님은 조직범죄를 감시하는 특수부서에서 일해요. 형사님께 궁금한 점이 많겠지만, 부모님들께선 부디 우리 꼬마 친구들에게 적합한 질문을 해주십사 부탁드려요." 선생님이 속닥거리는 엄마들을 향해 안경테 너머로 눈살을 찌푸리자 그중 몇몇이 킥킥 웃었다.

아이들이 양탄자 위에 무릎을 꿇고 몸을 세우며 팔을 번쩍 쳐들었다. 딜리아가 첫 번째 질문을 할 친구를 골랐다. 닉의 저음이 교실에 마법을 건 듯 모두 숨죽인 채 귀를 기울였다. 딜리아는 뭐든지 고칠 수 있는 아빠를 볼 때처럼 존경 가득한 눈으로 닉을 우러러봤다. 지난번에 만났을 때 데이트 신청을 하는 닉을 나는 완곡하게 거절했다. 그런 그가 경찰기동대 전투복 차림으로 내 딸의 반 친구들 앞에서 있다니. 나는 저런 영웅에게 와달라고 부탁한 적이 없지만, 그럴 자격도 없을 터였다.

내 손에 들린 휴대전화가 진동했다. 조지아의 이름이 화면에 떴다. 수화기를 귀에 대고 사람들이 북적대는 문간에서 물러났다.

"닉 왔어?" 조지아가 물었다.

"응. 저 사람이 여기 어쩐 일이야?"

언니가 안도의 숨을 내쉬었지만 그 소리는 무전기 지직대는 소리와 문 윙윙대는 소리에 묻혔다. "달리 방법이 있어야지. 너랑 연락도 안 되고, 직업의 날을 망칠 수는 없잖아."

"그런데 닉이 때마침 기동대 전투 장비를 갖추고 유치원에 가겠다고 나섰다고?"

"꼭 그렇진 않아. 장비는 내가 권했어. 청바지랑 티셔츠보다는 그럴싸하잖아. 달리아 친구들이 좋아할 것 같아서."

나는 떨떠름하게 감사 인사를 하고는 덧붙였다. "언니, 나한테 빚진 거야. 엄청 큰 빚."

"무슨 소리야? 기껏 부탁 들어줬더니."

"직업의 날에 와달랬더니 닉을 대신 보내놓고?" 머리가 지끈거렸다. "잠깐만…… 혹시 엄마가 이러라고 시킨 거야?"

"아니야." 조지아가 씩씩거렸다. "당연히 아니지."

"시킨 거 맞네! 엄마 말을 듣고 이런 일을 꾸미다니! 진짜, 조지아. 이렇게 사람 민망하게 만들 거야?"

"민망하게 만드는 건 너야."

"닉한테 언니를 죽여버리겠다고 할 거야."

"그러면 더 민망해질걸. 얘, 나는 '1호'랑 '2호' 잡으러 가야 되니까 나중에 통화해."

"나한테 빚졌다고!" 전화를 끊는 언니에게 이 말을 반복했다. 닉이 아이들의 머리 너머로 나를 보며 열린 교실 문틈으로 환히 웃자, 엄마 몇몇이 내 쪽을 돌아봤다. 조지아에게 엄청나게 많은 기저귀를 갈도록 시켜서 복수하기로 했다.

"잘하죠?" 뒤에서 들리는 거친 목소리에 고개를 돌렸다. 한 남자가 고개를 흔들며 내 어깨 너머로 닉을 지켜보고 있었다. "사람들을 전부 휘어잡고 있잖아요. 아이들까지." 남자는 바지 호주머니에서 열쇠꾸러미인지 동전인지 모를 것을 짤랑거렸다. 열린 재킷 틈으로 권총의 개머리와 반짝이는 배지가 엿보였다. 누군지 기억을 되짚고 있는데 그의 파란 눈이 내 눈을 향했다. "미안해요." 그가 손을 내밀었다. “소개부터 했어야 하는데. 조이 밸러펀트예요.” 나의 멍한 시선에 그는 교실 쪽으로 턱짓했다. “닉의 파트너죠.”

“아.” 나는 얼른 그의 손을 잡았다.

그의 미소 띤 입꼬리에서 이쑤시개 끝이 삐져나왔다. 평소의 닉처럼 그도 평상복 차림이었지만, 파란 셔츠에 연회색 바지는 눈에 띄게 화사했다. 관자놀이의 풍성한 금발은 희끗희끗해지고 있었다. 황갈색 가죽 재킷에서 담배 냄새가 희미하게 풍겼다. 잘생긴 남자였지만, 닉처럼 아찔할 만큼 호리호리하면서 다부진 타입은 아니었다. 이웃집 아저씨 같은 친근한 외모와 푸근한 뱃살이 오히려 스티븐을 연상시켰다. 절대 암 치료를 받는 사람으로는 보이지 않았다. “휴직 중이신 줄 알았어요.” 내가 조심스레 말했다.

“아, 찰리 말씀하시나 봐요. 나는 아니에요.” 그가 입꼬리를 내리며 미소 지었다. “찰리는 아직 복귀하지 않았지만, 다들 그를 응원하고 있죠. 나는 닉의 새 파트너예요. 그 유명한 핀레이 도너번이시죠?” 조이가 경찰 특유의 날카로운 눈빛으로 내 언니가 종종 그러듯 나를 훑었다. 다른 사람들은 아무도 눈치 못 챌 사소한 티끌을 집어내는 테이프 클리너처럼. 그는 빙그레 웃더니 이쑤시개를 입 반대편으로 밀었다. “지금 당신한테 말을 걸었다는 이유로 닉이 나를 죽일 듯이 노려보지 않는다 해도, 사람들 속에서 당신을 집어낼 수 있을 것 같아요. 당신 얘기를 귀가 따갑도록 들었거든요.”

닉의 발표가 끝났는지 박수가 터져 나왔다. 그는 우리 쪽을 돌아보며 날 선 미소로 조이에게 경고했다. 조이가 팔꿈치로 나를 쿡 찔렀다. “봤죠? 내가 자기의 창피한 비밀을 누설할까 봐 신경 쓰여서 저래요.”

"뭐가 창피한데요?"

부모들이 일렬로 교실을 빠져나오기 시작하자 조이는 내 귓가로 바짝 다가왔다. "나랑 잠복근무를 하니 영 재미가 없고 당신이랑 할 때가 훨씬 즐거웠대요."

내 뺨으로 피가 쏠렸다. 딜리아가 닉의 손을 잡더니 사람들을 헤치고 내 쪽으로 끌고 왔다. 우리 앞에 도착하자 딜리아는 그의 다리를 끌어안으며 "고맙습니다" 하고 속삭였다. 내 심장이 쿵닥거렸다.

딜리아는 가방을 가지러 사물함으로 달려가고, 우리 둘 사이에는 침묵이 내려앉았다. 이렇게 가까이서 보니 닉은 내 기억보다 커 보였다. 전투화를 신어 키가 한 뼘 커진 데다, 그를 우러러보던 딸아이의 태도 때문인지 닉이 인간 이상의 존재로 느껴졌다.

닉의 뺨에 서서히 보조개가 팼다. 마치 일부러 만드는 것처럼. "반가워요, 핀레이."

"저도요." 제복에 감싸인 그의 몸을 빤히 보지 않으려고 가방을 어깨 높이로 끌어올렸지만, 그의 가슴이 바로 내 눈높이였다. 눈을 돌려도 불룩한 이두박근이 보일 뿐이었다. 눈을 낮추는 것은…… 불가능했다. 속눈썹 사이로 그를 올려다봤다가 부드러운 미소에 숨이 멎을 것 같았다. "이렇게 와주셔서 고마워요. 바쁘실 텐데."

그는 복도를 따라 늘어선 사물함을 향해 고개를 까딱했다. 딜리아가 외투를 껴입고 있었다. "얼마든지요. 딜리아가 워낙 사랑스럽잖아요." 겨우 한 달 전에 딜리아에게 개자식이라는 소리를 들은 것치고는 무척 관대한 말이었다. 우리가 사귄다는 말을 듣고 제 아빠가 내뱉은 비열한 평가를 그대로 전한 것이었다. 사실 사귄 것도 아니다. 엄밀히 말해서. 잠복 중에 순찰차 앞좌석에서 발생한 짧은 신체 접촉을 예외로 한다면.

그때를 떠올리자 목에서 식은땀이 솟았다.

닉의 홍조 띤 얼굴을 보니 그 역시 같은 생각을 하고 있는지도 몰랐다.

조이가 닉의 어깨를 툭 쳤다. "나는 나가서 담배 한 대 피워야겠어. 차에서 기다릴게." 그가 이쑤시개를 문 입으로 내게 싱긋 웃었다. "만나서 반가웠어요, 핀레이. 닉 좀 예뻐해줘요, 알았죠?" 한 눈을 찡긋하며 그는 인파 속으로 스며들었다.

직업의 날 손님으로 온 아빠 몇 명이 다가와 닉과 악수를 나누는 동안 어색하게 기다렸다. 몇몇 엄마들은 그의 팔을 토닥였다. 와줘서 고맙다는 핑계로 손가락을 닉의 이두박근에 너무 오래 대고 있는 것 같았다.

"정말 멋있었어요." 줄을 섰던 그의 팬들이 마침내 줄어들자 나는 이렇게 말했다. "딜리아가 무척 고맙게 생각할 거예요. 나도 그렇고요."

그는 고개를 기울였다. "그렇게 감사하면 내가 언제 전화해도 돼요?"

사물함 옆에서 아이들에게 외투를 입히며 아닌 척 엿듣고 있는 엄마들을 나는 흘깃 돌아봤다. "미안해요, 내가 너무 나갔네요." 그가 엄마들을 등지며 말했다. "그냥 우리가 다시 만날 수 있을까 해서요." 그는 손을 넓게 펼쳐 헬멧을 만지작거렸다. 한 달 전에 차 안에서 내 엉덩이를 감싸던 느낌이 끝내주던 손이다. "당신이 원한다면 '현장 조사'라고 부르죠. 글 쓰는 데 필요한 질문을 해도 좋고요." 닉은 주위를 둘러보고 목소리를 낮췄다. "당신이 실험실에서 피터한테 사인해준 책을 읽었어요. 나더러 책을 안 돌려주면 가만 안 두겠다면서 겨우 빌려주던데요. 꽤 재밌었어요."

젊은 법의학자가 사인을 부탁한 소설이 무엇이었는지 기억을 더듬었다. 반쯤 벗은 표지 모델이 문득 떠올랐다. 책 속 몇 장면을 떠올리자 말문이 막혔다. "세상에, 당신이 그 책을 읽었다고요?"

그가 슬며시 웃었다. "새 소설을 쓰고 있다고 조지아한테 들었어요. 그 얘기도 좀 해줘요."

"그게 좋은 생각인지 잘 모르겠어요. 나는 좀—." 아이 하나가 닉의 다리 뒤에 부딪치면서 그를 내 쪽으로 더 밀었다. 커피와 스피어민트의 매혹적인 냄새가 알싸한 스킨 향에 섞여 있었다. 눈을 감으면 그의 자동차 가죽 냄새까지 느껴질 것 같았다. 입이 바싹바싹 말랐다. "그래요. 알겠어요."

그가 검은 눈을 빛내며 출구 쪽으로 뒷걸음질했다. 내게서 시선을 떼지 않은 채 붐비는 복도를 헤치고 지나갔다. 사람들이 자연스레 길을 터주었는지도. "딜리아한테 나도 오늘 즐거웠다고 전해줘요. 전화할게요." 그는 웃음기를 감추느라 입술을 깨물며 돌아서서 문밖으로 나갔다.

10

헉 소리가 절로 나왔다. 내가 무슨 짓을 한 건지. 진짜 닉이랑 저녁을 먹기로 한 건가? 그가 전화하면, 전화를 하기나 한다면, 내가 실수했다고 설명해야 할 것 같았다. 그런 결정을 내린 순간에 나는 살짝 고장 나 있었다. 하긴, 닉이 그렇게 가까이 서 있는데 어떻게 생각을 똑바로 하겠는가?

딜리아의 사물함 쪽을 돌아봤다가, 내 딸 곁에 쪼그리고 앉은 여자를 발견하고 모골이 송연해졌다. 찰랑한 금발이 얼굴을 가렸지만 여기 선생님이 아닌 것은 확실했고, 내가 아는 엄마 중에도 저 비슷한 여자는 없었다. 아직 남아 있는 아이들을 피하며 두 사람 쪽으로 다가갔다. 걸음을 옮기다가 그 여자가 들고 있는 휴대폰 화면을 언뜻 보았다. 둘이서 화면 속 누군가에게 손을 흔들고 있었다.

"뭐 하는 거야?" 내 목소리를 듣고 여자가 벌떡 일어났다. 몸을 돌리면서도 딜리아를 보호하려는 듯 아이에게 손을 얹었다. 여자는 얼른 손을 내려서 휴대전화를 허벅지에 붙였다.

하지만 나는 이미 화면 속 얼굴을 알아보았다.

"여보세요?" 여자의 다리에 눌린 테리사의 목소리가 초조해졌다. "아무것도 안 보여, 애이미. 듣고 있지? 말했잖아, 직업의 날인지 나발인지에 관심 없다고." 휴대전화에서 무거운 한숨이 터졌다. "내 말 들리면 그냥 여기로 와. 한 시간 후에 〈제너럴 호스피털〉 시작하잖아. 올 때 슈퍼마켓에도 들러야 돼. 아이스크림이 다 떨어졌—"

테리사의 단짝 친구 애이미 레이놀즈가 나를 쏘아봤다. 그녀는 커다랗게 뜬 눈으로 도둑이 제 발 저리는 듯 휴대전화 화면을 껐다. 나는 딸을 슬며시 내 쪽으로 끌어당겼다.

딜리아는 내 바지를 잡아당기며 폴짝폴짝 뛰었다. "엄마! 애이미 이모가 나를 보러 왔어!"

"저기, 안녕하세요, 핀레이 씨." 애이미는 휴대전화를 집어넣고 손을 내밀었다. "저는—"

"누구신지 알아요." 애이미를 본 적이 있다. 쇼핑몰 화장품 코너에서 베로가 그녀를 상대하는 동안 나는 멀찍이서 지켜보았다. 애이미와 테리사는 대학 시절부터 붙어 다니던 여학생 클럽 '자매'였다. 테리사의 사무실과 집에는 둘이 팔짱을 끼고 찍은 사진도 걸려 있었다.

내가 악수할 생각을 않자 애이미는 손을 거뒀다. "제가 여기 왜 왔는지 궁금하시겠죠. 그냥……" 그녀는 딜리아를 내려다보며 목소리를 낮췄다. "아이들을 통 못 만나서…… 아시죠, 그때 이후로……" 딜리아가 고개를 쳐들고 파란 눈에 호기심을 반짝였다.

"출발하기 전에 미리 화장실 다녀올까?" 내가 딜리아에게 말했다.

애이미가 딜리아를 안심시키려는 듯 웃어 보였다. "걱정 마. 화장실 갔다 올 때까지 이모는 여기 있을게." 딜리아가 복도를 깡충깡충 뛰어가자 애이미는 입술을 깨물며 갑자기 내게 애원하는 눈빛을 보냈다. "미안해요, 핀레이 씨. 와도 되는지 미리 물어봤어야 했는데. 한 달이나 아이들을 못 만났거든요. 테리사가 체포된 이후로."

"테리사와 스티븐은 이제 약혼한 사이가 아니잖아요. 아이들과도 아무 상관이—."

"테리사는 내가 더 잘 알아요." 애이미의 목소리에 날이 섰다. "테리사가 수프를 뒤집어쓰고 식당 화장실에서 울면서 연락한 사람이 나였어요. 수건을 갖다 주고 머리에 묻은 양파 수프를 씻어준 사람도 나였고요."

"그 여자가 내 남편이랑 자고 다닌다는 사실을 안 직후였으니까!"

"당신이 테리사의 차 배기구에 지점토를 넣어 보복했을 때 테리사가 차를 수리점에 맡기고 빌린 차도 내 SUV였어요!" 그녀는 숨을 고르며 격앙된 목소리를 낮췄다. "테리사만 악역으로 몰아붙일 건 없어요. 거짓말과 불륜의 당사자는 항상 둘이니까요."

"테리사에 대한 내 감정과 상관없이, 스티븐과의 관계가 끝났다는 말이잖아요. 전화로든 뭐로든 그 여자가 내 아이들과 이야기할 이유가 전혀 없다고요. 당신도 마찬가지고."

애이미의 눈이 촉촉해지고 목소리가 떨렸다. "혹시 스티븐한테 들었는지 모르겠지만, 전 주말마다 아이들을 돌봤어요. 공원에도 데려가고요. 딜리아랑 서로 매니큐어를 발라주고 같이 쿠키도 만들었어요. 전 그냥……." 그녀는 뺨에 흐른 눈물을 훔쳤다. "그냥 아이들이 보고 싶었어요. 사실 남편과의 사이에…… 아이가 없거든요. 남편이 원하지 않아서. 딜리아는 참 예쁜 아이예요. 같이 얼마나 재밌게 지냈는데요." 그녀는 코를 훌쩍였다. "이러는 저를 이해 못 하시겠지만요."

분하게도 그렇지가 않았다.

"저기." 그만 가달라고 말하려는데 애이미가 재빨리 덧붙였다. "테리사랑 사이가 안 좋다는 건 알아요. 당신 잘못도 아니죠. 테리사와 스티븐 때문에 상처받았을 테고, 절 싫어하는 것도 당연해요. 저도 이해한다고요. 제가 워낙에 테리사랑 친하니까요. 하지만 얼마나 정신 나간 짓을 저질렀든 테리사는 앞으로도 별로 달라지지 않을 거예요. 우리는 서로 숨기는 게 없어요. 적어도 펠릭스 때문에 모든 게 엉망이 되기 전까지는." 애이미가 몸을 부르르 떨었다. "스티븐은 여전히 내게 화가 나 있어요. 그날 밤에 감옥에서 만난 이후로 내 전화도 안 받아요. 테리사가 펠릭스와 엮였다는 사실을 귀띔도 안 했다고 나를 원망하지만, 테리사도 내게 모든 걸 털어놓은 건 아니에요. 그 일에 대해서만큼은……." 그녀는 죄책감에 얼굴을 붉히며 눈을 들어 나를 보았다. "테리사한테 화가 났다고 스티븐이 나까지 딜리아랑 재크를 못 만나게 하는 건 너무해요. 마지막으로 한 번 보고 싶었어요. 이대로 아이들의 삶에서 사라지기엔 너무 서운해서, 그냥 작별 인사만 할 생각이었어요." 애이미는 떨리는 숨을 길게 뱉으며 눈물을 닦았다. "재크도 왔어요?" 그녀가 내 주위를 기웃거리며 물었다.

"오늘은 베이비시터랑 같이 있어요." 애이미는 살짝 움찔했다. 그녀의 새로운 모습을 받아들이기가 쉽지 않았다. 테리사의 여학생 클럽 자매 애이미, 내 남편과 바람피우던 여자가 속을 털어놓던 애이미가 아닌 내 아이들의 이모 애이미를. 일요일마다 아이들을 보살피고 딜리아의 손톱에 매니큐어를 칠해주던 여자를. 테리사는 관심도 없다던 직업의 날에 찾아와준 여자를.

딜리아가 화장실에서 나오자 애이미의 얼굴에 슬픈 미소가 드리웠다.

"자, 딜리아." 나는 바닥에 놓인 아이의 가방을 들었다. "이제 갈 거야. 애이미 이모한테 인사해."

애이미가 고개를 까딱하며 말귀를 알아들었다는 표시를 했다. 그녀는 내 눈치를 살피며 딜리아의 손을 잡았다. 우리는 딜리아를 사이에 두고 주차장으로 걸어갔다. 내 차에 도착하자 애이미는 눈을 질끈 감더니 딜리아를 꼭 껴안고 눈물을 줄줄 흘렸다. 그리고 내 딸의 볼에 마지막으로 입을 맞췄다. 딜리아가 카시트에 올라탈 때는 그녀의 고통이 내게 전해지는 것 같았다.

어색한 침묵 끝에 애이미와 나는 악수를 나눴다. 그녀의 아랫입술이 바르르 떨렸다. "재크한테도 작별 인사 전해주실래요?"

그녀의 목소리에 깃든 슬픔에 내 안의 무언가가 부서졌다. 재크가 그 말을 이해하거나 신경 쓰기에는 너무 어리다 해도, 그렇게 전하고 싶지는 않았다. 딜리아가 앉은 채로 몸을 틀어 우리를 내다봤다. 나는 목구멍에서 감정의 응어리를 삼켰다. "당신이랑 테리사는 서로 숨기는 게 없다고 했죠. 지금도 그래요?"

애이미가 미간을 우그렸다. "무슨 뜻이에요?"

"당신이 테리사한테 아무 말 안 한다면, 영상 통화도 안 하고 아이들을 같이 만나지도 않고 그 여자 집에 데려가지도 않는다면, 나 역시 스티븐한테 당신이 우리 집에 아이들을 보러 온다고 말하지 않을 거라는 뜻이에요."

애이미가 내 눈을 응시했다. 분명 내 요구가 온당한지 가늠하고 있을 터였다. 나더러 베로에게 말하지 말라고, 비밀을 지키라고 요구하는 것과 마찬가지였다. 솔직히 나도 자신 없었다. 하지만 테리사를 내 아이들의 삶에서 차단하는 일만큼은 나도 양보할 수 없었다. "그렇게 할게요." 그녀가 긴장을 깨고 대답했다. "이번 주 토요일이 쉬는 날이에요. 괜찮으시면 그날 갈게요."

스티븐은 아이들과 주말을 보내겠다고 고집했다. 하지만 웹사이트에서 그런 글을 본 이상, 절대 허락할 수 없었다. 애이미가 탐탁지는 않아도 내 아이들을 사랑하는 것만은 분명했다. 스티븐보다는 그녀와 함께 있는 쪽이 훨씬 안전할 터였다.

나는 휴대전화 주소록을 열어 그녀에게 건넸다. "네, 토요일이 좋겠어요."

11

범죄 현장에 돌아가지 말 것. 살인 사건에 휘말리기 싫다면 지켜야 할 기본 상식이다. 샤워 커튼으로 시체를 싸지 말 것, 신용카드로 15리터들이 표백제와 삽을 사지 말 것, 차고에 상자형 냉동고를 두지도 말 것. 그래서 그날 오후 베로가 다시 쇼핑몰에 가야 한다고 고집을 부리자 나는 의아했다. 어쨌거나 우리는 4시쯤 그곳에 도착했다.

산타와 사진을 찍으려고 기다리는 가족들의 기다란 줄을 끊고 쇼핑객 사이를 지나갔다. 산타의 일터 뒤편, 아이들의 놀이방은 녹초가 된 보육교사들과 악을 써대는 유아들로 북새통이었다. 아이들을 맡기고 면책 서류에 서명하고 전화번호를 남기자, 베로가 나를 멀찍이 떨어진 쇼핑몰 구석 컴퓨터 수리점으로 이끌었다.

"여긴 왜 왔어요?" 내가 물었다.

"나만 믿어요."

카운터를 지키는 사람은 고등학교 졸업도 안 했을 것 같은 어린애였다. 금전등록기 옆의 의자에 구부정하게 앉아 팔꿈치로 머리를 받치고 있었다. 그래픽 티셔츠에 명찰이 달려 있었다. 그는 헝클어진 더벅머리 사이로 휴대전화만 들여다봤다. 뒤편의 스피커에서 울리는 기타 소리에 귀가 따가웠다.

베로가 카운터를 두드렸다. "저기요."

아이가 어리둥절한 표정으로 고개를 들었다. 오늘이 무슨 요일인지, 자기가 어쩌다 여기 와 있는지 헷갈리는 듯. 아이가 의자를 삐걱거리며 음량을 줄이려고 손을 뻗자, 유난히 하얀 배가 드러났다. "어떻게 오셨어요?"

"IT 전문가한테 상담을 좀 받으려고요……." 베로가 목을 뺀어 그의 이름표를 읽었다. "데릭."

그가 인상을 쓰더니 볼륨을 다시 높였다. "길 건너 베스트바이*로 가보세요."

베로가 음악보다 목소리를 더 높였다. "와 진짜, 다른 데 가고 싶어 죽겠지만, 우리 아이들이 놀이방에 있어서 쇼핑몰을 못 떠나거든요." 게슴츠레한 그의 눈이 휴대전화에서 떨어져 베로와 내게로 움직였다가 다시 휴대전화로 향했다. 베로가 카운터를 쾅 내리쳤다. "이봐요! 문제가 생겨서 기술자가 필요하다잖아요. 여기 기술자는 어딨어요?"

그의 한쪽 눈썹이 귀찮다는 듯 미세하게 올라가다 말았다. "문제가 뭔데요?"

"보안 문제요."

그는 한숨을 쉬며 음악 소리를 낮췄다. "기계를 봐야 해요."

베로가 눈을 내리깔고 그를 뜯어봤다. "왜요?"

* 전자제품과 컴퓨터 용품을 주로 취급하는 대형 유통업체.

"여긴 원격 상담 서비스가 아니잖아요. 물건을 고치고 싶으면 기계를 가져와서 시간당 요금을 내셔야죠." 그가 손을 내밀었다. 가방에서 새 랩톱을 꺼내어 건네던 나는 그의 엄지손가락에 묻은 초콜릿을 보고 몸서리를 쳤다.

"보안 문제라고요?" 그가 화면을 열면서 물었다.

"문제라기보다 질문에 가까운데." 나는 소심하게 입을 열었다. "혹시…… 푸드코트의 개방형 와이파이를 쓰면 랩톱에 보안 문제가 생기나 해서요."

그의 손이 트랙패드 위로 움직였다. "경우에 따라 달라요."

"어떻게 다르죠?"

"뭘 하셨어요? 요금 결제, 이메일 발송, 포르노 검색……?" 그의 심드렁한 시선이 베로의 가슴께로 올라갔다. 표정을 보니 그조차도 괜한 수고라고 여기는 듯했다.

베로가 내 랩톱으로 그의 머리를 내리칠세라, 그녀와 카운터 사이로 비집고 들어갔다. "만약에 내가 채팅방에 들어가서 익명으로 메시지를 올렸다면요, 누가 그 메시지를 역추적해 이 컴퓨터를 찾아낼 수 있을까요?"

그가 어깨를 으쓱했다. "고객님 옆자리에 앉아 있던 일반인은 그렇게 못하겠죠. 이 분야를 좀 아는 사람이라면 가능할 수도 있고요."

"이 분야를 좀 아는 사람이라고 쳐요. 게시물을 추적해 나를 찾아내기까지 얼마나 걸릴까요?"

"모르죠." 그가 내 랩톱을 이것저것 클릭하며 말했다. 카운터 건너편에서 베로가 랩톱을 탁 닫자 데릭은 아슬아슬하게 손을 뺐다. 그는 베로를 쏘아보며 손가락 끝을 흔들었다. "간단한 질문이 아니에요, 고객님! 상황에 따라 답이 다르다고요."

"무슨 상황?" 베로가 물었다.

그는 뻔한 걸 왜 묻느냐는 듯 픕 소리를 냈다. "모르죠. 브라우저, 네트워크, 웹사이트, 컴퓨터를 등록한 방법 등등……."

"내가 올렸다는 사실을 아무도 못 알아내게 할 방법은 있나요?"

"저기요." 그가 두 손을 쳐들었다. "저는 하드웨어만 취급해요. 그건 네트워크 쪽을 잘 아는 사람한테 물어보셔야죠."

"여기 그런 사람 없어요? 이런 문제를…… 해결할 수 있는 사람?"

데릭은 우리를 번갈아 보다가 베로의 명품 선글라스로, 짝퉁 프라다 지갑에 매달린 리모컨 열쇠의 차저 로고로 시선을 옮겼다. 통통한 검지로 내 랩톱 덮개의 애플 로고를 멍하니 더듬다가, 그는 뒤편의 '직원 전용' 문을 힐끗 돌아보고는 목소리를 낮췄다. "있는 것도 같네요." 데릭은 뒷주머니의 체인에 연결된 낡은 가죽지갑에서 명함 한 장을 꺼내어 카운터 위로 밀었다. 뒤집어봤지만 어느 쪽에도 이름이 없었다. 평범한 흰 명함 종이에 전화번호만 달랑 적혀 있었다. "캠을 찾으세요."

베로가 자기 손톱을 들여다보며 중얼거렸다. "걔도 열두 살인가?"

나는 그녀를 흘겨보며 말했다. "실력이 있느냐는 뜻이에요."

데릭은 뒷문을 또 흘끔 보고는 카운터에 팔꿈치를 대고 소곤거렸다. "작년에 제가 인터넷에서 어떤 여자애한테 호되게 당한 적이 있거든요. 그 애한테 꾀임을 받아 내 고추 사진을 보냈는데요." 베로가 토하는 소리를 내자 나는 그녀의 발가락을 꾹 밟았다. "그런데 이 여자애가 그 사진을 여기저기 퍼뜨린 거예요. 그 앤 자기 흔적을 감춘 줄 알았겠지만, 캠이 한 시간도 안 걸려 그 애를 찾아냈어요. 온갖 사람이 보기 전에 캠은 그 애 계정을 해킹해 내 사진을 전부 삭제했죠." 데릭은 고개를 끄덕이며 존경이 담긴 목소리로 속삭였다. "맞아요, 캠은 실력이 대단해요."

베로는 못 미더운 눈치였지만 나는 캠이 몇 살인지에는 관심 없었다. 지금 내게 필요한 것은 실력이었다.

데릭이 손을 내밀었다. "40달러 되겠습니다."

"40달러?" 베로가 선글라스를 벗고, 머리에서 튀어나올 듯이 눈을 부라렸다. "장난해?"

나는 얼른 컴퓨터를 돌려받아 떠나고 싶은 마음에 지갑에서 신용카드를 꺼냈다.

"죄송해요. 카드 단말기가 고장이라 현금만 가능해요."

"여기 전자제품 수리점 아니었나? 어떻게 카드 리더기가 고장날 수가 있지?" 베로가 비속어를 덧붙이는 사이 기저귀 가방 바닥에서 20달러 지폐 두 장을 꺼냈다. 아이는 돈을 챙겼지만 영수증은 내놓지 않았다. 베로가 진지하게 말했다. "보아하니 프린터도 고장 났네. 수리팀 불러야 되는 거 아냐?" 베로가 구시렁댔다.

데릭은 피식 웃으며 지폐를 주머니에 쑤셔 넣었다. "행운을 빌어요." 그가 노트북을 내 손에 놓았다.

나는 대답으로 쓴웃음을 지었다. 행운과 나? 사이가 별로 좋지 않았다.

캠의 명함을 주머니에 넣었다. 캠에게 내게 나눠주고도 남을 행운이 있기를 바라며.

12

베로는 라몬의 정비소 문에 열쇠를 끼우느라 한참을 씨름했다. 그녀가 입김과 함께 나직이 상소리를 뱉는 순간 마침내 열쇠가 꽂혔다. 우리는 싸늘한 밤공기 속에서 팔을 비비며 안으로 들어갔다. 직업의 날에 닉을 대신 보낸 빚을 갚느라 조지아가 딜리아와 재크를 밤새 돌봐주겠다고 했다. 아이들을 떼놓을 수 있는 밤에 하고 싶은 수많은 다른 일들이 떠올랐다. 대부분은 줄리언 또는 따뜻한 이불 속 체온과 관계가 있었지만, 그는 아직 연락도 없이 플로리다의 뜨거운 해변에 있고 나는 베로와 함께 얼어 죽을 것 같은 차고에 있었다.

베로가 대기실 불을 켰다. 내 기억 속 살풍경한 모습 그대로였다. 낡고 기우뚱한 테이블 둘레에 플라스틱 의자 몇 개가 놓여 있고, 타일이 떨어져나간 누런 천장에는 형광등이 붙어 있었다. 라몬의 정비소는 두 시간 전에 문을 닫았지만, 베로는 복사한 열쇠를 가지고 있었고 영업시간 이후에 그것을 사용해도 사촌이 개의치 않을 거라 주장했다. 나 역시 집에 수상한 해커를 불러들일 마음은 없었다.

베로는 팔을 문지르며 온도 조절기로 직행했다. 조금 있으니 딱딱 소리를 내며 열기가 들어왔다. 머리 위 배관에서 흘러나온 프로판가스 냄새가 몸서리 나는 기억을 떠올리게 했다.

휴대전화 신호음에 펄 듯이 놀라며 가슴을 움켜쥐었다.

"뭘 그렇게 쫄아요?" 베로가 손을 비벼 열을 내며 말했다.

"그럴 만도 하잖아요?" 지난번에 이곳에 들어왔을 때는 펠릭스 지로프의 똘마니가 내 목에 칼을 들이댔다. 그 상태로 꼼짝없이 펠릭스에게 취조를 당해야 했다. 그 일 이후로 나는 차고에 얼씬하지 않았다. 내 기분을 풀어줄 줄리언의 메시지를 기대하며 화면을 두드려 봤지만, 아이들과 함께 시간을 보내게 해줘서 고맙다며 토요일에 우리 집에 꼭 오겠다는 애이미의 문자가 전부였다.

밖에서 차 문이 쾅 닫혔다. 누군가의 손마디가 앞창을 똑똑 두드렸다. 나는 휴대전화를 집어넣고 문을 열었다가, 방범등 아래 계단에서 기다리고 있는 깡마른 10대 아이를 보고 눈살을 찌푸렸다. 기름진 금발 앞머리가 눈을 가리고 있었다. 그는 머리를 옆으로 흔들어 치우고 나를 응시했다.

"왜, 제 사진 찍고 싶어요?" 그의 두 손은 낡은 군복 호주머니에 꽂혀 있었다. 가슴 주머니 위의 이름표는 검은 잉크로 지워지고 옷 여기저기에 낙서가 돼 있었다.

"캠?" 아니기를 바라며 물었다.

"와, 천잰데요. 들어가도 돼요?"

"들어와요." 나는 옆으로 비켜섰다. 그는 들어오기 전에 밝은색 눈동자로 자동차 잡지, 냉수기, 라몬의 사무실로 이어진 컴컴한 복도를 훑었다.

"우리 둘뿐이에요?" 그가 험악한 분위기를 조성하는 것은 아니었다. 오히려 나보다 더 주눅이 든 듯 우리 사이에 조금 거리를 둔 채 주위를 두리번거렸다.

베로가 부츠 굽을 딱딱거리며 복도 저편에서 다가오자 캠은 살짝 멈칫했다. "일행이에요." 내가 설명했다.

베로가 캠 앞에 우뚝 멈췄다. 그녀는 양손을 허리에 짚고 길게 묶은 머리를 한쪽으로 기울였다. "얘가 캠인가 보죠? 핏덩어리잖아요."

캠이 우리 사이에서 손짓했다. "두 분 다 멘사 회원이신가 봐요."

나는 베로를 흘겨보며 아무 소리 말고 입 좀 닫고 있으라고 경고했다. "사무실에서 얘기하죠." 캠에게 제안했다.

"여기서 해요." 캠이 의자 여러 개 중 하나를 조금 끌어당기자 금속 다리가 끽끽거렸다. 구부정하게 앉은 그의 호주머니 밖으로 꽉 쥔 주먹의 윤곽이 선명했다. 베로와 나는 낮은 멜라민 테이블 맞은편에 앉았다.

"제 번호는 수리점에서 받으셨나요?"

"쇼핑몰에 있는 수리점요. 카운터를 지키는 젊은 남자분이 민감한 사생활 문제로 당신 도움을 받았다던데요. 우리 보안 문제도 좀 해결해줬으면 해서요."

캠은 잇새로 공기를 빨아들이며 앞머리 뒤에서 우리를 응시했다. 그는 몸을 뒤로 젖히더니 다리를 쭉 뻗고 발목을 꼬았다. "출장비는 200달러고, 시간당 50달러가 추가돼요. 하드웨어와 소프트웨어 설치비용은 시간당 100달러고 부품비는 별도예요."

베로의 입이 벌어졌다. 의자에서 벌떡 일어설 기세였다. "그냥 나타나기만 하는 데 200달러를 받겠다고?"

"250달러죠." 캠이 액수를 정정했다. "시간은 3분 전부터 계산됐어요."

"그건 일류 전문가한테나 해당되는—."

베로의 무릎에 손을 얹어 주저앉혔다. "알았어요. 현금을 가져왔어요." 나는 이 문제가 해결되기만을 바랄 뿐이었다. 지갑에서 250달러를 꺼내 테이블 건너편 그의 손에 구겨 넣었다.

캠은 지폐를 청바지 앞주머니에 쑤셔 넣었다. 그는 팔짱을 끼고 나를 내려다봤다. "어떤 보안 문제요?"

"인터넷에 내가 가끔씩 들어가는 게시판이 있어요. 거기다 글을 자주 올리지는 않는데—."

"비공개 게시판이에요?" 캠이 물었다. "비밀번호로 로그인하고 들어가는 데냐고요."

"맞아요. 하지만 사용자명은 익명으로 설정했어요."

"실제 이메일 주소를 연결했나요?"

"아니, 가짜 계정을 썼어요."

그가 고개를 앞으로 기울였다. "가짜 이메일 계정을 만든 장소가 어디였죠?"

"공공 도서관요."

캠은 내가 시험에라도 통과한 듯 고개를 한 번 까딱했다. "집에서 그 가짜 이메일 계정에 로그인한 적 있나요?"

"없어요." 개설한 첫날 딱 한 번 써본 게 전부였다. 이 사이트에 가입해 진저리를 감시할 목적으로 만든 이메일이었다.

"직장에서는요?"

집과 직장이 같다고 구태여 설명하지 않고 고개를 저었다. 개인 정보를 밝히기가 꺼림칙해 캠에게 내 이름도 알려주지 않았다. 다행히 캠도 묻지 않았다.

그는 엄지손가락으로 가슴을 두드리며 나를 응시했다. "그러면 뭐가 문제죠?"

나는 베로를 돌아봤다. 턱을 굳게 닫고 입술을 불퉁하게 내민 채 기다란 분홍 손톱에서 매니큐어를 뜯고 있었다. 그녀가 어깨를 한번 들썩였다.

"이번 주 초에 쇼핑몰 푸드코트의 개방 와이파이로 어떤 웹사이트 게시판에 로그인했거든요. 글 하나에 답글을 올렸는데요. 거기 아주…… 은밀한…… 정보가 담겨 있어서 누가 게시물을 역추적할까 봐 걱정이에요."

캠은 눈썹을 씰룩대며 품평하듯 나를 훑었다. 내 벗은 모습을 상상했지만 별로라는 듯이. "어떤 브라우저를 쓰셨죠?"

"내 랩톱에 깔려 있던…… 사파리였나?"

그는 대답이 실망스럽다는 듯 고개를 살짝 저었다. 그리고 내 의자 옆에 놓인 랩톱 가방을 턱으로 가리켰다. "기계는 어디서 사셨어요?"

"인터넷으로 주문했어요."

"새 제품을요?"

"리퍼 제품요."

"제조사에서요?"

"아니, 이베이에서요."

고개를 미묘하게 끄덕인 걸 보니 그건 잘한 일인 모양이었다. "기기 등록은 하셨어요?"

"아니, 안 한 것 같아요." 내게 랩톱을 판매한 남자는 자신의 기존 파일을 싹 지웠다고 강조했다. 나는 아직 잠금화면을 여는 비밀번호도 바꾸지 않고 그 남자가 알려준 것을 그대로 쓰고 있다. 하지만 그렇게 털어놓으면 캠에게 점수를 따지 못할 것 같았다. "아직 전 소유자 이름으로 등록돼 있나 봐요."

"잘하셨어요." 캠은 팔짱을 풀고 의자에서 일어섰다.

"잠깐만요." 나는 벌떡 일어서며 내뱉었다. "그게 다예요? 잘했다고? 무슨 뜻이죠? 내 컴퓨터도 안 봤잖아요."

그는 어깨를 으쓱했다. "붐비는 쇼핑몰. 개방형 와이파이. 익명 계정. 집이나 사무실을 추적당할 수 있는 이메일 계정에는 로그인하지 않았다면서요. 문제될 거 없어요." 캠이 호주머니에 손을 꽂으며 말했다. "추적당할 수 있는 장소에서는 절대 게시물을 올리거나 이메일을 확인하지 마세요. 그럼 더할 나위 없으니."

"250달러나 뜯어가놓고 '집에서 이메일을 확인하지 마라'는 소리나 지껄여?" 베로가 거칠게 웃었다. "구글 검색만 해도 나오는걸!"

"좋아요, 본전 생각이 난다 이거죠? 몇 마디 더 해드리죠. 푸드코트에서 누드는 올리지 마세요. 추적당하기 싫으면 다음부터 도서관에서든 어디서든 걸리지 않게 다크웹 브라우저를 다운로드하세요. 들키고 싶지 않은 은밀한 걸 올릴 때 쓰시라고요."

출구를 막으며 그에게 물었다. "다크웹 브라우저를 쓰면 전문 해커들도 추적을 못 하나요?" 이를테면 목요일 저녁마다 조지아와 술자리를 갖는 사이버 수사관들이나 아동 포르노 조직, 지역 테러리스트 점조직, 대규모 인터넷 사기단을 단속하는 사람들 말이다. 그들이라면 순식간에 나를 찾아낼 것 같았다.

"어리석은 행동만 안 한다면요."

"예감이 별로네." 베로가 구시렁댔다.

밖에서 자동차 경적이 울렸다. "절 데리러 왔네요. 불러주셔서 감사해요."

"잠깐만요." 문으로 손을 뻗는 캠에게 말했다. 그가 추적당하지 않는 법을 안다면, 다른 사람을 추적하는 방법도 알 터였다. "혹시 내가 이메일 주소를 알려주면 그 계정이 누구 건지 알아낼 수 있어요?"

캠은 어깨를 들썩였다. "50달러를 더 내시면 알아볼 수 있죠."

지갑으로 뻗는 손을 베로가 붙잡았다. "뭐 하는 거예요? 돈이 썩어나는 줄 알아요?"

"왜 이래요?" 라몬의 집에 다녀온 주말 이후로 베로는 돈에 대해 이상할 정도로 예민하게 굴었다.

밖에서 자동차 경적이 시끄럽게 울렸다. 베로의 턱 근육에 힘이 들어갔다.

"저기요, 고객님들. 50달러를 그렇게 아까워하시는 사이에 시간당 비용은 점점 늘고 있어요."

베로가 내 손을 놓았다. 캠이 현금을 가져가자 그녀는 욕을 웅얼거렸다. 나는 잡지 더미를 뒤적여 잇자국이 난 볼펜을 찾아냈다. 스포츠 잡지의 표지 귀퉁이를 찢어 진저리의 이메일 주소를 적은 다음 캠에게 건넸다.

"얼마나 걸려요?" 내가 물었다.

"해봐야 알아요." 그가 쪽지를 호주머니에 넣으며 말했다. "연락드릴게요." 그의 등 뒤로 문이 닫히며 종이 짤랑거렸다.

베로가 고개를 저었다. "나는 저 꼬맹이 못 믿겠어요."

나도 마찬가지였다.

13

그날 밤늦게, 베로와 나는 팝콘 그릇을 사이에 두고 산더미 같은 크리스마스 조명에 둘러싸인 채 거실 카펫에 앉아 있었다. 집은 더없이 고요했다. 인정하기 싫지만 스티븐이 가져온 나무는 아름다웠고, 청량한 향을 거실 가득 채웠다. 베로는 지하실에서 먼지 쌓인 크리스마스 상자를 들고 올라와 반짝이는 녹색 줄의 엉킨 매듭을 풀고 있었다. 아까는 트리를 받침대에 세우고, 의자에 올라가 꼭대기를 다듬기도 했다. 그녀는 무엇이든 정리하는 법, 우리의 껄끄럽고 어수선한 삶을 바로잡아 제자리를 찾게 하는 법을 알고 있었다.

나는 그녀가 벽난로에 걸어놓은 양말 세 짝을 보고 눈살을 찌푸렸다. 스티븐이 뭐랬든 상관없었다. 베로와 어쩌다 차고에서 마주쳐 함께 시체를 묻을 때만 해도 서로를 안 지 얼마 안 되었고 잘 알지도 못했지만, 이제 우리는 한 가족이 되었다. 이번 주에 쇼핑몰에 가서 양말을 하나 더 사기로 마음먹었다.

"진저리가 글을 올렸던가요?" 베로가 팔 위로 쏟아지는 조명을 받으며 작업을 하다가 물었다.

휴대전화를 다시 확인했다. “아직요.”

구글에서 캠이 추천한 다크웹 브라우저를 검색하고 각자의 랩톱과 휴대전화에 다운로드할 방법을 알아내는 데 몇 시간을 보냈다. 다음으로 우리는 웹사이트에 로그인해 진저리가 응답을 했는지 확인했지만 내가 푸드코트에서 제안을 올린 후로는 게시판에 아무 활동이 없었다. 내 수신함에는 싹쓸이가 보낸 메시지 한 건이 기다리고 있을 뿐이었다. 내용은 딱 두 글자였다. ‘꺼져.’

“초조한가 봐요.” 딜리아의 마커 뚜껑을 여는 나를 보고 베로가 말했다.

“당연히 초조하죠. 진저리가 이미 싹쓸이를 고용하기로 마음을 굳히고 내게 답장을 안 보내는 거면 어쩌죠?”

“아닐 거예요. 싹쓸이가 일을 맡았다면 당신한테 그런 메시지를 보낼 이유가 없잖아요. 그냥 겁을 주려는 거예요. 혹시 그것 말고 다른 걱정이 있나요?”

“또 뭐가 있겠어요?” 나는 카펫 위에 풀어놓은 기다란 종이에 마커를 그어보았다. 촉이 말라 있었다.

“줄리언은 아직 감감무소식인가요?”

“네.” 나는 이를 갈며 마커 촉으로 종이를 뚫었다. 플로리다로 떠난 지 어언 닷새가 지났지만 그는 연락 한 번 없었다. “집에 도착하면 문자 보낸다고 했어요.”

“언제 도착하는데요?”

“안 물어봤어요.” 베로가 눈썹을 추켜올렸다. “왜요? 나는 그 사람 엄마도 아니고. 그냥 그의…….” 이런, 내가 줄리언의 무엇인지 알 수 없었다. "또 내 나이 갖고 놀릴 생각일랑 말아요."

베로는 크게 벌린 입에 팝콘을 한 움큼 쑤셔 넣었다. "그래서 닉이랑 데이트하게요?" 그녀가 눈썹을 찡긋대며 물었다.

어쩌다 닉의 제안을 받아들였다는 얘기를 베로에게 하지 말았어야 했다. 그 후로 베로는 닉이 전화하기를 기다리며 내 휴대전화를 자꾸 흘끔거렸다. 솔직히 나도 평소보다 자주 흘끔거렸던 것 같다. 줄리언의 문자를 기다리는지 닉의 문자를 기다리는지 알 수 없었다. 둘 중 어떤 쪽에 더 애가 타는지도.

"닉을 만나기로 한 건 아무래도 실수 같아요."

"내 생각은 달라요. 출판사 사람들은 뭘 좀 알던데요. 변호사의 행방이 묘연해진 시기에 누가 주인공의 곁을 지키겠어요? 두 번째 연인이 등장하면 이야기가 훨씬 흥미진진해지는 법."

휴대전화가 울렸다. 베로가 몸을 던져 나보다 먼저 집었다. 그녀는 몸을 내게서 멀찍이 떨어뜨리더니 내 비밀번호를 입력했다. 베로의 눈이 휘둥그레졌다.

"허어어어억!" 내가 달려들자 베로는 전화기를 내 손이 닿지 않는 곳으로 옮겼다. "내가 이 사진의 4할을 가지려면 누구를 죽여야 하죠?" 줄리언이 화면에 뜨자 내 속이 이상하게 울렁거렸다. 베로에게서 전화기를 빼앗아 소파 옆면에 기댔다. 줄리언의 셀카를 보니 입이 바짝 탔다. 그의 어깨에 모래가 흩뿌려져 있었다. 로즈골드 빛 가슴은 바닷물과 땀으로 반들거렸고, 수영복 허리 밴드는 그 밑의 탄탄하고 하얀 피부를 감질나게 드러내며 내 애간장을 태웠다.

당신도 여기 있으면 얼마나 좋을까요. 며칠 뒤에 돌아가요. 돌아가서 문자할게요.

햇볕에 바랜 곱슬머리는 헝클어졌고, 미소에는 장난기가 가득했다.

내 트레이닝복 바지를 내려다보며 틀어 올린 머리를 매만졌다. 적어도 바지는 입고 있었다. 그래도 지금 셀카를 찍으면 너무 초라해 보일 텐데. 바지를 벗은 셀카를 보내는 편이 더 적절하지 않을까 잠시 생각했다. 하지만 인터넷에서 어리석은 짓을 하지 말라던 캠의 말이 떠올랐다. 줄리언에게 누드 사진을 보내는 것이야말로 '어리석은 짓'에 해당할 터였다.

불꽃 이모티콘을 선택하고 문자를 입력했다.

정말 보고 싶어요. 곧 만나요.

히죽대는 베로를 무시하고 줄리언의 이미지를 저장하면서 민망한 줄도 모르고 내 랩톱 화면보호기로 쓰기에 충분한 해상도인지 살폈다.

"줄리언의 인스타그램을 확인해봐요. 틀림없이 사진이 더 있을걸요." 베로가 제안했다.

나는 휴대전화를 내 뒤에 엎어놨다. "아니, 그러면 안 돼요. 징그럽고 한심한 행동이에요."

"궁금해 죽겠으면서 뭘 그래요."

"그렇게 궁금하면 당신 휴대전화로 확인해보든가요."

"나 계정 없는 거 알잖아요." 그녀가 내 뒤로 손을 뻗어 휴대전화를 집어 들었다.

"왜 없죠?" 베로처럼 유행에 민감하고 세련된 여자가 소셜미디어를 아예 안 한다는 사실이 나는 늘 의아했다. 지금 당장 플란넬 잠옷 차림의 셀카를 올려도 한 시간 안에 팔로어가 천 명은 생길 텐데.

"내가 뭘 하고 사는지 온 세상에 떠벌릴 필요가 뭐 있어요."

"친구들한테는 알릴 수 있잖아요?"

"내가 어디 있는지는 당신이랑 라몬만 알면 돼요." 그녀는 눈썹을 찡그리며 내 비밀번호를 입력하고 화면을 스크롤했다. "헐, 줄리언이 계정을 비공개로 바꿨는데요." 그녀가 화면을 보고 얼굴을 찌푸렸다.

"아닐 텐데요. 내가 며칠 전에 들어가봤어요."

"징그럽고 한심한 행동이라더니."

"폰 좀 줘봐요." 휴대전화를 보니 놀랍게도 베로의 말이 맞았다. 섬네일 사진과 한 줄짜리 소개를 제외하면 줄리언의 계정은 잠겨 있었다. "이상하네요. 왜 하필 지금 설정을 바꿨을까?"

답은 뻔하다는 듯 베로가 딱하다는 표정을 지었다. 친구들과 여행을 떠난 줄리언은 해변에서 술을 마시며 신나게 즐기고 있었다. 한편 나는 여기서 전남편의 뒤를 캐고 전동 도구에 쓸 배터리를 사고 있었다.

"어쨌거나. 이런 데 신경 쓸 여력이 없어요." 목에 걸린 응어리를 무시하며 휴대전화를 카펫 위에 던져놓고 마커를 집었다. 줄리언이 뭘 하고 있는지는 생각하지 않기로 했다. "이 싹쓸이란 사람이 내 전남편한테 무슨 짓을 할지 걱정하기 바빠서 말이죠."

뚜껑을 열고 우리 사이에 놓인 긴 종이 위에 시뻘건 글씨로 스티븐의 이름을 썼다. 그 옆에는 날짜를 적었다. 10월 29일. 그 밑에는 수직선 두 개를 그어 종이를 세 부분으로 나눴다.

"뭐 하는 거예요?" 베로가 팝콘을 한입 가득 우물거리며 물었다.

"한 달 전에 했어야 하는 일인데. 진저리가 누구인지 밝히고 그 여자를 막을 방법을 찾아야죠."

"어떻게요?"

"내가 이야기를 구상할 때랑 같은 방법으로요."

"몇 날 며칠 샤워도 안 하고 곰 젤리를 입에 달고 랩톱에 대고는 욕을 하면서?"

"아뇨. 스티븐의 살인을 구상하겠다고요." 내가 짜증을 내며 대답했다.

"아이고, 고마워라, 드디어 결심했나 봐요."

내가 마커를 던지자 베로는 낄낄대며 몸을 피했다. "진짜 죽인다는 게 아니라, 스티븐 때문에 열받았을 사람들의 명단을 만들 거예요. 그중 그를 죽일 동기가 가장 강한 사람을 찾겠다는 거죠."

종이를 들여다보던 베로의 웃음이 멎었다. "핀, 이런 말 하기는 싫지만, 종이가 모자랄 텐데요."

"시작점부터 정해야 돼요." 나는 각 부분에 이름을 붙였다. "사람들이 살인을 하는 이유는 대개 세 가지죠. 사랑, 돈, 복수." 복수 밑에는 테리사의 이름을 적었다. "진저리는 테리사가 체포되고 이틀 뒤인 10월 29일에 스티븐에 대한 글을 처음 올렸어요." 스티븐과 테리사의 관계는 전부터 삐걱거렸지만, 조지아에 따르면 두 사람은 경찰서에서 험하게 싸웠고 스티븐은 그녀가 입건되던 밤에 파혼을 선언했다. 다음 날 아침, 스티븐은 테리사의 집을 나와 2캐럿짜리 약혼반지를 반품하고 공동 계좌에서 자기 돈을 인출했다.

엉킨 크리스마스 전구를 풀던 베로는 팝콘을 골똘히 씹으며 고개를 저었다. "테리사가 올렸을 리는 없어요. 감방에 있을 때잖아요."

옳은 지적이었다. 애이미가 보석금을 낸 후에도 테리사는 며칠 더 갇혀 있어야 했다. 감옥에서 컴퓨터를 멋대로 썼을 리 없고 그럴 여유나 시간도 없었을 것이다.

베로는 턱으로 내가 그린 표를 가리켰다. "또 누가 있어요?"

"차인 애인들 중에는? 내가 아는 사람은 브리뿐이에요."

베로는 크리스마스 전구에서 고개를 들고 코를 찡그렸다. 나는 '사랑'란에 브리의 이름을 썼다. "브리가 스티븐을 왜 죽여요? 스티븐한테 홀딱 빠져 있는 줄 알았는데."

"그랬겠죠. 잘리기 전까지는. 사건 수사가 뉴스를 타면서 중요한 고객들이 떨어져나간 탓에 인건비를 줄여야 했다고 스티븐이 말했어요. 몇 주 전에 브리를 내보냈대요."

베로는 계산을 하는 듯 고개를 기울였다. "시기가 안 맞아요. 뉴스는 월요일 밤에 났어요. 게시물은 이틀 뒤에 올라왔고. 고객들이 당장 거래를 끊었다 해도 브리를 그렇게 재깍 해고했을 리가요, 그런 이기적인 인간이. 경찰 조사를 받는 동안 농장에서 전화 받을 사람이 필요했을 텐데요. 그리고 브리 같은 애가 10만 달러를 어디서 구해요? 스무 살짜리 사무보조원이 싹쓸이 같은 사람을 고용할 수는 없죠. 절대." 베로는 고개를 저으며 기다란 손톱으로 종이의 두 번째 칸을 두드렸다. "돈을 따라가요. 결국엔 돈이잖아요. 스티븐이 급사하면 누가 제일 이득인지?"

"생명보험 수혜자가 아이들로 돼 있어요."

베로가 음침하게 껄껄거렸다. "그러면 두 번째 칸의 1번 용의자는 당신이잖아요. 잘 생각해봐요. 또 누가 있나?"

"스티븐한테 다른 자산은 없어요. 전 재산을 농장에 쏟아부었으니까."

내 휴대전화가 울렸다. 내가 미처 방어하기도 전에 베로가 몸을 던졌다. "오오오, 닉이 틀림없어." 베로가 짓궂게 웃었다. 그녀는 엄지손가락으로 화면을 두드렸다가 입을 쩍 벌렸다.

"왜 그래요? 누군데?"

"진저리가…… 게시판에 답장을 올렸어요."

황급히 다가가 베로의 어깨 뒤에서 메시지를 읽었다.

> **진저리:** @싹쓸이 @익명2, 답장 잘 받았어요. 제안 감사해요. 둘 중 한 분과 이야기를 나누고 싶지만 요즘 워낙 바쁜 시기잖아요. 크리스마스 전에 할 일이 태산인데 시간이 촉박하네요. 양해 바라요. 연휴 지나고 연락해도 되죠? 크리스마스 준비가 마무리되면 두 분 중에 누가 소식 전해주세요.

베로가 인상을 썼다. "'둘 중 한 분과 이야기를 나누고 싶지만……?' 이게 무슨 뜻일까요?"

게시물을 다시 읽었다. '크리스마스 전에 할 일이 태산인데 시간이 촉박하네요.' "우리 둘 다를 쓰겠다는 얘기 같아요. 누구든 스티븐을 처리하는 사람이 돈을 받는다는 뜻인가 봐요." 진저리는 성공하는 사람에게 보상금 전액을 줄 생각이었다. 마감을 정해놓고 경쟁을 붙이려는 모양이었다. "크리스마스 전까지 끝내기를 바라네요."

"3주 넘게 남았잖아요."

게시판 하단에 새 글이 나타났다.

싹쓸이: @진저리, 시간이 중요하다는 말씀 백번 이해합니다. 저는 이미 준비를 시작했어요. 곧 연락드리죠.

베로 말이 맞았다. 돈이야말로 가장 큰 동기다. 잃을 돈이 많다고 생각한다면 싹쓸이는 신속하게 움직일 것이다. 나는 더 빨리 움직여야 한다는 뜻이다. 진저리의 정체를 밝히고 이 일을 포기하도록 설득해야 한다.

마커 뚜껑을 닫고, 내 앞에 어떤 줄거리가 펼쳐질지 생각했다.

세 가지 동기.

이야기가 나아갈 수 있는 세 방향.

전부를 아우르는 장소는 딱 한 군데였다.

종이를 말아놓고 몸을 일으켰다. "옷 입어요. 농장으로 가게."

14

지난 번, 어둠 속에서 이 흙길을 달릴 때 우리에게는 트렁크 속의 900미터짜리 비닐 랩, 손전등, 삽과 더불어 썩어가는 시체를 옮기겠다는 확실한 계획이 있었다. 이번에는 그때만큼 준비가 안 된 기분이었다.

"신용카드 줘봐요." 베로가 말했다. 스티븐의 트레일러 뒤에 베로의 차저를 대고 나서야 그곳에 들어갈 방법이 없다는 사실을 깨달았다.

"왜 내 카드예요? 자기 거 쓰면 안 되나?"

"난 카드 없어요." 내가 아메리칸 익스프레스 카드를 꺼낼 때까지 베로는 손을 뒤로 뻗고서 기다렸다. 카드를 그 손바닥에 놓고, 베로가 문과 문틀 사이에 카드를 끼우는 동안 휴대전화 손전등으로 자물쇠 쪽을 비췄다.

"진짜 여는 방법 아는 거예요?"

"당연히 알죠. 유튜브에서 봤—." 카드가 뚝 부러졌다. 베로는 남은 부분을 꺼내 불빛에 비췄다.

나는 그것을 빼앗아 코트 주머니에 넣었다. "다른 방법이 있을 거예요."

"창문 깨는 거 말고요?"

스티븐이 농장 트럭으로 쓰는 낡은 포드의 선바이저에 꽂혀 있던 열쇠 꾸러미는 이미 전부 꽂아보았다. 문 옆의 화단에 무릎을 꿇고 국화와 겨울 양배추에 플래시를 비추며 부러진 신용카드 조각을 찾았다. 소용없는 짓이었다. 그냥 포기해야…….

손전등 빛이 금속 수도꼭지에 반사됐다.

"뭐해요?" 트레일러 앞쪽을 살피는 내게 베로가 물었다. 내 손전등 빛이 트레일러의 외벽과 문틀 위를 천천히 지나갔다. 스티븐은 이 어딘가에 열쇠를 숨겨놨을 것이다. 늘 그랬으니까. 보이스카우트도 아니면서 늘 준비가 철저한 남자였다. 징그러울 만큼 철저한 계획성과 조직력 덕분에 같이 사는 여자 모르게 다른 여자와 자고, 남들의 눈을 피해 이곳저곳 드나들 수 있었다. 그에겐 항상 출구 전략이 있었다.

항상 열쇠도 있었다.

트레일러 구석 배수구 밑의 콘크리트 빗물받이에 손전등을 비췄다. 한끝을 들어보니, 짚 속에서 은빛 물체가 반짝였다. "고마워요, 해거티 부인." 청바지에 열쇠를 닦는 나를 보고 베로가 의아한 듯 눈썹을 올렸다. "바람피울 때 스티븐은 테리사를 위해 우리 집 밖에 열쇠를 숨겨뒀어요." 나는 열쇠를 잠금장치에 끼웠다. "테리사가 우리 집 배수구 밑의 빗물받이에서 열쇠를 꺼내는 걸 해거티 부인이 봤다잖아요. 그 버릇, 어디 안 가네요."

"하여간 진짜 추잡한 놈이라니까."

껌껌한 트레일러에 들어섰다. 베로가 내 등에 부딪치는 순간 나는 벽에 설치된 키패드에서 깜박이는 빨간 불을 보고 얼어붙었다. "저게 뭐예요?" 베로가 물었지만 나는 빨간 불을 보며 눈만 껌벅거렸다.

"보안장치."

"스티븐은 보안장치를 안 쓴다면서요."

불빛이 더 빨리 깜박거리자 가슴이 철렁 내려앉았다. "이젠 쓰나 봐요."

"우리 어쩌죠?" 내 목덜미에 팝콘 냄새가 섞인 베로의 숨결이 뜨끈하게 와 닿았다.

"보안을 해제할 비밀번호가 필요해요."

"비밀번호가 뭔데요?"

"내가 어떻게 알아요?"

"열쇠가 어디 있는지도 알았잖아요!"

"그거랑 다르죠! 우리 집엔 보안장치를 설치한 적이 없다고요."

"테리사 집에는 있었나 보죠?"

"아니, 스티븐은 보안장치를 싫어했어요." 흔적을 남기지 않고 들락날락하기 어렵기 때문이리라.

"생각해봐요." 베로가 나를 키패드로 밀었다. "이런 번호는 보통 네 자리 숫자잖아요? 스티븐이라면 어떤 숫자를 고를까요?"

"몰라요." 빨간불이 더 빠르게 깜박였다.

"차고 비번을 쳐봐요."

우리 집 차고 문을 여는 네 자리 비밀번호를 입력했다. 깜박임이 멈췄다.

“됐어요?” 베로가 물었다. 벽시계의 똑딱 소리와 온도 조절기의 딸깍 소리만 들렸다.

“그런 것 같아요.” 떨리는 숨을 토했다. 나는 우리 뒤의 문을 닫았다. 휴대전화 손전등을 높이 들고, 어둠을 지나 브리의 낡은 책상 위 전등을 켰다. 은은한 전구 불빛이 실제보다 더 밝게 느껴져, 혹여 밖에 지나가는 사람의 눈에 띄지 않을까 신경 쓰였다. “여기 온 용건만 해결하고 얼른 나가죠. 회계 장부는 스티븐의 사무실에 있을 거예요. 당신은 그 사람 책상을 뒤져봐요. 나는 여기 수상한 게 있는지 찾아볼게요.”

복도를 살금살금 걷는 베로의 발밑에서 널판이 삐걱댔다. 스티븐의 사무실 전등이 켜지더니 서류보관함이 확 열리고 맹렬히 서류철 부스럭대는 소리가 들렸다. 나는 브리의 책상 의자를 옆으로 치우고 서둘러 서랍을 여닫으며 그녀가 두고 갔을 개인 소지품…… 그녀를 찾는 데 도움이 될 만한 물건을 찾았다. 스티븐이 사업을 하다가 원한을 샀는지 어떤지 그의 직원은 알았을 것이다.

전화기 옆에 메시지를 기록하는 공책이 펼쳐져 있었다. 스프링 제본에 한 장씩 뜯을 수 있게 점선이 나 있고 얇은 노란색 필름에 복사본이 남는 형태였다. 메시지 수십 건을 훑어봐도 특별한 내용은 없었다. 공책을 제자리에 놓다가 전화기 옆에서 ‘근무 시간 기록표’라 적힌 플라스틱 문서보관함을 보았다.

스티븐의 시급제 고용인들이 근무 시간을 기록하는 색인 카드를 뒤적이다가 상자 속의 유일한 여자 이름인 브리나 풀러를 발견했다. 브리가 틀림없었다.

휴대전화로 카드 사진을 찍었다. 그녀의 연락처와 최근 근무일, 시각이 적혀 있었다. 마지막 근무일은 토요일이었다. ……10월 26일?

그럴 리 없는데.

내가 닉과 함께 잔디를 사는 척하고 이곳을 찾아온 날이었다. 브리는 우리에게 김의털 잔디가 자라는 곳을 알려주었다. 경찰이 시체를 파내기 전날이기도 했다. 스티븐은 뉴스가 난 후에 브리를 내보냈다고 했는데?

카드를 뒤집어보니 뒷면은 공백이었다. 브리의 마지막 근무일은 약 한 달 전이었다. 아무리 입만 열면 거짓말을 하는 스티븐이라도 이런 거짓말까지 할 이유가 있을까?

벽시계가 똑딱거렸다. 카드를 상자에 돌려놓고 서류 서랍으로 넘어갔다. 서랍 속 개인 물품을 뒤졌다. 인조가죽 장갑 한 켤레, 접는 우산, 립글로스, 파란 반짝이 매니큐어…… 그리고 너덜너덜해진 내 로맨틱 서스펜스 소설책? 순간 멈칫했다. 책 모서리에 인근 공공 도서관 도장이 찍혀 있었다. 뒤표지를 펼치다가 책날개에서 도서관 카드를 발견했다. 책은 몇 주나 연체되었다. 이것들이 브리의 물건이라면 왜 여태 가지러 오지 않았을까? 그리고 도서관의 하고많은 로맨틱 서스펜스 중 하필 내 소설을 고른 이유가 뭘까?

책장 사이에 꽂혀 있던 사진 한 장이 떨어졌다. 브리의 상큼한 얼굴이 내게 웃었다. 스티븐이 그녀의 어깨에 팔을 두르고 있었다. 양쪽이 접혀 있어 그 두 사람만 보이던 사진을 펼쳐보니, 내가 모르는 늙수그레한 남자가 오른쪽에서 브리의 허리에 팔을 감고 있었다. 키가 크고 나이는 스티븐보다 열 살, 열다섯 살쯤 많아 보였다. 턱선이 뚜렷하고 이목구비가 반듯한 얼굴이었다. 관자놀이의 희끗한 머리는 듬성해졌고 서글서글한 파란 눈가에는 주름이 져 있었다. 내 전남편처럼 자신감이 넘쳐 보이는 인상 때문인지 왠지 낯이 익었다. 스티븐과 별로 닮지 않았는데도 어쩐지 비슷한 인상을 주었다. 둘의 팔에 끼인 브리는 더없이 행복해 보였다.

스티븐의 반대편에는 텁수룩한 회색 머리의 깡마른 중년 남자가 조금 거리를 두고 서 있었다. 나머지 세 사람이 잡아끄는 바람에 어쩌다 사진에 들어간 듯, 그는 입을 꽉 다문 채 딱딱한 미소를 띠었고 오른쪽 뺨의 크고 검은 점을 숨기려는 듯 얼굴을 틀고 있었다. 어쩐지 낯익은 금발 남자와 달리, 이 남자는 누군지 전혀 짐작이 안 갔다. 누구든 브리와 스티븐에게 중요한 사람들 같았다.

사진을 호주머니에 챙기는 순간 전화벨이 날카롭게 울렸다.

브리의 책상 위 전화기를 돌아봤다. 발신자 표시창에 '홈세이프 보안회사'라는 글자가 떴다.

"핀? 이거 보여요?" 베로가 긴장된 목소리로 외쳤다. 스티븐의 책상 전화기에도 같은 글자가 뜬 모양이었다.

"보안회사예요. 받아야 돼요."

"그럼 여기 온 걸 들키잖아요!"

"전화를 안 받으면 경찰이 출동한다고요!" 전화벨이 또 울렸다. 가슴을 벌렁거리며 손을 뻗었다. 귀에 대고 수화기를 손으로 덮은 채 손가락 사이로 말했다. "여보세요?"

"홈세이프 보안입니다. 경보가 작동해서 연락드렸어요. 전화 받는 분은 누구시죠?"

여자가 대답을 기다리는 동안 내 당황한 눈은 책상을 살피다 근무 시간 기록표 상자에 멈췄다. 하나만 빼고 전부 남자 이름이었다. 브리의 명랑한 말투를 따라하려고 목청을 가다듬었다. "브리예요. 브리 풀러. 사무직원이죠. 번거롭게 해드려 죄송해요. 물건을 두고 가서요. ……우산을요."

'뭐, 우산? 지금 장난해요?' 옆에서 베로가 입을 빼끔거렸다.

"가지러 왔다가 경보가 설정된 걸 깜박했지 뭐예요. 여긴 다 괜찮아요. 진짜로 아무 문제 없어요." 나는 긴장된 웃음을 터뜨렸다.

"괜찮아요, 브리. 암호만 불러주시면 경보를 해제할 수 있어요."

"암호를 불러달라고요?" 베로를 돌아봤다. 그녀가 눈을 동그랗게 떴다.

"현재 위치로 경찰을 보내드릴까요? 곤란한 상황이신가요?"

"네, 아, 아니요!" 손으로 내 얼굴을 때렸다. "아니, 절대 곤란하지 않아요. 경찰은 안 와도 돼요." 베로가 창문으로 달려와 블라인드 틈새로 이쪽을 보았다.

"그럼 경보를 해제할 여섯 자리 암호를 불러주세요."

혀가 입천장에 붙었다. 스티븐은 어떤 암호를 설정했을까? 글자 수에 맞는 단어를 궁리하느라 시간을 끌었다. 'DELIA'는 짧고 'THERESA'는 길다.

"F-I-N-L-A-Y!"

'전화 끊어요! 달아나야 해요!' 베로가 입모양으로 말했다.

"감사합니다." 여자가 쾌활하게 대답했다. "좋습니다. 현장 확인 요청은 취소할게요."

방금 무슨 일이 있었는지 생각하는 사이 보안회사의 전화가 끊겼다. 얼떨결에 튀어나온 암호는 내 이름이었다. 여섯 글자 암호.

내 이름이 스티븐의 암호라고?

"경찰이 올 때까지 시간이 얼마나 남았죠?" 베로의 질문에 겨우 정신이 돌아왔다.

“안 와요.” 베로는 벽에 기대 가슴을 손으로 눌렀다. “스티븐의 장부는 찾았어요?”

베로가 휴대전화를 들어 보였다.

“좋아요. 얼른 나가요.”

15

브리의 책상 전등을 끄고 나가려다 어둠 속에서 베로에게 걸려 넘어질 뻔했다. 그녀는 창문 앞에 꼼짝 않고 서서 농장 입구 쪽으로 길게 뻗은 자갈길을 응시하고 있었다. 창 유리 너머에서 눈부신 빛이 다가왔다. 전조등이 트레일러를 비추고 있었다.

"망했다!" 베로가 몸을 숙였다. "스티븐인가요?"

베로 뒤에서 밖을 내다봤다. "아닌 거 같아요." 불빛이 아직 멀어서 확실치는 않았지만 스티븐의 트럭이라기엔 차체가 너무 낮았다.

광선이 유리를 통과해 우리를 똑바로 비췄다. 바닥에 주저앉아 창문 아래로 등을 붙이자 트레일러 내부에 우리 그림자가 길게 드리워졌다. 나는 눈을 질끈 감고 자갈이 타이어에 천천히 눌리는 소리에 귀를 기울였다. 전조등이 꺼지고 트레일러 내부가 깜깜해지자 숨이 멎을 것 같았다.

몸을 틀어 무릎을 짚고 일어서 블라인드 틈새를 내다봤다. 짙은색 세단의 윤곽이 서서히 가까워졌다.

"경찰일까요?" 베로가 물었다.

땀이 밴 손으로 바닥을 짚고 몸을 돌렸다. 보안회사에서는 경보를 취소하겠다고 했지만, 내가 암호를 곧바로 대지 못한 것이 문제였던 모양이다. "그냥 한번 둘러보고 갈지도 몰라요. 우리 차는 트레일러 뒤에 있으니까 주차장에서는 안 보일 거예요. 가만있으면 금방 갈 수도 있어요."

"오면서 불빛을 봤을까요?"

"모르죠." 차는 내가 책상 전등을 끈 후에 자갈길에 들어섰지만, 길가의 나무들은 앙상했고 밤하늘은 맑았다. 경찰이 이쪽을 주시하고 있었다면 도로에서 무엇을 봤을지 알 수 없다.

베로가 내 손을 잡았다. "어서, 뒤창으로 빠져나가요."

"못 가요! 저 차가 너무 가깝잖아요." 겨우겨우 우리 차에 도착하더라도, 올 때 지나온 농장 뒷길로 도망치려 하면 미등 때문에 눈에 띄고 말 것이다. "그냥 가만있자고요. 차에서 안 내릴지도 모르니까. 숨어서 저들이 떠날 때까지 기다리는 편이 나아요."

차가 트레일러 앞에 멈추자 우리는 등을 벽에 바짝 붙였다. 머리 위의 얇은 유리창으로 경찰 무전기가 꽥꽥거리는지 귀를 기울였지만 엔진이 낮게 공회전하는 소리뿐이었다.

차 문이 열렸다. 한쪽 발이 자갈을 밟았다. 이어서 다른 발이. 발소리가 점점 가까워지다가 우리 바로 뒤에서 멈추자 베로는 내 손을 꽉 잡았다. 그녀는 성호를 긋더니, 고통스런 침묵 속에서 입을 달싹여 기도했다. 수상한 액체가 외벽에 한참이나 세차게 튀는 소리를 듣고 우리는 당황했다.

"오줌?" 베로가 속삭였다. 손으로 그녀의 입을 막았다. 힘차게 튀던 액체가 이제 똑똑 떨어지고 있었다. 잠시 멈추더니, 라이터 긁는 소리가 이어졌다. 베로가 얼굴에서 내 손을 떼고 속삭였다. "이 마당에 담배를 피운다고요?"

고개를 젖히고 눈을 꽉 감았다. 담배를 다 태우려면 5분은 족히 걸리겠지. 트레일러 주변을 걷다가 그는 베로의 차를 발견할지도 모른다. 더 나쁜 상황은 뒤창을 들여다보고 우리를 발견하는 것이다.

"가만있어요." 라이터가 다시 긁히자 베로의 손을 잡고 소곤거렸다. "이 안은 어두워요. 밖에서는 아무것도 안 보일—."

창문이 와장창 깨졌다. 머리 위로 파편이 우수수 쏟아지고 반대편 벽으로 날아간 유리가 쨍그랑 박살났다. 우리는 바닥에 엎드렸다. 밖에서 차 시동이 걸리고 타이어가 회전하며 컨테이너 외벽에 자갈을 튀기더니 차가 붕, 하고 떠났다.

우리 주위가 온통 화염에 휩싸였다. 짙은 연기에 콜록거리며 무릎을 꿇고 베로를 내 쪽으로 끌었다. 깨진 창으로도 시커먼 연기가 밀려들었다. 손을 흔들어 얼굴 앞의 연기를 흩뜨리다가 때마침 도로로 빠져나가는 미등을 보았다.

베로가 나를 문 쪽으로 끌어당겼다. "우리도 가야 돼요!"

나는 다시 컨테이너 안쪽으로 들어갔다. 불길이 이미 벽을 타고 오르며 소파 팔걸이를 태우고 천장을 검게 그을렸다. 사무실을 두리번거리며 무엇을 챙겨야 할지 고민했다. 스티븐의 온갖 고생이 담긴 트레일러가 내 눈앞에서 소실되고 있었다.

베로가 내 코트를 움켜쥐고 갈라지는 목소리를 냈다. "여기서 나가야 돼요, 핀레이! 어서요!"

트레일러를 빠져나가는 우리 뒤로 연기가 손을 뻗었다. 내가 문을 잠그는 사이 베로가 차를 가지러 달려갔다. 부들부들 떨리는 손으로 이미 뜨거워진 금속 열쇠를 어렵사리 꽂았다. 차저의 엔진이 살아나더니 전조등이 짙은 연기를 향해 섬뜩한 빛을 쏘며 모퉁이를 돌아왔다.

"타요!" 베로가 외쳤다. 조수석에 뛰어들어 문을 닫자 베로는 방향을 홱 틀어 농장 뒷문 쪽으로 질주했다. 가쁜 숨을 고르며 뒤를 돌아보니 연기 사이로 노란 불꽃이 일렁이고 있었다. "이게 무슨 상황이죠?"

"누가 화염병을 던졌어요!" 한 달 전에 우리 둘이서 땅을 팠던 황량한 들판을 지나가는 순간, 나는 계기판을 꽉 붙들었다. 농장 경계에 늘어선 삼나무가 눈앞에 나타나자, 베로는 아스팔트로 접어드는 길목에 바퀴 자국이 남지 않도록 자갈길 끝에서 속도를 줄였다.

차저가 다시 속도를 올리며 구불구불한 급커브를 돌았다. 차 안에 탄내가 진동했고, 침을 삼키자 목이 따가웠다.

"차 세워요." 차가 요철 위로 튀는 순간 신물이 올라왔다.

베로가 실눈을 뜨고 앞의 커브를 응시했다. "여기서는 못 세워요."

"세우라고요!" 조수석 문을 꽉 잡았다. 타이어가 끽끽 연기를 일으키며 좁은 갓길에 멈췄다. 문을 벌컥 열고 얼마 안 되는 배 속 내용물을 도랑에 토했다.

다 끝나자, 나는 시커먼 손으로 땀에 젖은 이마를 감싸고 팔꿈치로 무릎을 짚은 채 엉덩이를 베로의 좌석 끄트머리에 걸쳤다. 욕지기가 지나가기를 기다리며 소파를 휘감던 불길을 떠올렸다.

"그 소파, 스티븐이 자던 곳이에요." 위산과 연기로 목소리가 거칠었다.

내가 말하지 않은 퍼즐 조각을 짜맞추는 베로의 긴장감이 느껴졌다. 스티븐은 며칠 전에 새 집으로 이사했다. 지난주까지는 그 트레일러에서 지내며 소파에서 잠을 잤다. 진저리는 게시물에 농장 이름을 명시했다. 베로의 추측대로 싹쓸이가 일을 맡기 전에 스티븐을 뒷조사했다면 그가 사무실에서 잔다는 사실도 알았을 것이다.

먼 하늘에 오렌지색 불꽃이 너울거리고, 시커먼 연기가 별빛을 가렸다. 스티븐의 보안장치가 화재 탐지기와 연결되어 있는지 의문이었다. 제때 신고가 되면 저 사무실에서 구할 물건이 있을지 몰라도, 그렇지 않으면 누가 화재 신고를 하기 전에 깡그리 타버릴 것이다.

입가에서 토사물을 말끔히 닦고 조수석 문을 닫았다.

"싹쓸이가 누군지는 몰라도 일처리가 깔끔하지 않네요." 베로는 불을 보며 머리를 저었다. "우리라면 훨씬 잘했을 텐데."

검댕이 묻은 베로의 얼굴을 보며 눈썹을 추켜올렸다.

그녀는 나머지 부위만큼 더러운 두 손을 쳐들었다. "10만 달러나 받을 정도면 진짜 전문가다워야 한다는 뜻이에요. 그나저나 차에 토하지 않은 건 고맙네요. 봐요, 깔끔하잖아요." 카시트에 구토를 피하는 것이 대단한 능력이라도 되는 양, 베로는 내게 손짓하며 덧붙였다. 나는 씁쓸하게 낄낄대다가 흐른 눈물을 소매로 닦았다.

베로는 차에 기어를 넣고 천천히 도로로 진입했다. "브리의 책상에서 뭘 좀 발견했어요?"

"근무시간 기록표에서 주소를 알아냈고, 서랍에 두고 간 물건도 몇 가지 찾았어요. 농장을 그만둔 날이 10월 26일이더라고요." 베로도 나와 같은 생각을 한 듯 내게 의미심장한 시선을 던졌다. 스티븐은 언제 브리를 해고했는지 확실히 말하지 않았다. 그 말은 해고 이유에 대해서도 솔직하지 못했다는 뜻이다. "그쪽은 어땠어요? 스티븐의 장부에서 찾은 게 있어요?"

"읽어볼 시간은 없었지만, 지난 몇 달 간의 거래 내역 사진을 찍었어요. 서류함의 청구서도 찍었고요. 집에 가서 같이 살펴봐요. 뭔가 '파낼' 수 있을 거예요." 움찔하는 나를 보고 베로는 어깨를 들썩였다. "미안해요. 단어 선택이 별로였죠?"

멀리서 사이렌이 울렸다. 베로는 백미러를 확인하고 나는 뒤를 돌아봤다. 뒤편 나무 사이로 농장으로 달려가는 홍백의 불빛이 번쩍였다. 남은 것이 별로 없겠지만, 화재가 났을 때 스티븐이 저기서 자고 있었거나 취해서 소파에 쓰러져 있던 게 아니라서 다행이었다.

"경찰이 보안회사에 연락할까요?" 베로가 물었다.

나는 차창에 머리를 박고 손으로 눈을 가렸다. 소방서에서 증거를 수집하는 데 하루 이틀쯤 걸릴 터였다. 경찰이 보안회사를 조사하려 해도 영장을 발부받을 시간이 필요하다. 하지만 스티븐은…… 보안회사에 몇 시간 안에 보고를 요구할 수 있다. 그가 원하면 그 정보를 형사들에게 전달해 수사를 진척시킬 수도 있다. "보안회사가 나와 통화한 기록을 확인하면 수사가 곧장 브리를 겨냥하겠죠."

"스티븐을 없애려고 싹쓸이를 고용한 사람이 진짜로 브리가 아닌 한, 걱정할 거 없잖아요."

"브리가 맞다면요?" 나는 아직 그녀의 결백을 확신할 수 없었다. "경찰이 찾아가기 전에 내가 먼저 브리를 만나야겠어요. 스티븐이 뭔가 숨기고 있는 게 분명해요. 브리를 해고한 이유에 대해 거짓말을 했고, 브리는 그날 이후 농장에 간 적이 없어요. 개인 물건이 아직 서랍에 들어 있는 걸 보면요. 물건도 챙기러 가지 않을 정도로 화가 났다면 사람을 써서 스티븐을 죽일 법도 하죠."

"진짜 브리가 일을 꾸몄다고 생각해요?"

"그건 모르지만, 실제로 그렇다면 경찰에 체포당하기 전에 발 빼라고 설득해야죠."

16

다음날 이른 아침, 미니밴을 타고 황량한 겨울 농장의 흙길에 접어드는 순간 휴대전화가 울렸다. 서리 내린 들판의 울타리 안에 소떼가 흩어져 있었다. "어, 언니." 얼어붙은 바큇자국 때문에 내 목소리가 덜덜 떨렸다. "달리아는 유치원 잘 갔어?"

"조금 전에 내려주고 출근하는 중이야. 재크는 너희 집에 가서 베로한테 인계했고. 스티븐한테 연락받았어?"

"아니, 왜?"

"간밤에 농장 사무실을 누가 홀랑 태웠나 봐."

"무슨 소리야?" 놀라는 척 연기를 좀 했다.

"트레일러가 싹 타버렸다고. 누가 불을 질렀대."

"헉, 누구 짓이래?"

"소방서에서 조사 중이야. 포콰이어 경찰서 동료들한테 공식 보고서가 전달되려면 며칠 걸리겠지만 정황상 방화로 보인대. 그 사건에 형사 둘이 배정됐다더라. 나는 그렇게만 들었어."

그 형사들도 몇 시간 안에 이 농장을 찾아올 것이다. "또 소식 들으면 알려줄래?"

"얼마든지. 그나저나 너 스티븐 쪽 변호사한테 연락해야겠다. 수사가 마무리될 때까지 방문권을 중지하라고. 이건 사고가 아니야, 핀, 사건 경위가 밝혀지기 전에는 아이들을 스티븐 옆에 두면 안 돼."

"그렇게 할게. 고마워, 언니." 전화를 끊고, 널찍한 농가가 시야에 들어오자 속도를 늦추었다. 미색 비늘판에 고드름 조명이 드리워졌고, 집을 둘러싼 테라스 난간은 꽃으로 장식되어 있었다. 나는 우윳빛 링컨 콘티넨털과 브리의 차가 분명한 빨간 폭스바겐 비틀 옆에 주차했다. 코트를 꽉 여민 채 현관 계단을 올라가 초인종을 눌렀다. 문에 걸린, 직접 만든 것으로 보이는 장식 속 호랑가시나무 열매와 썰매 방울에 글루건이 남긴 가느다란 줄이 늘어져 있었다. 문이 열리자 집 안에서 향신료를 뿌린 사과와 베이컨, 오븐 속에서 익어가는 시나몬 롤의 풍부한 향이 밀려왔다.

"어떻게 오셨어요?" 브리와 똑 닮은 여자가 나왔다. 나를 가늠하는 듯 점잖지만 미심쩍은 미소를 지었다. 손을 청바지에 닦자 가는 세제 거품이 연파란색 청바지에 스며들었다.

"안녕하세요, 브리를 만나러 왔어요. 집에 있나요?" 그녀의 어깨너머로 시골 풍경화와 진기한 공예품으로 장식된 넓고 근사한 현관이 엿보였다. 근무시간 기록표에서 본 주소를 찾아왔는데, 브리가 아직 부모와 함께 산다는 건 조금 의외였다. 문서를 뒤지다가 브리가 커뮤니티 칼리지에 입학했다는 사실을 알게 됐지만, 그녀의 어머니를 마주하니 브리와 나의 나이 차가 새삼 크게 느껴졌다.

"아, 그럼요!" 그녀가 손을 내밀었다. 짧은 손톱이 크리스마스 빛

깔 공에 물감으로 얼룩져 있었다. "멀리사라고 해요. 들어오실래요……?" 그녀가 고개를 기울인 채 내 이름을 기다렸다.

"핀레이예요." 나는 그녀의 손을 잡았다. 따뜻하고 아직 물기가 남아 있었다. 내 이름을 듣자 그녀의 입술이 딱딱하게 굳어졌다.

"스티븐 씨의 부인이시죠."

"전부인요." 내가 입을 삐죽이며 바로잡았다. 매번 '전'자를 붙이려니 신물이 났다.

그녀의 미소에서 온기가 조금 빠져나갔다. "그렇군요. 브리는 헛간에 있지 싶어요." 그녀가 울타리 너머 별채를 가리켰다. "저기서 찾아보세요." 그녀가 내 손을 놓는 순간, 들어오라는 제안도 철회되었다.

"고맙습니다." 계단을 내려갔다. 멀리사가 문을 닫았다거나, 목장으로 향하는 나를 거실 커튼 틈으로 지켜봤다고 해서 불쾌하지는 않았다. 도너번이라는 성을 가진 사람을 보면 치가 떨릴 정도로 스티븐에 대해 알 만큼 안다는 뜻이었다.

울타리 밑으로 빠져나가 헛간으로 향했다. 바람이 일정치 않은지 지붕에 앉은 금속 수탉이 한쪽으로 몇 바퀴 돌다가 다시 반대쪽으로 돌았다. 헛간으로 다가가 커다란 문을 조금 열어보았다. 건초와 거름 냄새가 짙게 밴 훈훈하고 퀴퀴한 공기가 느껴졌다.

"브리?" 내 목소리가 컴컴한 다락 구석에서 메아리쳤다.

"여기 있어요." 그녀의 목소리가 어느 쪽에서 들리는지 헷갈려서 헛간 깊숙이 들어갔다. 우리 속 돼지들과 나를 보고 메에 우는 염소들을 지나, 못과 갈고리에 갈퀴와 삽이 걸려 있는 벽을 따라갔다. 벽 맞은편에 나를 등진 채 뒤집힌 양동이에 앉아 있는 브리가 보였다. 오래된 타이어 그네에 묶인 밧줄의 매듭을 푸는 중이었다.

"안녕하세요, 도너번 부인." 브리는 고개도 들지 않았다. 바닥에 휴대전화가 놓여 있었다. 내가 찾아왔다고 멀리사에게 벌써 연락받은 모양이었다. "제가 잔디 농장을 그만뒀다는 얘기는 들으셨을 텐데요." 그녀는 고개를 숙인 채 작업에 몰두하는 척했다. 평소처럼 간드러지는 고음이 아니라 밋밋한 목소리였다.

"며칠 전에 스티븐한테 들었어요. 농장 운영이 어려워서 몇 사람 내보내야 했다고."

브리가 냉랭하게 코웃음을 치며 중얼거렸다. "뻔한 핑계네."

"스티븐이 언제 정직했던 적이 있나요." 내가 그렇게 인정하자, 대꾸는 없었지만 브리에게서 뭔가 변화가 느껴졌다. 내가 헛간에 들어온 이후로 브리는 한 번도 나를 쳐다보지 않았지만, 그 뾰족한 태도가 내 호기심을 자극했다. 벽 쪽에 쌓인 양동이들을 가리키며 물었다. "앉아도 돼요?"

브리는 어깨를 으쓱했다. 나는 그 무더기에서 하나를 끌어다가 뒤집어놓고 그녀 옆에 앉았다.

"제게만 그랬던 건 아닌가 봐요." 그녀가 짧은 손톱을 단단한 매듭에 박았다. 손톱은 금방 벌개졌다. 평소와 달리 화장하지 않은 얼굴이 파리했다.

"스티븐이 상처 준 사람 말이에요? 그럼요. 절대 아니죠." 조심스레 대꾸했다.

브리가 턱에 힘을 주었다. 이 정보로 그녀의 기분이 나아졌는지 더 나빠졌는지 알 수 없었지만, 그 말을 해줄 필요는 있었다. 책에서 발견한 사진을 지갑에서 꺼내어 브리에게 내밀자 그녀의 시선이 따라왔다. "트레일러에 두고 갔죠? 특별한 사진 같아서 돌려주고 싶었어요."

브리는 그네를 내려놓고 시선을 서서히 내 쪽으로 돌렸다. 공허한 눈빛을 보니 내 모습, 1년 전의 내 모습이 어렴풋이 겹쳐 보였다. "고맙습니다." 브리는 휴대전화 옆에 사진을 엎어두었다. "이것 때문에 오신 거예요? 꽤 먼 길인데. 우편으로 보내셔도 되잖아요." 빈정대는 말투는 아니었다. 냉소는 브리와 어울리지 않는다. 그보다는 할 필요가 있음을 인정하기 싫은 대화를 유도하는 말처럼 들렸다.

"스티븐과의 사이에 무슨 일이 있었는지 이야기하고 싶을 것 같아서요."

"농장이랑은 아무 상관 없어요." 그녀가 무겁게 한숨을 지었다. "나쁜 뉴스가 난 것, 고객이 떨어져나간 것, 테리사가 체포당한 것과도 상관없고요. 그 훨씬 전부터 갈등이 있었어요."

"어떤 갈등요?"

그녀는 해진 밧줄 끝을 잡아당기며 생각에 잠겼다. "저는 그냥 기다릴 생각이었어요. 사실 아빠가 농장에 일자리를 구해주었을 때만 해도 다 좋았어요. 그런데 스티븐과 제가…… 가까워지면서 문제가 시작됐어요." 내가 눈썹을 올리자 브리는 얼굴을 붉혔다. "그런 게 아니에요. 부인이 생각하시는 그런 의미는 아니고요. 스티븐은 테리사가 다른 남자를 만난다는 사실을 알았어요. 한동안 그 때문에 힘들어했죠. 술에 취해서 밤마다 그 얘기만 하던 시절도 있었어요. 그러면서 우리가 같이 자는 것도 괜찮다고—" 브리는 갑자기 입을 닫았다가 입술을 깨물며 말을 이었다. "테리사도 바람을 피우는데 우리가 만나는 게 뭐 어떠냐고 했어요. 저는 기다리기만 하면 결국 약혼이 깨지고 우리 사이를 떳떳이 밝힐 날이 올 거라 굳게 믿었죠. 하지만 기다리면 기다릴수록 그가 집착하는 대상이 테리사가 아니라는 생각이 들었어요." 그녀가 속눈썹 사이로 나를 올려다봤다.

나는 당황하여 웃음을 터뜨렸다. "나한테 집착했다는 뜻이에요?"

"그랬던 것 같아요." 그녀가 강하게 대꾸했다. "부인께는 아이들이 있잖아요. 테리사가 더 예쁘긴 해도 부인은 테리사보다 훨씬 착하고요." 브리가 손을 홱 들어 입을 가렸다. "죄송해요, 도너번 부인. 그런 뜻이 아니라……."

"괜찮아요." 내 웃음이 잦아들었다. "테리사는 눈에 띄게 예쁘잖아요. 그래서 스티븐이 나를 떠난 거겠죠."

브리는 얼굴을 찌푸리며 입술을 씹었다. "스티븐은 절대 인정 안 하겠지만, 항상 부인 주변을 기웃대며 감시했어요."

내 웃음이 뚝 그쳤다. "어떻게 감시를 해요?"

"차고를 수리해주고, 공과금을 내주고, 만나는 사람이 있는지 소셜미디어를 엿보면서요. 몇 주 동안 부인이 속옷 모델과 사귄다는 황당한 생각에 빠져 안절부절못했어요." 브리가 눈을 굴렸다. "그런데 부인이 일요일에 닉 형사랑 농장에 오신 적이 있잖아요." 그를 떠올리는 브리의 눈이 초롱초롱해졌다. 딜리아의 유치원 복도에서 닉에게 추파를 던지던 여자들과 비슷한 표정이었다. "두 분이 참 행복해 보였어요. 누가 봐도 닉 형사는 부인한테 푹 빠져 있던데요. 저는 기회가 왔다고 생각했어요. 부인은 멋진 남자랑 사귀고, 테리사는 다른 남자랑 바람을 피우고. 틀림없이 그렇다고 생각했어요. 그래서 부인이 떠나자마자 스티븐한테 전화를 걸었죠." 그녀가 목을 움츠렸다. "사소한 사건이지만 부인이 닉 형사와 잔디를 사러 왔었다고, 두 사람이 꽤 진지한 사이라고 얼른 알리고 싶었어요. 그런데 그 말을 들은 스티븐이 버럭 화를 내는 거예요. 제 말이 끝나기가 무섭게 농장으로 달려와서는 트레일러에서 미친 사람처럼 방방 뛰다가 뛰쳐나갔어요. 그러고는 이틀 내내 제게 전화도 하지 않았죠. 그럴 만도 해요." 그녀가 두 손을 쳐들었다. "곧이어 많은 일이 닥쳤잖아요. 테리사는 체포되고, 경찰이 영장을 들고 와서 트레일러를 수색하고 사무실을 폐쇄하고 농장을 뒤집어엎었으니까요. 스티븐은 화요일에야 전화를 걸어와 저더러 출근할 필요가 없다고 했어요."

나는 유감을 표했다. 진심이었다. 그녀가 조금 전에 한 말, 내가 다른 사람과 잔디를 사러 왔다는 단순한 사실에 대해 스티븐이 농장에서 보였다는 반응 때문에 머릿속이 복잡해졌다. "스티븐이 당신을 해고한 이유가 나하고 관계있다고 생각해요?"

브리가 고개를 끄덕였다. "스티븐은 아직 부인을 사랑해요. 지난 10월에 보안 설비를 하면서 부인 이름을 암호로 정할 때 이미 알아봤어요."

나는 금시초문이라는 표정을 지었다. "암호라고요?"

"실수로 경보를 울렸을 때 보안회사에 아무 문제 없다고 보고하면서 말해야 하는 단어예요. 암호는 'FINLAY'였어요. 테리사랑 잘 안 될 때를 대비해서 마음 한구석에 늘 부인을 간직했나 봐요. 그러니까 닉 형사가 나타났을 때 그렇게 질색했겠죠."

자기가 아무리 허튼짓을 해도 나라는 안전망이 있었는데, 내가 다른 사람을 만나면 더 이상 자신을 붙잡아줄 사람이 없어질까 봐 두려웠던 모양이다. 스티븐은 언제나 자기가 내게 꼭 필요한 사람인 듯 우쭐댔다. 공과금을 내주고 차고를 고쳐주고 아이들을 봐주면서. 사실은 그 반대였던 걸까.

무릎에 팔꿈치를 대자 우리의 어깨가 거의 닿을 듯이 가까워졌다. "스티븐이랑 나는 끝난 사이인 거 알잖아요. 그 사람의 비열한 행실은 당신이나 나와 아무 상관 없어요. 테리사랑도요. 다 자기 문제일 뿐이에요."

"알아요. 우리 엄마도 같은 말을 했어요. 헤어진 건 절대 저 때문이 아니니까 그냥 그 사람을 놓아주라고요. 그런 말을 들어도 마음이 편해지진 않아요. 그가 마음을 바꿀지도 모른다는 생각이 자꾸 들어요." 그녀가 눈을 들고 나를 보았다. "어리석은 생각일까요?"

그녀에게서, 그 부질없는 희망과 낙관에서 어쩔 수 없이 딜리아가 보였다. 브리에게 상처를 주기는 싫었지만 거짓을 말할 수는 없었다. "어리석은지는 모르겠지만, 적어도 현명한 생각은 아니죠." 브리는 고개를 떨구고 밧줄을 뜯적였다. "뭐 좀 물어봐도 돼요?"

그녀가 경계하며 고개를 끄덕였다.

"아까 스티븐이 10월에 보안 설비를 했다고 말했잖아요. 테리사랑 펠릭스 지로프 때문에 생긴 일과 관계가 있나요?"

"아니요. 그 일이 터지기 전이었어요. 자꾸 이상한 전화가 와서 설치한 거예요."

"전화라고요?"

"누가 시도 때도 없이 전화해서 스티븐을 괴롭혔어요. 몇 달씩이나요. 가을이 되니까 더 심해져서 스티븐이 겁을 좀 먹었어요."

"누가 전화를 해요?"

"모르겠어요. 항상 휴대전화로 걸었거든요. 전화가 올 때마다 스티븐은 사무실 문을 닫았어요. 고성이 오가다가 스티븐이 화를 내면서 전화를 끊는 식이었어요"

"원하는 게 뭐였대요?"

"스티븐 얘기로는, 웬 미친 여자가 자꾸 자기한테 빚진 게 있다고 주장했다네요."

"여자라고요?"

"그런 것 같아요. 스티븐이…… 이기적인 년이라고 외치는 소리를 우연히 들은 적이 있거든요." 그녀가 눈썹을 우그렸다. "만나는 여자가 또 있었을까요?"

"내가 알기로는 아니에요." 나는 신중하게 대답했다. 스티븐이라면 그러고도 남겠지만 브리가 그를 해칠 사람이 아니라고 확신하기 전까지는 그녀를 자극할 정보를 더 내놓고 싶지 않았다. "스티븐은 농장 운영이 어렵다고 했어요. 그에게 불만을 품었을 고객이나 거래처가 있을까요? 빚쟁이라든지?"

"없어요." 브리가 단호히 고개를 저었다. "스티븐은 돈 계산이 깔끔했어요. 고객과 거래처는 모두 그를 좋게 봤죠."

"그밖에 스티븐에게 원한을 가질 사람이 있을까요?"

"불을 지를 만큼 깊은 앙심을 품은 사람을 말씀하시는 거라면, 아니요, 전혀 없어요."

"불을 질러요?" 브리는 해고당한 이후로 스티븐과 전혀 연락하지 않았다고 말했다. 그런데 화재에 대해서는 어떻게 알까? 경찰이 벌써 다녀갔나?

브리가 일어서서 허벅지에 묻은 지푸라기를 털었다. 나도 같이 일어서자 그녀는 내 양동이를 가져가 다른 것들 위에 포갰다. "못 들으셨어요? 어젯밤에 누가 농장 트레일러에 불을 질렀대요. 우리 오빠가 소방서에서 자원봉사를 하거든요. 자정 지나서 호출을 받았대요. 불을 끄고 나니 남은 게 거의 없더래요." 브리는 내가 놀라서 할 말을 잃었다고 착각한 모양이었다. 그녀의 얼굴이 달아올랐다. "알고 오신 줄 알았어요. 그 일 때문에 오셨다고 생각했는데요."

"당신이 방화를 할 만큼 화가 났는지 보려고요?"

브리는 고개를 끄덕였다. "오빠도 같은 질문을 한 걸요."

"그래서 뭐라고 했어요?"

"여기서 아빠랑 밤새 TV를 봤다고요. 솔직히 말할게요. 스티븐이 저를 쫓아냈을 때 화가 많이 났던 건 사실이에요. 하지만 불을 지르진 않았어요. 오빠가 그러는데 경찰이 찾아와서 저한테 그 일에 대해 물어볼 수도 있대요."

"그러면 어떻게 대답할 생각이에요?"

"사실대로 말해야죠. 그 사람을 사랑한다고."

브리는 내게 손을 살짝 흔들어 작별 인사를 하고는 끈 없는 부츠로 흙을 가만히 밟으며 따뜻한 빛이 쏟아지는 부모님의 집으로 향했다.

17

아침에 브리를 찾아가 설레발을 치느라 조리대에 얹어 둔 페이스트리를 깜박하고 말았다. 멀리사가 현관문을 열어 따스하고 감미로운 음식 냄새로 나를 애태우던 순간부터 빈속이 아우성을 쳤다. 하지만 어찌된 일인지 헛간에서 대화를 나누는 사이 식욕이 싹 달아나 돌아가는 길에 패스트푸드점에 들를 마음도 생기지 않았다. 집 앞 도로에 들어서면서부터는 남은 커피를 데워 페이스트리랑 같이 먹어야겠다는 생각뿐이었다.

집에서 한 블록도 채 안 남은 곳에서 브레이크를 밟았다.

수상한 세단 한 대가 진입로에 서 있었다. 지붕 위 안테나를 보고 경찰차라고 확신했다.

아니, 있을 수 없는 일이다. 화재는 어젯밤에 발생했다. 그것도 다른 행정구역에서. 경찰은 아직 브리도 만나지 않았고, 베로와 나는 경찰을 이곳으로 이끌 만한 실마리를 트레일러에 전혀 남기지 않았다. 아닌가?

진입로로 천천히 들어서면서, 베로가 경찰에게 이미 무엇을 털어놨을지 생각했다. 적당히 알리바이를 꾸며냈을지도 모른다. 어제 입었던 시커먼 옷은 브리를 만나러 떠나기 전에 세탁했는데, 신발은 어쩌나? 베로의 차 곳곳에 증거를 남겨놨을지도 모른다.

밴을 주차하고 차고 문을 닫으면서, 경찰이 영장을 가져오지 않았다면 돌려보내기로 마음 먹었다. 주방에 들어갔다가 나는 그대로 멈추고 말았다.

닉이 식탁에 앉아 뭔가에 집중하는 듯 이마에 깊은 주름을 잡고 있었다. 맞은편 의자에는 딜리아가 무릎을 꿇고 앉아 있었다. 팔꿈치를 짚고 식탁에 기대어, 노란 커넥트 포* 격자판에 몇 개 남지 않은 빈 구멍으로 닉을 지켜보고 있었다. 게임판에서 고개를 들지 않았지만, 닉은 내가 도착했음을 알고 눈을 깜작였다.

베로는 두 사람 뒤의 싱크대에 기댄 채 두 손을 행주에 닦으며 벙글거렸다.

수갑은 없었다. 영장도 없었다.

거실 소파에는 닉의 파트너 조이가 고개를 젖힌 채 눈을 감고 입은 벌리고 있었다. 천천히 가슴이 들썩이며 안정적인 수면 리듬을 타는 중이었다. 재크는 그의 옆에 앉아 작은 소리로 흘러나오는 어린이 교육 프로그램 〈블루스 클루스〉에 정신이 팔려 있었다.

내가 문을 닫자, 베로는 입술에 손가락을 대며 턱으로 내 딸이 닉과 전략 게임인지 의지력 테스트인지 모를 것에 몰두하고 있는 식탁을 가리켰다.

* 수직으로 세운 가로 7칸, 세로 6칸 평면에 두 사람이 번갈아 칩을 넣어 먼저 칩 4개를 한 줄로 만드는 사람이 이기는 게임.

"닉 형사님이 당신을 만나러 왔어요." 칩 달각대는 소리에 묻힐 만큼 작은 소리로 베로가 소곤거렸다. "내가 외출했다고, 집에 돌아오면 전화하겠다고 말했지만 딜리아 눈에 띄어서 꼼짝없이 붙잡혔어요."

닉 앞에 놓인 커피 잔에서 김이 올랐다. 집에 남은 마지막 페이스트리를 쌌던 은박지가 그 옆에서 반짝였다. 그는 게임판 위로 빨간 칩을 들어 올렸다. 눈썹을 찡긋하며 딜리아를 흘끔 보더니 그것을 떨어뜨렸다. "커넥트 포."

딜리아의 입이 벌어졌다. "아저씨가 이겼어요?"

"이길 때도 됐지!" 그는 의자에 기대어 내 페이스트리 한쪽을 베어 물고 우물거리며 말했다. "30분 내내 네가 아저씨를 묵사발로 만들었잖아."

딜리아는 게임판 바닥의 마개를 열어 식탁 위에 빨간 칩과 검은 칩을 좌르르 쏟았다. "또 해요."

베로가 딜리아의 의자를 뒤로 당겨 아이를 검은 칩 무더기에서 떨어뜨렸다. "더 좋은 생각이 있어. 엄마랑 닉 아저씨한테 게임을 시키자." 내 딸은 내가 집에 온 걸 이제야 알았다는 듯 나를 보며 눈을 깜박였다. 싫다고 말하려는 듯 입을 달싹였지만, 베로가 마지막 남은 페이스트리를 뇌물로 내밀었다.

"조심해, 엄마." 딜리아가 경고했다. "엉큼한 아저씨야." 딜리아는 우쭐하는 베로를 끌고 식탁을 떠났다.

"게임할까요?" 내가 딜리아의 자리에 앉자 닉은 뒤통수에 손깍지를 낀 채 검은 눈을 빛냈다.

"차 바꿨어요?" 나는 검정 칩을 틀 안에 떨어뜨려 바닥에 떨어지는 모습을 보았다. 닉이 손에 쥐고 있던 빨간 칩 하나를 내 것 바로 위에 떨어뜨렸다.

"조이 차예요."

"좋은 분 같아요." 내가 아는 남자 중에 〈블루스 클루스〉 한 편을 끝까지 참고 볼 남자는 드물었다.

"말이 너무 많은 게 흠이죠."

"다 들리거든." 조이가 소파에서 웅얼거렸다.

"밤에는 쇼핑몰에서 경비 알바를 하고 주말에는 자기 어머니를 돕느라 저렇게 골골거리네요. 30분 전에 당신 소파에서 곯아떨어졌어요. 조이가 눈 좀 붙이는 동안 딜리아랑 게임 몇 판 하는 것도 나쁘지 않겠다 싶어서요."

"괜찮아요. 오실 거라고 전혀 예상을 못 했을 뿐이에요. 전화한다면서요."

그는 틀 위에 다른 칩을 떨어뜨리는 나를 지켜봤다. "농장에 불났다는 얘기 들었어요."

칩을 쥔 내 손이 경직되었다. "그래요?"

"당신이랑 아이들이 잘 있는지 확인하고 싶었어요."

"우린 괜찮아요." 조심스레 대답했다. "경찰에선 뭘 좀 알아냈나요?"

"글쎄요. 그 농장은 내 관할이 아니라. 그래도 법의학 연구소에 물어볼 수는 있어요. 피터가 들은 게 있을 거예요. 하루 이틀 여기저기 알아볼게요. 토요일에 시간 괜찮으면 저녁 먹으면서 말씀드리죠."

그를 바라보자 숨이 막혔다. 커피를 홀짝이며 나를 바라보는 눈빛이 끈적했다. "그냥 저녁만 먹어요. 데이트는 아니고." 내가 못을 박았다.

"원하시는 대로."

"만나는 사람이 있거든요." 서둘러 덧붙였다.

"변호사죠. 알고 있어요. 베로한테 들었어요."

"베로가 또 뭐라던가요?"

그는 머그컵을 내려놨다. "진지한 사이도 아니고, 한 주 내내 멀리 가 있다던데요." 나는 베로가 잠든 사이에 죽이기로 결심했다.

닉은 칩을 만지작거리며 틀 위에서 이리저리 옮겨보다가, 완벽한 위치에 놓아 내 진로를 막았다. "새로 개업한 레스토랑이 있어서 토요일 밤에 조이랑 같이 가기로 했는데, 조이가 나를 바람맞히고—."

"어머니한테 가는 거잖아. 빙고 게임장에 모시고 가기로 약속했다고." 조이가 끼어들었다.

"—그래서 당신이랑 갈까 해요."

"제발 같이 가주세요, 핀레이. 안 그러면 내가 언제까지 저 원망을 들어야 할지 몰라요." 조이가 간청했다.

다시 고개를 들었다가는 안 되는 것을 승낙할까 봐, 나는 게임에서 눈을 떼지 않았다. "아, 토요일이라면…… 며칠 안 남았네요. 베로가 대체로 쉬는 날이라 아이들 봐줄 사람이 없는데."

"아니, 있어요." 베로가 계단 위에서 소리쳤다.

"입고 갈 옷이 없는데."

"아니, 있어요!" 베로가 또 소리쳤다.

역시. 그녀를 죽였어야 했다.

닉이 몸을 앞으로 숙이며 속삭였다. "언제든 우리 집에서 저녁을 먹어도 돼요. 내가 만든 칠리 콘 카르네*가 맛있다고 소문이 자자하거든요. 비스킷도 꽤 먹을 만해요." 내 손가락에서 칩이 미끄러졌다. 나는 식탁 가장자리로 튄 칩을 가까스로 잡았다. 닉의 손은 달아난 게임 말을 감싼 내 손을 잡았다. "그냥 저녁 식사예요." 그가 천천히 손을 놓으며 시선을 내 입술 쪽으로 떨어뜨렸다.

그냥 저녁 식사. 그렇다면야. 오로지 방화 사건에 대한 수사 경과를 듣기 위해서다.

"좋아요."

내가 칩을 틀에 떨어뜨리자 그는 눈썹을 올렸다. "가겠다는 뜻인가요?"

"네. 하지만 칠리보다는 레스토랑이 좋겠어요." 그의 비스킷에 혹할까 봐 두려웠다.

"그러면 데이트…… 아니, 그러니까 절대 데이트는 아니고…… 저녁 식사를 하는 걸로." 그는 마지막 칩을 틀에 떨어뜨려 네 개를 연결하고는 어린아이처럼 두 손을 쳐들었다. 닉은 남은 커피를 쭉 마시고 일어서더니 잔을 개수대에 놓고 주방을 나갔다. "커피 잘 마셨어요, 베로!" 그가 현관에서 외쳤다.

"별말씀을요, 형사님." 베로가 흥얼거렸다.

조이가 재킷으로 손을 뻗으며 내 귀에 속삭였다. "다행이네요. 저 친구가 나를 얼마나 들들 볶던지. 같이 간다고 안 하셨으면 내가 저 친구를 쐈을지도 몰라요." 그는 이쑤시개를 이 사이에 끼운 채 문을 열며 눈을 찡긋했다.

"갈 거예요?" 닉이 외투를 걸치고 있는데 달리아가 이렇게 소리치

* 쇠고기, 토마토, 강낭콩, 양파, 칠리 등을 넣고 끓인 스튜.

며 계단을 후다닥 내려왔다.

"가야 해, 딜리아, 게임 즐거웠어." 아이는 문어처럼 그의 다리에 엉겨 붙었다. "계속 연습하고 있어. 며칠 있다가 올 테니까 다시 붙어보자고." 닉은 딜리아를 안아 올려 머리에 입을 맞췄다. 아이를 살포시 내려놓는 그를 보자 내 마음이 몽글몽글해졌다. "6시에 모시러 올게요." 그가 나가면서 말했다.

"잠깐만요." 현관 앞 계단까지 그를 따라 나갔다. "어떤 옷차림을 해야 하죠?"

그가 짓궂은 미소를 지었다. "날 놀래켜줘요."

나는 당황하여 조이의 차에 타는 그를 지켜봤다.

놀래킬 옷이야 차고 넘쳤다. 닉이 바라는 놀라움이 아니라서 문제일 뿐.

게임판을 멍하니 보고 있는데 베로가 주방으로 들어왔다.

"데이트할 생각하니까 좋아 죽겠죠?"

"데이트 아니거든요."

"네네, 암요." 그녀는 나를 놀리며 닉이 쓴 잔을 헹궈 식기세척기에 넣었다. "브리는 만나봤어요?"

나는 의자에 주저앉아 아침에 조리대에 두고 간 커피를 한 모금 마셨다. "브리는 진저리가 아닌 게 확실해요. 아직 스티븐을 사랑하고 있어요." 베로가 손가락 하나를 입에 물고 꺽 소리를 냈다. "그런데 수상한 말을 들었어요. 브리 얘기로는 스티븐이 펠릭스와 엮이기 전에 이미 보안장치를 갖췄대요. 어떤 여자가 자꾸 그의 휴대전화로 뭔가를 요구하고 괴롭혀서요."

"브리는 그 여자가 누구인지 알아요?"

"아니요, 어쨌든 전화가 꽤 잦았대요. 여름부터 걸려오기 시작하더니 가을에는 횟수가 더 많아졌다네요. 그래서 스티븐이 10월 초에 보안장치를 설치한 거래요. 스티븐의 휴대전화를 입수해 통화 내역을 확인하면, 이 의문의 여성의 번호를 알 수 있을 텐데요."

"그래서 어쩌려고요?"

나는 식탁 위의 페이스트리 부스러기를 손가락으로 훑었다. "아이들 물건을 몰래 뺏을 때와 같은 방법을 써야죠. 주의를 딴 데로 돌리는 거요."

18

한 시간 후, 베로와 나는 엉망이 된 주방 바닥을 내려다봤다. 싱크대 아래쪽 수납장 문을 활짝 열고, 화학약품이며 세제, 청소용품을 조리대 위로 옮겼다. 수납장 바닥에 고인 물이 가장자리를 넘쳐 바닥에 떨어졌다. 바닥에는 물을 흡수할 목욕수건이 빈틈없이 깔려 있었다.

베로는 쪼그리고 앉아 내가 풀어놓은 관 이음새를 살폈다. "배관용 렌치가 이렇게 유용할 줄이야."

밖에서 트럭 문이 쾅 닫혔다. 나는 렌치를 베로의 손에 쥐여주었다. "스티븐이 왔어요. 이건 어디다 숨겨야 해요. 내가 주방에서 계속 혼을 빼놓을 테니 당신은 그 사람 전화기를 갖고 가서 뒤져봐요."

나는 시간을 질질 끌다가 현관문을 열었다. 스티븐이 가죽 공구가방을 들고 들어왔다. "오래는 못 있어. 한 시간 후에 회의가 있어서." 그가 진흙 묻은 작업화를 벗었다.

"그냥 누수야. 와줘서 고마워." 외투를 벗는 그의 청바지를 슬쩍 살폈다. 호주머니가 눈에 띄게 불룩하진 않았다. 휴대전화는 아무래도 외투 속에 있는 모양이었다. "공구는 안 가져와도 되는데. 차고에 있던 거 몇 가지를 여기 갖다놨거든."

고개를 들었더니 스티븐은 자기 청바지를 흘끔대는 내 모습을 본 듯 피식 웃었다. "필요한 도구가 여기 있으면, 핀, 당신이 나한테 전화했겠어?" 그는 소매를 걷어붙이고 가방을 주방으로 옮겼다. 베로가 안에서 기다리고 있었다. 엉덩이를 가스레인지에 기댄 채 이미 싸울 태세로 팔짱을 끼고 있었다.

"오셨네요, 스티븐."

"아, 베로." 그는 열린 수납장 옆의 마른 바닥에 공구를 놓으며 그녀를 냉랭하게 쏘아봤다. 손전등을 켜고 그는 내부를 들여다봤다. 나는 그의 머리 위에서 내 뒤의 코트걸이를 가리키며 베로에게 신호했다. 그녀가 고개를 끄덕였다. 싱크대 밑에서 스티븐의 목소리가 들렸다. "뭐가 문제인지 알겠다, 핀. 그냥 이음새가 좀 헐거워진 거야."

"고치는 데 얼마나 걸려?" 베로가 그의 휴대전화에서 통화목록을 복사하는 데 못해도 10분은 걸릴 터였다.

스티븐은 수납장에서 머리를 뺐다. 그 오만하고 건방진 웃음이 아니꼬웠다. 그는 손전등을 손바닥에 두드리며 나를 뜯어봤다. "배관 나사가 엄청 더러워졌어. 내가 분해해서 청소해줄 수 있는데. 그러고 나서 배관 테이프를 새로 붙이면 새것이나 다름없을 거야."

베로가 그의 뒤에서 눈동자를 굴렸다.

"그렇게 해주면 고맙지." 내가 말했다.

스티븐이 가방에 손을 넣어 배관용 스패너를 찾았다. "이봐요, 베로." 그가 연장을 뒤적이며 어깨 너머로 불렀다. "빈둥거리느니 싱크대 밑의 물이나 닦지 그래요? 내 옷 젖는 거 싫으니까."

위협적으로 고개를 꺾는 그녀를 보고 나는 조마조마해졌다.

"그래야죠, 스티븐." 싱크대 밑에 고인 물을 닦으려고 쪼그려 앉던 베로의 이글거리는 눈이 내 눈과 마주쳤다. "핀레이, 수건 좀 더 갖다 줘요. 더 필요할 거 같으니까."

스티븐이 바닥으로 몸을 낮추자 베로는 젖은 수건을 요란하게 패대기쳤다. 그의 머리가 싱크대 밑으로 사라진 순간 그녀는 '가요!' 하고 입을 빼끔거리며 주방에서 나를 몰아냈다.

젠장! 이럴 계획이 아니었는데.

코트 걸이로 달려가 스티븐의 외투 호주머니를 뒤졌다. 그의 휴대전화를 들고 계단을 급히 올라 내 방으로 향했다. 엄지손가락으로 휴대전화를 만지작대며 욕실에서 마지막 남은 샤워 타월 몇 개를 움켜쥐고 계단 밑에서 기다리는 베로의 팔에 던졌다. 그녀는 사악한 미소를 지으며 주방으로 돌아갔다.

아래층에서 티격태격하는 스티븐과 베로를 두고 방으로 돌아와 스티븐의 잠금 화면을 보며 생각했다. 뻔한 번호일 거라 짐작하며 우리가 옛날에 같이 쓰던 ATM 비밀번호를 넣었다. 잠금이 풀리지 않자 이번에는 차고 비밀번호 네 자리를 입력했다. 홈 화면이 나타났다.

아래층 주방에서 파이프에 공구가 철컹철컹 부딪치고, 두 사람의 언성도 점점 높아졌다. 베로가 쩌렁쩌렁한 목소리로 딜리아와 재크에게 아빠가 왔다고 알렸다. 환호성이 온 집 안에 울렸다. 아이들이 쿵쾅대며 계단을 내려갔다.

스티븐의 통화 기록을 정신없이 스크롤하며 낯익은 이름은 건너

뒤고 여자들이 걸어온 전화만 살폈다. 추수감사절 야심한 시간에 브리의 집으로 건 전화가 한 통 있었다. 최근 몇 주 사이에는 수상한 번호가 없었다.

이상한 전화가 무척 잦았다는 10월 초까지 거슬러 올라갔지만, 대부분 브리와의 통화였다. 그녀의 휴대전화로 발신하거나 그녀의 휴대전화나 집 전화에서 수신한 내역으로, 시간은 밤낮을 가리지 않았다. 간간이 업무 관계자, 테리사, 내 전화가 섞여 있었다. 특이한 발신 번호는 눈에 띄지 않았다. 적어도 위협적이거나 의심스러워 보이는 것은 없었다.

아래층의 소음과 아이들의 웃음소리가 혼이 빠질 정도로 요란해졌다. 서둘러 계단을 내려가 주방으로 돌아가면서 스티븐의 휴대전화를 외투 주머니에 슬쩍 넣었다.

모퉁이를 도는 순간 싱크대 밑에서 불길한 비명이 터졌다. 스티븐이 사타구니를 지키려고 손으로 가리며 벌떡 일어나 앉다가 배수구 바닥에 머리를 부딪힌 것이다. 베로가 스티븐의 가랑이에 쏟은 스낵 한 줌을 보고 재크가 좋아서 꽥꽥거리며 그의 허벅지 사이로 기어가고 있었다. 스티븐은 우리 아들을 들어 올려 옆으로 치우고, 흙빛이 된 얼굴에서 물을 뚝뚝 흘리며 수납장을 빠져나왔다. 베로는 물이 흐르는 개수대 옆의 조리대에 걸터앉아 무자비한 미소를 짓고 있었다. 그녀가 스낵 한 줌을 우걱우걱 먹는 사이, 열린 배수구에서 물이 쏟아지고 아이들은 바닥에 새로 생긴 웅덩이에 신나게 발을 찰방거렸다.

주방에 깔린 수건이 모조리 흠뻑 젖었다. 나는 오븐 손잡이에 걸린 행주를 스티븐에게 건넸다. 그는 얼굴에 묻은 물을 천천히 닦았다. 관자놀이에 핏줄이 불끈거리고, 무릎 위로 숙인 얼굴은 붉으락푸르락했다.

"베로, 아이들 위층에 데려가서 물 좀 닦아줘요. 나는 스티븐이 뒷정리하는 거 도울 테니까." 그녀와 스티븐을 1분만 더 같은 공간에 뒀다간 살인이 날 판이었다. 조리대에서 내려와 아이들을 데리고 주방을 나가는 그녀를 스티븐이 노려봤다.

"미안하게 됐어." 내가 수도꼭지를 급히 잠그며 말했다.

스티븐은 끙끙대며 몸을 일으키더니 손에 쥔 물건을 내 손으로 밀었다. "이게 트랩에 걸려 있더라. 휴대전화 유심칩 같은데." 나는 지난달에 음식물 쓰레기 처리기에 떨어뜨린 망가진 유심칩을 내려다봤다.

젖은 수건 무더기를 한쪽으로 걷어차고 수납장 아래로 천천히 들어가는 스티븐을 보며, 나는 불안하게 웃었다. "어, 이상하네. 그게 어떻게 거기 들어갔지?"

"염병할 베이비시터 짓이겠지. 그런 물건을 여기다 버리면 당연히 망가지지. 또 그러면 그땐 안 고쳐줄 거야." 그가 분리된 배수구 조각을 보라색 테이프로 싸서 다시 붙이는 동안 나는 손전등을 들고 있었다. "위험한 여자야. 무책임하고."

"무책임하지 않아. 나를 얼마나 많이 도와주는데. 아이들도 잘 보살피고."

그가 머리 위 수납장을 가리키며 지적했다. "말이 나와서 말인데, 저 여자처럼 청소용품을 전부 같은 데 보관해서는 안 돼."

"수납장마다 어린이 보호용 잠금장치가 있잖아." 스티븐이 직접 설치했으니 모를 리 없었다.

"그럼 이 밑에 쓸 만한 소화기라도 갖다놓든가. 오븐용 세제가 얼마나 위험한지 알아? 까딱 잘못하면 집에 불이 난다고."

그가 싱크대 밑에서 나오자 나는 손전등을 탁 껐다. "당신이 나한테 소방 안전 교육할 자격이나 돼?"

그는 연장을 가방에 넣고 내 언니의 이름을 욕처럼 중얼댔다. "당신 언니한테 들었지?" 나는 그를 매섭게 쏘아봤다. "무슨 얼빠진 소리를 들었는지 몰라도 빈 농장을 기웃거리면서 성냥 갖고 장난치는 비행청소년들 짓이겠지. 경찰이 수사하는 이유는 내가 신고했기 때문이고. 신고를 안 하면 보험사에서 처리를 안 해주니까."

"그렇다고 쳐. 하지만 당신 목숨을 노린 방화인지 아닌지 밝혀지기 전까지는 아이들이 우리 집에 있는 편이 훨씬 안전하겠지?"

"우리 집도 완전 안전해!"

"그래? 확실해? 누가 당신 트레일러에 촉매제를 뿌리고 소파를 겨냥해 창문으로 화염병을 던졌는데도?" 나는 입을 다물었다. 위층에서 아이들의 침실 문이 조용히 닫히고 바닥널이 삐걱거렸다. 베로가 엿듣고 있는 모양이었다.

스티븐이 눈을 가늘게 떴다. "경찰한테 촉매제 얘기는 들은 적이 없는데. 조지아가 말해줬어?"

"오늘 꼭두새벽에 연락받았어. 더는 말 못 해." 스티븐과 조지아는 서로를 질색했다. 둘이 정보를 교환할 일은 없을 터였다.

"당신 좋을 대로 해. 나는 오늘 보안회사 사람을 만날 거야. 몇 시간 후면 화재가 누구 소행인지 밝혀지겠지. 그러면 이 사건은 마무리되는 거야. 당신 언니는 상관할 필요 없어."

"조지아는 아이들의 이모야, 스티븐. 아이들을 당신 집에서 재우는 걸 심히 우려하고 있어."

"부모도 아니면서!"

"하지만 경찰이지! 나는 조지아의 판단이 옳다고 믿어! 당신이랑 나 사이에 합의가 안 되면 내 변호사를 관여시키는 수밖에 없어."

그가 냉소했다. "누구? 지프 타는 애?"

"아니, 스티븐. 돈을 주고 고용한 변호사가 가이한테 법원 명령을 전달할 거야. 누가 당신을 해치려 하니까 이 사건이 해결될 때까지 방문권을 정지시키겠어."

"좋아!" 그는 공구 가방을 들고 주방을 뛰쳐나갔다. "맘대로 해봐. 하지만 당신 지금 과민 반응 하고 있어." 그는 외투 소매에 팔을 끼우며 문을 홱 열었다. "아무도 날 죽이려 하지 않아, 핀. 나를 죽일 만큼 미워하는 사람은 당신뿐이야."

따지려고 입을 열었지만 그의 등 뒤로 이미 문이 닫혔다.

걸쇠를 젖히고 문틀에 머리를 대고 있으니 베로가 계단을 살금살금 내려왔다. "휴대전화에서 뭘 좀 찾았어요?"

"아무것도요." 베로를 따라 주방으로 들어갔다. 그녀가 내게 빗자루를 건넸다. 진이 빠져 한숨을 쉬며 흐물흐물해진 스낵을 쓸어모았다. "해고하기 전 주까지 브리랑 주고받은 통화만 잔뜩이었어요. 지난주에도 브리네 집에 한 번 걸었고요. 술에 취해갖고 어떻게 한번 해보려고 전화했겠죠." 추수감사절 밤에 우리 집 진입로에 서 있던 그가 얼마나 혼란스럽고 외로워 보였는지를 떠올렸다. "의문의 여자와의 통화 기록은 전부 삭제했나 봐요."

"그럼 다시 원점으로 돌아온 거네요." 베로가 물이 뚝뚝 떨어지는 수건을 한 아름 들어 올려 빨래 바구니에 떨어뜨렸다.

그녀가 무릎을 꿇고 청소용 세제를 싱크대 밑 제자리로 돌려놓는 사이 나는 스낵을 쓰레기통에 버렸다. "우리가 스티븐의 트레일러에서 놓친 게 있나 봐요. 장부에서는 단서를 좀 찾았어요?"

"딱히 눈에 띄는 건 없었어요. 청구서를 빠짐없이 정산했던데요." 마지막 세제 용기를 집으며 베로는 생각에 잠긴 듯 실눈을 떴다. "근데, 지금 생각해보니 수상한 항목이 하나 있었어요."

"뭐가 수상해요?"

그녀는 수납장 문을 닫고 손의 먼지를 털며 천천히 일어섰다. "스티븐은 8월부터 1.5×2.5미터 크기의 창고를 임대했어요."

"8월이면 테리사 집에 살 때잖아요. 창고가 왜 필요했을까요?"

"그러니까 수상하죠."

"스티븐이 테리사한테 숨기는 게 있었을까요?"

베로가 한쪽 눈썹을 치켜 올렸다. "그게 뭐 놀랄 일인가요? 거짓말을 달고 사는 사람인데. 하지만 그런 쩨쩨한 인간이 어째서, 농장에 트랙터도 넣을 수 있는 대형 헛간을 두고 창고 빌리는 데 돈을 썼을까요? 변태 같은 물건은 헛간에 숨기면 될 텐데. 뭐 하러 한 시간이나 떨어진 웨스트버지니아에 창고를 임대했을까요?"

"웨스트버지니아라고요?"

"추잡한 비밀을 감추려면 주 경계를 넘어야 해요, 핀. 스티븐이 그 창고에 뭘 숨겨놨든 엄청나게 중요한 물건이 틀림없어요."

맞는 말이었다. 확실히 의심스러웠다. "창고 위치는 알아요?"

"사용료 청구서 사진을 찍어뒀어요. 창고 번호랑 전부 다 나와 있어요."

경찰이 화재 수사를 끝내려면 며칠이 걸릴 것이다. 싹쓸이는 혼란이 진정되기도 전에 행동에 나설 만큼 어리석지 않을 것이다. "토요일에 장거리 여행 한번 다녀올까요?"

"아이들은 외할머니한테 맡기려고요?"

나는 애이미와의 대화를 떠올리며 대답했다. "안 그래도 돼요. 봐줄 사람이 있거든요."

19

토요일 아침, 우리 집 현관에서 외투를 벗으며 언니는 내 목에 머리가 하나 더 생기기라도 한 듯 나를 빤히 응시했다.

"확인차 물어볼게. 나더러 네 베이비시터를 돌보라는 거야?"

"꼭 그런 건 아냐." 현관 옆 창으로 내다보니 애이미의 SUV가 우리 집을 지나치고 있었다. 해거티 부인의 기록에 남지 않도록 다음 블록에 주차하라고 애이미에게 미리 얘기해두었다. 스티븐이나 그의 변호사가 내 인생을 꼬아놓기로 작정했다면, 내 행적을 사사건건 감시하는 이웃을 이용하지 않으리라는 보장이 없다.

베로는 저 멀리 놀이터에 차저를 대고 나를 기다리고 있었다. 애이미와 베로는 한 달 전에 만난 적이 있다. 우리 둘이 애이미가 일하는 메이시스 백화점에 잠입해 엉뚱한 함정 수사를 펼쳤을 때였다. 내가 옷걸이 뒤에 숨어 있는 동안 베로는 형사 행세를 하며 살인과 관련된 질문을 이것저것 던졌다. 애이미처럼 순수한 사람이 우리 집에서 베로를 마주칠 경우 태연히 넘어갈 거라는 생각은 들지 않았다. "애이미는 테리사의 오랜 친구야. 테리사가 스티븐과 약혼했던 시절에 아이들을 자주 만났대. 딜리아한테도 애이미 이모를 집에 초대하겠다고 약속했고. 그리고 나 진짜 가봐야 할 곳도 있어."

"그래도 아이들을 그 여자 손에 온전히 맡길 수는 없다는 뜻이구나."

애이미는 편안해 보이는 트레이닝복 바지와 낡은 운동화 차림으로 앞마당을 지나왔다. 한 손에는 DVD를, 다른 손에는 장바구니를 들고 있었다. 그녀는 테리사와 영 딴판이라서 나는 언니를 부른 게 지나친 호들갑은 아니었는지 후회되었다. 커튼을 치고 언니를 돌아봤다. "저 여자가 음흉한 짓을 할 거라고 생각진 않아. 그냥—"

"테리사 친구다 이거지. 이해해." 조지아가 딱 경찰처럼 양손을 허리에 짚었다. "나는 어떻게 근무하면 돼? 길에서 원격 감시를 할까, 아니면 집에서 밀착 감시를 할까?"

초인종이 울렸다. "가까이 있으면 돼. 영화랑 간식을 가져왔나 봐. 언니는 그냥 시간만 때워. 다만…… 아이들 앞에서 테리사나 재판 얘기는 꺼내지 말아줘."

내가 문을 열자마자 눈이 핑핑 돌 만큼 분홍색으로 휘감은 딜리아가 현관으로 뛰어나왔다. "미미!" 재크가 눈을 동그랗게 뜨고 괴성을 지르면서 그녀의 품으로 달려들었다. 아이들은 애이미에게 붙어서 깍깍거리며 다리에 매달리고 봉지를 들여다보고 DVD로 손을 뻗었다. 난리법석 속에서 서로를 소개한 다음, 조지아가 애이미의 장바구니를 받아 들자 딜리아와 재크는 애이미를 끌고 놀이방으로 향했다.

나는 아이들이 귀여워 어쩔 줄 모르는 애이미의 목소리에 귀를 기울이며 입술을 깨물었다. "언니한테 있어달라고 하기가 좀 민망하네. 다른 볼일 있으면—."

조지아가 어림없다는 듯이 대꾸했다. "장난해? 과자를 먹으면서 영화……." 그녀가 DVD를 슬쩍 보며 말을 이었다. "……〈트롤: 월드 투어〉를 보는 것만큼 신나는 일이 또 어딨다고?" 그녀가 인상을 썼다.

"언니, 최고야." 조지아를 껴안으며 말했다. "지난주에 욕해서 미안해."

그녀가 내 등을 토닥였다. "아이고 고마워라."

나는 지갑과 외투를 쥐고 현관문을 잠근 다음 베로에게 달려갔다.

이동 중에 베로가 자기 휴대전화를 건네주었다. 나는 그녀가 찍은 스티븐의 장부 사진을 훑어봤다.

"이 청구서에 창고 비밀번호는 안 보이네요."

"거기 전화해봤어요. 자물쇠를 쓴대요."

"차를 세우고 철물점을 찾아봐야겠어요. 볼트커터 같은 걸 구해야 돼요. 아니면 쇠톱이나."

베로는 고개를 저었다. "그럼 우리가 침입했다는 사실이 들통나잖아요. 그렇게 눈에 띄는 짓을 하면 안 돼요."

"그러면 어떻게 들어가려고요? 그곳 관리인한테 가슴을 보여주면서 열쇠를 달라고 할 거예요?"

베로가 내게 눈을 흘겼다. "오늘 관리인 필리스랑 잠깐 통화했어요. 그런 수법은 안 통하겠던데요. 그래도 걱정 말아요. 다른 방법이 있으니까."

한 시간 후, 베로는 속도를 줄여 차저를 시골길의 허물어진 갓길로 서서히 올렸다가 자갈 주차장으로 방향을 틀었다. 창문에 '영업 중' 네온사인이 걸린 작은 벽돌 건물과 여러 줄로 늘어선 창고를 높은 철조망 울타리가 둘러싸고 있었다. 베로는 차저를 울타리 바로 밖에 댔다.

"여기서 뭘 기다리려고요?" 휴대전화를 확인하며 좌석에 몸을 묻는 그녀에게 물었다.

베로는 어딘가로 문자 메시지를 보냈다. 알림이 울리자 백미러를 들여다봤다. "봐요."

흰 소형 밴이 우리 옆으로 다가왔다. 창문이 내려갔다. 조수석에 탄 사람이 미러 선글라스를 콧등으로 내리고, 안경알 너머로 검은 눈을 빛내며 우리를 보고 히죽거렸다. "나한테 큰 신세 진 거야, V."

"네가 내기에 보기 좋게 졌잖아. 난 그걸 써먹은 것뿐이고."

"그래, 그럼 나는 차에서 기다리다가 이상한 낌새가 보이면 나갈게." 그의 눈이 내 쪽으로 미끄러지더니 우리 뒤에 늘어선 창고로 옮겨갔다. 어딘지 낯이 익었다. "몇 호 창고지?"

"73호."

"잠깐 살펴볼 시간을 줘." 남자가 선글라스를 다시 올렸다. 운전자는 우리 앞에 차를 세웠다.

"누구죠?" 차에서 내리는 두 남자를 보며 물었다. 둘 다 베로 또래거나 살짝 연상으로 보였다.

베로는 고개를 숙이고 대문 틈으로 들어가는 그들을 지켜봤다. "내 사촌이랑 그 친구요."

"저 사람이 라몬이에요?" 언젠가 테리사의 차를 견인할 때 라몬을 멀리서 본 적이 있지만, 반대 방향으로 줄행랑치며 현장을 탈출하느라 똑똑히 보지는 못했다. 삭발에 가까운 검은 머리와 헐렁한 파란색 작업복밖에 기억나지 않았다. "어째 여태 한 번도 못 만났을까요?" 내 밴을 그의 정비소에 끌고 가서 수리를 맡긴 사람은 베로였다. 수리가 끝났다는 전화는 내가 받았다. 하지만 차를 가지러 갔더니 라몬의 사무실은 비어 있고 펠릭스와 안드레이가 나를 기다리고 있었다. 라몬은 그날 밤의 일로 무척이나 미안해하며 수리비를 깎아주고 밴을 우리 집까지 가져다주었다. 내가 집을 비웠을 때여서 돈은 베로가 냈다.

베로는 어깨를 으쓱했다. "여기 놀러 온 거 아니에요. 라몬은 우리를 스티븐의 창고에 들여보내주고 바로 돌아갈 거예요." 그녀가 딱 잘라 말하며 휴대전화를 확인했다. "저기 있네요. 어서 가요."

차저를 경계석 옆에 세워두고, 나와 베로는 대문을 지나 창고의 마지막 열로 들어섰다. 울타리 주위로 찌그러진 깡통과 빈 기름통이 나뒹굴었다. 녹슨 철조망에 '개 조심' 표지판이 붙어 있었다.

운동화로 깨진 유리를 밟으며 말했다. "쓰레기장이 따로없네요. 냉난방이 되는 창고라면서요."

베로가 파리가 꼬인 개똥을 피하며 말했다. "스티븐이 전기요금도 따로 내고 있던데요. 그래서 냉난방이 되는 줄 알았는데 관리 상태가 영 별로네요." 창고의 마지막 열을 돌아갔더니 움푹 팬 철문 앞에 무릎을 꿇고 있는 라몬의 친구가 보였다. 한 손에 자물쇠를, 다른 손에 뾰족한 공구를 든 그를 라몬이 지켜보고 있었다.

라몬의 친구가 고개도 안 들고 말했다. "운 좋네. 보통 고급 창고에는 감시 카메라가 있는데."

나는 창고 위 처마를 살핀 다음 이 열 맨 끝의 장대에 설치된 전등을 올려다봤다. 그의 말대로 감시 카메라는 없었다. 창고 안에 콘센트도 없는 모양이었다. 스티븐의 창고 문 밑으로 두툼한 오렌지색 연장선이 뻗어 있었다. 그것과 직렬 연결된 다른 연장선이 임대 사무실 창문 밑의 전기 콘센트에 간신히 닿아 있었다.

라몬의 친구는 선글라스를 머리 위에 얹고 자물쇠를 들여다봤다. 목덜미에서 고무줄로 묶은 검은 머리 밑으로 진한 구릿빛 피부가 드러나 있었다. 검은 셔츠 칼라 밖으로 검은 문신 귀퉁이가 보였다.

라몬이 뾰족한 공구로 자물쇠를 가만히 후비며 말했다. “오늘 아침에 네 어머니가 내 아파트로 전화하셨어. 어제 누가 그 집에 나타나서 너를 찾더라는데.”

베로는 한참 말이 없다가, 내가 그토록 예민한 상태가 아니었다면 틀림없이 놓쳤을 만큼 몸을 살짝 움직였다. “누가?”

“이름은 안 밝혔대.”

“엄마가 그 사람한테 뭐라고 했대?”

“네 중개인 노릇은 관둘래, V. 네가 추수감사절에도 코빼기도 안 보였다며 화가 안 풀리셨어. 어머니랑 통화한 지 한 달도 더 됐지? 직접 전화해서 여쭤봐.”

내가 물었다. “한 달이라고요? 어떻게 한 달이나 통화를 안 했죠? 당신이 나한테는―.”

“내 사촌 얘기는 무시해요.” 베로가 이를 갈았다. “아기 때 재 엄마가 머리부터 떨어뜨려서 기억력이 형편없어요. 기초 수학도 낙제했잖아요.” 그녀는 스페인어를 속사포로 내뱉으며 라몬의 팔을 찰싹 때렸다. 라몬이 반격하자 그의 친구는 어깨를 들썩이며 조용히 웃었다. "조용히 해, 하비!" 베로가 쏘아붙였다.

"얼마나 걸릴 거 같아?" 그녀가 화제를 바꿨다. 자물쇠에서 작은 딸깍 소리가 났다. 하비는 손목에 힘을 주어 자물쇠를 열어젖혔다. 그는 공구를 뒷주머니에 꽂고 일어서서 베로에게 다가갔다. 그녀는 턱을 쳐들고 살짝 뒤로 물러섰다.

"반갑다, V." 그는 고개를 기울이고 그녀를 슬쩍 훑었다. "그동안 어디 숨어 있었어?"

"너한테 오라고 한 적 없는데."

그의 얼굴에 천천히 미소가 번졌다. "특별한 기술이 필요한가 싶어서 왔지."

"라몬도 할 수 있잖아."

"자물쇠 얘기가 아닌데."

베로가 얼굴을 붉혔다. 그녀는 가슴 위로 팔짱을 끼며 말했다. "기술이 필요해도 너한테 연락할 일은 없어."

라몬은 고개를 저으며 내게 손을 내밀었다. "두 사람은 무시해요. 베로와 하비에르는 어릴 때부터 줄곧 저랬으니까. 당신이 그 유명한 핀레이 도너번이죠?" 그의 손톱에 희미하게 기름때가 끼어 있고 내 손을 잡은 손마디에 굳은살이 느껴졌다. 이렇게 가까이서 보니 그와 베로가 친척은 친척이구나 싶었다. 티 없이 맑은 피부, 도톰한 입술, 고기를 썰어도 될 만큼 날렵한 턱선.

"제가 신세를 참 많이 졌죠. 차 고쳐주셔서 고마워요. 지난달에 테리사의 집에서 구해주신 일도 그렇고. 수리비는 진짜 안 깎아주셔도 괜찮았는데요."

"괜찮긴 뭐가 괜찮아요." 베로가 하비를 밀치고 열린 자물쇠 앞으로 다가가며 말했다.

그 말에 라몬의 미소가 조금 위축되었다. "그날 밤 펠릭스 지로프와 만난 일은 유감입니다. 무사하셔서 다행이에요."

"핀은 괜찮아." 베로가 열린 자물쇠를 문에서 빼며 말했다. "이제 창고는 열렸고, 너희 둘은 여기 말고 갈 데 없어?"

라몬이 그녀에게 하얗게 눈을 흘겼다. "만나서 반가웠어요, 핀레이. 그런데 조심하셔야 돼요." 그가 사촌 쪽으로 고갯짓을 했다. "쟤랑 어울려서 좋을 거 없어요."

"아직도 안 갔어, 라몬?" 베로가 까칠하게 말했다.

하비가 눈을 찡긋했다. "내가 필요할지 모르니까 차에서 잠깐 기다릴게."

베로는 차로 향하는 하비를 곁눈질하다가 그의 뒷모습을 한참 바라봤다.

"둘 사이에 사연이라도 있나 봐요?" 내가 물었다.

"사연은 무슨."

"있는 것 같은데."

"사촌의 단짝 친구일 뿐이에요. 다 옛날 일이고."

"사연이 있긴 있네요." 금속문의 손잡이를 잡으려는 베로에게 말했다. "이해가 안 돼요. 왜 당신은 내가 당신 사촌이나 친구를 만나는 걸 꺼리죠? 따지고 보니까 당신 가족도 아무도 못 만나봤네."

"만나서 뭐 해요." 그녀가 어깨로 문을 밀었다. "좀 도와줄래요?"

둘이서 끙끙대며 녹이 슬어 뻑뻑해진 레일로 문을 밀었다. "누가 당신을 찾아왔다는 건 무슨 소리예요?"

"아무것도 아녜요." 베로가 이를 악물고 힘을 주며 말했다. "내 사촌이 호들갑이 좀 심해요." 섬뜩한 끼익 소리를 내며 마침내 문이 열렸다.

손을 털던 베로가 동작을 멈췄다.

"핀레이?" 그녀의 시선을 따라 창고 안을 들여다보다가 나까지 얼어붙었다. "해리스를 파내러 갔던 날 기억나요? 내가 차고에 상자형 냉동고를 두는 건 정신 나간 짓이라고 했잖아요?"

"그랬죠."

"지금도 그 생각은…… 변하지 않았는데 말이죠."

그것 말고는 창고에 아무것도 없었다.

주황색 전기선을 따라 그늘진 안쪽 구석으로 시선을 옮겼다. 상자형 냉동고가 가만히 웅웅대고 있었다.

"무슨 허튼소리예요." 숨이 가빠졌다. "사냥철이잖아요. 스티븐은 고객들이랑 가끔 사냥을 다녀요. ……골프나 다름없죠. 골프채 대신 총을 들 뿐. 아마 집 냉동실에 보관하기 힘든 사슴 고기라도 채워놨겠죠."

"웨스트버지니아 주 외딴 마을의 창고에?"

"그렇죠." 침을 꿀꺽 삼켰다.

"그럼 확인해봐요." 베로가 나를 냉동고 쪽으로 밀었다.

나는 마음을 다잡고 먼지 쌓인 콘크리트 위를 세 발짝 걸었다. 냉동고는 전혀 수상해 보이지 않았다. 한쪽 면에 길게 긁힌 자국과 패인 흔적, 중고 전자제품점의 주황색 '재고정리 세일' 스티커를 빼면 희고 반질반질했다.

내가 뚜껑을 들어올리자 베로가 뒤에서 기웃거렸다

"봤죠?" 정육점 포장지에 싸인 꾸러미를 보고 안도의 한숨을 쉬었다. "사슴 고기잖아요." 맨 위의 꾸러미를 베로에게 들어 보였다. 살얼음 낀 갈색 종이에서 테이프가 떨어지면서 내용물이 냉동고로 쿵, 하고 떨어졌다.

베로와 나는 순간 휘청거렸다. 가슴이 두방망이질쳤다.

"사슴이 아니에요, 핀레이!" 베로는 직접 그것을 만지기라도 한 듯 손을 비틀며 청바지 다리에 문질렀다. "머리예요. 사슴 머리가 아니라고요!"

"나도 알아요!" 토하기 일보 직전이었다.

"누구죠?"

냉기로 푸르뎅뎅해지고 사후경직으로 일그러진 얼굴이었다. 그런데도 낯이 익은 것 같은 섬뜩한 기분이 들었다. 몸을 웅크리고 고개를 비튼 채 곁눈으로 다시 보았다. 남자의 갈라진 회색 앞머리, 초점 없이 휘둥그레진 눈, 언 뺨의 검은 점이 눈에 들어왔다.

"누군지 알겠어요." 손등에 대고 말했다. 죽은 사람에게 토하는 건 실례니까. "브리의 책상에 있던 사진에서 봤어요."

"이 사람이 왜 토막 난 채로 당신 전남편 창고에 있죠?"

"내가 어떻게 알아요!"

"혹시……." 베로와 나는 눈을 맞췄다. 브리에게 사진을 돌려준 날을 되짚었다. 브리는 제대로 보지도 않고 옆에 엎어놨다. 이 창고는 스티븐이 빌렸을까, 아니면 브리가 직접 빌려서 농장 경비로 달아둔 걸까?

"뭐 하는 거예요?" 휴대전화를 집으려 하자 베로가 목멘 소리로 물었다.

"스티븐한테 전화해요."

"안 돼요! 아무한테도 말하면 안 돼요! 우리더러 이런 게 여기 있는지 어떻게 알았냐고 캐물을 텐데요!"

"그냥 둘 수는 없잖아요!" 공포가 엄습했다. 내 손가락이 스티븐의 번호 위를 맴돌았다. 베로 말이 옳았다. 이 남자가 누구인지, 무엇보다 누가 여기다 뒀는지 알아낼 방법이 있을 터였다.

휴대전화를 호주머니에 넣었더니 베로가 안도하여 어깨를 떨어뜨렸다. 대신에 베로의 휴대전화로 손을 뻗자 그녀가 내 손을 탁 때렸다. "여기 있어봐요." 그녀의 전화기를 낚아채 창고를 나오며 말했다.

"핀레이! 어디 가요?" 베로가 쉰 소리로 물었지만 나는 임대 사무실 표지판을 따라갔다. 사무실 문 앞에서 손을 바지 다리에 문질렀다. 죽은 사람의 머리를 만진 손가락에 서늘한 기운이 가시지 않았다. 심호흡하며 문을 열었다.

카운터 안쪽의 TV에서 주간 연속극이 방송되고 있었다. 담배와 탄 커피 냄새가 감돌았다. 필리스로 추정되는 여자가 핫핑크 손톱으로 담배 한 개비를 들고 있었다. 긴 담뱃재가 열린 탄산음료 캔 위로 위태롭게 늘어져 있었다. 안경테 너머로 눈을 치뜬 채 그녀는 나와 TV를 번갈아 보았다.

"어떻게 오셨어요?" 그녀가 물었다.

"그게……." 나는 베로의 휴대전화에 찍힌 청구서 사진을 꺼냈다. "저는 회계사고요……." 머리를 쥐어짜 내가 아는 유일한 회계법인 이름을 꺼냈다. "미클러 회계법인에서 나왔습니다." 뱉자마자 거둬들이고 싶은 이름이었다. 필리스는 드라마에서 눈을 떼지 않았다. 운이 따라준다면 저 여자는 나를 기억조차 못 할 것이다. "저희 고객인 롤링그린 잔디 나무 농장의 회계감사를 실시하고 있어요. 창고 임대료 청구서 사본을 발견했는데, 누가 비용을 승인했는지 조사 중이거든요. 계약자 이름을 알려주시겠어요?"

필리스는 연기를 뿜으며 시간을 끌었다. "우리가 가진 정보는 청구서에 다 나와 있어요. 청구서 발송 주소와 신용카드 정보만 따로 관리해요."

"계약한 사람을 만나셨을 텐데요? 73호 창고요."

"내가 그걸 어떻게 기억해요? 밖에 창고가 자그마치 100개예요." 그녀가 담배로 창문을 가리켰다. "임대 계약이야 노상 체결됐다가 해지됐다가 하는걸. 거기다, 개인정보 보호 몰라요? 나는 묻지도 않고 알려주지도 않—"

나는 카운터 위로 20달러를 슬쩍 밀었다. 필리스는 담뱃재를 바닥에 툭 털며 내게 갑자기 관심을 보였다. "전기 코드가 연결된 창고예요." 지폐를 그녀 앞에 놓으며 말했다.

"73호랬죠? " 그녀는 회전의자를 카운터 쪽으로 틀어 분홍 손톱으로 현금을 긁어갔다. "그 여자, 기억날 것도 같은데 꽤 오래전이라서요."

"여자였어요?" 안도감이 밀려왔다. 적어도 스티븐은 아니었다. "이름은 기억하세요?"

"안 물어봤어요."

"어떻게 생겼는지는 기억나세요?"

필리스가 어깨를 으쓱하더니 곧 감길 것 같은 눈을 내 지갑으로 돌렸다. "기억이 가물가물해서."

20달러를 한 장을 더 꺼내 카운터에 내려놨다. 그녀의 손이 다가오자 나는 지폐를 멀리 치웠다.

필리스가 입술을 삐죽 내밀었다. "금발이었어요. 예쁘던데."

나는 한 손으로 20달러를 꽉 누른 채 다른 손으로 구글에서 브리의 이름을 검색했다. "이 여자인가요?" 베로의 휴대전화에서 확대한 소셜미디어 프로필 사진을 필리스에게 보여주며 물었다.

그녀가 턱을 내리고 안경테 너머로 브리의 사진을 들여다보더니 턱살을 출렁이며 고개를 저었다. "아니, 이 여자는 아닌데." 필리스가 지폐 귀퉁이를 당기며 대답했다.

나는 더 세게 눌렀다. "정말요?"

필리스가 벽에 붙은 안내문을 가리켰다. '임대를 원하는 고객은 유효한 운전면허증을 소지해야 하고 18세 이상이어야 합니다.' "그 아가씨는 맥주 살 나이도 안 돼 보이는데. 여기 왔으면 내가 신분증을 보여달라고 했을 거예요. 창고를 빌린 여자는 좀 더 들어 보였어요."

"얼마나요?"

필리스가 내 얼굴을 들여다봤다. "아마, 당신 나이 정도?"

"신분증도 확인 안 하고 창고를 빌려줬다고요?"

"비싼 BMW를 타고 와서 법인카드를 내놓던걸. 전기 코드를 연결해주면 돈을 두 배로 내겠다고 했어요. 그럴 돈은 있어 보여서."

필리스가 내 손 밑에서 지폐를 당기는 사이, 나는 그 자리에 서서 방금 들은 정보를 곱씹으며 숨을 골랐다. 테리사는 내 나이 또래에 금발이고 BMW를 몰았다. 그녀라면 스티븐의 법인카드를 쓸 수 있었을 것이다. 베로의 휴대전화에 테리사의 사진을 띄웠다. "이 여자예요?"

필리스가 사진을 살피며 내 지갑을 다시 흘끔거렸다. 나는 지갑을 등 뒤로 감췄다.

필리스가 불만스레 툴툴대며 말했다. "맞아요, 그 여자."

창고를 빌리고 토막 난 남자를 갖다놓은 사람은 테리사였다. 하지만 그녀가 남자나 냉동고를 혼자 옮겼을 리 없다. 스티븐과 같이 가져왔을까? 그래서 아직 스티븐이 임대료를 내고 있나? "이 여자랑 같이 온 사람이 있었나요?"

"다른 사람은 못 봤어요. 여자가 돈만 내고 갔어요. 다음날부터 전기를 끌어가기 시작한 거 보면 돌아와서 뭘 꽂은 모양이지만, 그날 이후로 여자를 본 적은 없어요." 필리스는 금전등록기 옆 오래된 컴퓨터로 눈을 돌렸다. 그녀는 안경을 내리고 찡그린 눈으로 화면을 보며 손톱으로 자판을 두드렸다. 모니터를 내 쪽으로 틀어 청구 기록을 가리켰다. "우리가 그때 받은 신용카드가 일주일 전에 만료됐네요. 혹시 그 여자를 만나면, 우리 쪽에 전화해서 카드를 갱신하라고 알려줘요. 안 그러면 플러그를 뽑고 창고를 비우는 수밖에요."

"자동이체인가요?" 스티븐의 농장만 한 규모의 사업체라면 소액이체는 쉽게 눈에 띄지 않을 수 있다. 스티븐은 돈이 나가고 있는지도 몰랐으리라.

"매달 결제돼요. 다음 결제일은 15일이네요. 당신이 돈을 내도 되고."

지갑에 남은 현금은 20달러뿐이었다. 필리스에게 내 신용카드를 건넬 생각은 추호도 없었다.

스티븐은 한 달 전에 테리사의 계좌 접근을 차단했다. 테리사는 카드가 만료된 줄 까맣게 몰랐던 모양이다. 그녀의 재판은 아직 여러 주 남았다. 테리사가 감옥에 간다면 돈은 누가 낼까? 스티븐에게 냉동고 얘기를 꺼낼 수는 없다. 그가 할 수 있는 선택은 필리스에게 돈을 내거나 시체를 옮기는 것뿐인데, 양쪽 다 그를 공범으로 만든다. 하지만 필리스가 플러그를 뽑고 창고를 비우면, 경찰이 맨 처음 찾아갈 사람은 스티븐일 수밖에 없다. 경찰이 탐문하러 오면 필리스는 틀림없이 내 얘기를 할 것이다. 경찰이 이 창고로 찾아오는 것을 막고 스티븐과 내가 둘 다 철창 신세를 면하는 방법은 여기에 시체를 두지 않는 것뿐이다.

"쓰레기봉투 있어요?"

필리스는 선반 밑을 뒤져 특대형 쓰레기봉투가 든 상자를 카운터에 올려놨다. 손을 뻗었더니 그녀는 다시 뒤로 당겼다. "고마워요." 마지못해 인사하며 지갑에 마지막 남은 20달러를 건네고 상자를 겨드랑이에 낀 채 밖으로 나왔다. 고개를 돌려 사무실 창문 블라인드가 움직이는지 살피며 봉투를 갖고 창고로 돌아갔다. 베로가 문 안쪽에서 두 손을 비비며 서성대고 있었다.

"어찌 됐어요?" 그녀가 물었다.

쓰레기봉투를 털어 펼치고 냉동고 문을 열자 베로가 기겁했다. "라몬한테 전화해요. 냉동고를 폐기장으로 옮기는 데 얼마면 되는지 물어봐요."

20

베로는 손마디가 하얘지도록 운전대를 꽉 쥐고 이따금 백미러를 흘끔거리며 우리 집이 있는 사우스라이딩까지 차를 몰았다. 하비의 밴은 놓친 지 오래였다. 냉동고를 비워 내용물을 봉투에 넣은 다음 베로는 사촌에게 전화를 걸었다. 목소리를 낮춰 격한 대화를 나눈 끝에 라몬은 냉동고를 그의 정비소에 딸린 폐차장으로 옮기는 데 동의했다.

나중에 베로에게 추수감사절을 어디서 보냈는지 물어볼 작정이었다. 그녀와 라몬 사이에 왜 긴장이 감도는지도. 지금은 표백제를 가져와 죽은 사람의 흔적을 싹 지우고 싶은 생각밖에 없었다. 해동 중인 토막 시체가 쓰레기봉투에 담긴 채 베로의 트렁크에 굴러다니고 있었다. 휴대전화가 진동했다. 화면에 캠의 번호가 떴다. 스피커폰 모드로 바꿔 나와 베로 사이에 두었다.

"뭐 좀 찾았어요?" 캠에게 물었다.

"쓸 만한 건 못 찾았어요." 그의 주위에서 재잘대는 목소리가 들렸다. 사물함 문이 닫히는 소리도 틀림없이 들렸다.

"못 찾다니요? 추적할 수 있다면서요."

"찾아본다고 했죠. 그래서 찾아봤고요."

"그래서요?" 종일 쌓인 긴장감에 짜증이 폭발했다. "그 여자의 정체를 밝히는 데 필요한 정보를 뭐라도 찾았어야죠."

"50가지쯤 찾았으면 더 좋고." 베로가 중얼댔다.

"당신이 찾는 진저리라는 사람은 유령이나 다름없어요. 다른 데서는 그 이메일 주소를 쓴 기록이 없어요. 여기저기 이 잡듯이 뒤졌고 비슷한 주소까지 확인했어요. 개인 계정이나 소셜미디어 계정, 기업 프로필에 전혀 연결이 안 돼 있어요. ……어디에도요. 딱 그 웹사이트에서만 쓰는 주소예요."

"엄청 잘해낼 것처럼 뻐기더니?" 베로가 빈정거렸다.

캠이 스피커를 손으로 감싼 듯 낮은 목소리로 웅얼거렸다. "이보세요, 나는 해커지 경찰이 아니에요. 팔 수 있는 데까지 팠다고요. 이 진저리라는 사람, 여간 신중한 게 아니에요. 절대 단서를 남기지 않는다고요." 수화기에서 벨 소리가 들렸다. 캠이 말했다. "가봐야 돼요. 다 말씀드렸죠?"

"잠깐만요, 안 돼요!" 그가 전화를 끊기 전에 얼른 물었다. "다른 이메일 좀 알아봐줄래요?"

"50달러 더 내셔야 해요."

"알았어요." 내가 대답했다. 베로는 경악한 표정을 지었다.

수화기에서 바스락대는 소리와 사물함 닫히는 소리, 확성기를 통해 웅웅대는 목소리가 들렸다. "이메일 주소를 문자로 보내주세요." 캠이 전화를 끊었다.

싹쓸이의 프로필에 연결된 주소를 캠에게 문자로 보냈다.

"그 애가 싹쓸이를 쉽게 찾아낼 거라 생각하는 이유가 뭐죠?" 베로가 길에서 눈을 떼지 않은 채 물었다. "인터넷에서 살인 청부업자로 활동하는 사람이 IP 주소를 여기저기 흘리고 다니지는 않을 텐데요."

"그래도 시도는 해봐야죠."

"그건 당신 생각이고, 나는 그 돈의 40퍼센트를 날렸다는 생각밖에 안 드네요."

"달리 방법이 있나요? 당신도 들었잖아요, 진저리는 유령이라고! 우리가 직접 뒷조사를 하고 싶어도 아무 흔적을 안 남겼다는데 어떡해요."

베로가 브레이크를 밟으며 주간 고속도로를 벗어났다. 트렁크에서 울리는 쿵 소리에 우리는 질겁했다.

"속도 좀 낮춰요. 경찰 단속은 피해야죠."

"당신 말을 듣고 이런 일을 벌이는 게 아니었는데. 시체를 그냥 냉동고에 두고 다시 자물쇠를 채웠어야 했어요. 경찰은 스포츠카를 멈춰 세우지 정비 트럭을 세우지는 않아요. 이제 죽은 남자가 녹으면서 내 트렁크에 썩은 물까지 흘리고 있잖아요."

차저가 테리사의 집 앞 경계석 옆에 서서히 멈췄다.

"테리사가 여기 있는 거 확실해요?" 베로는 선글라스 너머로 3층짜리 타운하우스를 보았다. 테리사의 파란 BMW가 진입로에 서 있었지만, 창문 블라인드는 전부 내려져 있었다.

"조지아가 그러는데 테리사는 펠릭스의 재판일까지 가택연금이래요. 다른 데 있을 리 없잖아요?"

베로가 차에서 내려 트렁크를 열었다. 나는 얼굴을 찌푸리며 가장 작은 봉투를 꺼내 겨드랑이에 끼웠다. 봉투 내용물이 90분 전보다 물렁해졌다는 사실을 애써 외면했다.

우리가 집으로 다가가는 동안 2층 창문 커튼이 갈라졌다. 커튼이 닫히기 직전 테리사의 긴 금발이 언뜻 보였다. 베로가 초인종을 눌렀다. 몇 초가 지나도 집 안에 기척이 없어서, 테리사가 없는 척할지도 모른다는 생각이 들었다.

문이 벌컥 열리자 베로가 소스라쳤다. 퀴퀴하고 답답한 공기가 훅 끼쳤다.

"원하는 게 뭐예요?" 테리사가 문틀을 쥐었다. 화장기 없는 피부가 누르퉁퉁했다. 몸에 비해 너무 큰 티셔츠 위로 긴 머리가 힘없이 늘어졌고, 헐렁한 트레이닝복 바지는 나무 바닥에 질질 끌렸다. 그 밑에 드러난 발톱에 빨간 매니큐어가 벗어지고 있었다. 그녀는 팔짱을 껴 빈 약지를 감춘 채 나를 싸늘하게 쏘아봤다.

"얘기 좀 해요." 문으로 다가갔지만, 테리사는 꿈쩍하지 않았다.

"피차 무슨 할 말이 있다고요."

겨드랑이에 낀 쓰레기봉투의 끈을 풀어, 조금 벌리고 머리를 드러내 보였다. "틀림없이 있을 텐데요."

테리사의 눈이 커졌다. "그거, 어디서 가져왔어요?"

"알면서 그래요."

그녀가 내 면전에서 문을 닫으려는 순간 나는 문틈으로 발을 밀어 넣었다.

테리사가 이를 악물고 문에 온 체중을 실으며 말했다. "말했죠, 당신이랑 할 말 없다고."

발을 빼며 대꾸했다. "좋아요! 이거 다 여기 놔두고 가죠 뭐." 봉투 내용물을 현관 한복판에 쏟았다. 시체의 머리카락이 녹아서 엉킨 해초처럼 이마에 붙어 있었다. 턱을 벌린 그가 멍한 눈으로 그녀를 보았다. "참고로, 창고 임대 기간이 만료됐어요. 관리사무소의 필리스한테 연장할 생각 없다고 했고요. 우리가 당신 대신 창고를 비웠어요."

베로가 트렁크에서 다른 쓰레기봉투를 꺼냈다. 그러고는 내용물의 무게로 비닐이 팽팽해지며 섬뜩한 윤곽이 드러나는 봉투를 계단으로 날랐다.

테리사가 긴장했다. "무슨 짓이에요?"

베로가 쓰레기봉투를 뒤집어 탈탈 털었다. 내용물이 소름끼치는 쿵 소리를 내며 콘크리트에 떨어지자 테리사의 얼굴에 핏기가 가셨다. 그녀는 정육점 포장지를, 갈색 종이가 눅눅해지면서 생긴 짙은 얼룩을 응시했다. 우리가 베로의 차로 돌아가려 하자 테리사는 공포에 질려 비명을 질렀다. "이봐요! 어딜 가요? 여기 두고 가면 어떡해요!"

트렁크를 쾅 닫으며 말했다. "왜요? 필리스가 당신 거라던데."

"이걸 나더러 어쩌라고요?" 테리사가 손을 마구 휘저었다.

베로는 어깨를 들썩였다. "나도 모르죠. 방법을 찾을 때까지 냉장고에 넣어두지 그래요?"

"냉장고에 못 넣어요! 안 들어간다고요!"

베로가 낄낄 웃었다. "주방에 엄청 좋은 냉장고 있는 거 알아요. 그 정도면 코스트코 육류 코너의 고기를 다 넣고도 남겠던데요."

테리사의 눈이 가늘어졌다. "당신이 우리 주방에는 언제 들어왔어요?"

"그게 뭐가 중요하다고요!" 내가 조수석 문을 열며 말했다. "우리가 지금 당신 치다꺼리하게 생겼어요? 냉장고에 안 들어가면 폐기장에 버리든지요."

베로가 운전석에 앉아 시동키를 꽂았다.

"가지 마요! 제발!" 테리사가 트레이닝복 바지 자락을 끌어올리며 오른발을 문 밖으로 내밀자 발목에 두툼한 검은색 전자발찌가 드러났다. "폐기장엔 못 가요. 집 밖으로도 못 나간다고요!"

내 입이 벌어졌다. 음침하게 키득거리던 베로가 요란하게 웃어대기 시작했다. "헛간에 가봐요. 스티븐이 삽을 두고 갔을지도 모르잖아요. 뒤뜰에 파묻으면 되겠네요." 베로가 열쇠를 돌려 시동을 걸었다.

"그래, 알았어요!" 테리사가 외쳤다. "들어와요. 저것들을 여기 두고 가지만 말아줘요!" 그녀가 계단에서 녹고 있는 꾸러미들을 가리켰다.

베로가 눈썹을 씰룩이며 내 의견을 물었다. 나는 조수석 문을 닫고 잔디밭을 걸어가, 머리를 쓰레기봉투에 주워담았다. 그것을 들고 테리사를 지나 집 안으로 들어갔다. 뒤에서 엔진이 꺼졌다. 베로도 봉지 몇 개를 안으로 옮겼다. 테리사는 오만상을 찌푸리며 나머지 봉지를 주워 와 주방 바닥에 팽개쳤다.

갈색 종이 더미를 멍하니 바라보던 테리사가, 싱크대 밑 수납장에서 소독용 물티슈를 꺼내 우리에게 한 장씩 건넸다. 우리는 보조 주방의 대리석 식탁 옆에 서서 역겨운 표정으로 미친듯이 손을 닦았다. 테리사는 우리가 쓴 물티슈를 걷어 두 손가락 사이에 끼운 채 쓰레기통에 던졌다.

"약속하는 거죠? 내가 아는 걸 얘기하면 전부 가져가기로." 테리사가 바닥을 턱으로 가리켰다.

"봐서요. 스티븐은 어떻게 엮여 있죠?" 내가 물었다.

테리사가 트레이닝복 상의 위로 단단히 팔짱을 낀 채 초록색 눈으로 나를 뚫을 듯이 노려봤다. "스티븐이랑 상관없는 일이에요. 창고도 내가 빌렸고."

"당신이 거기다 뭘 보관하는지 스티븐은 전혀 몰랐다는 뜻이에요?"

"월간 명세서는 전부 브리가 관리해요. 스티븐은 들여다보지도 않을걸요."

"브리는 지난달에 해고됐어요."

테리사가 놀라서 얇은 입술을 벌렸다. "스티븐이 창고에 대해 안다는 뜻이에요?"

"나도 그게 궁금하네요. 저 남자는 누구죠?" 쓰레기봉투를 가리키며 물었다.

테리사가 주저하며 턱을 달싹였다. "스티븐의 농장에 투자한 동업자 중 한 명이었어요."

나는 눈을 끔벅였다. "동업자가 있다는 얘기는 금시초문이네요."

"운영에는 관여하지 않았으니까요. 스티븐이 그 땅을 어떻게 다 샀겠어요? 가진 현금이 어마어마해서? 아님 신용이 탁월해서?" 그녀가 비꼬듯 물었다. "당신과 곧 이혼할 마당에 은행 대출로 농장을 매입할 이유는 없잖아요? 바보가 아닌 이상 당신 손에 그런 법적 권리를 쥐여줄 리 없죠."

"잠깐만……." 내가 잘못 알아들었다고 확신하고 손을 들었다. "이혼하기 전에 농장을 샀다고요?"

"참 빨리도 눈치채셨네." 테리사가 중얼거렸다.

오만하게 웃는 테리사의 면상을 후려치고 싶었지만, 틀린 말은 아니었다. 나는 이제야 알게 됐다. 두 사람이 내 집에서 붙어먹다가 해거티 부인에게 들켰다는 사실은 알고 보니 큰 의미가 없었다. 스티븐은 진작부터 나를 떠날 계략을 꾸몄고, 테리사도 알고 있었다.

그녀가 차분한 표정으로 어깨를 으쓱했다. "스티븐은 나한테 투자자를 찾아달라고 했어요. 농장을 매입할 돈을 내놓고, 이혼 문제가 해결된 후에는 스티븐에게 명의를 이전해줄 사람. 결국 두 명을 찾았어요."

"당신이 스티븐의 동업자인 줄 알았어요. 농장 매입에 당신 돈을 보탠 줄 알았죠." 테리사가 입술을 내밀었다. 나는 고개를 갸웃대며 모든 단서를 하나로 조합했다. "스티븐이 당신과 동업을 원하지 않았군요?" 확신이 들어 이렇게 묻자 그녀는 내 시선을 피했다. "그래서 스티븐이 자꾸 결혼 날짜를 미뤘던 거죠. 당신이 아이들 양육권을 가져가려 한 것도 그 때문이겠죠. 스티븐이 당신과 결혼하게 만들 유일한 방법이었으니까. 그래야 당신이 농장 소유권을 가질 수 있으니까."

"나는 스티븐을 사랑했어요!" 그녀가 응수했다.

"펠릭스 지로프의 차 뒷좌석에서 확실히 증명했죠."

"썅." 베로가 중얼거렸다.

테리사는 입을 꾹 닫았다.

"이 사람 이름은 뭐죠?" 나는 죽은 사람을 가리켰다.

테리사는 이를 갈았다. "칼 웨스터버. 이 사람과 그 사촌 테드가 땅값을 내놨어요. 스티븐이 그들의 지분을 매입할 돈을 벌면 그에게 소유권을 완전히 넘기기로 계약했죠. 그전에는 스티븐 뜻대로 토지를 경작하고 사업을 운영하면서 투자자들에게 이익을 분배하는 걸로요."

"알 만하네요. 스티븐이 어떤 계기로 동업자들을 열받게 해서 거래가 틀어졌나 봐요." 베로가 한마디 했다.

"그렇지 않아요." 테리사가 베로를 험악하게 째려봤다. "모든 게 순조로웠어요. 농장은 엄청난 수익을 올렸고요. 예상 밖의 큰돈을 벌었어요. 스티븐의 사업 수완과 내 부동산 인맥으로, 그 일대에서 가장 잘나가는 개발업자들을 고객으로 확보했죠. 5년 안에 농장을 매입할 돈을 벌고도 남았을 거예요."

"그래서 어떻게 됐죠?" 내가 물었다.

테리사가 창백해졌다. 그녀는 고개를 저으며 바닥에 놓인 꾸러미를 응시했다. "입을 잘못 놀렸다가 그 사람 귀에 들어가면, 나는 끝장이에요."

베로가 그 꾸러미를 발로 밀었다. "이 사람이 아무 짓도 안 할 거라는 건 내가 보장해요."

"그 사람 말하는 게 아니잖아요! 펠릭스 지로프 말이에요!"

그 이름을 듣자 몸이 움츠러들었다. "펠릭스가 이런 짓을 했다고요?"

테리사가 고개를 끄덕였다.

"펠릭스는 스티븐의 사업과 아무 관계도 없다고 경찰에 진술했잖아요. 펠릭스가 농장을 이용한다는 사실을 스티븐은 전혀 몰랐다면서요."

"스티븐은 몰랐어요." 테리사의 목소리가 갈라졌다. "내가 펠릭스한테 스티븐도 그 땅 지분을 가졌다는 말은 한 적이 없으니까요. 스티븐을 끌어들이고 싶지는 않았어요. 그래서 펠릭스에게 스티븐의 동업자 이름을 댔어요. 펠릭스가 땅을 이용하는 데 둘 중 한 명이 동의하면 그걸로 충분할 줄 알았죠. 그런 거래로 돈이 들어온다면, 마다할 이유가 없잖아요?" 테리사는 떨리는 숨을 몰아쉬었다. "내가 펠릭스를 칼한테 소개했어요. 칼과 스티븐은 별로 친하지 않아요. 말도 잘 안 섞는 사이죠. 칼은 최근에 아내와 헤어진 데다 의료비 지출이 컸어요. 그가 형편이 안 좋다는 사실을 알았기 때문에, 칼이라면 돈을 받을 가능성은 높고 그 일을 발설할 가능성은 낮을 줄 알았는데……."

"칼이 거절했군요."

테리사가 고개를 끄덕였다. "칼은 뉴스에서 펠릭스를 봤다며, 그런 범죄자와 거래해서 자기 얼굴에 먹칠을 하고 싶지 않다고 했어요. ……칼이 펠릭스에게 정확히 그런 표현을 쓴 건 아니지만요."

"그래서 펠릭스가 칼을 죽였고요."

테리사가 눈물을 훔쳤다. "안드레이가 칼의 목을 갈랐어요. 펠릭스의 명령으로."

당연히 그랬을 거다. 펠릭스는 더러운 일을 직접 처리하는 법이 없으니. 하지만 이제 안드레이는 죽고, 펠릭스는 감옥에 있고, 테리사는 제대로 엮였다.

"그러니까 당신이 펠릭스에게 농장을 사용하게 했다는 거죠. 스티븐이나 다른 동업자에게는 알리지 않고?"

테리사는 고개를 끄덕였다. "사람이 또 죽는 건 원하지 않았어요.

펠릭스한테는 내가 그 땅 주인과 가까운 사이라고 했어요. 펠릭스와 부하들이 누구한테도 알릴 필요 없이 농장에 드나들 수 있게 해주겠다고 말했어요. 펠릭스는 동의했고요."

"당신은 펠릭스의 돈까지 챙겼으니 크게 남는 장사였네요." 베로가 혀를 찼다.

"펠릭스랑 합의가 됐다면, 칼은 왜 다른 시체들처럼 농장에 묻지 않았죠?"

"경찰에 진술한 대로예요. 펠릭스가 농장을 시체 묻는 장소로 이용했다는 건 꿈에도 몰랐다고요." 테리사가 스산한 웃음을 토했다. "정말이에요. 미리 알았으면 내 인생이 이렇게까지 꼬이지는 않았겠죠. 이런 걸 떠맡을 일도 없었을 테고요!"

테리사는 너무 많은 것을 발설했다는 듯 떨리는 손으로 입을 막았다. 그래도 이해가 안 되는 부분이 있었다. 펠릭스와 안드레이가 칼을 죽였는데 시체는 왜 테리사가 떠맡았을까? 그들은 왜 아마추어에게 범죄 증거를 처리하게 맡기는 위험을 감수했을까? 혹시…….

"칼을 죽이고 그냥 가버렸군요." 내 책의 한 챕터를 구상하듯 머릿속으로 상황을 상상하며 말했다. "펠릭스가 당신을 범죄에 끌어들이려고 시체 처리를 떠넘긴 거죠. 공범이 되면 선불리 신고하지 못할 거라 여기고 당신한테 수습을 맡겼겠죠. 당신은 농장을 이용할 생각을 하지 못했고요. 대신에 칼을 다른 주로 옮겼죠."

베로가 덧붙였다. "스티븐의 신용카드로 창고 사용료를 냈으니, 칼의 시체가 경찰에 발각되면 약혼자한테 살인 혐의를 뒤집어씌울 수도 있었겠네요."

테리사가 시선을 피했다.

베로 말이 옳았다. 스티븐이 앞으로 갖게 될 농장 지분은 칼을 살해할 동기로 보일 수도 있었다. 그는 완벽하게 이용당했다.

"와." 내 감정이 혐오인지 감탄인지 헷갈렸다. "당신이 말하는 진정한 사랑과 헌신이란 이런 거군요."

"얼마나 무서웠는지 알아요? 내 눈앞에서 사람이 죽었어요. 달리 뭘 어쩌겠어요!"

"그래서 펠릭스 지로프의 지갑 속에서 답을 찾았군요?"

"바지 속에서 찾은 거 같은데." 베로가 중얼거렸다.

"아직도 이해가 안 가는 게 있어요. 안드레이가 칼의 목을 베고 시체 처리를 당신한테 맡겼다면, 칼이 어떻게 이 꼴로 토막 날 수가 있죠?" 테리사가 움찔했다. "설마, 혹시 당신이……."

베로가 하얗게 질렸다. "점심을 걸러서 다행이네요."

"나더러 어쩌라고요, 핀레이! 나 혼자 있는 집에 시체를 놓고 갔다고요! 죽은 사람 들어본 적 있어요?"

"식탁보랑 스케이트보드만 있으면 되는데." 베로가 중얼댔다. 나는 그녀에게 눈을 흘겼다.

"시체를 그대로 둘 수는 없잖아요! 누가 발견하면 당장 경찰에 신고할 거 아녜요. 거기다 얼마나 무거웠다고요!" 봇물 터진 듯 테리사의 자백이 쏟아졌다. "내 차로 옮길 수 없었어요. 토막 내지 않고서는."

"펠릭스가 체포됐을 때 왜 경찰에 이 사실을 알리지 않았죠? 안드레이와 펠릭스가 칼을 죽였다고 진술할 수도 있었잖아요. 펠릭스는 감옥에 있어요. 더는 당신을 위협하지 못해요." 목격자 증언으로 살인 혐의를 하나 더 추가하면 검사가 승소할 가능성도 높아질 텐데.

테리사가 웃음을 터뜨렸다. "농담해요? 상대는 펠릭스 지로프예요. 징역을 하루도 안 살걸요. 그의 변호사가 사소한 절차상 허점을 걸고넘어져 사건을 기각시키지 못한다 쳐도 펠릭스는 결국 빠져나갈 구멍을 찾을 거예요. 그렇게 되면 자기가 체포되는 데 관여한 사람을 직접 처단할 게 뻔하다고요. 농장에 시체가 있는지 전혀 몰랐다는 진술은 사실이었어요. 나는 펠릭스가 누구를 죽였다고 까발린 적이 없고, 이제 와서 그럴 생각도 없어요. 그래 봤자 우리는 그 사람한테 쫓기는 신세밖에 안 돼요." 테리사의 뺨이 붉게 달아올랐다.

"우리라고요?" 테리사가 내 안전에 신경 쓸 리가 없는데. 물론 그녀가 베로를 걱정할 이유도 없고. 왜 이제 와서 우리를 찾지?

그녀가 걱정하는 '우리'는 우리가 아니라는 뜻이다.

"냉동고를 웨스트버지니아까지 어떻게 옮겼죠?" 그녀의 BMW 스포츠카 트렁크에 그렇게 큰 전자제품이 들어갈 리 없었다.

그녀가 턱을 쳐들고 시비조로 말했다. "스티븐의 농장 트럭으로요."

"스티븐의 농장 트럭에는 운행이 제한된 번호판이 붙어 있어요. 고속도로는 달릴 수 없죠. 그랬다가는 경찰에 걸려 수색당했을 거예요." 테리사가 바보가 아닌 한 훤히 드러난 트럭 짐칸에 토막 난 시체를 실었을 리도 없다. 냉동고 길이는 대략 1.2미터였다. 비어 있어도 무게가 45킬로그램이 넘었을 것이다. "누가 운반을 도왔죠?" 내가 캐물었다.

테리사의 촉촉해진 녹색 눈이 베로와 나 사이를 오갔다. "당신들도 똑같이 할 텐데요. 서로를 위해 이런 일도 기꺼이 도울 거잖아요?"

테리사의 말뜻이 분명해지자 숨이 턱 막혔다. 그녀는 나와 베로에 대해, 우리의 우정에 대해, 우리가 서로를 위해 할지도 모를 미친 짓들에 대해 얘기하고 있었다. 더없이 옳은 말이었다.

"애이미?" 내가 물었다.

테리사가 애원했다. "제발 애이미를 고발하지 말아줘요. 나를 도운 것뿐이니까! 칼의 집에서 애이미에게 전화했어요. 다른 방법이 생각나지 않아서. 냉동고에 넣자는 건 애이미 생각이었어요. 칼을 어디로 데려가야 할지, 어떻게 사라지게 할지 안다면서요."

심장이 요동쳤다. 베로의 손톱이 내 팔을 파고들었다.

내가 현관문으로 달려가자 테리사는 쓰레기봉투에 걸려 넘어지며 내 쪽으로 손을 뻗었다. "어디 가요? 가면 안 돼요! 칼을 여기에 두고 가면 안 된다고요! 가지 마—"

베로와 함께 차로 달려갈 때, 이미 내 머릿속에 시체 생각은 없었다.

21

베로가 차저를 멈추기도 전에 나는 조수석 문을 열고 뛰쳐나갔다. 머릿속이 너무 복잡해서 아무 생각도 할 수 없었다. 우리 집 현관문을 열었다. 언니가 잘게 토막 났으면 어쩌나? 아이들이 사라졌으면 어쩌나? 모두 검은 쓰레기봉투에 담긴 채 에이미의 차 뒷좌석에 실렸다면?

문을 당기자 훈훈한 공기와 태운 팝콘 냄새가 날아왔다. 거실은 어둡고, TV 화면에 영화 엔딩크레딧이 흐르고 있었다.

주방으로 달려갔다. 전자레인지 문이 열려 있었다. 싱크대에는 그을린 봉지에서 쏟아진 식은 팝콘이 보였다.

"조지아!" 불러도 대답이 없었다.

"핀레이?" 베로가 거칠고 잠긴 목소리를 냈다. 그녀는 찬장 앞에 서서 바닥에 떨어진 붉은 액체의 흔적을 가리켰다.

찬장 앞에서 시작된 핏방울을 따라 층계까지 갔다가 벽에 묻은 선명한 붉은색을 보고 경악했다. 조그만 손 모양의 얼룩은 딜리아와 재크가 끈적끈적한 간식을 먹었거나 놀이터에서 흙을 묻혀 왔을 때처럼 계단을 따라 올라가고 있었다. "안 돼!" 층계를 급히 올라갔다. 베로도 내 뒤를 따랐다. 복도 저편, 언니의 목소리가 들려오는 내 침실로 들어갔다.

베로가 내 팔을 붙잡고 멈춰 세웠다. "잠깐, 들어봐요."

"이러지 마." 욕실 문 너머에서 조지아가 말했다. "인질을 잡아봤자 너만 다친다고."

욕실 안에서 고통에 찬 울음소리가 들렸다. 손잡이를 돌렸다가 문이 잠긴 것을 확인하고, 나도 모르게 두려움에 신음했다.

문틀 위에 숨겨둔 열쇠로 손을 뻗었다. 베로가 나를 뒤로 잡아끌며 입술에 손가락을 댔다. "당신 언니가 안에 있어요."

"내 아이들도 저기 있어요!" 소리 죽여 대꾸했다.

"조지아는 숙련된 전문가예요. 저 안에서 무슨 상황이 벌어지든, 능숙하게 대처할 거예요."

재크가 성난 울음을 터뜨렸다. 재크를 부를세라, 베로가 내 입을 틀어막았다.

언니가 신중하게 말했다. "네 요구 사항이 뭔지 잘 알겠어. 합리적으로 고려해볼게. 대신 너도 내놓는 게 있어야지. 성의를 보여야 한다고. 내 요구는 그게 다야."

목이 메었다. 숨이 쉬어지지 않았다. 베로의 손을 입에서 떼고 떨리는 숨을 들이마셨다. 애이미가 내 아이들과 함께 있었다. 아이들을 인질로 잡고 있었다. 우리가 떠나자마자 테리사가 애이미에게 전화해 칼 얘기를 한 것이 틀림없었다. 전부 내 잘못이었다.

문틈으로 들리는 재크의 울음 소리에 가슴이 미어졌다. "우리가 들어가야 해요." 내가 속삭였다.

"애이미가 회까닥하면 어쩌려고요? 아이들을 해칠 수도 있어요."

"이미 해친 것 같아요!" 주방에서 한바탕 몸싸움을 벌인 게 틀림없었다. 달아나다 내 방으로 들어간 세 사람을 애이미가 가둔 것이다. 욕실로 몰아넣고 문을 잠갔다.

"진정해." 언니가 간청했다. "여기서 나가고 싶은 거 알아. 뜻대로 안 될까 봐 두려운 거 이해해. 진짜로. 하지만 이제 보내줘야 해. 하나, 하면 시작하는 거야. 보내주면 원하는 걸 줄게."

"피가 계속 나." 딜리아가 울부짖었다.

베로가 내 손을 잡았다. 입술을 바들바들 떨고 있었다

"금방 멎을 거야, 딜리아. 확실해." 간신히 참고 있는 듯 언니의 목소리에 긴장감이 배어났다. "괜찮을 거야. 하지만 이모는 지금 네 동생을 도와야 해."

재크가 비명을 질렀다. 더 이상 견딜 수 없었다. 베로의 팔을 뿌리치고, 떨리는 손으로 문틀 위에 얹어둔 열쇠를 꺼내 문고리에 잽싸게 꽂았다. 가슴을 두근거리며 문을 열어젖혔다.

내가 갑자기 동작을 멈추는 통에 베로가 내 등에 부딪쳤다. 재크의 울음이 뚝 그치고 머리 세 개가 나를 돌아봤다.

"왔네." 조지아가 긴장을 내려놓으며 말했다. "들어오는 소리 못 들었는데." 언니는 변기 앞 바닥에 책상다리로 앉아 있었다. 한 손에는 과일 젤리 봉지를, 다른 손에는 오렌지 젤리 한 개를 들고 있었다. 그 앞에는 딜리아가 쓰던 유아용 변기에 재크가 붉으락푸르락한 얼굴로 앉아 있었다.

"대체 무슨 일이야?" 숨을 헐떡이며 물었다.

"화장실 훈련." 조지아가 자랑스레 대답했다. 재크는 조지아가 든 과일 젤리가 손에 닿지 않자 짜증을 내며 칭얼거렸다. "안 돼, 이모가 얘기했지. 이건 협상이야. 배변을 하기 전엔 어떤 요구도 할 수 없어."

"배변이 뭐야?" 딜리아가 물었다.

바닥에 떨어진 붉은 얼룩을 따라 욕조로 갔다. 풍성한 분홍거품 속에서 딜리아가 머리를 내밀었다. "이것 봐, 엄마!" 아이가 빼끔한 이를 드러내고 웃었다. 앞니가 있던 자리에 난 피투성이 구멍으로 혀가 쏙 나왔다. "나 이빨 빠졌다!"

나는 기운이 빠져 세면대에 몸을 기댔다. 뒤에서 베로가 배꼽을 잡고 웃었다.

"뭐야?" 언니가 우리를 흘겨봤다. "뭐가 그리 웃겨? 화장실 훈련 시켜보려고 블로그란 블로그는 다 찾아봤구만. 네가 진작 시켰어야지."

베로가 가슴을 움켜쥐고 눈물을 닦으며 웃어젖혔다. 한참 후에야 겨우 진정하고 내 어깨를 두드렸다. "카펫 세정제랑 청소 스펀지 가져올게요."

"애이미는?" 베로가 청소용품을 가지러 간 사이, 나는 재크를 변기 시트에서 내렸다. 재크는 성난 돼지처럼 툴툴거리며 내 품에서 빠져나가, 욕실 밖의 베로를 따라갔다. 엉덩이에 벌건 동그라미가 찍혀 있었다.

"방금 갔어. 몇 분 전에 전화를 받더니 허겁지겁 뛰쳐나가던데. 엄청 급한 일이 생겼나 봐." 조지아는 뻣뻣한 다리를 일으켜 빈 변기를 들여다봤다. 실망한 듯 고개를 저으며 과일 젤리를 입에 넣었다.

진이 빠져서 멍해진 나는 욕조 옆에 무릎을 꿇고 거품으로 덮인 딜리아의 머리에 입을 맞췄다. "딜리아 이는 어떻게 된 거야?" 언니에게 물었다.

"흔들리는 게 지겨워서 저절로 빠질 때까지 기다리기 싫었대. 애이미는 팝콘 만드느라 정신없고 나는 재크랑 여기 있었거든. 우리가 못 본 사이에 딜리아가 찬장 문에 이빨을 묶고 문을 발로 차지 않았겠어? 아이가 피를 흘리면서 비명을 지르는 걸 보고 애이미는 까무러칠 뻔했어. 내가 있어서 천만다행이지. 피비린내 진동하는 현장을 애이미 혼자 어떻게 감당했겠어?"

불안한 웃음이 터져 나왔다. 욕조에서 딜리아를 끌어내 수건으로 감쌌다. "그 이빨, 아직 빠지려면 멀었는데 왜 그랬어? 엄청 아팠을 텐데."

머리를 수건으로 닦아주자 딜리아가 나를 올려보며 눈을 깜박거렸다. 이빨 구멍으로 혀가 삐져나와 발음이 샜다. "베로 이모가 그러는데, 기다리는 것만으론 충분하지 않대쳐. 행운은 츠츠로 만들어야 한대쳐. 이제 이빨 요정이 오면 난 200달러를 받을 거야."

"200달러?" 웃음이 났다. "이빨 요정이 그렇게 큰돈을 갖고 다니진 않을 텐데."

"하치만 베로 이모를 도우려면 그 돈이 필요해."

"베로를 왜 도와?"

"베로 이모가 전화로 하는 말을 들었쳐. 200을 못 구하면 큰일 난다고 했쳐."

내 얼굴이 일그러졌다. "큰일이라니?"

"어떤 남자가 베로 이모한테 엄청 화냈쳐. 이모가 마커를 잃어버렸기 때문이래. 나는 보라책을 안 좋아하니까 내 보라책 마커를 가져도 된다고 했지만 이모는 그래도 별로 도움이 안 된대. 되게 큰 마커가 필요한가 봐."

수건을 감은 채 뒤뚱뒤뚱 욕실을 나가는 딜리아를 지켜봤다.

"저게 다 무슨 소리야?" 조지아가 물었다.

"몰라." 배수구 마개를 뽑으며 말했다. "재크가 인질을 바닥에 풀어놓기 전에 기저귀 채우러 가야겠어."

언니가 웃음을 터뜨렸다. "나는 베로가 범죄 현장 정리하는 걸 도와야겠다."

"그럴 수 있으면 얼마나 좋을까." 언니가 나가고 나서 혼잣말을 했다.

나는 자기 방에 숨어 있는 재크를 발견했다. 한 손으로 벽을 짚은 채 똥 누는 자세를 잡고 있었다. "아, 안 돼!" 얼른 아이를 안아 올려 기저귀를 채웠다.

재크를 데리고 아래층으로 내려가니, 조지아가 바닥의 핏자국을 닦고 있었다. 내가 주방에 들어가자 조지아는 콧잔등을 우그렸다. "오해하지 말고 들어, 핀. 내가 잠깐 아이들을 보고 있을 테니 넌 샤워를 해."

"베로는 어딨어?" 재크를 내려놨더니 거실로 아장아장 걸어갔다.

"카펫 청소기 찾으러 차고에 갔어."

주방으로 뛰어드는 베로를 우리는 동시에 돌아봤다. 베로는 소파용 세제를 내려놓더니 조지아에게 팔을 둘러 현관문으로 이끌고, 옷걸이에 걸린 외투를 내려서 안겼다. "아이들 돌봐줘서 정말 고마워요, 조지아. 이제부턴 제가 맡을게요." 베로는 카운터에 놓여 있던 조지아의 열쇠를 손에 쥐여주었다.

나는 베로를 홱 돌아봤다. "조지아가 남아서 청소를 돕겠다는데요."

베로가 내 팔꿈치를 꼬집었다. "주방에서 얘기 좀 할래요?" 그녀는 조지아에게 손가락을 들어 보이고 나를 옆방으로 억지로 밀었다.

"뭐 하는 거예요?" 그녀의 손아귀를 뿌리쳤다.

"조지아는 가야 돼요."

"왜요?"

베로가 어금니를 악물고 속삭였다. "칼 웨스터버의 몸통이 아직 내 트렁크 안에 있으니까요."

잠시 숨이 멎었다. "세상에."

나는 현관을 돌아보며 목청을 가다듬었다. "언니, 도와줘서 정말 고마워. 하지만 이제 가는 게 좋겠어."

"진짜 괜찮겠어?" 베로가 문을 활짝 열자 조지아가 이마를 우그렸다.

"괜찮아. 우리끼리 잘할 수 있어."

"알았어. 그래도 샤워는 좀 하는 게 좋을 거야. 닉이 6시에 데리러 오는 거 알지?"

"뭐?" 얼굴에서 핏기가 빠져나가는 기분이었다.

"데이트한다며?"

베로와 나는 동시에 벽시계를 보았다. 어쩌나! 닉을 까맣게 잊고 있었다. "데이트 아냐." 점점 숨이 차는 기분이었다.

"데이트가 아니면 뭐겠어요." 베로가 언니를 문밖으로 밀었다. "핀은 이제 준비해야 하니까 가시는 게 좋겠어요."

"그러면 그렇지!" 언니가 말했다. 베로는 문을 닫았다.

"어쩌죠?" 가슴을 움켜쥐며 물었다. 심장마비가 오려나? 심장마비가 틀림없다. 칼을 어떻게 처리할지 생각할 시간이 30분도 남지 않왔다.

"당신은 샤워를 하고 닉을 만날 준비를 해요. 나는 다시 테리사 집에 갔다가 당신이 나가기 전에 돌아올 테니까. 어서요." 베로가 나를 계단으로 밀었다. "칼은 내가 처리할게요." 베로는 차 열쇠를 쥐고 주방 문으로 달려 나갔다.

아이들은 장난감을 갖고 노느라 정신이 없었지만, 곧 저녁을 차려 주지 않으면 난리가 날 터였다. 오븐을 예열하고, 냉동실에서 치킨 너겟과 감자튀김 봉지를 꺼내놓고, 다섯 번쯤 손을 씻은 다음 얼어붙은 덩어리를 금속 팬에 부었다. 팬에 음식물 떨어지는 소리에 속이 울렁거렸다. 팬을 오븐에 넣고 타이머를 맞추고 위층 욕실로 달려갔다.

뜨거운 물로 피부 구석구석을 문지르고 욕실 밖으로 나오니 베로의 원피스가 내 옷장 문에 걸려 있었다. 그 밑에는 원피스에 어울릴 법한 구두 한 켤레가 던져져 있었다.

재빨리 몸을 닦고 꿈틀대며 옷을 몸에 끼웠다. 내 옷 중에는 이만큼 섹시한 옷이 없다. 목선이 푹 파이고 허리가 딱 붙는 짙은 사파이어색으로, 소재가 부드러워 몸을 억지로나마 넣을 수 있었다. 내 옷장을 들여다봤다가, 다른 선택지가 없음을 분명히 깨닫고 눈살을 찌푸렸다.

내 몸의 곡선에 맞게 매무새를 가다듬고, 머리에 무스를 바르고, 장례식장의 시체 냄새를 풍길까 봐 꽃 향기를 뿌렸다. 마스카라와 립글로스를 몇 번 칠한 다음, 베로의 구두를 신고 휴대전화를 찾았다.

젠장. 내 휴대전화가 어딨지?

틀림없이 지갑에 들어 있을 것이다. 지갑은 베로의 차 안에 있다.

핸드백을 팔에 걸치고 허둥지둥 계단을 내려갔다.

계단 마지막 칸에서 닉의 향수 냄새를 감지한 순간 무릎이 마비되었다. 기름진 감자튀김 냄새도 풍겨왔다. 주방에서 딜리아의 카랑카랑한 목소리가 이빨 뽑은 이야기를 재잘거리자, 닉의 깊고 낮은 웃음 소리가 이어졌다.

등을 벽에 붙였다. 해낼 수 있다. 그냥 차분하게 저녁 식사만 하면 된다. 심호흡을 하며 원피스 앞섶을 매만지고, 도도한 척 뒷굽을 또각거리며 주방으로 들어갔다. 모두 나를 쳐다보았다. 베로만 빼고.

베로는 오븐 앞에 서 있었다. 뻣뻣한 어깨로 멜라민 접시에 감자튀김을 퍼 담고 있었다.

"이야." 닉이 의자에 기댄 채 나를 뜯어봤다.

나는 어쩔줄 몰라서 날카롭게 웃었다. "놀라게 해달라면서요."

베로가 아이들의 접시를 식탁에 놓았다. 그녀의 검은 눈이 닉의 머리 위로 나를 응시했다. "내 메시지 받았어요? 문자 보냈는데."

"아뇨, 휴대전화를 당신 차에 뒀나 봐요."

"가지러 가야겠네요." 그녀가 나를 흘겨보며 차 열쇠를 건넸다. "트렁크도 꼭 확인해봐요."

목청을 골랐다. "그럴게요." 쓰레기봉투를 꺼내다가 휴대전화를 떨어뜨렸을지도 모른다. 나를 따라오는 닉의 뜨거운 시선을 느끼며 주방을 지나 차고로 들어갔다. 리모컨을 누르자 차저 트렁크가 열렸다. 뚜껑을 올리며 욕을 내뱉었다.

칼의 아주 큰 덩어리 하나가 아직 그 안에 있었다.

"하여간, 테리사 진짜 짜증 난다니까." 쓰레기봉투 밑을 더듬으며 휴대전화를 찾았다. 펠릭스가 칼을 죽여놓고 시체를 가져가지 않은 것과 같은 이유로 테리사는 문을 열어주지 않을지도 모른다. 베로와 내가 칼의 일부를 갖고 있다면, 발설할 가능성이 훨씬 줄어들 테니까.

트렁크를 닫고 조수석 쪽으로 갔다. 좌석에 뛰어들어 그 밑에서 지갑을 찾아냈다. 속을 들여다봤지만 휴대전화는 없었다. 내 방에도 없고, 베로의 차에도 없다. 그렇다면 그것이 있을 곳은…….

큰일 났다!

계기판에 고개를 떨궜다. 지금 테리사의 집으로 돌아갈 수는 없다. 그랬다간 닉의 의심을 사게 된다.

차에서 내려 문을 잠갔다. 닉을 서둘러 데리고 나가는 편이 낫겠다 싶었다. 아무렇지도 않은 듯 굴면 된다. 같이 저녁을 먹으러 갔다가 집에 돌아와서 베로와 함께 칼과 테리사 일을 처리하면 된다.

주방에 돌아오니 베로가 문 옆에서 기다리고 있었다. "휴대전화 찾았어요?"

닉은 우리를 등지고 있었다. 그가 딜리아의 접시에서 감자튀김을 몰래 가져가자 아이가 킥킥 웃었다. 듣는 둥 마는 둥 하는 것 같아도 형사의 두뇌는 우리가 말하는 단어 하나하나를 차분히 입력하고 있을 터였다.

베로에게 차 열쇠를 건넸다. "차 안에 없더라고요. 아까 오후에 '이웃집'에 두고 왔나 봐요."

베로가 나와 눈을 맞췄다. "아닐 텐데요. 방금 이웃집에 '가봤는데' 아무도 없었거든요."

아무도 없었다고? 어떻게 그럴 수가? 테리사는 가택연금 중인데.

집이 아니면 어디 있단 말인가? "무슨 뜻이죠?" 소리 죽여 물었다.

"말 그대로예요." 베로가 잇새로 말했다. "그 집 문을 두드렸는데 반응이 없어서 들어가봤어요. 문이 '안 잠겨' 있던데요. '이웃 사람'도 거기 없고. '손님'도 없었어요."

"손님이라고요?" 나의 어리둥절한 표정에 베로는 토막 내는 시늉을 했다.

칼? 안 돼!

그녀가 고개를 끄덕였다.

하지만, 아무리 시체를 치워야 한다 해도 테리사가 집을 떠나는 위험을 감수할 만큼 어리석지는 않을 텐데. "뒤뜰에도 없었던 거 확실해요? 화단에…… 흙을 덮고 있었다든지?"

베로는 닉을 조심스레 흘끔거리며 고개를 저었지만, 그와 딜리아는 감자를 두고 실랑이를 벌이느라 정신없었다. "집에 없는 게 분명해요. 여기저기 다 찾아봤어요. 둘 다 없었어요." 베로가 냉장고 문을 가리켰다. "손님도 돌아간 게 틀림없어요. 당신 휴대전화는 확실히 못 봤고요. 그런데 우리 이웃이 싱크대 위에 엄청 큰 장신구를 두고 갔더라고요." 베로가 자기 발목을 가리켰다. "혹시 다른 사람이 집에 들어와서 발견할까 봐 내가 치웠어요." 그녀가 소독 물티슈 통을 들며 말했다. "그 집 문도 잠갔고요."

아…… 상황이 좋지 않았다.

우리가 집에 돌아온 바로 그 순간, 애이미는 자신의 SUV를 세워 둔 옆 블록에서 출발해 다른 경로로 테리사에게 달려갔을 것이다. 둘은 겁에 질려 전자발찌를 빼놓고 시체를 없애러 필사적으로 달아났을 것이다. 나와 베로에게 가장 큰 덩어리 하나를 남겨둔 채로. 경찰이 나타나 테리사가 사라졌음을 알게 되는 건 시간문제였다.

그나마 베로가 테리사의 주방에서 우리 흔적을 지웠다.

닉의 의자가 뒤로 밀렸다. "우리 이제 가봐야 해요." 그가 시계를 확인하며 말했다. "7시로 예약했는데, 가는 길에 잠깐 들를 데가 있어서요. 핀레이를 너무 늦게까지 붙들고 있진 않을게요."

베로가 살짝 정신 나간 사람처럼 웃었다. "제 걱정은 마세요, 형사님. 집에서도 할 일이 넘치니까요."

나는 아이들에게 입을 맞췄다. 닉이 팔로 나를 감쌌다. 내 등허리에 손을 얹은 채 나를 자기 차로 이끌었다.

22

진입로에 겨우 몇 분 전에 주차한 닉의 차는 미처 식을 새도 없었지만 그는 송풍구를 내 쪽으로 돌리고 히터를 틀었다. 내가 떨고 있어서일 것이다. 지나가면서 테리사의 타운하우스 쪽을 슬쩍 살폈다. 주방을 제외하고 창은 죄다 깜깜했다. 테리사의 BMW는 여전히 진입로에 서 있었다. 둘이서 어디 갔는지는 몰라도 애이미의 SUV를 타고 간 게 분명했다.

"어디 불편해요?" 닉이 물었다.

테리사네 주방 창의 희미한 불빛에서 눈을 뗐다. "괜찮아요. 피터랑 얘기는 해봤어요?"

"잠깐요. 피터가 보고서를 전달받은 지 얼마 안 돼서 아직 할 얘기가 많지 않았어요. 화재는 터펜틴을 촉진제로 쓴 조잡한 화염병으로 시작됐어요. 피터가 해줄 수 있는 말은 그 정도였죠."

"터펜틴이라고요? 페인트 희석할 때 쓰는?" 닉이 고개를 끄덕였다. "저런, 누구라도 범인이 될 수 있겠네요."

"그렇죠. 하지만 가장 유력한 증거는 실험실에서 나오지 않았어요." 그가 우리 집 앞 도로를 벗어나며 말했다.

"무슨 뜻이죠?"

"화재 직전에 보안회사에 전화 통화가 녹음됐어요. 누가 경보기를 울렸더라고요. 틀림없이 녹음 파일이 있을 텐데 스티븐이 시간을 끄네요. 그가 허락을 안 해줘서 보안회사가 우리 쪽에 전달을 못 하고 있어요."

"왜 그럴까요?"

닉이 어깨를 으쓱했다. "아는 사람이라 보호하려고 그럴지도요. 뭐, 수사관이 녹음 파일을 원하면 언제든 영장을 청구할 수는 있죠."

"그것 말고 발견된 게 있나요?"

"화재 현장 주변의 풀밭에서 부러진 신용카드 조각이 나왔어요. 침입할 때 문 따는 도구로 쓰였을 거예요. 트레일러 뒤의 진흙에서 고성능 타이어 자국도 발견됐어요. 스티븐의 직원 중에는 스포츠카를 모는 사람이 없으니 방화범의 차가 남긴 흔적일 가능성이 있죠."

기가 막혔다. 형사들이 찾아낸 강력한 증거 세 가지가 전부 나와 베로의 흔적이라니.

"진짜 괜찮아요?" 닉의 눈이 나를 봤다가 다시 도로로 돌아갔다. "좀 핼쑥해 보이는데요."

"배가 고파서 그런가 봐요. 아침 먹고 나서 아무것도 못 먹었거든요."

"알았어요." 그가 슬며시 웃었다. "지금 가는 레스토랑이 꽤 좋은 곳이에요. 그런데 저녁 먹으러 가기 전에 잠깐 들를 데가 있어요. 비밀 정보원을 좀 만나봐야 돼요. 같이 가도 괜찮겠죠?"

닉이 도로에 집중하는 사이, 조금 전 그가 나를 데리러 온 순간에는 너무 긴장해서 놓쳤던 것들을 살폈다. 그의 가죽 재킷은 센터 콘솔에 걸쳐져 있고, 평소에 즐겨 입던 티셔츠와 청바지 대신 칼같이 다림질된 프렌치 블루 드레스셔츠와 넥타이 차림이었다. 머리는 단정히 손질했고, 얼굴은 말끔히 면도했다. 차 안에 감도는 향수 냄새는 짙고 묵직했다. 어느 모로 보나 데이트를 위해 한껏 차려입은 모습이었다. 어깨에 두른 권총집과 옆구리에 찬 총을 빼면.

나는 눈썹을 올렸다. “정보원 신원은 기밀인 줄 알았는데요.”

그는 생각을 하는 듯 턱을 쓰다듬었다. “맞아요.”

“당신이 나를 안 믿는 줄 알았어요.” 지난번에 그는 내가 비밀 업무 수행에 따라가는 것을 허락했다가 큰 곤란을 겪었다. 자기와 자기 사건을 책 소재로 썼다며 나를 원망했다.

신호등이 노란색으로 바뀌자 닉은 차를 천천히 멈추고 연한 황색 빛을 받은 얼굴을 문질렀다. 그는 고개를 저으며 한숨을 쉬었다. “그날 내가 쓸데없이 말이 많았죠. 대부분 하고 나서 후회했던 말이에요. 당신한테 화난 게 아니었어요, 핀레이. 나 자신에게 화가 났지. 당신 말이 맞아요. 당신을 사건에 끌어들인 게 나였으니 책임도 전부 나한테 있었어요.”

“그런데도 같은 일을 반복한다고요? 실수에서 배운 게 있는 줄 알았는데.” 나는 그를 놀렸다.

“그 일을 후회하는 건 아니니까요.” 그의 시선이 내게 머무는 사이 신호가 바뀌었다. 나는 헛기침을 하며 녹색 신호등과 우리 앞의 탁 트인 차선에 고갯짓했다. 그가 마침내 도로로 시선을 돌리자 나는 안도했다.

"당신의 비밀 정보원은 누구죠?" 컴컴한 주택가로 들어서자 호기심을 숨기지 않고 그에게 물었다. 길 양쪽의 집들이 오래된 나무들에 가려져 있었다. 앞마당에 낙엽과 조잡한 장식품들이 보였다. 진입로에 낡은 정도가 다양한 차들이 서 있었다.

"내 쪽 사람은 아니에요. 이 아이는 조이의 정보원이죠. 조이가 주말에 어머니한테 가 있어서 대신 만나러 가는 거예요."

놀라서 닉을 돌아봤다. "아이라고요? 그 아이가 무슨 짓을 했죠?"

"1년쯤 전에 이 아이가 신원 도용을 하다가 조이한테 붙잡혔어요. 잔챙이지만 꽤 탁한 물에서 노는 녀석이에요. 온라인으로 마약과 무기를 거래하고, 인터넷 성매매에 사이버 사기에도 관여했는데…… 조이가 녀석한테 보호관찰과 사회봉사를 제안하면서 거래가 시작됐죠. 더 이상 말썽을 피우지 않고, 대어를 발견하면 우리한테 알려주는 조건으로. 몇 시간 전에 연락이 왔더라고요. 인터넷에서 지저분한 걸 찾았다면서요. 지로프 일당과 관계된 정보라는군요. 조이가 돌아올 때까지 기다리면 안 될 거 같아서요."

"펠릭스 지로프요? 그는 감옥에 있잖아요."

"그자를 막을 수는 없어요. 온갖 일에 두루 영향력을 행사하고 있죠. 내가 검찰에 증거를 많이 넘겨줄수록 펠릭스가 법망을 빠져나갈 가능성이 줄어요. 그래서 단서란 단서는 모조리 뒤쫓고 있어요. 그 자식이 또 빠져나가는 꼴은 못 봐요."

몸에 전율이 일었지만 간신히 참았다. 퍼트리샤 미클러는 펠릭스가 어디에나 눈과 귀를 두고 있다고 했다. 닉도 비슷한 말을 했었지만 나는 과장이라고만 생각했다. 하지만 칼의 토막 난 시체 앞에서 테리사와 대화를 나누고부터는 확신이 없어졌다. 펠릭스는 틀림없이 감옥에 있는데도, 테리사는 그의 심기를 거스를까 봐 벌벌 떨었다.

그날 라몬의 차고에서 펠릭스는 앞으로 나를 주시하겠다고 으름장을 놨다. 차 주위로 짙어지는 어둠을 보며, 그가 또 어디서 나타나는 건 아닐까 두려웠다.

닉의 차가 다 쓰러져가는 2층집의 진입로에 멈췄다. 얇은 커튼 너머 TV가 깜박거렸다. 한 사람이 커튼을 걷고 우리를 보았다.

"여기서 기다려요." 닉은 엔진을 끄지 않았다.

그는 외투를 걸치고 차에서 내렸다. 긴 다리로 금 간 벽돌 길을 천천히 걸어 집으로 다가갔다. 누가 문을 열자 현관 계단 위로 불빛이 쏟아졌다. 어두운 색 후드 티셔츠를 입은 호리호리한 형체가 밖으로 나와 주변을 확인하더니, 길 중간쯤에서 닉을 만났다.

문득 내가 여기 있어서는 안 될 사람이라는 생각이 들어 좌석에서 몸을 숙였지만, 선팅된 차창 안쪽의 내가 조이의 정보원에게 보이지는 않을 것 같았다. 엔진 소리 때문에 그들이 웅얼대는 인사말은 잘 들리지 않았다. 닉은 양손으로 허리를 짚고 정보원은 호주머니에 손을 찔러 넣은 채 머리를 맞대고 이야기를 시작했다. 대화가 조금이라도 들릴 만큼만 창문을 열고 싶은 마음에 버튼에 손을 뻗었다가 닿기 직전에 그만두었다. 닉이 나를 여기로 데려온 것 자체가 화해의 몸짓, 신뢰의 표현일 터였다. 그런 신뢰를 받을 자격이 있는 사람이고 싶었다.

정보원이 후드를 벗기 전까지는.

창문에서 쏟아진 노란 빛이 캠의 탈색한 금발을 비췄다. 나는 빠르게 머리를 굴렸다. 닉이 말한, 캠이 노는 '탁한 물'에 대해, 캠이 조이에게 넘겼다는 단서에 대해.

'……인터넷에서 지저분한 걸 찾았다면서요.'

아, 이런.

창문 버튼을 눌렀다. 숨을 죽인 채 말소리가 겨우 들릴 만큼만 창을 내렸다.

"……엄마들의 모임 같은 건데요." 캠이 낮은 소리로 말했다.

"엄마들 모임이라고?"

"네, 의외죠?"

아, 이건 아닌데. 캠이 여성 커뮤니티에 대해 언급하면 닉은 끈질기게 파헤쳐 결국 뭔가를 찾아낼 것이다.

"나한테 허튼소리 했다간—."

"진짜라니까요. 겉보기엔 평범한 게시판이지만 수상한 거래가 일어나고 있어요. 마약만 거래되는 게 아니에요. 무기며…… 몸값 비싼 창녀들…… 살인 청부업자들…… 사이트 전체가 범죄 소굴인데……."

안 돼, 안 돼, 안 돼, 안 돼! 캠이 닉에게 특정 닉네임을 대게 할 수는 없었다. 진저리며, 싹쓸이며…….

무엇보다 내 닉네임은 절대 안 된다.

지갑으로 손을 뻗었다가 휴대전화를 잃어버린 사실을 떠올렸다. 캠에게 문자를 보낼 방법이 없었다. 입 다물라고 경고할 방법이 없었다. 공회전하는 엔진 소리 때문에 닉이 듣지 못하길 바라며 창문을 조금 더 내렸다.

"운영자가 누구지?" 닉이 물었다.

캠이 닉의 외투 주머니를 향해 턱짓했다.

닉은 뭐라 중얼거리며 지갑에서 지폐 몇 장을 꺼냈다. 캠은 거리를 좌우로 살피고는 돈을 받아 챙겼다.

"조사를 좀 해봤는데 죄다 러시아 이름이었어요. 형사님이 지난달에 체포한 남자에 대한 뉴스를 좀 봤거든요. 아마 형사님한테 꽤 가치 있는 정보일 거예요."

"그래서 조이가 없을 때를 기다렸다가 나한테 돈을 뜯어내려 했구나."

캠이 양손을 쳐들었다. "됐어요. 제 정보가 필요 없으시다면 어쩔 수 없죠."

닉은 문 쪽으로 돌아서는 캠의 팔꿈치를 잡았다. "정보의 품질에 달렸지."

캠은 어깨를 들썩였다. "호스팅, 사이트 관리자, 도메인 레지스트리, 회원 프로필, 사용자 기록…… 전부 다 알아냈고 보안상 약점도 파악했어요."

"얼마면 돼?"

"제가 가진 정보를 경찰에 전부 넘기면, 조이 형사님과 제 관계도 끝이죠? 합의한 대로 말썽도 피우지 않았어요. 해킹, 도둑질, 사기랑 담을 쌓고 지냈다고요. 보호관찰이 끝나고 경찰의 감시도 끝난다면……." 캠이 내 쪽을 보며 눈을 깜박였다. 두 사람을 창문 틈으로 지켜보는 나를 캠이 알아본 것이다. 나는 캠과 조이의 짬짜미를 파토내고 그를 소년원에서 푹 썩힐 약점을 쥐고 있었고, 캠도 그 사실을 알았다.

나는 손가락으로 목을 긋는 시늉을 했다.

캠의 목울대가 꿀렁거렸다. 그는 헛기침을 하며 두 주먹을 호주머니 깊숙이 찔러 넣었다. 나는 재빨리 창문을 올렸다.

닉이 차 쪽을 보며 인상을 썼다. 나는 짙은 색유리 뒤에 숨어 몸을 움츠렸다. 그는 지갑에서 지폐 몇 장을 더 꺼내 멀찍이 떨어뜨린 채 몸을 숙여 해커와 눈을 맞췄다. 내가 아는 표정이었다. 훈계와 경고의 표정. 캠은 내 쪽을 힐끗 보더니 돈을 접어 호주머니에 넣고 집 안으로 사라졌다.

닉은 차 주위를 돌아 운전석에 앉았다.

"뭘 좀 알아냈어요?" 조이에게 급히 문자를 보내는 그의 휴대전화 화면을 흘끔대며 물었다. 그는 휴대전화를 호주머니에 넣고 캠의 집 진입로를 후진해 빠져나왔다.

"아무것도 아닐 수도 있어요. 저 아이가 나를 생고생시키려고 하는 소린지도 몰라요."

"그런데 돈을 왜 줘요?"

"혹시라도 저 아이가 진실을 말한 거면, 금광을 캘 수도 있거든요." 캠의 동네를 빠져나가는 동안 나는 지나가는 거리 이름을 눈여겨보고 기억해두었다. "조직범죄의 온상일지도 모를 인터넷 게시판을 찾았다잖아요."

"어떻게 찾았는지도 알려주던가요?"

닉의 입술이 씰룩대며 한쪽으로 말려 올라갔다. "우연히 발견했다네요."

"그 말을 안 믿는군요?"

"열일곱 살짜리 해커가 우연히 여성 채팅방에 들어갈 수는 없죠. 모르는 여자의 휴대전화를 해킹하다 찾아낸 게 분명해요."

"저 아이 말을 전부 안 믿는 건 아니죠?"

닉은 다시 고속도로로 들어서며 어깨를 으쓱했다. "저 아이는 내가 지로프 사건 담당 형사라는 사실을 알아요. 아마 인터넷에서 자낙스*를 파는 엄마들을 발견하고, 조이가 부재중인 틈을 타 얼른 나한테서 돈을 뜯을 작정이었나 봐요. 내일 모든 정보를 보내주겠다네요. 컴퓨터 좀 하는 녀석들은 그런 거 알아내는 데 며칠밖에 안 걸린다니, 어려운 일도 아닐 거예요."

창문에 머리를 기댔다. 우리는 고속도로에 들어섰다. 캠이 닉에게 정보를 전하기 전에 캠과 통화를 해야 한다. 하지만 캠의 번호는 내 휴대전화에 있고, 내 휴대전화는 테리사한테 있었다.

어쩌면 칼과 함께 땅에 묻혔는지도 모른다.

* 불안, 공황장애 치료제로 쓰이는 향정신성의약품.

23

내 머릿속이 여전히 복잡할 때, 닉은 알링턴에 있는 쇼핑몰 앞 주차장에 차를 댔다. 레스토랑의 빨간 차양에 '크바스'라 적혀 있었다. 문 옆의 상록수 화분에 감긴 흰 조명이 반짝였다. 닉이 나를 위해 문을 열어주자 군침 도는 음식 냄새가 밀려왔다. 정장 재킷과 넥타이 차림의 지배인이 우리를 자리로 안내하는 동안 내 배에서 꼬르륵 소리가 났다.

닉의 맞은편에 앉아, 어색한 발음으로 우리를 환영하는 지배인의 인삿말을 듣는 둥 마는 둥 했다.

"숙녀분은 음료를 뭘로 하시겠습니까?" 그는 내 앞에 가죽 메뉴판을 내밀었다. "와인 한 병 드릴까요?"

나는 메뉴판을 펼쳐 음료를 훑어보며 긴 실크 테이블보와 희미한 조명 아래서 무릎을 초조하게 떨었다. "조금 독한 술을 마시고 싶네요."

"보드카 샘플러를 권해드려도 될까요? 저희 레스토랑은 엄선한—."

"그걸로 할게요." 메뉴판을 덮고 닉에게 건네며 말했다.

닉의 입술이 살짝 올라갔다. 그는 남자의 옷깃에 붙은 이름표를 슬쩍 보았다. "저는 그냥 맥주 한 잔 주세요, 세르게이. 피로시키* 하나랑요."

지배인은 고개를 끄덕이며 테이블 한복판에 딱 하나만 놓인 초에 불을 붙였다. "식사를 도와드릴 웨이터는 이반입니다. 곧 이쪽으로 와서 오늘 저녁의 특별 요리를 설명해드릴 겁니다." 나는 메뉴판을 내려놨다. 주요리에 대한 설명을 집중하여 읽기에는 주위가 너무 부산스러웠다. 은은한 음악이 연주되었다. 사방에서 나직한 대화 소리가 웅웅거렸고 주방 문틈으로 달그락달그락 쉭쉭 소리가 새어 나왔다. 은식기가 고상한 청백색 접시에 짤랑짤랑 부딪치는 소리도 들렸다.

이런 걸 눈 가리고 아웅이라 하던가? 과연 이것을 데이트가 아니라고 할 수 있을까?

"오늘 힘들었어요?" 닉이 고개를 숙여 눈을 맞추며 물었다.

"그런 셈이에요."

"새 소설이 잘 안 풀려요?"

"그렇다기보다." 웨이터가 작고 반짝이는 유리잔 여러 개가 담긴 쟁반을 내 앞으로 밀었다. "줄거리가 엉뚱한 방향으로 벗어나고 있어요." 웨이터가 가자마자 첫 번째 잔을 마셨다. 눈에 눈물이 고여, 나는 재빨리 다음 잔도 비웠다.

"내가 도울 수도 있잖아요." 닉이 맥주를 천천히 마시며 제안했다. 피로시키로 손을 뻗던 나는 발작하듯 웃음을 터뜨렸다. "진짜로요." 그는 디자인이 화려한 수입산 술병을 손에 들고 만지작댔다. "뭐든지

* 고기, 양파, 버섯, 쌀 등으로 속을 채워 굽거나 튀긴 러시아식 파이.

물어봐요."

"뭐든지?"

그는 테이블에 팔꿈치를 괴고 아랫입술을 깨물며 내가 먹는 모습을 지켜봤다. "아무거나."

유도신문을 당하는 기분이었다. 하지만 제안한 쪽은 닉이다. 나는 목청을 골랐다. "좋아요. 정보원이 알려줬다는 웹사이트 있잖아요. 경찰서의 사이버 전문가들이 뭔가를 발견하면 어떻게 하나요?"

닉은 고개를 저으며 의자에 등을 풀썩 기댔다. 그는 맥주를 내려놓고 손가락으로 뒷목을 눌렀다. "진짜 그 얘기를 하고 싶어요?"

"어때서요? 소설 쓰는 데 필요한 조사를 돕겠다면서요."

"당신 책을 읽어보니 범죄 쪽으로는 부족한 게 없던데요. 나는 다른 분야를 도울 수 있을까 싶어요."

"다른 분야라뇨?"

"로맨스 쪽요."

씹는 동작을 멈췄다. "내 로맨스가 뭐 어때서요?"

"별로라는 뜻이 아니라." 그는 깊이 파인 내 원피스 목선으로 시선을 떨어뜨리며 한참 동안 천천히 술을 들이켰다. "나도 인정해요. 피터한테 빌린 그 책은 꽤 야했어요. 특히 잠복 중에 주인공이 차 앞좌석에서 형사의 무릎에 올라가—"

"그냥 저녁만 먹기로 했잖아요." 낯이 화끈거려 또 한 잔을 비웠다.

닉은 맥주를 들이켜며 빙그레 웃었다. "맞아요. 저녁만 먹어요."

그가 실내를 휙 둘러봤다. "내가 뭐든지 물어봐도 된다고 했으니까." 내 입술로 향하던 피로시키가 그대로 멈췄다. 그는 팔꿈치로 테이블을 짚고 목소리를 낮췄다. "만약 그 아이 말이 사실이고 문제의 사이트가 범죄의 온상이라면, 우리는 그 사이트에 위장 회원을 심을 거예요. 함정 수사를 벌여 몇 명을 체포하고, 그중 자백할 사람을 찾죠. 다 털어놓는 조건으로 형량 거래를 제안하는 거예요." 웨이터가 나머지 음식을 들고 다가오자 닉은 의자에 기대며 입을 꾹 닫았다. 이반은 스트로가노프*가 수북이 담긴 접시를 내 앞에 놓았다. 닉에게 키스를 하지 않으려면 뭔가를 입에 넣는 수밖에 없었다.

닉은 이반이 물러가기를 기다렸다가 말을 이었다. "조이는 월요일에 사무실로 돌아와요. 그때쯤이면 우리가 누구를 상대하고 있는지 알 수 있겠죠." 그는 치킨 키예프를 포크로 찔러 눈으로 실내를 살피며 먹었다. "그나저나 당신 새 소설은 어떤 내용이죠?" 그가 먹으면서 물었다.

"시리즈 속편이에요. 같은 인물이 등장하고, 그…… 우리의 킬러가 누명을 썼다가…… 범죄 사건을 해결하죠."

"잘나가는 형사도 계속 나오나요?"

나는 주저하며 고개를 끄덕였다. "일단은 등장해요."

"일단은?"

"아직 초고라서요."

"변호사는요?"

테이블을 사이에 두고 우리의 시선이 부딪쳤다. 내가 브리를 만나러 간 사이 우리 집 식탁에 앉아 있었던 그에게 베로는 어디까지 얘기했을까? 나는 포크를 돌려 면을 감았다. "행방이 묘연해졌어요."

"주인공이 그를 찾나요?"

"글쎄요. 이야기를 어떻게 전개할지 아직 정하지 못했어요. 주인공

* 얇게 썬 쇠고기, 양파, 버섯 등의 재료를 볶아 사우어크림을 섞은 요리.

이 공연한 걱정을 하는 건지도 모르고."

"아닐 수도 있잖아요. 똑똑한 여자니까 자신의 직감을 믿겠죠."

"그래서 주인공은 어떻게 해야 할까요?"

닉이 어깨를 들썩였다. "그 형사한테 도움을 요청할 수도 있죠."

내가 쳐놓은 철벽을 보드카가 무너뜨렸는지 웃음이 터졌다. "별로 좋은 생각 같지 않아요. 주인공과 형사 사이에는 사연이 있잖아요. 그 형사는 주인공에게 특별한 감정을 품고 있어요. 분명히 이해 충돌 상황인데요."

"맞아요, 특별한 감정을 품고 있죠." 눈을 들어보니 테이블 맞은편에서 닉이 나를 응시하고 있었다. 그의 거칠어진 목소리가 맥주 때문이라는 생각은 들지 않았다. 그윽해진 눈빛도 촛불 때문이 아닌 것 같았다. 어느새 우리는 내 책 이야기에서 벗어나 있었다.

생각에 잠긴 채 포크를 내려놨다. 줄리언을 찾는 데 그의 도움을 받을 생각은 없었다. 하지만 다른 사람을 찾는 데는 도움을 받아도 될 것 같았다. "주인공이 사라진 사람을 직접 찾고 싶어 한다면요? ……발견되기를 원치 않는 사람을요. 형사는 그녀에게 어떻게 하라고 조언할까요?"

그의 미간에 주름이 잡혔다. "정말 그게 좋은 선택일까요? 주인공이 원치 않는 발견을 할지도 모르는데."

"뭐든지 물어보라면서요."

닉이 체념한 듯 한숨을 쉬었다. 그는 포크를 내려놓고 냅킨으로 입을 닦았다. "주인공이 그의 휴대전화 위치를 확인했어요?"

"소용없었어요."

"소셜미디어 계정은요?"

"아무것도 없던데요." 애이미는 눈에 띄지 않는 법을 알고 있다. 전에 베로와 함께 소셜미디어에서 그녀의 뒤를 캔 적이 있지만, 인터넷에서 애이미는 유령이나 다름없었다. 그리고 테리사는 자신이 체포된 사실이 전국 신문에 실리자 계정을 모조리 폐쇄했다.

닉의 주름이 깊어졌다. "만약 주인공이 실종자와 아주 가까운 사이여서 그의 은행 기록을 확인할 수 있다면, 지출 내역도 추적할 수 있죠. 신용카드 요금, 주유비, 현금 인출……."

테리사의 은행 정보를 알아낼 길은 없었다. 스티븐에게 아직 그녀와 공동으로 쓰는 계좌가 있을 리도 만무했다. 내가 고개를 젓자 닉의 주름이 펴졌다.

그가 잠시 생각하다가 말했다. "여자 주인공은 어떤 도움도 원하지 않는다지만, 그녀가 혹시 그 실종자와 가까운 사람을 안다면 형사 친구랑 같이 그 사람을 감시하는 게 좋겠네요."

마지막 보드카 잔에 손을 뻗으며 웃음을 터뜨렸다. 나는 테리사가 애이미의 SUV를 타고 달아나는 모습을 상상했다. "틀림없이 둘이 같이 도망쳤을 거예요."

내가 유리잔을 집자 닉이 내 손목을 잡았다. "내 생각에는, 핀, 당신한테 그 사람이 없는 편이 나아요."

그는 손을 떼지 않았다. 우리는 테이블 맞은편의 서로를 응시했다. 닉은 아직 우리가 줄리언 얘기를 하는 줄 알고 있었다. 오해를 바로잡으려고 입을 여는 순간, 그의 시선이 내 뒤의 출입문으로 향했다. 뺨 근육이 경직되더니, 그는 내 손을 놓았다. 무엇이 그의 주의를 온통 빼앗았는지 궁금하여 뒤를 돌아봤다.

명품 코트를 입고 아찔한 하이힐을 신은, 조각상 같은 갈색 머리 여자가 당당히 들어오고 있었다. 걸음을 옮길 때마다 긴 머리가 물결처럼 출렁였다. 끝내주게 아름다운 여자였다. 돈과 권력의 냄새를 풍기는 세련미에 이리나 보로프코프처럼 당당한 자신감까지 지니고 있었다. 어이없게도 닉의 시선은 그녀의 얼굴 아래로 떨어질 줄 몰랐다. 그녀가 거만한 미소를 띤 채 지배인에게 눈짓했다. 그녀가 그의 귀에 대고 뭐라 속삭이자 지배인이 우리 테이블을 곁눈질했다.

"이거 재밌어지는데." 자기 자리로 돌아가서 전화기를 드는 지배인을 보며 닉이 중얼거렸다.

"당신이랑 저 여자, 틀림없이 아는 사인데요." 나는 마지막 잔을 내려놓고 닉 쪽으로 밀었다.

그는 사양하며 갑자기 입맛을 잃은 듯 접시도 옆으로 치웠다. "그런 셈이죠."

여자는 우리 테이블 옆에 멈춰 서며 재규어 열쇠를 핸드백에 넣었다. 그녀가 가운뎃손가락을 세워 거북딱지 안경을 밀어 올리자, 닉은 요란하게 웃었다.

"캣." 그가 맥주병을 쥐며 여자에게 알은체했다.

"형사님, 식사 잘하고 계시죠?" 외모와 딱 어울리는 낭랑한 목소리였다. 우아하고 날카로우며, 살짝 외국 억양이 느껴졌다.

"당신이 나타나기 전까지는요."

"일행분께 인사도 안 시켜주세요?"

닉은 혀로 이를 문질렀다. "이쪽은 핀이에요, 캣. 이쪽은 캣이에요, 핀."

그녀가 왼손을 내밀어서 나는 손을 바꾸는 수밖에 없었다. 그녀의 묵직한 인장 반지가 내 손을 세게 눌렀다. "만나서 반가워요. 애기 많이 들었어요." 그녀가 사근사근하게 말했다.

닉은 긴장했다.

"그래요? 두 분은 어떻게 아는 사이죠?" 나는 둘을 번갈아 보며 물었다.

"업무상 아는 사이예요." 두 사람이 동시에 대답했다.

닉의 눈이 이글거리고 뺨이 씰룩거렸다. 그가 뭔가 말하려는 순간 외투 주머니에서 윙윙대는 소리가 났다. 그가 휴대전화를 꺼내 나와 눈을 맞추며 귀에 댔다. "여보세요, 베로. 무슨 일이죠? ……네, 옆에 있어요." 닉이 내게 휴대전화를 건넸다. "화장실 옆에 복도가 있어요. 커피랑 디저트 주문해놓을 테니 가서 통화하고 와요." 그가 캣을 곁눈질하며 말했다.

휴대전화를 들고 여자 화장실로 가면서 내게로 향하는 여러 개의 시선을 느꼈다.

"무슨 일이에요?" 베로가 내게 전화할 온갖 이유를 떠올리자 내 심장은 이미 요동쳤다. "아이들은 괜찮나요?"

"아이들은 괜찮아요. 한 시간 전에 잠들었어요. 우리가 문제지."

"뭐가 문제죠?"

"어떤 문제부터 얘기할까요?"

"문제가 여럿인가 봐요?"

"정신없었어요." 베로가 목소리를 낮추며 말했다.

"차근차근 말해봐요."

"싹쓸이가 이메일을 보냈어요."

"이메일요?"

"당신이 계정 만들 때 쓴 주소로."

"뭐라던가요?"

"그 일은 자기가 찜했으니 당장 손 떼래요. 그래서 내가—."

"답장을 했다고요?"

"—그 돈을 쉽게 손에 넣지는 못할 거라 썼어요. 익명2도 절대 물러서지 않을 테니—."

"왜 그랬어요?"

"그랬더니 싹쓸이가 '한번 해보자 이거지?'라기에 내가 '그래, 덤벼' 라고—."

"맙소사."

"싹쓸이가 먼저 싸움을 걸었잖아요, 핀! 내가 달리 뭐라고 하겠어요?"

"상황이 더 나빠진 거 아네요?" 보드카를 더 마셔야 할까 보다. "다음 문제는 뭐죠?"

"아직 당신 휴대전화를 못 찾았어요."

내가 우리의 문제를 머릿속으로 정리하는 동안 베로는 잠자코 기다렸다. 베로와 싹쓸이가 주고받은 메시지는 전부 내 휴대전화에 알림으로 떴을 것이다. "찾아야 해요, 베로."

"거기다 전화를 걸어도 테리사가 안 받았어요. 위치 추적도 안 되고."

벽에 털썩 기댔다. 시체를 파내려고 농장에 잠입한 그날 밤 GPS를 껐다가 다시 켜지 않은 모양이었다.

"그나마 다행인 게, 테리사가 전자발찌를 벗을 때 회로는 파손하지 않았어요."

"어떻게 벗었을까요?"

"나도 그게 궁금해서 검색해봤어요. 뭘 찾았게요?"

"유튜브에서 발찌 벗는 법을 찾았어요?"

"엄청난 동영상이었어요, 핀. 버터나이프가 어찌나 유용하게 쓰이던지. 차고에 하나 둬야겠어요."

"기억해둘게요." 보드카로 인한 두통인지 눈 뒤가 쿡쿡 쑤셨다.

"전자발찌를 테리사의 주방에 있던 충전기에 꽂아뒀어요. 칼을 어떻게 처리할지 생각할 시간을 벌어야 하니까요. 냄새를 풍기기 전에 내 차 트렁크에서 내보내고 싶어요."

"몇 달이나 꽁꽁 얼어 있었잖아요, 베로. 미라나 다름없어요. 냄새 안 날 거예요." 내가 장담했다. "아직은요."

"아이고, 내 차에 미라의 저주까지 내리겠네요."

"내가 집에 가면 같이 처리해요. 그건 그렇고 싹쓸이한테 이메일은 그만 보내요. 나는 닉이 찾으러 오기 전에 테이블로 돌아갈게요."

"현금 좀 가져와요." 전화를 끊기 전에 그녀가 말했다. "달리아가 이빨 요정을 기다려요."

화장대 앞에서 매무새를 가다듬으며 거울 속의 나를 보고 눈살을 찌푸렸다. 더 나빠질 수 없는 하루였다. 남은 돈은 한 푼도 없었다. 지갑에 든 것은 부러진 신용카드와 립글로스 뿐. 캣의 등장에 더욱 평범하고 초라해진 기분으로 립글로스를 덧바르고 머리를 부풀렸다. 캣이 닉과 업무적으로 아는 사이라면 조지아와도 안면이 있을 테니 내 얘기를 많이 들었을 법했다. 그녀와 닉 사이에는 틀림없이 껄끄러운 과거사가 있어 보였고, 그것은 생각하기 싫은 이유로 나를 괴롭혔다.

립글로스를 지갑에 넣고 자리로 향했다. 실내 공기에 긴장이 가득했다. 이유를 딱 집어서 말하긴 어려웠지만. 종업원들이 경직된 탓인지도 몰랐다. 그들의 시선은 하나같이 공간 저편에 꽂혀 있었다.

딱딱한 표정으로 우리 테이블 옆에 서 있는 지배인을 보고 걸음을 늦췄다. 덩치가 유난히 큰 웨이터 둘이 그의 뒤에서 서성댔다. 다가가 보니 닉은 칸막이에 무심히 팔을 걸친 채 그들을 보고 실실 웃고 있었다. "뭐라고요? 디저트가 없다고요?"

지배인이 닉 앞에 가죽 메뉴판을 놓았다. "사장님이 오늘 음식값은 받지 않으시겠답니다. 다시는 오시지 않는다는 조건으로요."

닉은 일어서서 지갑을 꺼냈다. 그리고 빳빳한 지폐 몇 장을 테이블에 내려놨다. 밥값과 후한 팁을 포함하고도 남을 돈이었다. "꼭 다시 올게요. 주인장한테 잊지 못할 식사를 했다고 전해줘요." 그가 내뱉었다.

닉이 내 코트를 펼쳐주었다. 그는 내 손을 슬쩍 잡고 레스토랑을 빠져나가면서 캣의 테이블을 노려봤다.

"이게 다 무슨 상황이죠?" 등 뒤로 문이 닫히자 그에게 휴대전화를 돌려주며 물었다.

"나한테 경고하는 거죠."

"나는 여기 데이트하러 온 줄 알았는데요."

그는 주차장 가운데에 서서 나를 살짝 끌어당겼다. 얇은 입가에 우쭐한 미소가 떠올랐다. "그래요? 당신은 저녁만 먹는 거라고 우겼던 것 같은데."

내가 대답하지 않자 그는 차가 있는 쪽으로 움직였다.

"아까 그 여자는 누구죠?"

"왜? 질투해요?"

그에게 도끼눈을 떴다. "내가 질투를 왜 해요? 난 그런 거 안 하거든요." 그래, 아주 조금은 질투가 났다고 치자.

고맙게도 그는 더 놀리지 않았다. "지로프가 총애하는 변호사예요." 닉은 나보다 먼저 조수석 문을 열고 안으로 몸을 숙이며 설명했다. 그는 앞좌석 밑을 더듬어 일회용 장갑 한 상자를 찾더니 두 켤레를 꺼내 내게 하나를 건넸다. "내게 천적이 있다면, 다름 아닌 캣이에요. 이 레스토랑은 2주 전에 개업했어요. 여기가 지로프의 아지트라는 예감이 들어요. 펠릭스는 내가 새로 마련한 자기 아지트에 방문했다는 말을 듣고 경고하려고 사람을 보낸 거예요. 이리 와요." 그가 내 손을 잡고 쇼핑몰 뒤로 성큼성큼 움직였다.

그를 따라가려다 요철에 발이 걸렸다. "이 레스토랑이 펠릭스 소유라고요?"

"틀림없어요."

"그래서 나를 여기로 데려왔어요? 펠릭스 약 올리려고?"

"펠릭스와 관계된 곳인지 확인하려면 그 방법밖에 없잖아요." 그는 장갑을 끼고 레스토랑 뒤편의 대형 쓰레기통 뚜껑을 열어젖혔다.

"뭐 하는 거예요?" 쓰레기통 위로 올라가는 닉에게 물었다.

그는 짓궂게 웃으며 내게 손을 뻗었다. "뒷조사 좀 하려고요. 당신도 들어올래요?"

"싫어요!"

"좋을 대로 해요." 닉은 모습을 감췄다. 그의 발에 밟힌 쓰레기봉투와 깡통이 부스럭거렸다.

"뭘 찾는 거죠?" 내가 밖에서 외쳤다.

"식품과 관계없는 건 뭐든지."

"이거 불법 아네요?"

그가 웃었다. "주거침입했다가 들통날까 봐 견인차를 불러서 탈출한 여자가 할 말은 아닌데요?"

"나는 경찰이 아니잖아요. 거기가 펠릭스 지로프의 집도 아니었고요." 뒤를 돌아보니 문 빗장이 스르르 밀리고 있었다. "누가 나오나 봐요!"

"손 줘봐요!" 닉이 내 손을 잡고 쓰레기통 옆면으로 끌어당겼다. 나는 쓰레기 더미에 넘어지며 엉덩방아를 찧었다. 그가 내 옆에서 몸을 숙이고 입술에 손가락을 갖다 댔다.

문이 열렸다. 노면을 밟는 소리가 들렸다. 거대한 쓰레기봉투 두 개가 날아와서 얼른 머리를 가렸더니 우리 바로 옆에 떨어졌다. 닉은 레스토랑 뒷문이 닫히기를 기다렸다가 무릎을 꿇고 봉투에 손을 뻗었다. 그는 매듭을 풀고 내용물을 꼼꼼히 살폈다. "타이밍 죽이네. 나무를 흔들었더니 썩은 과일이 우수수 떨어지는데요."

"그게 뭐죠?" 그의 어깨 뒤에서 넘겨다보며 물었다.

"배달 증명서요. 펠릭스는 직접 세운 운송 회사를 이용해요. 자기 회사들끼리 서로 배불리고 돈세탁을 해주는 거죠. 이 영수증들은 대부분은 지로프가 차명으로 소유한 업체에서 나온 게 분명해요. 이제 어디를 조사해야 할지 알았으니 이들 업체에서 지로프를 역추적하면 되겠어요. 캣은 지금 저 안에서 흔적을 없애는 작업을 총지휘하고 있을 거예요. 내가 수색 영장을 갖고 들이닥칠 경우에 대비하는 거죠." 그는 봉투를 다시 묶어 쓰레기통 밖의 거리로 던졌다.

일어서면서 코트에서 커피 가루라고 믿고 싶은 뭔가를 털었다. 구두 굽이 쓰레기 틈으로 빠졌다. 닉이 손깍지를 끼고 나를 밖으로 내

보내주었다. 그도 내 옆에 사뿐히 착지하더니 장갑을 벗어 쓰레기통에 던졌다.

"나를 이런 데 데려와서 쓰레기를 뒤지게 하다니!"

"왜 그래요!" 그가 봉투를 들어 올렸다. "재밌잖아요."

나는 눈을 부라리며 차로 향했다. 닉이 따라왔다. 그는 쓰레기봉투를 떨어뜨리고 내 팔을 잡았다. 나를 가만히 돌려세워 자기 몸과 레스토랑 외벽 사이에 가뒀다. 그가 차분히 말했다. "우리 집에서 저녁을 차려주는 건 안 된다고 해서 여기 데려온 거예요. 데이트가 아니라고 못 박은 건 다름 아닌 당신이고요."

그가 내 머리에 붙은 쓰레기를 떼자 웃음이 터졌다. 뜻밖에도 그는 내 손가락에 살며시 깍지를 꼈다. 우리의 웃음이 그치고, 골똘히 생각하는 듯 그가 이마에 주름을 잡았다.

"물론 당신을 데려온 게 그 때문만은 아니에요." 그가 우리 사이의 비좁은 공간에 대고 고백했다. "지난달에 당신이랑 연구실로, 농장으로 다닐 때, 그리고 잠복근무를 할 때…… 테리사의 집을 나오는 당신을 발견했을 때……." 그는 지금 생각해도 황당한 기억이라는 듯 고개를 절절 흔들었다. "아주 오랜만에 누구랑 함께해서 즐겁다고 느꼈어요. 오해는 말아요. 조이는 좋은 파트너예요. 하지만 오늘 밤에는 당신과 함께하고 싶었어요. 지로프의 변호사와 싸우고 쓰레기통에 뛰어드는 순간에 당신이 있었으면 했어요. 그게 저녁 식사든, 데이트든, 소설 쓰는 데 필요한 조사든, 뭐라고 불러도 상관없어요. 뭐가 됐든 우리 사이에 있었던 일들이 그리워요." 그가 너무 가까이 서 있어서 숨쉬기가 힘들었다. 우리 옷에 밴 쓰레기 냄새에 그의 입에서 나는 따뜻한 맥주 냄새가 섞였다. "데이트가 짧아져서 미안하네요." 그가 엄지로 내 엄지를 천천히 쓰다듬으며 말했다. "보상하고 싶은데요. 우리 집에서 디저트를 먹으면서?"

기분 좋은 포만감이 느껴졌고 보드카 때문에 근육이 따뜻하게 이완되었다. 집에 가서 칼을 상대할 마음은 전혀 들지 않았다. 인정하기 싫지만 오늘 밤은 즐거웠다. 후회할 일에 동의하기 전에 나는 얼른 손을 뗐다.

"집에 가야겠어요. 저녁 고마웠어요." 코트로 몸을 감싸며 말했다. "펠릭스한테 고마워해야 할지도 모르겠네요."

닉의 미소에 실망이 스쳤다. "그래요, 내가 약속했죠. 이번엔 그냥 저녁 식사라고." 그는 몸을 숙여 쓰레기봉투를 집었다. 그의 따뜻한 입김이 귀에 닿자 몸에 전율이 일었다. "하지만 핀, 다음번에는 어떤 약속도 안 할 거예요."

24

닉이 나를 집 앞에 내려주었을 때 우리 집에는 거실에만 불이 켜져 있었다. 그는 진입로에서 공회전하며 집 열쇠를 찾느라 핸드백을 뒤지는 나를 지켜봤다. 현관문에 열쇠를 꽂고 손잡이를 돌리자 문틈에 끼어 있던 주유소 영수증이 떨어졌다. 바람에 날려가기 전에 그것을 잡았다가 뒷면의 글씨체를 알아보고 휘청거렸다.

닉에게 손을 흔들어 작별 인사를 하고 집 안으로 들어갔다. 조용히 구두를 벗고 복도 테이블에 핸드백을 놓았다. 베로가 소파에서 자고 있었다. 독서등을 켜둔 채 도서관 책을 껴안고. 나는 쪽지를 주방으로 가져가 가스레인지 위의 조명에 비춰봤다.

방금 도착했어요. 전화했더니 음성사서함이 꽉 찼던데요. 내일 얘기할까요? —J

다시 읽었다. '일주일이나 연락 끊어서 미안해요', '여행은 즐거웠지만 당신이 그리웠어요'도 아니고 '내일 얘기할까요?'가 뭐람? 키스나 불꽃 이모티콘이라도 붙었다면, 행간의 의미가 조금 명확해졌을 텐데. 어쨌거나 한 주 내내 소식을 끊고 계정을 차단한 후에 '내일 얘기할까요'는 너무…… 무성의했다.

집 전화기를 들고 번호를 누를까 말까 망설였다. 집 전화로 그에게 연락한 적은 없다. 실은 번호도 알려주지 않았다. 휴대전화는 안전하고 은밀한 나만의 연락 수단이다. 반면 집 전화로 연락하는 것은 우리 집으로 초대하는 것처럼 느껴졌다.

전화기를 거치대에 돌려놓으려는데 메시지 표시등이 깜박였다. 수화기를 귀에 대다가 코트 소매에서 풍기는 지독한 냄새에 몸서리쳤다.

핀레이, 실비아예요. 아직 2만 단어짜리 샘플 원고가 안 들어왔네요. 월요일까지 좋은 글 기다릴게요. 잘나가는 형사도 빠뜨리지 말아요.

"좋은 글은 개뿔." 내가 중얼거렸다. 월요일까지 이틀도 남지 않았다. 실비아는 허접한 2만 단어로 만족해야 할 것이다. 지금 생각하고 싶은 건 섹시함과는 거리가 먼 두 남자, 벤 그리고 제리다. 서랍에서 숟가락을 꺼내 들고 벤앤제리스 아이스크림을 찾아 냉동실을 열었다. 의아해하며 내부를 들여다봤다.

식품이 사라졌다. 냉동 와플이며 갖가지 채소, 너깃이 이상하게도 싹 없어졌다. 무엇보다 체리 가르시아 아이스크림이 흔적도 보이지 않았다. 베로는 그 많은 식품을 어떻게 했을까? 다시 생각해보니, 별로 알고 싶지 않았다.

냉동실을 닫고 커피포트로 다가갔다.

포스트잇이 붙어 있었다. 베로가 그린 달러 표시와 이빨이었다. 욕을 중얼거리며 커피포트를 켜고, 악취가 풀풀 나는 옷을 벗으러 위층 세탁실로 살금살금 올라갔다.

문을 열었더니 달콤한 향기가 짙게 밀려왔다. 재크의 기저귀 쓰레기통 냄새를 덮는 용도로 쓰는 강력한 방향제 두 개가 세탁기 위 선반에 놓여 있었다. 그 옆에는 주방에서 물을 닦는 데 썼던 수건이 산더미처럼 쌓여 있고, 바닥에는 곰팡이가 피어 있었다. 베로의 원피스를 벗고 세탁기 뚜껑을 젖혔다. 얼린 브로콜리와 완두콩 봉지, 얼음 틀에서 빠진 각 얼음, 바나나 아이스크림 1파인트가 눈에 들어왔다. 감자튀김 밑에 검은 쓰레기봉투가 살짝 보였다.

넌더리를 내며 뚜껑을 덮었다. 벤과 제리를 침대로 데려가겠다는 환상은 한때 내 세탁기였던 범죄 현장을 보는 순간 무참히 깨졌다.

다행히도 건조기에는 칼의 일부가 들어 있지 않았다. 구겨진 티셔츠를 꺼내어 입은 다음 거름망에서 구깃한 지폐 몇 장을 건졌다. 작은 플라스틱 원반이 딸려 나왔다. 딜리아의 보드게임에 포함된 것들보다 얇고 매끈했다. 건조기의 희미한 불빛 속에서 그것을 뒤집어보았다. '로열플러시 카지노 호텔'이라고 적혀 있었다.

손에 든 칩을 노려봤다. 베로는 추수감사절 주말에 호텔 비즈니스 센터에서 웹사이트를 살폈다고 했다. 라몬 집에서 지내지 않고 그때 간 곳이 여기였을까? 만약 그렇다면 왜 내게 말하지 않았을까?

딜리아의 방으로 조심조심 들어가 베개 밑에 빳빳한 지폐를 끼워 넣었다. 딜리아가 기대하던 200달러는 아니었지만, 부러진 신용카드로 현금 서비스를 받는 것보다는 나을 터였다. 침대 옆에 서서 잠든 딸을 바라보며, 카지노의 블랙 칩을 만지작거렸다. 베로가 마커를 잃어버려서 누군가를 화나게 했다는 딜리아의 말이 떠올랐다. 그날 아침, 라몬이 베로의 어머니 집에 누가 찾아왔었다고 전했을 때 베로가 그와 소리 죽여 나누던 대화만큼 불길한 예감을 던지는 말이었다.

그것이 전부 무슨 의미일지를 생각하자 내 안에 걱정이 움텄다. 딜리아의 머리카락을 쓸어주고 머리에 입을 맞춘 다음 살며시 복도로 나갔다.

살짝 열린 베로의 방문 앞에 서서 집에서 나는 소리에 귀를 기울였다.

'만난 지 1년도 안 된 사람을 집에 들였지…… 저 여자가 어떤 사람인지 제대로 알기나 해?'

조용히 침실 문을 밀었다. 잠겨 있지 않았다고 합리화했다. 어쨌거나 여기는 내 집이다. 베로가 내 랩톱과 침실 협탁을 뒤진 것도 한두 번이 아니다. 카지노 칩을 베로의 눈에 잘 띄는 책상 위에 두려 했을 뿐이다.

책상 위의 작은 전등을 켰다. 회계 교과서들이 쌓여 있고, 탁자에는 도서관에서 대출한 자기계발서가 쌓여 있었다. 주로 현명한 목표 설정과 큰 그림 그리기에 관한 책들이었다. 침대 옆의 벽에는 재크와 딜리아가 그려준 그림이 잔뜩 붙어 있었다.

플라스틱 칩을 책상 위에 놓았다. 내 손이 스르르 내려가 책상 서랍을 열었다. 가지런히 정리된 펜, 연필, 공책, 계산기를 보고 서랍을 살며시 닫았다. 탁자로 시선을 돌렸다. 서랍을 열고 한쪽 눈으로 속을 들여다봤다.

사진 액자가 들어 있었다.

꺼내어 불빛에 비춰보았다. 환히 웃는 어린 베로와 라몬 곁에, 닮은 얼굴 생김새로 미루어보아 둘의 어머니가 분명한 여자 둘이 보였다. 틀 안의 유리는 깨끗했고, 받침대도 온전했으며, 나무에 생긴 작은 균열은 접착제로 붙여져 있었다. 베로에게 소중한 사진이 분명한데 서랍 속에 넣어둔 이유가 궁금했다.

사진을 제자리에 넣고 깔끔하게 정리된 침대 옆에 서서 방을 천천히 돌아봤다. 그녀에 대해 더 알고 싶었다. 나에 대해서는 모르는 게 없으면서 그렇게 많은 것을 숨긴 이유가 궁금했다. 열린 옷장에는 가지런히 놓인 화사한 구두 여러 켤레 위로 세련된 브랜드 의류가 수없이 걸려 있었다. 높은 선반에는 책이 놓여 있었다. 확률과 통계, 승률과 손익, 승리 알고리듬, 가능성의 수학…… 그리고 사진첩이었다. 나머지 책 더미가 무너지지 않게 조심하며 사진첩을 꺼냈다.

베로의 침대에 걸터앉아, 앞부분의 아기 시절을 건너뛰고 뒷부분의 최근 사진으로 넘어갔다. 베로와 어머니, 이모, 사촌의 사진이 수십 장이었다. 다른 친척들, 고등학교 친구 몇 명도 있었다. 동창회, 댄스파티, 졸업식 사진을 훑으며 베로의 가운에 달린 우등생 휘장을 눈여겨봤다. 페이지를 넘겼다. 투명 비닐에 종이가 붙어 있었다.

> 축하합니다! 귀하는 메릴랜드 대학 로버트 H. 스미스 경영대학원에 합격했습니다.

4년 전액 장학생으로.

그 편지에는 내가 모르는 성이 적혀 있었다.

베로니카 R. 라미레스.

베로니카 루이스가 아니라.

메릴랜드 주의 유명 대학에 전액 장학생으로 합격해놓고 여기 버지니아 주에서 커뮤니티 칼리지 수업을 듣는 이유가 뭘까? 학자금 대출에 허덕인다고 주장하면서 돈 때문에 시체 처리를 돕겠다고 나섰던 이유는 뭘까?

'추잡한 비밀을 감추려면 주 경계를 넘어야 해요.'

베로는 어떤 추잡한 비밀을 숨기고 있을까?

주방에서 커피 냄새가 올라왔다. 사진첩을 제자리에 꽂았다. 베로가 잃어버렸다는 의문의 마커에 대해서는 아무것도 밝히지 못했지만, 내가 알아야 할 것보다 많은 것을 알게 된 기분이었다.

아래층으로 내려가 보니, 베로는 아직 소파에 깊이 잠들어 있었다. 깨우지 않게 조심하면서 따뜻한 담요를 덮어주고 전등을 껐다. 커피 테이블에 놓인 베로의 노트북이 깨어나면서 화면에 알림을 띄우자 잠든 얼굴에 푸른빛이 드리워졌다. 랩톱을 내 쪽으로 돌렸다. 내가 웹사이트 계정을 만들 때 이용한 메일 프로그램이 열려 있고, 내가 닉을 만나러 나간 사이 베로가 진저리에게 보냈을 메시지가 떠 있었다.

> 진저리 님, 긴히 할 얘기가 있어요. 만나서 커피 한잔 어때요? 눈에 띄지 않게 조심할게요. ―익명2

그 밑에 답장도 보였다.

> 익명2 님, 미안해요. 지금은 진짜 시간이 없어요. 지난번에 분명히 말씀

드렸잖아요. 연휴 끝나고 얘기하자고. 그때 연락 주세요. 진저리 드림.

베로를 두둔하자면, 진저리에게 이메일을 보내지 말라고 내가 그녀에게 확실히 당부한 적은 없다. 그리고 이 메시지 자체가 범죄의 분위기를 풍기는 것도 아니었다. 진저리는 일이 끝날 때까지 우리와 이야기할 의사가 없었지만, 베로는 일단 대화를 시도했다.

주방으로 가는 길에 현관문이 잠겼는지 확인했다. 그리고 죽은 사람도 벌떡 일으켜 세울 만큼 진한 커피를 한 잔 복용했다. 아침까지 8시간이 남았다. 8시간 안에 내 소설의 샘플을 써내야 했다. 8시간 안에 웹사이트에서 내 게시물을 삭제할 방법과 칼을 처리할 방법을 찾아야 했다. 잘하면 몇 시간쯤 눈 붙일 시간이 남을지도 모른다.

서재에 들어가 랩톱을 열고 타자를 치기 시작했다. 자취를 감춰버린 피고측 변호인에 대해. 자신의 흔적을 지우고 교묘히 감방을 탈출한 살인 청부업자에 대해. 그녀가 세상에서 유일하게 믿는 친구지만 너무 많은 비밀을 지닌 여인에 대해. 주인공을 평생 감옥에서 썩게 할 수 있지만 의문을 남기고 사라진 살인 사건의 핵심 증인에 대해. 그리고 주인공을 찾아내기로 결심한, 그녀의 옛 연인이었던 형사에 대해.

25

이리나 보로프코프는 찾기 쉬운 여자가 아니었다. 내가 그녀를 만난 장소는 딱 두 군데였다. 파네라 레스토랑과 헬스클럽. 헬스클럽 접수 담당자에게 이리나가 왔느냐고 물었다가 일요일에는 잘 오지 않는다는 대답을 들었다. 그리고 이리나 보로프코프가 북적대는 브런치 레스토랑에 어울리는 여자도 아니었다. 청부살인처럼 긴한 용건이 아니라면.

그래서 내가 생각할 수 있는 유일한 장소로 전화를 걸었다. 이리나가 자기 남편을 죽이라고 요구하면서 건넨 쪽지에 적혀 있던 고급스러운 고층 건물의 안내 데스크. 전화를 받은 관리인은 나를 지겨울 만큼 오래 기다리게 하더니, 그 주소로 직접 찾아오라는 지시를 내게 전했다.

내 미니밴이 수입차 대리점 주차장으로 들어서자 티끌 하나 없는 전시장 유리 너머에서 몇 사람이 고개를 돌렸다. 잠깐 움직이는데도 내 차 엔진은 요란하게 덜커덕거렸다. 그들의 경멸 어린 시선을 끈 것이 차의 삐걱대는 소음인지, 더럽고 초라한 외관인지 헷갈렸다. 내 차는 두 대의 날렵한 스포츠카 사이로 서서히 들어갔다. 중고로 팔더라도 내 전남편의 목에 걸린 보상금보다 비싼 차들일 터였다. 옆 차의 문을 찍지 않도록 조심하면서 꿈틀꿈틀 밴에서 내려 전시장으로 향했다.

보도에 들어서자 맞춤 정장을 입은 남자가 앞을 막아섰다. 불퉁 나온 입이 내 운동복을 천천히 뜯어보는 사이 점점 더 튀어나왔다.
"무슨 일로 오셨습니까?" 그가 애매한 미소를 지었다.

"여기서 누굴 좀 만나기로 해서요. 안에서 기다릴게요." 그의 옆으로 돌아가려고 움직였다.

"타고 오신 차 안에서 기다리는 편이 나을 겁니다." 그가 내 팔을 잡으려 해서 얼른 피했다. 나를 쫓아내려는 것이 분명했다. "전시장에는 고객만 들어가실 수 있어요."

"그분이 고객이에요, 앨런. 나랑 만나기로 한 분이죠." 우리 둘은 여자 목소리가 나는 쪽을 돌아봤다. 자주색 스틸레토를 신은 이리나 보로프코프가 모피코트 깃을 바람에 휘날리며 우뚝 서서 그와 눈을 맞췄다. 그녀는 완벽하게 손질된 손톱으로 짙붉은 입술 한쪽에 붙은 검은 머리 한 가닥을 떼어냈다. 넥타이만큼 붉어진 앨런의 목이 옷깃 속에서 꿀렁거렸다.

"그러시군요, 보로프코프 부인. 죄송합니다." 그가 말을 더듬거렸다.

"스파이더 열쇠 좀 갖다주시면 고맙겠어요. 친구랑 같이 시운전 좀 할게요."

"당장 갖다드리죠. 조금 전에 은색 스파이더에 광택제를 뿌렸습니다. 그걸로 대령하겠습니다."

"검은색으로요." 이리나는 장갑을 벗어 모피 호주머니에 넣었다.

"알겠습니다." 앨런은 고개를 주억거리며 전시장으로 들어갔다.

"만나주셔서 고마워요." 앨런이 사라지자 그녀에게 말했다. "할 얘기가 있어서—."

이리나는 손을 들어 몇 발짝 뒤에 서 있던 검정 카고 바지와 검정 가죽 재킷 차림의 우람한 남자를 불렀다. 오른쪽 귀에 작은 무전기가 꽂혀 있고, 재킷 밑은 수상하게 울룩불룩했다.

"여기선 안 돼요." 그녀가 속삭이듯 말했다. 알파로메오의 매끈한 검은 후드가 전시장 옆을 돌아 경계석 옆에 섰다. 제임스 본드에게 어울릴 만한 차에서 판매원이 내렸다. "고마워요, 앨런." 문을 열어주는 그에게 이리나가 달콤하게 말했다.

"별말씀을요, 보로프코프 부인. 얼마든지 이용하세요."

이렇게 간단할 수가? '수배 중이신지 확인해야 하니 면허증과 보험증서를 보여주실래요?'도 '죄송합니다. 절도 방지를 위해 판매원과 같이 승차하시는 게 방침이어서요'도 아니고 '이 비싼 차 열쇠를 대령했습니다, 보로프코프 부인. 원하신다면 캘리포니아까지 타고 가셔도 됩니다. 타고 달아나실 일은 없을 테니까'라고?

이리나는 내게 눈을 찡긋하며 운전석으로 들어갔다. 내게도 타라고 턱짓했다. 가죽 재킷을 입은 남자가 내 팔을 꽉 쥐고 조수석 문으로 밀었다. 이리나가 계기판 위로 몸을 숙이며 말했다. "여기서 기다려, 사샤. 금방 올 테니까."

사샤가 나를 곁눈질하며 천천히 손을 떼자 이리나가 그에게 러시아어로 뭐라 중얼거렸다. 사샤는 놀라서 눈을 부릅뜨며 조수석 문을 열어주고 비켜섰다. 나는 차에 들어가 문을 닫았다. "왜 나를 저런 눈으로 보죠?"

"내 안전을 걱정하는 거예요." 이리나는 시동을 걸고 사샤에게 매연을 뿜으며 주차장을 쌩 빠져나왔다. "평소에는 어딜 가나 경호원을 대동하거든요."

"그래서 뭐라고 하셨어요?"

"당신이 숙련된 암살자라고 일러줬죠. 여기서 기다리든지, 우리랑 같이 타고 싶으면 앨런한테 부탁해서 더 큰 차로 바꿔 오라고 했어요. 당신더러 뒷좌석에 앉으라고 하면 달갑잖아 할 거라는 경고도 덧붙였고요." 이리나가 사악한 미소를 지었다.

빨간 신호등 앞에 서서히 멈추자 BMW를 탄 옆 차선의 매력남이 이리나에게 대놓고 관심을 드러내며 강렬한 시선을 보냈다. 그녀가 차갑게 쏘아보자 그는 엔진을 우르릉거렸다. 이리나는 더 요란한 소리로 응수했다. 나는 문손잡이를 꽉 잡았다. 신호가 바뀌자 그녀는 스틸레토로 가속페달을 꾹 밟더니 BMW를 회전 차선으로 몰았다. 날카롭게 뻗은 새까만 앞머리 틈으로 휘청거리는 BMW를 백미러로 보며 의기양양한 미소를 지었다.

"사샤의 행동은 대신 사과드려요." 이리나가 속도를 올리며 말했다. "펠릭스의 부하들은 맡은 임무에 지나치게 충실하거든요."

"당신 경호원이 펠릭스의 부하라고요?"

"안드레이의 시체가 발견된 이후로 펠릭스가 경호원을 둬야 한다고 고집했어요."

이리나는 신호가 바뀌는 순간에 스파이더의 속도를 높이다가, 견인 트레일러 범퍼를 아슬아슬하게 피해 아우디를 들이받을 뻔했다. 나는 숨을 헐떡이며 눈을 질끈 감았다. 내가 죽는 꼴이 눈에 안 보이면 구토를 참을 수 있다는 듯이. 그녀를 흘끔거리며 말했다. "이해가 안 돼요. 안드레이가 죽고 나서 당신은 경찰에 협조했잖아요? 펠릭스가 왜 당신을 보호하려 하죠?"

그녀가 도로에서 내게로 시선을 돌렸다. "펠릭스가 나를 보호한다는 착각은 말아요. 그 사람은 내가 경찰과 아슬아슬한 줄타기를 할 수밖에 없다는 걸 알죠. 나는 남편의 수사를 방해하진 않았지만 펠릭스의 수사에 도움될 행동도 한 적 없어요. 형사들이 묻는 것만 대답했을 뿐. 내가 이런 태도를 유지하는 게 펠릭스한테 가장 유리해요."

"그러니까 당신을 감시하려고 경호원을 붙였다고요?"

그녀의 새까만 눈이 다시 도로로 향했다. "우리 둘만 있는 자리니까 하는 얘기예요. 하지만 펠릭스의 부하들을 오래 떼놓으면 의심을 사게 돼요. 그럼 본론으로 들어갈까요? 갑자기 어쩐 일로 나를 찾아오셨죠?"

"인터넷 사이트에 대해 궁금한 게 있어서요. 당신 친구가……." 차가 주간 고속도로 입구로 방향을 트는 순간 나는 침을 꿀꺽 삼켰다. "남편을 손봐줄 사람을 찾을 때 이용했다는 곳 있잖아요."

"편하게 말해봐요, 도너번 씨. 그래서 내가 여기서 만나자고 한 거잖아요. 차도 내가 직접 골랐어요. 내가 내려오기 전에 앨런이 손쓸 틈이 없었을 테니, 도청장치는 없다고 믿어도 돼요."

차가 세 차선을 단번에 가로지르자 나는 안전벨트를 꽉 붙잡았다. "그 사이트 운영자한테 얘기 좀 해주세요."

"내가 운영자를 안다고 생각하는 이유가 뭐죠?"

"경찰이 이미 그 웹사이트를 샅샅이 파헤치고 있으니까요. 내가 듣기로 경찰은 그 웹사이트를 펠릭스 지로프의 소유라고 보고 있어요."

이리나의 얼굴은 아무 내색을 안 했지만 편안하던 자세가 갑자기 경직되었다. 가속페달을 밟는 발에도 힘이 빠졌다. 속도계가 시속 130킬로미터로 줄어들자 나는 허리를 꼿꼿이 세웠다. "당신의 소식통이라면 앤서니 형사겠네요."

"그 사람 말고도 있어요." 내 거짓말에 넘어가기엔 그녀는 너무 영리했다. 하지만 의심을 분산할 필요가 있었다. 이 말이 펠릭스의 귀에 들어갈 경우, 그의 분노가 닉에게만 쏠리지 않기를 바랄 뿐이었다.

"그게 나랑 무슨 상관인지 모르겠네요."

"경찰이 깊이 조사하면, 결국 그 사이트에서 내 프로필을 발견할 테니까요. 그렇게 안 되려면 사이트 전체를 없애는 수밖에 없죠." 그 말에 담긴 의미가 우리를 무겁게 짓눌렀다. 이리나는 지긋지긋한 남편을 제거하느라 내게 큰돈을 지불했고, 펠릭스는 아직 그 일로 재판을 받지 않았다.

"펠릭스한테 이야기하면 뭐가 바뀌죠?"

"펠릭스가 운영하는 사이트가 맞다는 뜻이죠?"

"그런 말 한 적 없는데."

"부정하지도 않았잖아요."

이리나는 불편할 만큼 오랫동안 입을 닫은 채 스파이더를 다른 차량 틈으로 요리조리 움직였다. 그녀가 고속도로 출구를 급하게 빠져나오는 순간 내 어깨가 차 문에 부딪쳤다. 나는 눈을 질끈 감았다.

이리나가 마침내 입을 열었다. "꼭 그렇다는 얘기는 아니지만, 펠릭스가 그 사이트를 운영한다 쳐도 그런 요구를 순순히 받아들일까요? 얼마나 짭짤한 사업인데. 폐쇄한다면 손해가 막심할 텐데요."

"그렇기야 하겠지만 그 사이트가 수사를 받게 되면 그보다 훨씬 큰 대가를 치러야 해요. 펠릭스도 경찰이 그 사이트를 헤집는 것만큼은 원치 않겠죠. 내가 당신 남편을 파묻었고 당신이 펠릭스에게 그 책임을 뒤집어씌운 사실을 펠릭스가 알게 돼서 좋을 것도 없고요. 경찰이 사이트를 조사하고 있다고 당신이 귀띔만 해도 펠릭스는 자기 행적을 감추려고 신속하게 손을 쓰겠죠. 펠릭스가 사이트 내용을 자세히 살피지 않고 완전히 폐쇄하기를 바랄 뿐이에요."

"펠릭스는 바보가 아녜요. 내가 그런 정보를 어떻게 얻었는지 알고 싶어 할 텐데요." 그녀는 잠시 머리를 저었다. "아니, 나는 펠릭스한테 그런 얘기 못 해요."

차가 돌진하자 나는 잔뜩 긴장했다가, 자동차 대리점 앞에 끽 멈추는 순간 비로소 우리가 어디에 있는지 깨달았다.

"도너번 씨, 집으로 가세요." 사샤와 앨런이 전시장에서 서둘러 나왔다.

"뭐라고요? 한 달 전에 헬스클럽에서 한 말은 다 뭐죠? 여자들끼리 서로 돕고 뭉쳐야 된다고—."

"집으로 가세요." 이리나가 단호하게 말했다. 사샤가 스파이더 옆에 나타나 문을 열자 그녀는 목소리를 낮췄다. "연락할게요." 이리나는 사샤에게 미소를 지으며 그의 팔에 손을 얹은 채 운전석에서 우아하게 일어섰다. 그리고 앨런이 펼친 손바닥에 열쇠를 떨어뜨렸다. 내가 차에서 내리는 것을 돕는 사람은 아무도 없었다.

26

이리나의 시운전이 끝난 뒤에도 차멀미가 멎지 않아 대리점 주차장에 세워둔 내 차에서 운전대에 머리를 대고 있었다.

웹사이트가 펠릭스 소유임을 확인했다는 긍정적인 성과도 있었다.

이리나가 나를 도우려 하지 않아 상황이 전혀 나아지지 않았다는 것이 문제였다.

뿌연 겨울 햇살이 앞 유리를 뚫고 들어왔다. 고개를 들어 계기판 시계를 보니 벌써 정오였다. 집에 가서 베로와 오레오를 먹어치울까, 줄리언의 아파트로 차를 몰아 그를 만날까 고민하며 한숨 지었다. 오늘 얘기하자고 제안한 사람은 줄리언이었고, 나는 휴대전화가 없어서 그에게 연락할 수 없었다.

차 열쇠를 돌려 시동을 걸자 밴이 무섭게 덜거덕거렸다. 마음이 바뀌기 전에 줄리언의 아파트로 향했다. 주차장에서 그의 지프를 발견하자 심장이 쿵닥거렸다. 코트를 단단히 여미며 문을 두드렸다. 집 안의 TV에서 스포츠 해설자의 목소리가 쩌렁쩌렁 울렸다. 이번에는 좀 더 세게 두드렸다. 문이 벌컥 열리는 순간 내 입에서 하얀 입김이 쏟아졌다.

레깅스 위에 커다란 스웨터를 입고 복슬복슬한 양말을 신은 젊은 여자가 문턱에 서 있었다. 뒤에서 미식축구가 요란하게 중계되고 있었다. 집 안에서 여러 명이 왁자하게 떠드는 소리가 들렸다. 피자와 마늘빵 냄새가 났다. 맥주 캔 따는 소리도 났다. 해설자가 터치다운을 선언하자 환호성이 터졌다.

"어떻게 오셨어요?" 주근깨 박힌 여자의 코에 각질이 일어나 있고, 적갈색 머리는 대충 뒤로 묶여 있었다. 내가 설명하기를 기다리며 여자는 녹색 눈을 부릅떴다. 집 안의 가구와 포스터가 눈에 익었지만 나는 집 호수를 확인했다.

"줄리언 여기 있나요?"

내가 누군지 생각해내려는 듯 그녀는 볕에 탄 이마에 주름을 잡다가 문을 열어젖히고 옆으로 비켜섰다. "들어오세요. 줄리언은 방에 있어요."

그녀에게 고맙다고 말하고 안으로 들어갔다. 주방 싱크대 위에 피자 상자들이 펼쳐진 채 널려 있고 바닥의 재활용품 통에는 찌그러진 캔이 넘쳐났다. 소파와 안락의자에 여러 명이 빽빽하게 앉아 있었다. 내 뒤로 문이 닫히자 몇몇이 평면 TV에서 고개를 돌렸다. 줄리언의 방으로 향하는 내 등에 여자애의 호기심 어린 시선이 강하게 날아왔다. 그녀는 나를 테스트하려는 듯 줄리언의 방을 가리키지 않았지만, 처음 온 사람처럼 굴기에는 이미 늦었다는 생각이 들었다.

문이 조금 열려 있었다. 손을 들었지만 노크할 수 없었다. 그가 계정을 비공개로 전환했다는 생각, 그에게 나와 공유하고 싶지 않은 삶의 일부가 있다는 생각을 떨칠 수 없었다. 조용히 집에서 나갈 요량으로 돌아서는 순간, 방문이 열렸다.

"핀레이!" 돌아보니 줄리언이 머리 위로 티셔츠를 입고 있었다. 곱슬머리는 눌리고 헝클어졌고, 물 빠진 청바지의 너덜너덜한 밑단으로 맨발이 드러났다. 그는 방금 깨어난 듯 눈을 비볐다. "오실 줄 몰랐어요. 여긴 웬일이에요?" 그는 나를 어색하게 끌어안았다. 티셔츠에서 선크림 냄새가 희미하게 났다. 볕에 바랜 머리카락 사이로 보이는 그의 눈은 위스키와 바다 거품을 섞어놓은 색이었다.

줄리언의 품에 안겨 있으니 친구들의 호기심 어린 시선이 쏟아졌다. 얼굴이 달아올라 그의 팔을 빠져나왔다. "미안해요." 나는 TV 소리보다 목소리를 높였다. "전화를 했어야 하는데 휴대전화를 잃어버렸어요. 연락이 안 된다고 걱정할까 봐요." 고개를 저었다. 얼마나 멍청하게 들렸을까?

줄리언이 나를 방으로 끌어당기고 문을 닫았다. 방안은 어수선했다. 헝클어진 이불과 서랍장 위에 쌓인 법전들. 침대 밑에 놓인 더플백은 모래 묻은 내용물을 쏟아내고 있었다.

"전화했어요." 그가 나를 바짝 끌어당겨 팔로 허리를 감쌌다. "어젯밤에 당신 집에 들렀어요. 쪽지도 남겼는데."

"봤어요."

"문을 두드리려다가 잠을 깨울까 봐 관뒀어요. 오래 머물 상황도 아니었고. 술집에 일손이 딸린다며 사장님이 얼른 와달라고 했었거든요. 당신 집에서 곧장 러시로 갔어요." 그가 이마를 우그리며 내 머리를 뒤로 쓸어 넘겼다. "무슨 일 있어요?"

"아니에요." 표정 관리가 힘들었다. 내 세탁기 안에는 죽은 남자가 있다(엄밀히 말해 남자의 일부지만, 그게 더 문제다). 누가 내 전남편을 죽이려 하고, 줄리언의 주방에는 볕에 그을린 여자애가 있고, 그의 소셜미디어는 비공개로 바뀌었고, 그는 나와 '대화'를 하고 싶어 한다.

거실에서 돌연 함성이 터졌다. 누가 벽을 두드리며 소리쳤다. "어서 나와, 베이커! 후반전 봐야지!" 줄리언이 눈동자를 굴렸다. 볼륨을 줄인 TV 광고와 웅성대는 말소리, 웃음소리가 이어졌다. "그 누님은 누구셔?" 누군가 물었다.

"꽤 섹시하던데." 다른 목소리가 말했다.

"아무 사이도 아냐." 여자 목소리였다. "줄리언이 일하는 술집에서 만났대. 진지한 관계는 아닐걸."

뺨이 화끈거려 줄리언의 팔에서 빠져나왔다. "파티를 하는 줄은 몰랐네요. 그만 갈게요."

그가 내 손을 꽉 잡고 내 얼굴을 자기 쪽으로 돌렸다. "저 친구들은 신경 쓰지 말아요. 내 룸메이트가 경기를 같이 보겠다고 집에 불렀으니까. 그냥 나 놀리려고 저러는 거예요." 그가 발끝으로 문을 닫자 밖에서 또 한바탕 웃음이 터졌다. 같이 해변에 갔던 친구들일 것이다. 내게 문을 열어준 귀여운 빨간 머리와 줄리언이 한 주 내내 함께 있는 모습을 상상하자, 뭐라 꼬집어 말하기 힘든 불편한 감정에 속이 울렁거렸다.

"손님 없을 때 다시 올게요."

그는 고개를 저으며 나를 벽으로 살며시 밀었다. 그의 눈이 감기고 입이 내 입술에 닿았다. "저 친구들의 관심은 잠깐이에요. 2분만 지나면 당신이 왔다는 사실도 잊을걸요."

그를 자연스럽게 대하고 싶었지만 그래선 안 될 것 같았다. 닫힌 문. 그들의 눈길과 웃음. 내 이름이 뭔지, 내가 누구인지 아무도 모른다는 사실. 여기는 내가 있을 곳이 아니라는 뜻이다. 같은 이유로 나도 그를 집으로 초대해 내 아이들을 소개한 적이 없다. 우리 둘 다 우리를 나머지 삶과 분리했기 때문이다. 우리의 나머지 삶은 같은 상자에 들어갈 수 없었다.

"파커가 다음 주말에 집을 비워요." 그가 내 귀에 대고 속삭였다. "나 혼자 있으니까 놀러오세요."

그의 따뜻한 숨결이 닿자 피부에 닭살이 돋았다. 그와 함께 주말을 보낼 생각을 하자 온몸에 전율이 일었다. 파커 얘기를 들은 적은 있지만, 줄리언은 혼자 있을 때만 나를 집에 들였다. 그리고 나는 이 집에 밤새 머무른 적이 없다. "룸메이트가 싫어하지 않을까요?"

"아니요." 그의 입술이 내 목을 타고 내려갔다. "여자애치고는 성격이 털털해요."

여자애? 얼굴에서 피가 빠져나가는 기분이었다. 입을 벌렸지만 말이 나오지 않았다. 문을 열어준 귀여운 빨간 머리……. 그녀가 룸메이트 파커였나?

"인스타그램 계정은 왜 잠갔죠?" 내가 불쑥 물었다.

줄리언은 몸을 떼고 나를 보며 미간을 찡그렸다. "그건 당신이랑 상관없어요, 핀." 그가 엄지로 내 뺨을 쓸었다. "같이 캠핑을 갔던 녀석들이 어찌나 아무 생각 없이 게시물을 올리는지. 나는 로스쿨 마지막 학기잖아요. 몇 달 후면 졸업하고 취업해야 하는데, 술 취해서 허튼짓을 하는 친구들의 인스타그램 사진에 내가 태그된 걸 회사에서 보는 상황은 막아야죠." 나는 바닥으로 시선을 떨어뜨렸다. 해변에서 즐기는 모습이 미래의 고용주에게 알려질까 봐 걱정할 정도면,

세탁기에 시체를 숨긴 싱글맘과 자고 다닌다는 사실이 알려지는 상황은 어떨까? 그는 내 턱을 위로 젖혔다. "당신한테 숨기는 거 없어요. 당신을 다른 사람들한테서 숨기려는 것도 아니고. 파커는 그냥 룸메이트예요. 당신이 생각하는 그런 사이가 아니에요. 작년에 파커가 졸업하기 전에 아주 잠깐 사귄 적이 있는데, 내내 서로 상처만 줬어요."

"그러니까 당신은 항상 연상의 여자한테 끌리는군요?" 나는 바보가 된 기분으로 농담을 했다.

"아니, 똑똑한 여자를 좋아하는 거예요." 그는 나를 침대로 끌고 갔다. 침대 가장자리에 걸터앉더니 나를 자기 무릎에 앉혔다. "자기 욕망에 솔직하고 거침없는 성숙한 여자요." 그가 키스하러 다가왔다. 나는 사기꾼이 된 기분이었다. 그의 방에 숨어서 솔직하고 거침없기는 어려웠다.

"가야겠어요."

"그냥 있어요." 그가 속삭였다.

"베로가 쉬는 날이라 집에 가서 아이들을 봐야 해요." 내 허리를 쥔 그의 손에 힘이 빠졌다. 그 한마디로 우리 사이가 벌어진 느낌이었다. 그의 무릎에서 내려왔다. 우리의 손이 떨어지고 그의 입꼬리가 내려갔다.

그가 일어서서 나를 따라 방문 앞으로 왔다. "같이 나가요."

"혼자 나가도 돼요."

"연락은 어떻게 하죠?"

"주말에 휴대전화를 새로 구하려고요."

그는 할 말이 있는 듯 입술을 깨물었다. "나중에 전화해줄래요?"

내가 고개를 끄덕이자 그는 다시 몸을 숙여 키스했다. 맥주와 모래, 햇볕이 느껴지는 따뜻한 그의 입술이 내 애간장을 태웠다. 방을 나서기 전에 짧고 달콤 씁쓸한 그의 맛을 한참 음미하고픈 욕구를 누르기 어려웠다.

나를 품평하는 듯한 시선들을 무시하며 현관문으로 향했다. 기름진 종이 접시를 바닥에서 주워 쓰레기통에 넣고 싶은 충동을 누르며 누군가 벗어 던진 신발을 넘어갔다. 이쪽을 흘깃 쳐다보는 파커에게 나는 미소를 지어 보였다. 뭐라 형언하기 어려운 죄책감이 느껴졌다. 이 아파트에 절대 내 것일 수 없는 무언가를 찾으러 온 기분이었다.

27

줄리언의 집에서 돌아왔더니 우리 집 앞에 엄마의 뷰익이 주차되어 있었다. 진입로에 들어서는 순간 내 차 엔진이 우르릉대는 소리를 들었을 해거티 부인이 커튼을 걷어 올렸다. 나는 손을 흔들었다. 그녀를 소름끼치는 사람으로만 여기지 않기로 다짐했다. 외롭고 심심한 사람일 뿐이다. 휑뎅그렁한 집에서 혼자 살면서, 오로지 무료해서 마을 지킴이가 된 할머니. 바로 3, 40년 후의 내 모습인지도 모른다. 그때는 내 세탁기에 죽은 사람이 들어 있지 않기를 바랄 뿐이다.

주방 문으로 손을 뻗다가 쓰레기통을 보니 뚜껑이 비뚜름했다. 뚜껑을 들어봤더니 빈 20리터들이 봉지가 가득 들어 있었다. 파티용 각얼음을 담는 봉지였다. 쓰레기통 바닥에는 녹은 물이 뚝뚝 떨어지는 벤앤제리스 아이스크림 통, 흐물흐물한 채소 봉지, 해동된 감자튀김이 보였다. 내 세탁기는 맥주 냉장고 꼴이 됐을 테지만, 칼은 아직 녹지 않았다는 뜻이다.

뚜껑을 다시 덮고 주방 문을 밀었다. 엄마가 싱크대 앞에 서서 봉지에 담긴 식료품을 꺼내놓고 있었다. 식탁 위에는 베로가 칼의 흔적을 감추려고 켜놓았을 향초가 타고 있었다.

"엄마 왔어?" 엄마의 뺨에 입을 맞추며 말했다. "생각도 못 했는데. 이게 다 뭐야?"

"저녁 준비하려고."

"왜?"

"손주들 먹이려고 요리하는 데 무슨 이유가 필요해?"

"그래, 나도 먹을 거니까 이유 같은 거 필요없지. 뭐 만들어?"

"고기찜." 엄마가 당근을 봉지에서 꺼내고 도마를 찾느라 수납장을 뒤지며 대답했다. 군침이 돌았다. 엄마의 고기찜으로 말할 것 같으면, 섹스보다 더 좋다. 오븐에서 약한 불로 천천히 익는 고기찜 냄새는 황홀경에 가장 가까운 경험이었다.

베로는 식탁에 앉아 쿠키를 야금야금 먹고 있었다. 그녀의 무릎에 앉은 재크는 얼굴에 부스러기를 묻힌 채 쿠키가 수북이 쌓인 접시로 넙죽 손을 뻗었다. 아이들에게 입을 맞추고 나도 쿠키를 집었다.

"앉으렴." 엄마가 레드와인 병을 따며 말했다. 요리에는 3분의 1병만 들어갔다. 나머지는 잔 두 개에 따라져 하나는 내 앞에 하나는 베로 앞에 놓였다.

"매일 이랬으면 좋겠네요." 베로가 한 손으로 재크의 꿈틀대는 엉덩이를 붙잡고 다른 손으로는 와인으로 쿠키를 씻어내리며 말했다. 나는 의자에 등을 기댔다. 와인이 힘든 하루를 다독이자 몸이 따뜻하고 노곤해졌다.

가스레인지 위에서 기름이 지글거렸다. 엄마가 고기를 놓자 주방에 마늘과 양파 가루의 구수한 향이 가득해졌다. 엄마가 껍질을 벗기고 칼질하는 소리가 규칙적인 리듬을 만들었다. 잠시 후 엄마는 식탁 위의 쿠키 접시를 치우고, 아이들의 손을 닦아 놀이방으로 보냈다.

"그래, 니콜러스랑 데이트는 어땠어?" 엄마가 고기와 채소를 팬에 겹겹이 쌓으며 물었다.

이거였구나.

엄마가 예고도 없이 와서 저녁을 차려주는 데는 다 이유가 있었다. 엄마는 그를 니콜러스라 불렀다. 그렇게 부르는 사람은 엄마뿐이었다. 이미 그를 가족으로 받아들인 듯, 그 이름이 흡사 애칭처럼 들렸다.

"데이트 아니었어, 엄마."

"데이트 맞잖아요." 베로가 쿠키를 씹으며 말했다. "어서요, 핀레이. 다 털어놔봐요. 닉의 비스킷 맛이 어땠는지 궁금해 죽겠어요."

와인 때문에 코가 찡했다. 냅킨에 손을 뻗으면서 엄마를 슬쩍 보았지만 요리에 정신이 팔려 있었다. 팬에 따른 와인이 증기가 되어 엄마의 머리를 감쌌다.

"베로가 그러는데 같이 저녁 먹으러 갔다며. 좀 예쁘게 차려입지." 엄마가 미심쩍은 표정을 지었다.

"베로는 입이 너무 가벼워서 탈이야." 냅킨을 구겨서 던지자 그녀는 몸을 피했다.

"핀레이가 제 원피스를 빌려 입었어요. 부티가 좔좔 흐르던데요." 엄마가 어리둥절한 표정으로 고개를 들었다. 나는 베로가 계속 이러면 잘라버리기로 마음먹었다.

엄마가 나무 주걱 끝으로 나를 가리켰다. "좋은 옷을 빌려 입어서 쓰겠니. 엄마한테 전화하지 그랬어. 같이 쇼핑하러 갔을 텐데. 이래서 돈을 좀 모아야 하는 거야. 책 써서 받는 돈은 안정적인 수입이 아니잖아. 책을 아무도 안 사면 어쩌려고? 출판사가 네 책을 더 이상 안 내주겠다면 어쩌냐고?"

"걱정해줘서 고마워, 엄마. 나는 그런 걱정 해본 적 없는데."

"이제 도와주는 베로도 있으니까 공무원 시험이나 보라는 말이야."

베로가 히죽거렸다. "청부업 수입이 훨씬 쏠쏠할 텐데요."

내 손에 칼이 있다면 베로에게 던졌을 텐데.

"뭐가 됐든 불안정한 일이잖아." 엄마가 오븐에 고기를 넣으며 말했다. "은퇴는 할 수 있겠어? 여든까지 책을 쓰게 생겼는데."

"괜찮을 거야. 믿을 만한 회계사가 옆에 있으니까. 베로가 알아서 투자하고 있어. 내가 늙어서 빈털터리가 되게 놔두지 않을 거야."

와인잔 뒤에서 베로의 웃음기가 사라졌다. 왜 그러냐고 물으려는 순간 집 전화가 울렸다. 베로는 수화기를 집어 내게 건넸다. 발신자 표시창에 스티븐의 번호가 깜박였다. 한참 시간을 끌다가 마지못해 전화를 받았다. "여보세요, 스티븐." 접시를 닦던 엄마가 귀를 쫑긋 세웠다. 엿듣고 있다는 단서는 느리고 차분해진 움직임뿐이었다.

"왜 전화 안 받아? 당신 휴대전화로 하루 종일 전화했는데."

"어제 잃어버렸어."

"어젯밤에 전화해서 알려줄 수도 있었잖아."

"바빴어."

"뭐 하느라?"

"당신이 알 바 아냐." 엄마가 찬장을 쾅 닫는 소리에 나는 소스라쳤다.

“무슨 소리야?” 그가 골을 냈다. “화끈한 데이트라도 했나 봐? 당신 애인은 어디 간 줄 알았는데.”

대화가 피곤하게 흘러가자 나는 눈을 비볐다. “무슨 일인데 그래, 스티븐?”

“다음 주말에 아이들 데리러 갈 거야.”

“그 얘기는 끝났잖아. 당신 집에 보낼 생각 없어.”

“그러면 내가 그 집에 가면 되겠네. 손님방에서 자면 되잖아.”

“거긴 베로 방이야.”

“그럼 소파에서 자면 되고.”

그렇게 했다간 베로가 유튜브로 화염병 제조법을 익혀 소파에 직접 투척할지도 모른다. “아이들이 여기 있지도 않을 거야. 주말에 외가에 갈 거라고.”

“또?”

엄마에게 입 모양으로 사과했다. 사전에 전혀 없었던 얘기였다.

“그런 헛소리에 속을 줄 알아? 당신 속셈이 뭔지 알아. 애들을 나한테서 떼놓을 구실을 찾고 있잖아.”

“구실이 아니라—.”

엄마가 내 손에서 전화기를 잡아챘다. “스티븐?” 엄마는 달콤한 미소를 지었다. “오랜만에 자네 목소리를 들으니 참 반갑네.” 전화기를 귀와 어깨 사이에 끼운 채 엄마는 애먼 조리대를 벅벅 문질렀다. “핀레이가 그러는데 자네가 아이들을 데려가고 싶어 한다면서? 참 잘됐네. 딜리아랑 재크는 다음 주말에 폴이랑 내가 돌봐주려고. 핀레이가 새 애인을 만난다고 해서.” 엄마가 내게 외쳤다. “둘 중에 누구였더라? 경찰? 법대생? 둘 다 하도 잘생겨서 헷갈리지 뭔가.”

"와, 세다." 베로가 소곤거렸다.

"우리 집에 빈방 많잖나, 스티븐. 자네 얼굴 본 지도 꽤 됐고, 짐 챙겨서 주말에 이쪽으로 오는 게 어떤가? '밀린 얘기'도 좀 나누고 싶은데 말이야. 그렇게 못 한 지 한참 됐잖아." 나는 당황했다. "왜 그러나? 핀레이랑 얘기하겠다고? 잠깐만 기다리게." 수화기를 내미는 엄마의 미소가 씁쓸했다.

"여보세요?" 베로가 낄낄대는 소리를 스티븐이 듣지 못하도록 수화기를 손으로 덮었다.

"아직 끝난 거 아냐, 핀."

피로감에 한숨이 나왔다. "그렇겠지."

통화가 끝났다. 전화기를 거치대에 놓고 의자에 주저앉아 내 잔에 남은 와인을 부었다. 베로가 일어서서 기지개를 켰다. "아이들 목욕 좀 시킬게요. 나 없을 때 재밌는 거 하기 없기예요."

우리 둘만 남자 엄마가 행주를 접고 베로 자리에 앉았다. "얘, 네가 스티븐 길을 잘못 들이고 있구나. 옥신각신해봤자 무슨 소용 있니. 그렇게 상대해주는 건 그놈이 원하는 걸 주는 거야."

"그게 뭔데?"

"네 관심." 엄마가 연민 어린 미소를 지었다. "스티븐은 어린애처럼 굴고 있어, 핀레이. 장난감을 갖고 놀지도 않을 거면서 다른 사람이 갖는 꼴은 못 보는 거야. 원하는 걸 얻을 때까지 떼를 쓰겠지." 엄마는 한숨을 지으며 내 머리를 귀 뒤로 넘겨주었다. "너를 가질 자격이 없는 놈이야. 처음부터 그랬어. 이제 다른 사람을 찾아봐. 널 행복하게 해줄 사람. 너랑 아이들을 가질 자격이 있는 사람."

와인이 담긴 잔을 휘휘 돌렸다. 닉과 줄리언은 둘 다 내게 행복을 주었다. 하지만 내가 둘 중 한 사람을 얻을 자격이 있는지 확신이 없었다. 나는 엄마를 돌아봤다. "아빠가 운명의 짝이라는 건 어떻게 알았어?"

엄마가 웃음을 터뜨렸다. "누가 그걸 알았대? 아직도 확신이 없을 때가 대부분인걸."

"그래도 엄마가 아빠를 잘 알지 못해서 그런 건 아니잖아. 아빠는 엄마한테 늘 진심이니까, 안 그래?"

엄마가 내 손을 살포시 잡았다. "비밀이 없는 부부는 없단다, 핀레이. 서로 모든 걸 털어놔야 상대의 마음을 알 수 있는 건 아냐. 그렇다 해도 스티븐이 품었던 비밀…… 따위에 비할 수는 없겠지."

"아빠는 바람피운 적이 없구나?"

"제니퍼 애니스턴을 예외로 친다면." 나의 의아한 표정을 보고 엄마가 쓴웃음을 지었다. "네 아빠가 인터넷 사기에 당했지 뭐냐. 이메일에서 제니퍼 애니스턴의 가슴을 보여준다는 링크를 클릭한 거야. 덕분에 값비싼 교훈을 얻었지." 엄마는 고개를 절레절레 흔들었다. "컴퓨터가 지독한 바이러스에 감염돼서, 그 있잖아, 경차 몰고 다니는 기술자를 집에 부르지 않았겠니. 참 싹싹하고 참한 아가씨가 왔더라마는, 돈은 꽤 들었단다. 네 아빠더러 내라고 했지."

나는 킥킥거리며 와인을 싹 비웠다. 부모님의 관계에 대해 알고 싶은 것 이상을 알게 되었다. 엄마 말이 맞는 것 같았다. 때로는 모르는 게 약이다.

집 안에 군침 도는 냄새가 퍼지기 시작했다. 4인용 식탁과 의자가 차려졌다. 요리하는 데 쓰인 그릇은 전부 씻어서 치워지고, 식기세척기가 편안한 리듬에 맞춰 돌아가고 있었다.

"고마워, 엄마." 하루의 무게가 한결 가벼워지는 기분이었다.

엄마가 일어서서 외투를 걸쳤다.

"저녁 안 먹고 가려고?"

"집에 가서 네 아빠한테 남은 음식 데워줘야지. 내가 크리스마스 쇼핑하러 나간 줄 알거든. 자기 줄 것도 아닌 고기찜을 만든 걸 알면 얼마나 투덜댈지 눈에 선하다. 금요일 유치원 끝나는 시간에 내가 아이들 데리러 가마."

"안 그래도 돼."

"그러고 싶어. 내가 아이들을 데리고 있어야 스티븐이 너를 안 괴롭히지." 엄마는 허리를 숙여 내 뺨에 입을 맞췄다. "니콜러스한테 전화해. 나가서 재밌게 좀 지내. 비스킷 맛볼 때는 꼭 피임하고."

위층 욕실에서 베로가 깔깔거렸다.

나는 천장을 노려봤다. "조심해서 가, 엄마."

현관까지 엄마를 배웅하고, 머리를 기댄 채 문을 잠갔다.

28

이혼할 때 아무도 해주지 않는 충고는 수건이 전부 세탁실에 있을 때는 절대 샤워를 하지 말라는 것이다. 바지를 내리기 전에 화장지가 있는지 확인하고, 공공 와이파이를 쓸 때는 전남편 살인 의뢰를 받아들이지 말라는 조언도 마찬가지다.

글을 쓰느라 이틀째 밤을 샜더니 베로는 나를 깨우지 않았다. 처음 몇 챕터의 엉성한 초안을 간신히 짜낸 다음 교정도 안 하고 새벽 4시쯤에 실비아에게 보냈다. 그 후에 잠깐씩 자다 깨다를 반복했다. 9시에 침대에서 나왔더니 이미 베로가 아이들을 태우고 딜리아의 유치원으로 출발한 다음이었다. 조용한 집을 보자 마음이 놓였지만, 물을 잠그고 샤워기 밑에 서서 빈 수건걸이를 더듬는 순간 내 처지를 서늘하고 날카롭게 인식할 수밖에 없었다.

몸을 팔로 감싼 채 침실을 나왔다. 젖은 맨살에 오소소 소름이 돋았다. 복도 끝 세탁실 문을 열자 시나몬 애플 방향제와 서서히 녹고 있는 죽은 남자의 냄새가 나를 덮쳤다. 빈 건조기에 손을 넣었다가 욕을 뱉었다.

엄마라면 천벌을 받는 거라 주장하겠지. 집 안에 시체를 두었다는 이유로 신이 내린 벌. 차라리 묵주 기도를 드리는 게 낫겠다 싶었다. 따뜻한 곳에서. 옷을 입고.

복도 건너 아이들이 쓰는 욕실 수건걸이에서 그나마 깨끗한 디즈니 공주 수건을 찾았다. 오들오들 떨면서 수건을 몸에 두르고 작은 분홍 리본을 가슴 위에 묶었다.

바닥을 삐걱삐걱 밟으며 복도를 내려가다가, 보일러가 작동되는 소리에 우뚝 멈췄다. 문이라도 열려 있는 듯, 계단을 타고 올라온 찬 외풍을 물리치기 위해 머리 위 자동온도조절기에서 온풍이 내려왔다. 계단 맨 위 칸에서 들리는 귀에 익은 끽끽 소리에 나는 완전히 얼어붙었다.

무기로 쓸 만한 물건이 있는지, 욕실을 뒤졌다. 수납장마다 어린이 보호용 잠금장치를 해놓은 것을 후회했다. 느린 발자국 소리가 점점 가까워지자, 눈에 띄는 유일하게 뾰족한 물체를 손에 쥐었다. 뚫어뻥으로 가격할 준비를 하며 욕실 벽에 등을 딱 붙였다. 숨을 죽인 채, 침실 문이 하나씩 천천히 열리는 소리에 귀를 쫑긋 세웠다. 내 옆의 카펫 위로 짙은 그림자가 드리워졌다. 사납게 고함을 치며 뚫어뻥을 쳐들고 복도로 뛰어나갔다. 총을 마주한 순간 내 괴성은 목구멍에서 사그라들었다.

"깜짝이야, 핀!" 닉이 총을 내리며 무릎을 짚었다. "간 떨어지는 줄 알았잖아요!"

나는 수건을 가슴에 꼭 눌렀다. "내 집에서 뭐 하는 거예요?"

닉의 시선이 물을 뚝뚝 흘리는 내 맨 다리를 타고 올라왔다. 그의 빰이 새빨개졌다. 나는 수건을 끌어내렸다. 그나마 다리털을 밀어둔 게 다행이었다. "설명할게요." 그가 긴장한 목소리를 냈다. "테리사 집 근처에 있었는데 코드 10-66*으로 연락을 받았어요. 당신 주소라서 급히 달려온 거예요."

"10-66요?"

"네, 미안해요." 닉은 여전히 어쩔 줄을 몰랐다. "해거티 부인이 911에 신고했나 봐요. 집 밖에 수상한 사람이 얼쩡댄다면서요. 정원을 잠깐 살펴봐도 아무도 없었지만—."

아래층에서 문이 벌컥 열려 벽에 부딪혔다. 닉이 몸을 틀어 총구를 계단 너머 현관으로 겨눴다.

그의 어깨 너머를 내다봤다. 계단 밑에 조이가 서 있었다. 휘둥그레진 눈을 닉에게서 내게로 옮기더니, 무기를 내리며 슬며시 웃었다. "나중에 다시 올까?"

"그런 상황이 아니에요." 닉이 손을 쳐들며 해명하는 순간 조이의 뒤에서 내 언니가 불쑥 들어왔다. 딜리아의 수건만 걸친 채 닉의 뒤에 서 있는 나를 발견하자 언니는 눈썹을 올렸다. "어, 상황이 갑자기 바뀐 건가?"

재크를 허리에 걸친 베로가 집으로 뛰어들었다. "저 경광등은 다 뭐죠? 핀레이는 어딨어요? 무슨 일…… 아!" 베로가 재크의 눈에 손을 얹었다. "핀, 왜 집에 무장한 경찰이 셋이나 있어요? 당신은 왜 홀딱 벗고 있죠?" 닉, 조지아, 조이 모두 총을 총집에 넣었다.

"홀딱 벗은 거 아네요! 방금 샤워를 했는데 큰 수건이 전부 세탁실에 있잖아요." 내가 베로를 쏘아보며 말했다. "여기 경찰이 있는 건

* '수상한 사람 출현'이라는 의미의 경찰 무전 코드.

전부 해거티 부인의 오지랖 때문이에요. 바깥에 수상한 사람이 어슬렁거리는 줄 알았나 봐요." 베로는 재크를 몸에 더 밀착하고 열린 현관문 밖을 흘끔댔다. 나는 수건 자락을 당겨 몸을 가렸다. "보다시피, 그냥 허위신고였어요. 10-99는 아니에요."

"66이야." 조지아가 지적했다.

"아무튼. 해거티 부인이 착각했겠죠. 이 집에 수상한 건 전혀 없으니, 다들 가서 일이나 보세요."

"글쎄요." 조이가 닉과 시선을 교환하며 말했다. "집 주위를 둘러보다가 현관에서 이걸 발견했어요. 이름 빼고는 아무 표시가 없네요." 닉이 층계를 내려가 조이에게서 두툼한 갈색 봉투를 건네받았다. 베로는 조이의 등 뒤에서 봉투를 흘끔거렸다. 계단 맨 위 칸에서도 봉투에 변조방지 잉크로 굵게 적힌 내 이름이 또렷이 보였다. 낯익은 글씨체였다. 베로의 경악한 표정을 보니 그녀도 글씨를 알아본 모양이었다.

베로가 조이의 손에서 봉투를 낚아채는 것을 보고 계단을 후다닥 내려갔다. "핀레이가 주문한 성인용품이 틀림없어요. 이 동네에 사는 스테이시가 통신판매를 하거든요. 회원제로요. 이건 배터리를 쓰는 제품이에요." 그녀는 봉투 앞면을 모두에게 보였다. "봤죠? 고객의 사생활을 지켜주려고 포장에도 엄청 신경 쓴다니까요."

세 쌍의 눈이 내게 날아와 박혔다. 닉은 헛기침을 하며 봉투에 손을 뻗었다. "일단 확인해봐야겠어요."

"성인용품 아니에요!" 내가 봉투를 당기며 말했다. "아마…… 그…… 교정 원고일 거예요. 편집자가 택배로 보냈나 봐요." 닉이 잠깐 눈을 빛내더니 음흉한 미소를 지으며 시선을 떨어뜨렸다. 나는 수건을 위로 끌었다가 다시 아래로 내렸다. 싸늘하고 축축한 맨살을 가려보려고 안간힘을 썼다.

한 줌도 안 되는 품위를 되찾겠다고 턱을 쳐들었다. "옷 입으러 가야겠어요. 다시 내려왔을 땐, 다들 내 집에서 나가셨기를 바라요."

봉투를 몸에 붙이고 계단을 뛰어올랐다.

"핀, 잠깐만요." 닉이 내 방 앞 복도까지 따라왔다. 나를 지나쳐 내 방을 얼른 살핀 다음, 2층 전체를 신속하게 이동하며 다른 방도 전부 확인했다. 그는 코에 주름을 잡으며 세탁실로 손을 뻗었다.

"무슨 냄새 안 나요?"

그의 팔을 잡고 내 쪽으로 홱 당겼다. "젖은 수건 냄새예요! 깜박하고 놔뒀더니 곰팡이가 슬기 시작했어요." 머리카락에서 떨어진 찬 물방울이 쇄골 위로 흘렀다. 닉의 검은 눈이 물방울을 따라갔다. 그 눈길은 그의 팔에 느슨하게 얹힌 내 손으로 옮겨갔다. 손을 놓았지만, 그런다고 우리 사이에 한껏 고조된 긴장을 깨기는 무리였다. "세탁실에 숨은 범죄자 따위는 없어요. 해거티 부인이 소포 배달하러 온 사람을 보고 호들갑을 떨었나 봐요. 집 수색 같은 거 안 해도 돼요."

내 등 뒤는 벽이었다. 내 옆 침실 문은 열려 있었다. 우리 사이에 공간이 충분했기에 나는 방에 들어가서 문을 닫을 수도 있었다. 원한다면.

"미안해요." 그가 조금 갈라진 목소리를 냈다. "이렇게 집에 들이닥칠 생각은 없었어요. 당신 차는 진입로에 있는데, 문을 두드려도 대답이 없어서 나는……." 그는 까끌하게 돋은 수염을 문질렀다. "오늘 아침에 스티븐 집에 가스 누출 사고도 있었고 해서, 누가 당신 집을 기웃거린다는 신고가 들어오니까 최악의 상황을 생각할 수밖에 없었어요."

"가스 누출이라고요?" 속이 뒤집혔다. "무슨 가스 누출요?"

그가 상소리를 중얼거렸다. "미안해요, 핀. 조지아한테 이미 들은 줄 알고."

"뭘 들어요?"

"스티븐은 무사해요. 하지만 오늘 아침에 포콰이어 경찰서에서 스티븐의 집으로 출동했어요. 집에 가스가 새고 있더래요. 다행히 스티븐이 발견하고 다치는 사람이 생기기 전에 차단했지만, 가스 회사는 누가 관에 손을 댔다고 보는 모양이에요. 지난번 트레일러 화재 사건도 있었고 해서, 누가 고의로 가스관을 잘랐을 가능성을 조사하고 있어요."

나는 가슴에 댄 봉투를 구겼다. "스티븐은 지금 어딨죠?"

"집에 있을걸요. 응급구조사들이 응급실에 가서 검사를 받으라고 권했지만, 가스 회사에서 가스관을 조사하러 올 거라며 집에 있겠다고 고집했어요. 비번인 경찰 둘을 그 집으로 보냈어요. 어떻게 된 일인지 밝혀질 때까지 그 두 사람이 현장을 지킬 거예요."

벽에 기댄 채 주저앉았다. 싹쓸이 짓이 틀림없었다. 앞으로도 스티븐을 죽이려다 실패만 하지는 않을 터였다.

아래층에서 재크가 뭐라 주절거렸다. 주방 서랍이 열렸다 닫혔다. 전자레인지에서 삐 소리가 나고, 남은 고기찜의 진한 허브 향이 집 안을 채웠다. 아직 점심때가 아니어서, 베로가 세탁기에서 퍼지기 시작한 희미한 냄새를 감추려고 저러나 싶었다.

"가봐야겠어요." 닉이 엄지로 층계를 가리켰다. "조이가 테리사 집에서 나를 기다려요."

"왜요? 무슨 일 있어요?"

"테리사가 사라졌어요." 베로가 엿듣고 있는 듯 주방의 소음이 멎었다. "그 집에서 전자발찌가 발견됐어요. 집을 떠난 지 며칠 된 모양이에요. 정확히는 몰라도. 이웃에 탐문을 하고 있지만 집을 나가는 모습을 봤다는 사람은 아직 못 찾았어요. 테리사가 어디 있는지, 조이의 정보원한테 무슨 일이 생겼는지 밝혀질 때까지 당신도 조심해요. 이 모든 상황이 서로 연관돼 있다는 불길한 예감이 들어요."

수건 매듭을 꽉 잡았다. "조이의 정보원은 왜요?"

"어제 알려주기로 약속한 정보가 있는데 연락이 없어요. 오늘 아침에 조이가 확인차 그 집에 찾아갔지만 그 아이를 못 만났대요. 학교에 가봐도 출석을 안 했다고 하고. 아이 할머니를 만나보라고 몇 시간 전에 내가 그 집으로 사람을 보냈어요. 우리가 지난 토요일에 그 아이를 만난 이후로 소식이 끊긴 거예요." 그날 나는 손가락으로 목을 그으며 캠에게 나에 대해서는 입도 뻥긋 말라고 경고했다. 캠은 집행유예를 대가로 웹사이트 정보를 털어놓는 위험을 감수할 가치가 없다고 판단한 모양이다. 닉이 고개를 저었다. "조이의 정보원이 진짜 뭔가를 아는 것 같다는 생각이 드네요. 그 아이가 그 사이트에 대해 한 말이 맞다면, 테리사, 스티븐, 그 아이가 전부 지로프와 연결됐다는 뜻이에요. 정말 찜찜하네요."

"스티븐한테 일어난 사건들이 펠릭스 지로프와 관계가 있다고 보세요?"

"그럴 가능성을 배제할 수 없죠. 확실히 밝혀질 때까지 당신도 좀 조심했으면 좋겠어요. 현관문을 안 잠그면 안 되죠."

"무슨 소리예요? 문은 항상……." 층계를 흘끔 돌아봤다. 어제 엄마가 나간 직후에 현관문을 확실히 잠근 기억이 났다. 오늘 아침에 베로는 차고로 나갔을 텐데.

닉의 손끝이 스치자 나는 깜짝 놀라 현재로 돌아왔다. 그는 내가 들고 있는 봉투가 흠뻑 젖기 전에 물이 뚝뚝 떨어지는 머리를 어깨 뒤로 넘겨주었다. "아까 놀라게 해서 미안해요."

"괜찮아요." 몸을 부르르 떨면서 대답했다.

"가기 전에 이 수상한 봉투를 내가 대신 열어주면 안 될까요? 그냥 위험한 물건이 들어 있는지 확인만 할 건데요." 그의 눈에 위험한 수준의 관심이 일렁였다.

얼굴이 화끈 달아올라 봉투를 등 뒤로 숨겼다. "그냥 교정 원고예요. 부디 오늘 일은 잊어주세요."

"잊어야 할 일은 아무것도 없었어요. 나중에 전화할게요." 그가 피식 웃으며 말했다. 그는 현관에서 베로에게 작별 인사를 외치면서, 문을 꼭 잠그라고 당부했다.

내 방으로 들어가서 문을 닫았다. 침대에 봉투를 던지고 딜리아의 수건으로 손을 닦았다. 이리나 보로프코프의 글씨로 내 이름이 적힌 봉투보다는 젖은 수건이 차라리 깨끗하게 느껴졌다.

주방에서 유아용 의자의 안전띠가 딸깍 풀리고 플라스틱 쟁반에 마른 과자 쏟아지는 소리가 들렸다. 후다닥 계단 오르는 소리에 이어 베로가 내 방문을 벌컥 열었다.

"다들 갔나요?" 내가 물었다.

베로는 고개를 끄덕였다. "소포에 뭐가 들어 있어요?"

우리는 침대로 다가가 갈색 봉투를 응시했다. 나는 봉투를 뜯어서 뒤집었다. 긴 갈색 가발이 떨어져 이불 위에 펼쳐졌다. 윤기 나는 갈색 물결 틈에 명함이 엉켜 있었다. 베로가 그것을 집었다. "에카타리나 리바코프가 누구예요?"

이름 밑에 작은 글씨로 '변호사'라고 적혀 있었다. 나는 봉투를 털었다. 손으로 쓴 쪽지가 펄럭이며 떨어졌다.

변호인 접견 시간, 매일 오전 7시 — 오후 10시

볼링 리그 연습 시간, 매주 화요일 오후 8시 — 오후 10시

"이게 무슨 뜻일까요?" 베로가 물었다.

가발을 집었다. 머리 가닥이 내 손 주위로 늘어지면서 익숙한 스타일로 모양이 잡혔다. 이리나가 보낸 소포의 기묘한 내용물들이 전하는 의미는 명확했다.

"아, 이런." 토요일 밤 크바스에서 닉과 티격태격했던 여자의 이름이 캣이었다. "에카타리나 리바코프는 펠릭스 지로프의 변호인인 모양이에요."

서늘한 공포가 등줄기를 타고 내려왔다. 이리나는 펠릭스에게 메시지를 전할 생각이 없었다. 나더러 직접 전하라는 뜻이었다.

29

화요일 밤, 베로가 욕실에 서서 갈색 가발과 휴대전화 속 사진을 번갈아 보며 내 머리를 손질하고 있었다. 그녀는 에카타리나 리바코프의 사진을 자기 앞에 쳐들었다.

"당신 인생에서 가장 멍청한 짓을 하려는 건지, 가장 대담한 짓을 하려는 건지 헷갈려요."

"단연코 가장 멍청한 짓이죠." 베로가 내 입술에 새빨간 립스틱을 바르는 동안 나는 입을 다물었다.

"걸리면 어쩌려고요?"

사실, 감옥에 들어가는 것 자체가 너무 두려워서 일단 들어가면 어떻게 할 것인지는 별로 생각하지 않았다. 하지만 실패는 용납되지 않는다. 캠과 테리사가 증발한 상황에서 닉은 펠릭스와 커뮤니티 사이트의 연결고리를 찾기 위해 인터넷을 구석구석 헤집을 것이고, 닉이 밝혀내기 전에 사이트를 폐쇄할 힘을 가진 사람은 단 한 명이었다. "안 걸릴 거예요."

"자꾸 그렇게 꿈지럭거리면 가발이 벗겨지잖아요. 그러면 걸리기 십상이에요. 가만히 좀 있어봐요." 그녀가 나를 밀어 변기 뚜껑에 앉히고 화장품 가방을 뒤적이며 말했다. "여기 머리핀이 몇 개 있을 텐데."

"머리핀은 안 돼요." 언니와 함께 딱 한 번 감옥에 가본 적이 있다. 어느 날 밤 필름이 끊기도록 술을 마신 스티븐이 술집에서 시비가 붙어 몸싸움을 하다가 잡혀갔을 때였다. 조지아가 나를 데려가 검문을 통과하도록 도와준 덕분에 스티븐이 풀려나올 때까지 기다릴 수 있었다. 철저히 몸수색을 당했던 기억이 선명했다. "머리핀은 금속 탐지기에 걸릴 수 있어요."

"그럼 그만 좀 헝클어요." 두피를 긁으려고 가발 밑에 손가락을 집어넣으려 하자 베로가 내 손을 찰싹 때렸다. "잘 어울리네요. 말투는 어쩔 거예요?"

"젠장. 그 생각을 못 했네요." 나는 목청을 가다듬고 공기를 섞은 저음을 냈다. "안녕하세요." 이리나의 말투를 떠올리며 말했다. "저는 에카타리나 리바코프입니다."

베로가 인상을 썼다. "앤젤리나 졸리와 블라디미르 푸틴 사이에서 태어난 아기 같은 말투예요. 그냥 후두염인 척해요. 신분 확인 끝나면 바로 보안검색을 통과하고, 쓸데없는 말은 하지 말아요."

"알았어요."

"명함 여기 있어요."

"신분증은 어쩌죠? 면허증 같은 거 보자고 하면?"

"그냥 당신 집인 양 당당하게 들어가요. 잘못 건드렸다간 소송 걸리기 딱 좋은 사나운 여자한테는 웬만해선 덤비지 않을 테니까. 안경을 쓰고 누구와도 직접 눈을 맞추지 마요." 에카타리나 '캣' 리바코프와 나는 나이대가 비슷했지만, 우리의 닮은 점은 거기까지였다. 인터넷에서 찾은 캣의 사진을 보면 웨이브진 갈색 머리에, 머리색에 어울리는 또렷한 갈색 눈을 갖고 있었다. 가발은 캣의 머리와 똑같았지만 내 눈동자는 검문을 통과하기에는 너무 밝았다.

"나 어때요?" 베로의 매끈한 회색 펜슬 스커트는 숨 막히게 밀착됐고, 그녀의 옷장에서 빌려온 스틸레토 힐을 보니 보험이라도 들어야 할 성싶었다. 발목 부러지기 딱 좋은 구두였다. 하지만 캣은 170센티미터가 넘기 때문에 베로는 키를 더 높여야 한다고 주장했다.

그녀가 내 블라우스 단추를 하나 더 열었다. 목선이 드러나고 브래지어의 검은 레이스가 살짝 노출됐다. "지금 뭐 하는 거예요?"

"이래야 교도관들이 당신 얼굴을 유심히 안 들여다보죠." 그녀는 내 손을 밀치고 쇄골 위의 진주 목걸이를 바로잡았다. "단추 잠그지 말아요. 지금 엄청 섹시해 보이니까."

"섹시해 보이고 싶은 게 아니라 캣처럼 보이고 싶은 거예요."

"캣이 섹시하잖아요. 역시 펠릭스는 취향이 뚜렷하다니까. 똑똑하고 예쁘고 당찬 여자들을 좋아하네요. 그냥 테리사처럼 행동해요."

"그러다가 내가 이 지경이 됐잖아요. 더구나 테리사는 체포됐어요."

"머리 좀 그만 만지작거리라니까요! 자, 이거 써요." 베로가 내 코에 할인마트에서 산 안경을 얹었다. 사진 속 캣이 쓴 안경과 흡사했다.

거울 앞에서 천천히 돌며 가발이 잘 펴졌는지, 스타킹에 올이 나간 부분은 없는지 살폈다.

"내가 살아 돌아오지 못하면……."

"걱정 붙들어 매요. 아무리 펠릭스라도 설마 감옥에서 당신을 죽이겠어요? 감시 카메라가 한두 대도 아닐 텐데."

"변호사 사칭으로 체포되면 어쩌죠?"

베로가 나를 토닥이며 안심시켰다. "아이들은 내가 챙길게요. 당신은 언니가 꺼내주겠죠. 자, 당신 휴대전화 새로 샀어요. 필요한 연락처도 전부 입력해놨고. 거기 도착하면 문자 줘요." 그녀는 학교 갈 때 쓰는 짝퉁 메신저백에 휴대전화를 넣고 내 어깨에 걸쳐주었다. "잊지 마요. 당신은 센 여자란 걸. 누구도 당신을 무시 못 해요. 펠릭스 지로프도."

"맞아요." 구두 굽이 카펫을 파고들어 바닥에 빠지는 기분이었다. 베로는 내 등을 짚고 문 쪽으로 밀었다.

카운티 구치소 주차장에 차를 댄 시간은 저녁 9시에 가까웠다. 아직 변호인 접견이 허용되는 시간이지만, 지금쯤 진짜 에카타리나 리바코프는 볼링 리그 시합에 한창 열중하고 있을 터였다.

선바이저에 붙은 거울을 보며 립스틱을 바르다가 끔찍한 생각에 사로잡혔다. 펠릭스의 변호사는 모든 절차를 알고 있을 것이다. 일단 들어가면 어디로 향해야 하는지, 서류는 어떻게 작성하는지, 질문에 어떻게 대답해야 하는지. 베로의 메신저백에서 새 휴대전화를 꺼내 기억하고 있던 줄리언의 번호를 눌렀다. 물어볼 게 있어서 전화하는 건지, 그의 목소리를 듣고 위안을 얻고 싶어서 전화하는 건지 헷갈렸다.

"여보세요?" 줄리언이 좋아하는 노래가 은은하게 들렸다. 그의 목소리는 나직하고 편안했다. 침대에 일어나 앉아 머리판에 기댄 채 방

모서리를 따라 고정시킨 크리스마스 조명 옆에서 법전을 읽는 그가 눈에 선했다.

"안녕, 나예요." 선바이저 거울을 닫았다. 내가 아닌 사람 같았다. "휴대전화를 새로 샀어요."

"전화 기다렸어요." 법전이 닫히는 듯 쿵 소리가 났다. "어제는 연락할 방법이 없어서 얼마나 답답했나 몰라요. 일요일 일을 사과하고 싶었거든요. 내 친구들이…… 일부러 심술궂게 군 건 아닐 거예요. 그냥 나를 놀리려고 그랬겠죠. 주말에 꼭 보고 싶어요. 시간 괜찮아요?"

대답하기 힘들었다. 지난 며칠 사이에 일어난 많은 사건들이 금요일 전에 싹 다 해결될 거라 기대할 수는 없었다. "사실, 전화한 이유가 따로 있어요. 법에 대해 궁금한 게 있어서요. 소설 쓰는 데 필요해요."

"말해봐요." 배경 음악이 꺼지고 침묵이 내려앉자 우리가 한 방에 있는 듯 느껴졌다. "뭐가 궁금한지."

입이 바싹 탔다. 줄리언 앞에서 이토록 쉽게 긴장하는 내가 싫었다. 전에는 줄리언에게 이렇게 거짓말을 한 적이 없었다. 그에게 모든 것을 털어놓은 그날 밤 이후로는. 베로를 제외하면 줄리언은 나의 가장 추한 비밀을 아는 유일한 존재였다. 하지만 인스타그램 사진 몇 장이 장래에 걸림돌이 될까 봐 걱정하는 사람이, 내가 지금 무엇을 하려는지 알게 되면 어떻게 생각할까? "장면 묘사가 힘들어요. 변호사가 구치소에 있는 의뢰인을 만나러 가는 장면인데요. 들어가는 순간부터 나가는 순간까지 어떤 절차를 거쳐야 하는지 알아야 정확하게 쓸 수 있거든요."

"음." 그의 침대 스프링이 삐걱거렸다. 한 손으로 뒤통수를 받치며 매트리스에 눕는 그를 상상했다. "일단 방문자 안내 데스크에 가서 접수를 해요. 열쇠, 휴대전화, 날카로운 물건, 양장본 책처럼 연장이나 무기로 쓸 수 있는 개인 소지품은 허용되지 않아요. 거기서 면허증이나 신분증을 요구할 수 있어요."

"명함도 괜찮나요?"

"아뇨, 정부에서 발행한 신분증이어야 해요. 사진도 붙어 있어야 하고."

밴에 시동을 걸어 집으로 돌아가고 싶은 욕구를 억누르려고 손을 털었다. 내가 두려워한 그대로였다. "그다음은?"

"이제는 보안검색을 거쳐야죠. 금속 탐지기를 통과한 다음 몸수색을 받을지도 몰라요. 그러면 교도관을 따라 면회실에 들어가서 정해진 시간 동안 의뢰인과 이야기를 나눌 수 있어요."

"교도관도 면회실에 있나요?"

"아니요, 면회실 밖에 있을 수는 있어요."

무서운 장면이 머릿속을 스쳐갔다. "의뢰인은 결박된 상태인가요?"

"의뢰인이 위험한 인물이거나, 변호인이 안전하지 않다고 느끼면 그렇게 요청할 수 있어요." 펠릭스가 자기 변호인을 해코지할 리 없다. 누가 대화를 엿듣는 것도 원치 않을 것이다. 그 말은 내가 면회실에 펠릭스와 단둘이 남게 된다는 뜻이었다. 족쇄도 없고, 수갑도 없이.

"핀, 괜찮아요? 목소리가 별로 안 좋은데."

고개를 들고 백미러에 내 모습을 비춰봤다. "괜찮아요! 그냥……

다 이놈의 책 때문이에요. 실비아한테 얼마나 시달리는지 몰라요. 마감이다 뭐다…… 이제 일하러 가볼게요."

"그래요." 그의 목소리에 걱정이 가득했다. "또 궁금한 거 있으면 전화해요."

"그럴게요. 참, 줄리언. 고마워요. 여러 가지로." 전화를 끊기 전에 덧붙였다. 이제 그와 다시는 대화할 기회가 없을지도 모르니.

30

타일이 깔린 구치소 입구에서 부러 구두 굽으로 딱딱 소리를 냈다. 얼굴을 가리고 싶은 충동과 싸우며 턱을 쳐들었다. 눈을 가린 가발 가닥을 쓸어넘겼다. 잘 해낼 수 있다. 내 이름은 에카타리나 리바코프다. 나는 펠릭스 지로프의 변호인이다. 의뢰인과 함께 재판 서류를 검토하러 왔다. 메신저백을 꽉 쥐었다. 그 속에는 베로의 회계학 시험지가 들어 있었다. 딜리아가 거기다 사인펜으로 스마일 표시를 그려놨고, 재크의 코딱지가 분명한 푸르스름한 얼룩도 묻어 있었다. 교도관이 내 블라우스를 흘끔대느라 눈치채지 못하길 바랄 뿐이었다.

안내 데스크에는 회색 머리가 듬성듬성하고 빨간 안경을 낀 중년 여자가 앉아 있었다. 그녀는 고개도 들지 않고 내게 바구니를 건넸다. 명찰에 로이스 파일이라 적혀 있었다.

"열쇠, 휴대전화, 호주머니에 든 거 전부 꺼내요." 로이스는 클립보드를 내 쪽으로 밀면서 웅얼거렸다. 나는 소지품을 전부 내놓고 캣의 이름으로 서명했다. "신분증은요?"

딱 소리를 내며 캣의 명함을 내놓았다. 파일 교도관의 눈길이 명함으로 향했다가 화면으로 돌아갔다. "신분증을 주셔야죠."

그녀가 캣을 개인적으로 모르는 것 같아서 그나마 다행이었다. 나는 손톱을 들여다보며 테리사의 뻔뻔함을 장착했다. 베로가 내게 가짜 얼굴을 붙여주고 새빨간 색까지 칠해줬다. 레스토랑에서 본 캣의 입술과 같은 색이었다. "면허증이 다른 정장 호주머니에 들어 있어요. 세탁소에서 한창 열탕 찜질을 즐기고 있을 거고요. 그렇게밖에 말씀 못 드리겠네요. 그래도 해야 할 일이 있으니 이렇게 오는 수밖에요. 그냥 좀 봐주시면 되잖아요."

"신분증 없이는 출입이 안 돼요."

"저도 진짜 보여드리고 싶어요. 차량관리국에 면허증 새로 발급받으러 가야 하니까 내일 하루는 통으로 날리게 생겼네요." 나는 명함을 앞으로 밀며 캣의 이름을 톡톡 두드렸다. "저는 이 남자 만나러 거의 날마다 오는걸요. 저 좀 보세요. 어제도 왔었잖아요." 도박이었지만, 펠릭스의 제국만큼 큰 사업체라면 매일 보고를 받을 거라 확신했다.

파일 교도관이 명함을 노려봤다. 그녀는 씩씩대며 컴퓨터에 뭔가를 입력했다. 그녀의 손가락이 키보드 위에서 멈추자 내 심장도 멎을 것 같았다. 그녀가 눈을 치켜떴다.

"가보세요." 그녀가 퉁명스레 내뱉었다. "다음에는 신분증 꼭 지참하시고요."

안도감이 밀려왔다. 고개를 까딱하고 메신저백을 건넨 다음 서류철을 손에 쥐고 구두 굽을 딱딱거리며 금속 탐지기로 당당하게 걸어갔다.

교도관이 내 서류철을 검사하는 동안 나는 안절부절못했지만 그는 서류 내용보다 종이에 박힌 작은 철심을 제거하는 데 신경을 썼다. 나는 안내를 기다리라는 지시를 받았다. 여러 개의 문이 윙윙거리며 이미 지칠 대로 지친 내 신경을 긁었다. 결국 철컹 열린 문으로 들어가 내부로 안내받았다. 복도에서 떠들썩하게 잡담을 나누는 교도관들에게서 눈을 돌리며 그들 중에 나를 아는 사람이 아무도 없기를 기도했다. 내가 지나가는 순간 그들의 말소리가 줄었다. 베로 말대로 그들이 내 엉덩이를 쳐다보기 바빠 다른 것은 전혀 눈치 못 채기를 바랄 뿐이었다.

뻣뻣한 가죽 구두 때문에 발가락과 발뒤꿈치에 이미 물집이 잡히고 발볼이 쑤셨지만, 빈 면회실로 안내받은 후에도 너무 긴장해서 앉을 수 없었다. 이리저리 서성대다가 문이 열리는 순간, 온몸이 얼어붙었다.

"면회하기엔 좀 늦은 시간 아냐, 카트야?" 펠릭스 지로프가 면회실에 들어오다 우뚝 멈췄다. 엉킨 앞머리 뒤의 새까만 눈으로 나를 주시하며, 검은 수염에 감싸인 입술을 굳게 닫았다. 내 기억보다 키가 크고 날씬했고, 냉정해 보이는 얼굴은 이목구비가 또렷했다. 매끈하게 면도한 얼굴, 젤을 바른 머리, 고급스런 커프스단추와 맞춤정장이 아니라, 헐렁한 주황색 죄수복 차림을 한 펠릭스는 훨씬 더 위험해 보였고…… 살인을 명령하는 사람이라기보다 직접 살인하는 사람처럼 보였다.

"변호인 접견은 10시까집니다." 교도관이 면회실 안에 타오르는 긴장을 전혀 느끼지 못하는 듯이 말했다. "끝나면 문을 두드리세요.

저희 직원이 모시러 올 겁니다."

펠릭스는 우리 둘을 보며 고개를 까딱했다. 교도관이 나가서 문을 닫자 숨이 막힐 것 같았다. 펠릭스의 손목을 묶은 줄이 죄수복에 쇠사슬로 느슨하게 연결되어 있었다. 그는 내가 서 있는 테이블로 걸어왔다. 검은 눈으로 아무것도 놓치지 않은 채, 포식자처럼 다가와서 자리에 앉았다. "어인 일로 이렇게 왕림하셨습니까, 도너번 씨?" 매끄럽고 위험한 목소리였다. 내가 천장의 카메라를 올려다보니 펠릭스도 시선을 그쪽으로 옮기며 뺨에 슬쩍 웃음을 띠었다. "우리 대화는 녹음이 안 돼요. 움직임만 찍히죠." 그의 예리한 눈이 내 목으로 향하자 나는 침을 꿀꺽 삼켰다.

"우리 두 사람에게 공통으로 해당되는 문제가 있어서요." 그의 맞은편에 앉으며, 테이블 밑에 있는 그의 손이 보이지 않는다는 사실을 날카롭게 의식했다. 그의 동작을 낱낱이 기록하는 카메라가 있다는 사실은 중요하지 않았다. 내가 빌미를 주면 그는 내 목을 노릴 것이다.

"공통으로 해당되는 문제라. 앤서니 형사를 가리키는 건가?" 내가 당황하자 그의 입술이 씰룩거렸다. "어떻게, 식사는 잘하셨나? 보드카, 피로시키, 스트로가노프…… 다 훌륭했을 거예요. 형사님이 디저트도 시키고 했다면서요? 당신을 꽤 좋아하는 모양이던데. 내가 지난번에 당신한테 그 형사와 어떤 사이냐고 물었을 때 들은 대답은 사실 믿지 않았어요."

"그날 그 사람과 같이 있었던 이유를 물으셨잖아요. 말씀드렸듯이 거짓말이 아니었어요." 완전한 거짓말은 아니었다.

"그 착한 형사님은 당신과 동침하는 젊은 로스쿨 학생에 대해서는 알고 계시려나?"

숨이 턱 막혔다. 펠릭스의 영향력이 안 미치는 곳이 없다는 얘기는 닉에게 들었지만, 줄리언과의 관계까지 알려면 부하를 시켜 나를 미행하는 수밖에 없다. 우리 집 문이 안 잠겨 있더라는 닉의 말을 떠올리며 나는 전율했다.

펠릭스의 음흉한 시선이 뜨거운 숨결처럼 나를 덮쳤다. "내가 당신한테…… 관심이 좀 있다는 건 인정해야겠네요. 말해봐요, 이렇게 대담한 방문을 하게 만든 우리의 공통된 문제가 뭔지."

"당신이 운영하는 웹사이트를 경찰이 알고 있어요."

그가 무심히 어깨를 들썩였다. "내 웹사이트가 한둘이 아닌데."

"여성 커뮤니티에 대해 안다고요." 펠릭스의 홍채가 난폭한 검은 빛으로 돌변했다. 내가 그를 놀라게 했다는 데 두려움을 느껴야 할지 승리감을 느껴야 할지 알 수 없었다.

"그런 정보를 어떻게 입수했을까?"

"비밀 정보원이 찾아냈대요."

"정보원 이름이?"

"그건 저도 몰라요." 아무리 범죄자라도 캠은 어린애였다. 10대 아이를 괴물에게 던져주어 갈기갈기 찢기게 할 수는 없다. "제가 아는 건 정보원이 그 사이트를 추적해 당신의 유령 회사를 찾아냈다는 것뿐이에요. 사이버 범죄 수사과에서 이미 그 회사를 수사 중이죠."

"앤서니 형사랑 그렇게 가깝다면서 나한테 이런 얘기를 하는 이유가 뭡니까?"

"경찰이 그 사이트를 못 찾기를 바라는 이유가 내게도 있다고만 해두죠."

펠릭스가 눈썹을 치켜 올렸다. "말해봐요, 도너번 씨."

"안 하는 게 좋겠어요."

그가 살짝 거만한 미소를 지었다. "당신이 왜 이러는지 궁금해서라도 앤서니 형사가 그 사이트를 찾아낼 때까지 지켜봐야겠네요."

"안 그러실 텐데요."

"자신만만하시네. 그렇게 믿는 이유가 뭐예요?"

"칼 웨스터버가 어떻게 죽었는지 아니까요. 시체를 누가 갖고 있는지도 알고."

그의 완전한 침묵에 온몸이 오싹해졌다. 그의 미소가 경직되었다. 교도관들을 긴장시키지 않을 만큼 수갑을 쩔렁대며 천천히 테이블로 손을 올렸다. 그는 손깍지를 낀 채 내 쪽으로 몸을 숙이며 속삭였다. "위험하기 짝이 없는 게임을 하고 있네요, 도너번 씨."

"웨스트버지니아의 냉동고에서 칼 웨스터버를 발견했어요." 나도 목소리를 낮추어 설명했다. "칼을…… 그 사람의 대부분을 데리고 사라지기 전에 테리사가 전부 털어놨죠. 제게도 그의 신체 일부가 있어요. 아무도 못 찾을 곳에 숨겨놨죠. 그래도 저나 제 가족에게 무슨 일이 생길 경우에 대비해 경찰에 모든 것을 설명하는 편지도 남겨뒀어요. 거래를 제안하죠. 당신이 그 사이트를 완전히 없애면, 저는 칼의 몸통을 실은 테리사의 BMW를 당신 레스토랑 앞에 대놓고 파파라치에게 연락하는 계획을 철회하는 걸로요." 그가 알아서 해석하도록 나머지 말은 생략했다. 칼 웨스터버의 시체가 발견되면 펠릭스의 재판에서 빼도 박도 못할 증거가 될 것이다. 마피아가 농장을 이용하는 것을 거부했다는 이유로 펠릭스가 칼을 살해했다는 사실을 경찰이 증명한다면 이미 위태로운 캣의 변호는 처참히 허물어진다. 펠릭스가 취할 수 있는 조치는 사이트를 아예 폐쇄하는 것뿐이다.

펠릭스의 어깨가 소리 없는 웃음으로 들썩였다. 그는 턱수염을 긁적었다. "다른 요구 조건도 있어요?"

"당신과 부하들이 우리 집과 가족 근처에 얼씬하지 않는 거요."

"당신 집이나 가족을 찾아갈 일은 없는데. 그럴 이유가 없잖아요." '아직은'이라는 말은 덧붙이지 않았다. 이상하게도 그 말에 믿음이 갔다. 그는 거짓말을 하기에는 너무 오만했고, 펠릭스의 진심에는 강력한 힘이 있었다. 그는 고개를 까딱했다. "그게 다예요?"

내 서류철을 열고 탁자 위로 베로의 회계학 시험지를 밀었다. 빨간 크레용 얼룩 옆에 내가 적은 작은 글자를 가리켰다. "그 사이트 이용자의 아이디예요. 이 사람 실명과 찾을 방법을 알아야 해요."

그가 우리 사이의 서류로 시선을 떨어뜨렸다. 싹쓸이라는 아이디를 알아봤는지 아닌지 표정 변화가 전혀 없었다. "당신 요구는 서로 모순되는군요, 도너번 씨. 이런 조사는 시간이 좀 걸려요. 사이트를 없애면 사용자 정보도 전부 사라질 테고. 당신이 선택해야 되겠네. 내가 사이트를 없앨지, 싹쓸이라는 사람을 찾아줄지. 어느 쪽을 선택할래요?" 말투에 호기심이 가득 담겨 있었다. 나를 궁지에 몰아넣고 당황하는 모습을 보고 싶어 죽겠다는 듯이. 내가 대답을 고민하며 망설일수록 그의 호기심은 더 날카로워졌다. 내 얼굴을 뚫고 들어오는 기분이었다.

"사이트를 폐쇄해주세요." 서류를 앞으로 밀면서 말했다. "싹쓸이는 직접 찾을 테니까."

내 대답에 놀랐다는 듯 펠릭스는 슬며시 웃었다. "아무렴. 당신도 우리 합의를 잘 지킬 거라 믿어요." 그는 죄수복 앞에 쇠사슬을 짤랑대며 일어섰다. "당신 참 대단한 여자예요, 도너번 씨. 당신이 이 게임을 어떻게 진행할지 궁금하네요." 그는 나를 마지막으로 그윽하게 바라보다가 문을 두드렸다.

31

교도관이 펠릭스를 감방으로 데려갔다. 다른 교도관은 문 앞에서 나를 기다리고 있었다. 그를 따라 건물을 통과했다. 내 구두 굽 소리에 대화가 멎었다. 내 등 뒤에서 음담패설이 오가고 몇 차례 웃음이 터졌다. 이곳에서 캣은 공공의 적이다. ……의무감 때문이든 연대감 때문이든, 제도의 허점을 수없이 빠져나간 남자의 변호해서는 안 될 행동을 열정적으로 변호하는 여자. 두피가 근질거려 가발을 벗고 싶어 죽을 지경이었다.

로비에 들어서자 제복 차림의 교도관 한 무리가 일제히 나를 돌아봤다. 안경을 코 위로 밀어 올려 얼굴을 가리고, 그들과 멀찍이 거리를 두며 안내 데스크로 다가가 서명했다.

문을 밀고 주차장으로 나갔더니 싸늘한 비가 나를 맞았다. 번쩍이는 보안등이 젖은 노면에 반사됐다. 보슬비를 피해 고개를 숙이고 내 차로 달려갔다. 내 밴은 조명이 밝혀진 구역에서 최대한 떨어진 정비 트럭 뒤에 숨어 있다. 내 앞 어딘가에서 차 문이 쾅 닫혔다. 미등이 번쩍이고 차 문 잠기는 소리가 들리더니, 키 큰 그림자가 어깨를 움츠린 채 주차된 차량 두 대 사이에서 빠져나왔다. 그 사람을 지나치는 순간 나는 고개를 푹 숙였다.

"웬일이에요, 리바코프?" 닉의 목소리를 알아듣고 나는 휘청거렸다. "아니, 오늘 밤엔 손가락 안 보여줘요? 걱정할 일인지 실망할 일인지 모르겠네요."

우리가 얼마나 가까이 서 있는지 절실히 인식하자 몸이 경직되었다. 나는 고개를 반대로 틀고 걷는 속도를 높여 우리 사이에 거리를 벌렸다. 그의 발이 웅덩이의 물을 튀기며 구치소로 향했다.

닉이 갑자기 걸음을 멈췄다. 이쪽으로 돌아서는 듯 그의 구두 바닥이 노면에 마찰됐다. "의뢰인을 만나기엔 좀 늦은 시간 아닌가요, 변호사님?" 나는 멈춰 섰다. 그가 몇 발짝 다가오는 소리에 가슴이 쿵쾅거렸다. "우리 쪽 증거가 완벽하지 못했다면 당신이 지로프랑 뭔가 계략을 세우고 있다고 생각했겠네요."

얼른 머리를 굴렸다. 캣이라면 어떻게 할까?

닉을 등진 채 오른손을 쳐들고 가운뎃손가락을 올렸다. 그의 웃음소리를 들으며 정비 트럭 쪽으로 날래게 걸음을 옮겼다.

"역시 언변이 예사롭지 않네요, 리바코프." 닉이 내 뒤에서 외쳤다. "법정에서 봐요, 변호사님."

구치소 문이 찰칵 닫히자, 나는 밴 뒤에서 몸을 숙인 채 창문으로 닉이 사라졌는지 흘끔거렸다. 부들거리는 손으로 가방에서 열쇠를 찾았다. 몸을 덜덜 떨며 문을 열고 운전석에 파묻혔다.

큰일 날 뻔했다. 정말 아슬아슬했다.

안도의 한숨을 쉬며 시동을 걸었다. 환기구에서 찬 공기가 밀려들자, 히터를 세게 틀고 송풍구 앞에 손을 갖다댔다. 열린 지갑 속의 희미한 불빛을 보고 휴대전화를 꺼냈다.

"어떻게 됐어요?" 베로가 소리 낮춰 물었다. 아이들은 잠든 지 오래였다. 수화기에서 찬장 문이 삐걱대는 소리와 비닐봉지 바스락대는 소리가 들렸다.

"무서워 죽는 줄 알았어요."

"펠릭스는 만났어요?"

"네, 하지만 나오다가 닉을 마주쳤어요."

베로가 숨을 씨근거렸다. "당신을 알아봤나요?"

"다행히 못 알아봤어요."

"펠릭스는 뭐래요?"

"내 제안을 받아들였어요. 칼에 대해 뭐 좀 알아냈나요?"

"별로요. 내가 알기로 죽은 지 4개월이 됐는데 아무도 실종 신고를 안 했어요. 이상하지 않아요?"

"테리사한테 들었잖아요, 아내랑 갈라섰다고. 그가 무슨 일을 당했는지 아내는 몰랐나 보죠."

"그런데 스티븐은 왜 그를 찾지 않았을까요?"

"테리사가 칼과 스티븐은 별로 안 친했다고 했잖아요. 다른 동업자는 누구인지 알아냈어요?"

"확실치는 않지만 짐작은 가요. 테리사가 그랬죠, 다른 동업자 이름은 테드라고. 에드워드의 흔한 애칭이잖아요. 구글에서 칼을 검색했더니 자꾸 다른 이름이 같이 떴어요. 알고 보니까 칼은 사촌 에드워드 풀러와 공동으로 농장 몇 곳을 소유하고 있었어요."

"풀러라. 브리의 성이 풀러였죠?" 여태 그런 관계를 전혀 생각지 못

했다니. 브리는 사진 속에서 세 사람 사이에 끼여 있었다. 그리고 자신을 농장에 취직시켜준 사람은 아버지라고 했었다. 하지만 테드 풀러와 칼 웨스터버가 사촌지간이라면 테드는 왜 칼의 실종 신고를 안 했을까?

휴대전화가 진동했다. 수화기를 귀에서 떨어뜨렸다가 화면에 스티븐의 이름이 보이자 욕이 튀어나왔다.

"이 전화 받아야 돼요." 베로에게 말했다.

"오는 길에 과자랑 아이스크림 좀 사와요. 나는 칼의 아내 뒷조사를 해볼게요."

스티븐에게 통화를 연결했다. "대체 무슨 짓을 하고 다니는 거야?" 그가 버럭 소리 질렀다.

나는 눈을 질끈 감으며 애써 화를 눌렀다. "무슨 소리를 하는 거야?"

"방화범이 내 집을 날려버릴 거란 생각은…… 전부 당신 머릿속에서 나온 소설이야. 그런데 덕분에 누가 나를 죽이려 한다고 믿는 경찰이 내 농장에 쫙 깔렸다고."

"진짜 누가 당신을 죽이려 한다는 생각은 안 해봤어?"

"헛소리 말아! 보안회사 녹음을 확인했어. 누가 불을 질렀는지는 당신도 알고 나도 알아."

나는 핸들을 꽉 쥐었다. "그날 밤 농장에 갔었다는 건 인정하는데, 스티븐, 불은 지르지 않았어. 내 말을 믿어야 해."

"믿을 이유가 없지. 당신이 방금 한 말이나 녹음된 목소리나! 한 번만 더 허튼짓을 해봐. 내 트레일러에 침입했던 사람이 당신이라고 경찰에 당장 신고할 테니까!"

앞 유리에 빗방울이 튀었다. "가만…… 경찰이 아직 모른다고?"

"당연히 모르지! 내 아이들한테 엄마가 방화죄로 잡혀가는 꼴을 보여줄까 봐? 경찰한테는 녹음된 목소리가 누군지 모른다고 했지만, 당신이 아이들을 나한테서 떼놓을 구실을 찾으려고 자꾸 이렇게 황당한 음모론을 퍼뜨리고 어떤 미친놈이 나를 죽이려 한다고 경찰한테 떠벌리면, 가이를 부르고 당신 언니한테도 연락하는 수밖에 없어."

"그러기만 해봐."

"두고 봐." 침묵이 망치처럼 내려앉고, 앞 유리의 와이퍼가 좌우로 맹렬히 움직였다. "농담 아니야, 핀레이. 농장에 얼씬도 하지 마. 상황이 좀 진정되면 다시 주말에 재크와 딜리아를 만날 거야."

"스티븐, 그건—."

딸깍.

컵홀더에 휴대전화를 던졌다. 차 안이 불쾌할 정도로 훗훗해져서 가발을 벗었다. 축축한 구두가 발에 물집을 만들었다. 옷까지 흠뻑 젖어서, 얼른 집에 가고 싶은 마음뿐이었다.

기어를 넣고 항의하듯 툴툴거리는 밴을 몰아 정비 트럭 뒤편을 빠져나왔다. 전조등으로 짙은 안개를 비추며, 외부로 통하는 단 하나의 문으로 나아갔다. 건물을 돌다가 급브레이크를 밟았다. 규칙적으로 움직이는 와이퍼 사이로 파란 불빛이 깜박였다. 순찰차 두 대가 내 앞의 출구를 막았다. 차 문이 열리더니, 경찰 두 명이 차 뒤에 무릎을 꿇고 총을 꺼냈다.

그들 뒤에 닉이 서 있었다. 무전기를 입에 댄 채 실눈으로 내 차 앞 유리를 보고 있었다. 내 차 전조등이 그의 굳은 표정을 잡았다.

"엔진 꺼요. 손 들고 차에서 내려요."

32

닉은 나를 직접 경찰서로 호송했다. 내 팔을 꽉 잡고 옆문을 통해 조사실로 데려갔다.

"조지아한테 연락할까요?" 그가 내 수갑을 풀면서 물었다.

"아니, 그러지 말아요." 손목을 문지르며 대답했다. 닉은 수갑을 접어 재킷 주머니에 넣었다. 의자를 당겨 나를 앉히며 눈으로 나의 젖은 외투와 하이힐을 살폈다. 벽에 걸린 어두운 거울 속 내 모습은 초췌했다. 젖은 머리는 이마에 찰싹 달라붙었고, 눈에는 마스카라가 번져 있었다. "조지아는 안 돼요."

"그럼 연락할 다른 사람 있어요?" 그의 턱 근육에 힘이 들어갔다. "변호사라든지?"

"변호사가 있어야 하나요?"

닉은 입을 굳게 다문 채 내게 자기 휴대전화를 건네고 돌아섰다. 그는 팔짱을 끼고 양면 거울에 몸을 기댔다. 아침에 일어나 내가 없어진 것을 알아차릴 아이들을 생각하니 가슴이 덜덜 떨렸다.

줄리언의 번호를 눌렀다. 그가 전화를 받지 않기를 바라는 마음도 있었다. 하지만 막상 통화가 연결되자 안도감에 소리를 지를 뻔했다. 떠들썩한 말소리와 유리잔 부딪치는 소리가 들렸다.

"여보세요?" 줄리언이 번호를 알아본 듯 조심스레 말했다. 닉이 미클러 사건의 목격자를 찾으러 러시에 갔을 때 줄리언은 그를 만난 적이 있었다.

"저기, 핀레이예요." 차분한 목소리를 내려고 애썼다. 긴 침묵이 이어졌다. 줄리언이 밖으로 나간 듯 술집의 소음이 나직해졌다.

"당신, 괜찮아요?"

"괜찮아요."

"지금 어디죠?"

눈을 들어 닉을 보았다. 그는 벽에서 떨어져 쭈뼛쭈뼛 밖으로 나갔다. 문이 닫혔다.

"부탁이 있어요." 목이 메었다. "여기 경찰서예요. 변호사가 필요해요. 달리 전화할 데가 없어서요." 언니를 부를 수는 없었다. 아직은.

"혼자 있어요?"

"네."

"어떻게 된 일이에요?" 줄리언이 긴장한 목소리를 냈다.

"지금은 말 못 해요."

"핀레이, 나는 아직 로스쿨 졸업도 안 했어요. 당신을 변호할 수는 없어요."

"알아요. 당신한테 부탁할 생각은 없어요. 그래도 아는 변호사가 있을 거 아녜요? 오늘 밤에 나를 도와줄 사람?"

그가 비속어를 중얼거렸다. "몇 군데 연락해볼게요. 당신 진짜 괜찮은 거죠? 내가 데리러 가도 돼요?" 이 말에는 다른 질문이 담겨 있었다. 경찰이 나를 집에 보내줄까? 아니면 여기 붙잡아둘까?

"괜찮아요. 집에는 알아서 돌아갈게요." 문이 열리고 닉이 안으로 들어오자 나는 고개를 들었다. "고마워요." 작은 소리로 말하고 전화를 끊었다. 통화 기록을 삭제한 다음 휴대전화를 테이블 위로 밀었다. 입을 다물었지만 침묵을 견딜 수 없었다. "나인 줄 어떻게 알았어요?"

닉이 두 손으로 테이블을 짚었다. 강렬한 형광등 불빛이 짙은 턱수염과 눈 밑 그늘을 드러냈다. "당신이 오른손 가운뎃손가락을 들어서요. 캣은 왼손잡이거든요. 그리고 인장 반지를 안 꼈을 리가 없어요. 펠릭스의 상징이니까." 그는 입술을 깨물었다. "당신인 줄 알았으면 지원 요청을 안 했을 거예요. 무슨 생각으로 그랬던 거예요, 핀?"

대답이 궁했다. 대신에 질문을 던졌다. "우리 언니도 알아요?"

그가 고개를 저으며 어깨를 늘어뜨렸다. "쭉 모를 거예요."

"무슨 뜻이죠?"

"아무도 말을 안 할 거라고요."

"어떻게 장담하죠?" 주차장을 나가는 나를 붙잡을 때 경찰 네 명이 그와 함께 있었다. 경찰들도 휴게실에 모여 한담을 나눈다. 틀림없이 누군가는 조지아에게 알릴 터였다. 그러면 조지아는 문을 박차고 들어와 내 목을 조를 것이다. 그러다 우리 엄마 귀에 들어가면 상황은 더 곤란해진다.

"아무도 그 얘기를 안 할 테니까요. 당신도, 나도, 현장에 있던 다른 경찰들도."

"왜요?"

"그러지 않기로 합의했어요." 닉이 몸을 꼿꼿이 세웠다. "로이스 파일은 교도관 생활을 30년 했어요. 다음 달에 은퇴하죠. 신분증도 확인하지 않고 당신을 들여보낸 사실이 새 나가면 로이스는 직장을 잃어요. 그렇게 되는 건 아무도 원하지 않죠. 누가 물어보면, 당신은 책 쓰는 데 필요한 조사를 하러 여기 온 거예요. 다른 조치는 내가 전부 취해뒀어요. 역할극만 좀 하면 무사히 마무리할 수 있어요."

"왜 그렇게 해요? 당신 입장이 크게 곤란해질 수도 있는데."

"네, 맞아요, 그럴지도 몰라요." 그는 손으로 얼굴을 문질렀다. "전부 내 잘못이에요. 펠릭스가 연루됐을지 모른다는 의혹을 어제 당신한테 말하지 않았다면, 당신이 이런 무모한 일을 벌이지 않았을 텐데. 핀, 내가 확실히 처리할게요. 우리는 이미 용의자 한 명을 배제했—."

"무슨 용의자요?"

그는 내게 얼마나 털어놔야 할지 고민하는 듯 입을 다물었다. "포콰이어 경찰서에서 오늘 아침에 브리 풀러를 불러서 조사했어요. 보안회사에 따르면 화재 직전에 트레일러에서 의문의 여성이 보안 경보를 울렸다네요. 업체에서 전화했더니 그 여자가 자신을 브리라고 밝혔대요. 수사관들은 진짜 그런가 보다 했는데, 알고 보니 브리에게는 알리바이가 있었어요. 집에서 TV를 보고 있었다는 걸 브리의 부모가 확인해줬어요. 그 알리바이는 사진으로도 증명됐고요. 그날 밤에 브리의 어머니가 거실에 있는 브리와 아버지 사진을 찍었고, 브리는 사진을 소셜미디어에 올렸죠. 브리의 휴대전화에 저장된 원본 사진 정보를 보니 보안회사가 경찰에 화재 신고를 한 때와 비슷한 시간에 찍혔더라고요."

“그럼 누가 불을 질렀는지는 아직 모른다는 거죠?”

“그래서 내가 오늘 저녁에 구치소를 찾아간 거예요. 로이스 파일은 포코이어 카운티 경찰서의 형사 몇 명을 알아요. 나 대신 전화 몇 통 해달라고 부탁했죠. 브리는 한 시간쯤 전에 돌아갔대요. 내가 상황을 계속 주시하겠다고 당신한테 약속했으니까, 지금 그렇게 하고 있는 거예요. 이제 용의자가 여자란 사실은 알게 됐죠. 스티븐의 사업과 사생활에 대해 훤히 꿰고 있다는 것도. 테리사가 전자발찌를 풀었고 그 단짝 친구의 남편이 아내를 실종 신고했다는 사실을 감안하면, 아무래도 테리사 홀과 애이미 레이놀즈가 의심스러워요.”

“애이미 레이놀즈요?”

“토요일 밤부터 집에 없었고, 남편에 따르면 통장잔고를 전부 인출했대요. 나는 애이미와 테리사가 이 일과 관계있다고 봐요.”

애이미 레이놀즈.

테리사를 위해서라면 시체 처리도 마다하지 않는 애이미. 인터넷에서 자취를 감추는 법을 아는 애이미. 골칫거리를 사라지게 하는 방법을 아는 애이미. 우리 아이들 때문에 스티븐과 싸웠던 애이미. 은행 예금을 모두 인출한 애이미. 일을 끝내면 싹쓸이에게 돈을 지불할 생각이었던 모양이다.

의자에서 벌떡 일어나자 닉이 내 어깨를 잡았다. “당신이 무슨 생각을 하는지는 알지만, 겁먹을 필요 없어요. 스티븐의 집 근처를 감시하고 그가 가는 곳마다 미행할 사람도 붙이려고요. 24시간 내내 교대 근무할 팀을 꾸리기 전까지는 조이가 거기 가 있기로 했어요. 테리사와 애이미를 찾고 불 지른 사람이 누군지 밝힐 때까지 스티븐의 안전을 지키는 데 최선을 다할 거예요.” 그는 답답하다는 듯 한

숨을 뱉으며 나를 가만히 자리에 앉혔다. "당신 오늘 밤에 죽을 수도 있었어요. 두려운 거 알아요. 다 가족을 보호하려고 한 일이라는 것도. 하지만 흉악범과 협상하려 하면 안 돼요. 펠릭스가 바로 흉악범이라고요. 그가 무슨 약속을 하든 곧이곧대로 믿어서는 안 돼요." 닉은 내 맞은편 의자를 내 바로 앞으로 끌어왔다. 의자에 앉은 그는 팔꿈치로 무릎을 짚으며 머리를 내게 바짝 갖다 댔다. "스티븐의 목숨을 노린 이유를 물어봤나요? 지로프가 뭐라던가요?"

입을 열었다 닫았다. 닉은 내가 스티븐의 목숨을 구하려고 그곳에 간 줄 아는 모양이었다. "아, 아무 말도." 나는 말을 더듬거렸다.

"누가 일을 꾸몄는지도 말 안 해요?"

"안 했어요."

그의 어깨에 긴장이 풀렸다. "다행이네요."

"다행이라고요? 뭐가 다행이죠?"

"펠릭스가 법정에서 자신에게 불리하게 쓰일 사실을 털어놓지 않았다면, 캣도 당신을 고발하지 않을 테니까요." 닉은 잠시 생각에 빠졌다. 내 턱을 손으로 감싸더니 그는 머리를 숙여 나와 눈을 맞췄다. "여기서 나가게 해줄게요, 핀. 이 일은 아무도 입 밖에 내지 않을 거예요. 캣과 펠릭스도 그러길 바라야죠. 하지만 다음부터는 걱정되면 나를 찾아오겠다고 약속해줘요. 스티븐이 걱정되겠지만 그건 경찰들한테 맡겨요."

그의 손바닥 사이에서 고개를 끄덕이다가, 문 두드리는 소리에 깜짝 놀랐다. 닉이 손을 떼자 한 시간 전에 나를 밴에서 끌어내린 경찰관이 머리를 들이밀었다. "변호사가 도착했습니다."

닉은 말없이 의자에서 일어나 복도로 나갔다. 문틈으로 지켜보니 무거운 짐을 내려놓은 듯 그의 어깨에서 긴장이 풀렸다. 다른 사람이 올 줄 알았던 모양이다. 줄리언이 나를 위해 급히 섭외했을 변호사는 닉의 몸에 가려 보이지 않았다. 닉의 다리 사이로 칼주름이 잡힌 검은색 바지와 수수한 구두만 보일 뿐이었다.

"와주셔서 감사합니다." 닉이 악수를 청하며 말했다. "별일도 아닌데 이렇게 늦은 시간에 오시게 해서 죄송하네요. 그냥 큰 오해가 있었어요."

"그래요?" 여자가 미심쩍다는 투로 말했다.

"도너번 씨는 작가예요. 조사를 하러 여기 오셨죠. 제게 사전에 허락받았지만, 전달을 받지 못한 경찰 몇 명이 상황을 오해한 모양이에요."

"그래요? 형사님이 저 여자를 잡아넣었다고 들었는데요?" 적갈색 머리와 낯익은 녹색 눈이 닉의 어깨 너머를 기웃거리며 문틈을 들여다봤다. 속이 뒤집혔다.

닉이 헛기침을 했다. "도너번 씨가 가급적 실제에 가까운 경험을 요청해서요."

"그래서 수갑을 채우고, 차를 압수하고, 변호사까지 불렀다고요?" 파커는 그의 옆을 지나 문을 열었다가 나와 눈이 마주치자 우뚝 멈췄다. 서서히 상황을 간파하는 표정이었다.

닉이 그녀를 따라 들어오며 해명했다. "이 상황이 어떻게 보일지 알아요. 하지만 전부 큰 오해였어요. 도너번 씨는 입건된 게 아닙니다."

"그런데 왜 조사실에 있죠?"

닉이 두 손을 들었다. "맞는 말씀이에요. 제가 판단을 잘못해서 이

지경이 됐지만, 말씀드렸듯 도너번 씨가 조사받아야 할 상황은 아닙니다." 그가 내 옆으로 다가와 어깨에 손을 얹었다. "시간이 늦었네요. 집에 가셔야겠어요."

파커는 눈을 가늘게 뜨고 우리를 번갈아 보았다. "괜찮으시면, 제 고객과 이야기를 좀 하고 싶은데요."

닉이 마지못해 나를 보았다. 내가 고개를 끄덕이자, 그는 우리 둘을 남기고 나가 문을 닫았다.

한기가 느껴져 팔로 몸을 감쌌다. "와주셔서 고마워요."

줄리언의 룸메이트는 내 어색한 미소에 반응하지 않았다. 그녀가 나를 위해 온 것이 아님은 우리 둘 다 모르지 않았다. 그녀는 서류가방을 탁자에 놓았다. 둘 다 앉으려 하지 않았다. "이게 무슨 상황인지 정확히 설명해주실래요?"

"앤서니 형사님이 얘기한 대로예요. 창작에 필요한 조사를 하다가, 역할에 너무 몰입했나 봐요. 그뿐이에요."

"그래서 변호사를 사칭해요? 구치소에 몰래 들어가고? 너무 몰입했다고요? 네, 그렇다 쳐요. 저 형사님이 감싸주지 않았다면, 당신은 감옥에서 밤을 보내야 했겠죠." 그녀는 고개를 기울이고 나를 뜯어봤다. "두 분 사이에 제가 알아야 할 뭔가가 있나요?"

"미안하지만, 그건 당신이 상관할 일이 아니에요."

"제 생각은 달라요. 줄리언은 제 친구예요. 착해빠져서 사람을 너무 믿는 게 탈이죠. 그렇다고 줄리언이 이용당하거나 거짓말에 속아야 할 이유는 없잖아요."

"다행이네요. 내가 그 두 가지는 하지 않아서."

그녀가 날카롭고 메마른 웃음소리를 냈다. "줄리언 말이 맞네요.

당신 완전 엉터리예요. 우리 두 사람을 위해서 부탁 좀 할게요. 다음에는 곤란한 일이 생겨도 줄리언한테 전화하지 마세요. 앞길이 창창한 청년이잖아요. 줄리언에겐 당신이 없는 편이 나아요." 그녀는 탁자 위의 가방을 들었다. 굳이 반박할 마음이 들지 않았다. 그녀는 문을 열고 뛰쳐나갔다.

닉이 자기 외투를 들고 조사실로 슬그머니 들어왔다.

"가요." 내게 외투를 펼쳐주며 말했다. "집에 데려다줄게요." 그는 따뜻한 가죽으로 내 몸을 감싸 옆문으로 데려갔다. 파커는 비를 맞으며 인도에 서서 휴대폰을 귀에 댄 채 우산을 펼치고 있었다. 닉의 팔에 안겨 차로 이동할 때 그녀와 시선이 마주쳤다.

33

우리 집까지는 짧은 거리였지만 이동하는 내내 닉의 침묵에 마음이 불편했다. 차가 우리 집 진입로에 멈춘 시간은 새벽 1시에 가까웠다. 엔진을 켜놓은 채 우리는 앞 유리를 멍하니 응시했다. 해거티 부인의 집은 캄캄했지만, 위층 창문 커튼이 살짝 들리는 것을 내 쪽 사이드 미러로 확실히 보았다.

"당신 차는 아침에 갖다줄게요." 그가 긴 침묵을 깨고 말했다. "조이랑 같이 가서 가져오죠. 당신은 경찰서에 다시 안 오는 편이 낫겠어요. 누가 물으면 대답하기 곤란하니까."

불필요한 걱정이었다. 나도 다시는 가고 싶지 않았으니까. 고개를 끄덕이며 안전벨트를 풀었다. "데려다줘서 고마워요."

"뭐, 나타나야 할 사람이 안 나타났으니까요." 지쳤지만 날이 선 말투였다.

"나한테 화난 거 알아요. 아까처럼 하실 필요는 없었어요."

그가 나를 돌아봤다. 주방 창문의 불빛 속에서 그는 충격을 받은 듯 눈을 휘둥그레 떴다. "화난 정도가 아니에요, 핀. 얼마나 두려웠는지 알아요? 당신은 펠릭스 지로프의 영역에 제 발로 들어갔어요. 나라면 당신을 밤새 조사실에 혼자 있게 하지 않아요. 당신이 직접 운전해서 집에 가도록 절대 안 놔둬요."

"나는 괜찮아요."

"그래, 그렇겠죠." 위장 순찰차가 우리 집 진입로를 지나 천천히 멈추자 닉의 시선이 백미러로 옮겨갔다. 그의 목소리가 조금 부드러워졌다. "지로프가 문제를 일으키지 않을 거라는 확신이 들 때까지 로디 경관이 당신 집을 지킬 거예요."

"그럴 필요 없어요." 내가 목소리를 높였다.

"나 같으면 절대 골치 아프다고 외면하지 않아요. 실종된 변호사가 적어도 오늘 밤에는 나타났어야 해요."

나는 움츠러들었다. 파커가 떠나면서 한 말이 파편이 되어 머릿속을 떠돌았다. "복잡한 사정이 있어요."

그가 몸을 틀어 나를 마주봤다. "아니, 핀, 복잡할 거 없어요. 당신에겐 곁에 있어줄 사람이 필요해요."

"그래서 당신이 그 사람이 되겠다고요?" 내가 쏘아붙였다.

그는 이를 악물고 시선을 돌렸다. 나는 그의 외투를 벗고 문으로 손을 뻗었다. "늦었어요. 들어갈게요."

"핀, 잠깐만—."

"고마워요. 전부 다." 그가 대답하기 전에 차에서 내렸다. 찬바람이 축축한 옷을 파고들자, 어둠 속에서 열쇠를 더듬어 찾는 손이 바들바들 떨렸다. 열쇠를 꽂기도 전에 현관문이 확 열렸다.

베로가 나를 끌어안았다. "감방에 갇힌 거 아니었네요!"

"아직은요." 그녀의 머리칼에 대고 말했다. 그녀의 손아귀에 목을 단단히 잡혀 숨쉬기가 힘들었다.

"집에 안 와서 얼마나 걱정했나 몰라요. 당신이 잡혀 있다며 닉이 전화했을 때 어찌나 겁이 나던지 오레오 한 봉지를 홀랑 먹어치웠어요." 그녀는 나를 꼭 끌어안으며 속삭였다. "당신 책 내용과 같았는지 궁금해요. 감옥에서 나오기 전에 거칠고 뜨거운 섹스를 했나요?"

뒤로 물러나 그녀를 멍하니 바라봤다. 마스카라가 그녀의 얼굴에 길고 검은 줄무늬를 남겼고, 미소 띤 입가에 쿠키 부스러기가 붙어 있었다. "내 컴퓨터 훔쳐봤어요?"

"훔쳐보다뇨. 회계사로서 나도 당신 책의 성공 여부에 이해관계가 있는걸요. 어쨌든 맘에 들었어요."

닉의 차가 진입로를 후진하며 전조등으로 우리 쪽을 비췄다. 돌아보니 그의 차는 창문을 내린 채 로디 경관의 차 옆에서 공회전하고 있었다.

"밖에 로디 경관의 차가 왜 있죠?" 베로가 물었다.

"모르는 게 나아요." 아이들을 깨울까 봐 문을 살그머니 닫았다.

베로의 도움을 받아 비에 젖은 코트를 벗었다. "엄청 춥겠어요. 가서 몸 좀 말리고 녹여요. 그리고 수갑 얘기 좀 해봐요."

나는 고개를 절절 흔들며 내 방으로 들어가 축축한 옷을 벗고 따뜻한 플란넬 잠옷으로 갈아입었다. 두 손으로 머리를 싸쥐고 침대에 걸터앉았다. 옆에서 휴대전화가 깜박거렸다. 마지못해 집어들고 줄리언이 보낸 문자를 읽었다.

마감하고 곧 집에 가요. 편할 때 전화해줘요. 걱정 되니까.

파커가 경찰서에 나타나기 전에 도착한 메시지였다.

휴대전화를 내려놨다. 다시 집어 메시지를 응시하다가 그의 번호를 눌렀다.

그가 단번에 전화를 받았다. "괜찮아요?" 긴장하고 지친 목소리였다.

"네. 집에 도착했어요."

"들었어요." 한참 침묵이 이어졌다.

"또 무슨 말을 들었어요?"

"다 들은 게 아니란 걸 알 만큼만 들었어요. 이쪽으로 와서 진짜 무슨 일이 있었는지 말해줄래요?"

창가로 다가가 블라인드 귀퉁이를 들고, 저만치 서 있는 로디 경관의 검은 차 윤곽을 보려고 목을 길게 뺐다. 침대에 들어가 베개에 기댄 채, 한쪽 팔을 머리에 얹고 천장을 응시했다. "못 가요."

"그럼 내가 그쪽으로 갈게요."

"그러지 말아요."

"왜요?"

"위장 순찰차가 우리 집을 감시하고 있거든요."

"앤서니 형사요?" 그의 말투에 낯선 뾰족함이 느껴졌다.

"아니요. 그분 동료가 길가에 대기하고 있어요."

"핀레이, 무슨 일이죠?"

"아무 일도 아니에요."

"구치소에 몰래 들어갔다가 붙잡힌 게 아무 일도 아니라고요? 경찰이 당신 집을 감시하는데도요? 오늘 밤에 누구를 만나러 간 거예요? 지로프였나요?" 나는 입을 꾹 다물었다. 닉과 나는 누구에게도 발설하지 않기로 합의했다. 많은 사람의 일자리가 걸린 문제였다. 줄리언이 알고서든 모르고서든 나를 도왔다는 사실이 알려지면 그의 미래도 어두워진다. "당신이 아까 내게 전화해서…… 이것저것 물었잖아요. 집필에 필요한 조사를 하러 간 게 아니죠? 그 사람을 만나러 갔잖아요. 왜 그랬어요?"

"말 못 해요."

"우리가 서로에게 솔직한 줄 알았어요."

"그럴 만한 이유가 있어요. 아는 게 적을수록 숨길 필요도 적어지니까요."

"말했잖아요. 나는 아무것도 안 숨긴다고. 당신도 숨기지 말아요. 그냥, 좀, 핀레이, 거짓말하지 말라고요."

그 한마디가 나를 크게 한 방 먹였다. "거짓말하는 거 아니에요. 그냥 다 말할 수가 없을 뿐이지. 당신도 내가 말하길 원치 않을 거예요."

"내가 뭘 원하는지 당신이 어떻게 안다고요."

그의 날카로운 말투에 나는 발끈했다. "내 인생은 보기 좋게 편집된 인스타그램 페이지가 아니에요, 줄리언! 나는 당신 말대로 완전 엉터리라고요! 아기 안전 울타리, 어린이 보호용 잠금장치로 무장된 인생이죠. 카시트랑 기저귀, 이래라저래라 하는 전남편, 온갖 간섭을 해대는 고집쟁이 엄마, 경찰 언니가 딸린 인생이에요! 내가 저지른 사고 중에 당신이 알면 기겁할 것도 있어요. 내 인생에서 당신이 몰라서 다행이다 싶은 부분도 있다고요. 당신이 정말로 솔직하다면, 나의 그런 일부 때문에 두렵다는 것, 그것 때문에 꼬리표가 달리고 싶지 않다는 것도 인정해야 할 테니까요."

침묵이 내려앉았다. "내가 당신한테 원하는 게 뭐라고 생각해요?"

"나도 그게 정말 궁금해요." 떨리는 숨을 내쉬며 한 팔을 얼굴에 걸쳤다. "나는 30대 싱글맘이에요, 줄리언. 아이가 둘이나 딸렸고 직업도 불안정해요. 당신은 앞날이 창창한 매력남이고요. 나는 건강보험도 없어요." 점점 화끈거리는 눈을 꽉 감았다.

"그게 다예요?" 그의 차분하던 목소리가 감정에 북받쳐 거칠어졌다. "당신이 부족한 사람이니까 우리 관계를 없었던 일로 하고 싶다는 뜻인가요?" 나는 목이 메어 말을 할 수 없었다. "당신 말대로 당신에겐 골치 아픈 일이 많죠, 핀레이. 하지만 우리 사이의 문제는 그게 아니잖아요. 자신에게 솔직하지 못한 사람이 나 혼자만은 아닐 거예요."

한참 침묵이 이어지다가 전화가 끊겼다. 나는 주워 담지 못한 많은 말들이 아쉬워 귀에서 수화기를 쉽사리 떼지 못했다.

베로가 가볍게 노크를 하고 내 방 문을 열었다. 그녀는 검은 포니테일을 찰랑이며 머리를 들이밀었다. "옆에 있어줘요?"

복슬복슬한 슬리퍼와 플란넬 가운 차림으로, 베로는 대답을 기다리지 않고 들어와서 내 손에 따뜻한 코코아 잔을 쥐여주었다. 마시멜로가 넘치도록 담겨 있었다. 그녀는 내 침대로 올라와 헤드보드에 기댔다. 나는 코코아를 한 모금 마셨다가, 목을 자극하는 독한 술기운에 콜록거렸다.

베로가 자기 머그에 대고 쿡쿡 웃었다. "보아하니 술이 필요할 거 같아서요. 어찌 됐어요?"

"우리 방금 헤어졌나 봐요. 하지만 둘 중에 누가 끝낸 건지 모르겠어요." 나는 구치소를 나오다가 닉에게 붙잡히고 파커가 변호인으로 나타날 때까지의 자초지종을 베로에게 설명했다.

베로가 입술에 묻은 마시멜로를 닦으며 말했다. "음, 줄리언이 왜 그리 화가 났는지 알 만하네요."

"그 사람한테 얻은 정보로 내가 불법을 저질러서요?"

"아니, 질투가 나서요."

"질투가 아닐걸요. 그냥 실망한 거예요."

"자괴감을 느낀 거죠, 핀. 자기는 당신을 구하지 못했는데 닉은 해냈으니까요. 당신을 구해주려고 파커를 보냈는데, 파커는 돌아가서 닉이 당신을 철저히 감싸더라고 전했을 거 아녜요. 더군다나 무슨 일이 있었는지 당신이 얘기도 안 하니까 줄리언은 무력감을 느낄 수밖에요."

"도움을 청했다고 나를 구해달라는 뜻은 아니잖아요."

베로는 어깨를 들썩했다. "뭐랄까, 남자는 연약한 존재예요. 줄리언한테 시간을 좀 줘요. 다시 돌아올 거예요." 그녀는 가운 주머니에서 버번 병을 꺼내 내 코코아에 따르고 자기 잔에도 부었다. "펠릭스가 합의를 지킬 거라고 생각해요?"

"선택지가 별로 없을 테니까요."

"그가 사이트를 없애면, 우린 어떻게 해야 하죠?"

"경찰보다 먼저 테리사와 애이미를 찾아내야 해요."

"정말로 애이미가 진저리라고 생각해요?"

"그래야 해요. 애이미는 싹쓸이 같은 사람을 고용할 돈이 있죠, 스티븐을 싫어하고, 게다가 광고를 낸 타이밍도 그럴듯해요. 스티븐이 테리사를 차버린 무렵이잖아요. 단짝 친구 테리사 혼자 감옥에 있을 때죠. 스티븐이 죽어버려서 자신을 변호할 수 없다면 그에게 칼을 죽였다는 누명도 씌울 수 있죠." 내 추리가 옳고 애이미가 진짜 진저리라면, 그녀를 찾기만 해도 모든 문제가 해결된다. 잃어버린 내 휴대전화를 되찾고, 칼의 토막 난 시체를 없애고, 애이미가 칼의 살인에 연루된 사실을 이용해 싹쓸이를 단념시키도록 그녀를 설득할 수도 있다. 완벽한 계획이었다. 어디서부터 시작해야 할지 알 수 없을 뿐.

34

다음 날 아침 일찍 일어났더니, 진입로에 내 밴이 주차되어 있고 휴대전화에는 차 열쇠를 깔개 밑에 뒀다는 닉의 메시지가 와 있었다. 나는 잠옷 차림으로 슬리퍼를 끌고 나가 열쇠를 찾고, 로디 경관과 교대한 주간 근무자에게 손을 흔들어준 다음 밴을 차고에 넣고 안에서 문을 잠갔다.

오늘의 첫 커피와 함께 식탁에 앉아 있는데, 누가 현관문을 쾅쾅 두드렸다. 주방 커튼 틈으로 내다보니 언니의 차가 서 있었다. 나는 눈을 감고 상소리를 중얼댔다. 소문이 퍼지는 데 24시간도 안 걸리다니. 한숨을 쉬며 문을 열어젖혔다.

"안녕, 핀!" 조지아가 내 어깨를 툭 치며 집 안으로 들어왔다. "아이들 얼른 준비시켜."

"벌써 준비 다 했지. 베로가 딜리아를 유치원에 데려다줄 건데."

"유치원 가는 거 아냐. 내가 이틀 휴가 냈거든. 아이들을 우리 집에 데려갈 거야."

"언니 집?" 조지아의 활기찬 말투가 영 수상했다. "왜? 그게…… 싫다는 뜻이 아니라, 기저귀도 갈아야 할 테고……." 나는 조지아를 따라 주방으로 들어갔다. 조지아는 직접 커피를 따르고 찬장에서 마른 시리얼을 한 움큼 집어먹었다.

"오늘 아침에 닉한테 연락 받았어. 누가 네 전남편을 없애지 못해 안달이라던데. 용의자 후보야 차고 넘치겠지만, 닉은 펠릭스 지로프가 이 모든 일에 관여했다고 보고 있어. 인터넷에서 어떤 게시물을 발견했나 봐."

그 게시물. 닉이 어젯밤에 웹사이트를 찾아낸 것이 틀림없었다. 조지아는 어깨를 으쓱하더니 또 한 움큼 입에 넣고 우물거리며 말했다. "닉은 촉이 좋아. 닉이 너희 집에 사람을 배치할 정도라면, 아이들을 잠시 다른 데 데려다놓는 게 현명하지. 스티븐의 집은 닉의 파트너가 맡겠지만, 우리 엄마랑 아빠 집을 감시할 인력은 없어서 나더러 자기가 수사를 매듭지을 때까지 아이들을 며칠 데리고 있는 게 좋겠대."

"닉이 다른 말은 없었어?" 내가 조심스레 물었다.

"오늘 아침에 무슨 웹사이트가 증발했다고 어지간히 투덜대던데. 그 일로 속이 제법 상한 모양이야."

웹사이트. 펠릭스가 사람을 시켜 간밤에 없애버린 것이 틀림없었다.

끝났다. 우리가 해냈다. 이제 닉보다 먼저 테리사와 애이미를 찾아내면 된다. "닉은 지금 어디 있는지 알아?" 그가 집에 가서 잠을 좀 잔다면, 우리가 한발 앞설 시간을 벌 수 있을 텐데.

"실종된 비밀 정보원에 대한 단서를 추적하고 있어."

나는 커피를 내려놨다. "단서가 있나 봐?"

조지아가 어깨를 들썩했다. "그런가 봐. 내가 자세히 물어보기도 전에 전화가 끊겨서. 닉이 일할 때 어떤지 너도 알잖아."

두말하면 잔소리다. 닉이 집에 자러 가지도 않는다는 걸 아주 잘 안다.

"가서 아이들을 데려올게." 주방을 나와 계단을 뛰어 올라가다가 복도에서 엿듣고 있던 베로를 자빠뜨릴 뻔했다. "들었어요?" 베로를 내 방으로 잡아끌며 물었다. "캠은 그 사이트에서 발견한 정보의 복사본을 아직 갖고 있을 거예요. 닉이 캠을 찾아내 파일을 손에 넣는다면, 어젯밤에 우리가 벌인 위험한 일은 허사로 돌아가요."

"우리가 닉보다 먼저 캠을 찾아야죠."

"하지만 닉이 캠은 집에도 학교에도 없더라는데요."

베로가 고개를 저었다. "궁지에 몰린 사람이 자기가 있어야 할 곳에 숨을 리 없죠. 집이나 친척은 안 찾아가요. 친구를 찾아가지. 아님 공범이나. 발각되면 역시 잃을 게 많은 사람 말이죠."

애이미와 테리사처럼. 아니면 베로와 나처럼. 베로는 나를 도와 시체를 묻은 직후에 내 집으로 들어왔다. "캠이라면 숨어야 할 때 누구를 찾아갈까요?"

"아이들 짐 챙겨요." 베로가 내 서랍에서 후드 티셔츠를 꺼내 내게 건넸다. "놀이터에 차저를 대기해놓을게요. 당신 언니를 보내고 뒷마당으로 나와요. 잠수 탄 해커를 어디서 찾아야 할지 잘 알겠으니까."

한 시간 후, 베로는 손마디로 수리점 카운터를 탁탁 두드렸다. 데릭이 등록기 뒤에서 휴대전화를 들여다보고 있었다.

"캠 만나러 왔는데." 베로가 퉁명스레 말했다.

"그런 사람 몰라요." 데릭이 고개도 들지 않고 대꾸했다.

"지난번에 왔을 때 명함을 줬잖아요." 내가 말했다. "캠이 네트워크 문제를 해결해줄 거라면서."

"죄송해요. 전혀 기억이 안 나요."

베로가 그의 얼굴 앞으로 바짝 다가가 목소리를 높였다. "기억나게 해줄게, 데릭. 캠은 네 또래에 금발이고 비쩍 말랐어. 잘난 척이 심하고. 네 말에 따르면, 못생긴 고추 사진을 없애는 법을 알고."

장신구 코너의 여자애 둘이 까치발로 서서 칸막이 너머 우리를 흘끔거렸다. 데릭은 의자에 앉은 채 몸을 더 숙였다. "무슨 말씀인지 전혀 모르겠어요."

"네가 왜 그 꼬마를 숨겨주려는지 모르겠네. 나한테 네 노출 사진을 팔려고 한 놈을."

데릭이 머리를 홱 들었다. 카운터에 휴대전화를 놓더니, 의자를 넘어뜨리고 일어서서 등 뒤의 '직원 전용' 문으로 들어갔다. 베로와 나도 서둘러 쫓아갔다. 데릭은 간이 주방과 너덜너덜한 소파가 놓인 휴게실 문을 열어젖혔다. 플라스틱 테이블에 앉아 얼굴 옆에 커다란 슬러시를 대고 있는 캠이 보였다.

"무슨 짓을 한 거야?" 데릭이 소리쳤다.

캠이 벌떡 일어났다. 뺨에 깊은 상처가 나 있고 왼쪽 눈은 부어서 떠지지 않았다. 다른 눈은 나를 보고 휘둥그레졌다. 데릭이 달려들어 구석으로 몰자 캠은 슬러시를 지키려는 듯이 끌어안았다.

"참 쉽네." 베로가 휴게실을 나가며 말했다.

"그 사진 없애라고 돈까지 줬잖아!" 데릭이 캠의 손에 들린 슬러시를 내려치자 벽에 오렌지색 얼음이 튀었다.

"야, 지금 마시고 있잖아!"

데릭은 캠의 멱살을 잡고 발끝이 바닥에서 떨어지도록 들어 올렸다. 가게 어딘가에서 벨이 울렸다. 데릭은 욕을 뱉더니 캠을 밀치며 손을 놓았다. "손님이 와서 산 줄 알아, 이 개자식아. 하지만 내 볼일 아직 안 끝났으니까 딱 기다리고 있어." 데릭은 느릿느릿 휴게실을 나갔다. 그가 나간 뒤 베로가 슬그머니 들어와 문을 닫고 빗장을 걸었다. 캠은 긴장하여 구석에 몸을 밀착했다. 속았음을 깨닫은 데릭이 문을 쾅쾅 치기 시작했다.

"저런, 멍청한 녀석." 베로가 손의 먼지를 털며 말했다.

나는 냉장고로 다가가 냉동실을 뒤졌다. 냉동식품을 꺼내 캠의 얼굴에 생긴 멍자국에 갖다댔다. 그가 움찔하며 몸을 피했다. "누가 이랬어요?" 내가 물었다.

그는 내 손에서 냉동식품을 낚아채 뺨에 살며시 갖다댔다.

"아무 말 안 할 거예요. 아줌마 때문에 이미 좆됐거든요."

"펠릭스예요? 그 사람 부하들 짓이에요?"

캠은 의자에 털썩 앉았다. "그 사이트 진짜 골 때리던데요. 내가 그걸 찾은 게 후회될 지경이에요. 아줌마도 싹 잊어버리는 게 신상에 좋아요."

캠의 앞에 앉아 냉동 스파게티 상자 주위의 베인 상처를 살폈다. 펠릭스에게 그 소식의 출처를 비밀 정보원이라고만 밝히고 캠의 이름은 노출하지 않았다. 그 정보원이 캠이고 그가 웹사이트 기록을 갖고 있다는 사실을 펠릭스가 안다면, 캠은 살아 있는 것만으로 행운이었다. "당신이 앤서니 형사한테 넘기려 했던 정보가 필요해요."

"미안해요. 안 돼요."

"우리한테 50달러 빚졌잖아." 베로가 그에게 말다.

캠이 자기 얼굴을 가리켰다. "내가 번 돈이죠!" 내 눈이 멍을 유심히 살피자 그는 시선을 피했다.

"싹쓸이에 대해 뭔가 알아냈죠?" 캠이 움츠러드는 모습을 보고 나는 의심을 확인으로 굳혔다. "싹쓸이가 누구인지 알면 우리한테 말해줘야 해요. 사람 목숨이 달렸다고요, 캠. 그러기로 했잖아요!"

"내가 왜 그래야 돼죠?" 데릭이 문틈으로 그를 부르자 캠은 더 위축되었다.

"말하기 싫다 이거지? 그러시든가. 네 친구 데릭이랑 만나게 해줄게." 베로가 문으로 돌아서서 걸쇠를 푸는 시늉을 했다.

"알았어요, 말할게요!" 캠은 냉동식품을 내려놓고 휴게실 반대편의 비상구를 흘끔거렸다. "하지만 여기서는 못 해요. 당신을 따라 가겠지만, 안전하게 지낼 곳이 필요해요. 아무도 나를 못 찾을 곳요. 그래야 당신한테 파일을 넘길 거예요."

"좋아요. 베로의 사촌 집에서 지내면 되겠네."

베로가 나를 홱 돌아봤다. "안 될 소리!"

"어쩌겠어요? 그럼 우리 언니 집에 데려가요?"

"호텔 방에 갈래요." 캠이 말했다. "좋은 호텔. 조식 제공되고 인터넷 잘 터지는 데로요. 슬러시도 한 잔 더."

"알았어요." 캠이 우리 집 소파를 차지하는 것보다는 나을 터였다. "가요."

우리는 캠을 따라 비상구를 나가 주차장의 환한 오후 햇살 속으로 들어섰다. 문이 닫히자 뒤에서 울리던 데릭의 고함소리가 희미해졌다. 베로는 리모컨을 누르며 차의 위치를 찾았다. 몇 줄 떨어진 곳에 주차된 차저에 불이 들어왔다. 캠은 외투를 입은 몸을 웅숭그린 채 눈으로 주차장을 슬금슬금 훑으며 베로의 차로 들어갔다. 베로가 시동을 걸자 그는 뒷좌석에서 몸을 한껏 낮췄다. 나는 캠을 돌아보며 말했다. "이제 말해봐요. 싹쓸이란 여자가 누군지."

캠은 입을 꾹 다문 채 무릎 위의 휴대전화만 실눈으로 들여다봤다. 슬러시를 갖고 아늑한 호텔 방에 무사히 들어갈 때까지 우리의 합의 사항을 이행할 생각이 없어 보였다. 베로에게 편의점에 차를 세우게 하고 캠에게 밝은 주황색 음료 특대 사이즈를 사다 안겼다. 캠은 몇 모금을 쭉 빨고 나서 물방울 맺힌 컵을 뺨에다 댔다.

"이제 어디로 가죠?" 베로가 물었다.

"리츠칼튼이 딱인데." 캠이 뒷좌석에서 중얼거렸다.

"길 건너면 홀리데이인 익스프레스가 있어요." 내가 말했다.

"내 건강과 안전에는 전혀 관심이 없네요."

베로가 고개를 저었다. "모텔로 가야 해요. 현금을 받는 곳, 아무도 저 아이를 기억하지 못할 곳으로요."

"여긴 어떨까요? 별로 멀지 않은데." 나는 휴대전화를 내밀어 수십 개의 객실이 주차장으로 연결된 작은 단층 건물을 보여주었다. 양옆에 주류 판매점과 성인용품 가게를 낀 곳이었다.

"완벽해요." 베로가 대답했다. "여기로 가요."

내가 모텔로 가는 길을 검색하는 사이 캠은 빨대를 거슬릴 정도로 요란하게 빨며 휴대전화로 동영상 시청에 몰두했다. 베로는 도로에서 잘 보이지 않을 위치에 차저를 주차했다. "들어가서 방 잡아주고 올게요." 베로가 손을 내밀었다. 나는 어젯밤에 베로에게서 빌린 메신저백을 뒤적여 가발을 옆으로 치우고 지갑을 꺼냈다. 베로의 손바닥에 20달러 지폐 몇 장을 내려놨더니 그녀는 엔진을 끄지 않고 차에서 내렸다.

“좋은 데 데려다주기로 했잖아요. 여기 완전 후졌어요.” 캠이 말했다.

“거울도 안 봐요?” 백미러를 캠 쪽으로 돌리며 물었다. “마지막으로 씻은 지 얼마나 됐어요? 딱 가출 청소년 몰골인데. 좋은 데로 데려가면 프런트 직원이 경찰을 부를걸. 그나저나, 경찰이 당신을 찾던데요.”

캠은 입을 닫았다. 자리에서 몸을 더 낮추며 그는 창밖을 노려봤다. “뭐 좀 물어봐도 돼요?”

“물어봐요.”

“자꾸 그 여자라고 하시는데요, 싹쓸이를 여자라고 확신하는 이유라도 있어요?”

“여성 커뮤니티이니 여자들이 모인 곳일 거 아녜요.”

“인터넷이잖아요. 누구나 다른 사람 행세를 할 수 있어요. 애초에 데릭한테 성기 사진을 보내도록 부추긴 사람이 누굴까요?”

“가만.” 나는 좌석에서 몸을 틀었다. “친구를 구슬려 노출 사진을 보내게 해놓고 사태를 수습해준답시고 돈을 뜯어냈다는 뜻이에요?”

“대단하죠?” 캠은 진심으로 자랑스러운 모양이었다. “인터넷에서는 상대가 누구인지 안다고 생각해서는 안 된다고요.”

“내가 추측할 필요는 없잖아요. 곧 체크인을 하면 당신이 전부 털어놓을 텐데.”

“전화 안 받아요?” 캠이 내 무릎에서 울리는 휴대전화 쪽으로 턱짓했다. 화면에 닉의 이름이 떴다.

엔진을 끄고 차 열쇠를 호주머니에 넣었다. "여기 있어요. 금방 돌아올 테니까." 휴대전화를 들고 건물 옆으로 가서 전화를 받았다. "닉?"

"스티븐한테 연락 왔어요?" 경찰 사이렌이 두 번 울리더니 닉이 경적을 눌렀다.

내 팔에 털이 곤두섰다. "왜 그래요? 무슨 일 있어요?"

"스티븐은 무사해요. 그런데 사고가 있었어요."

"무슨 사고요?"

"트럭 타이어가 터졌어요. 스티븐이 차를 간신히 도랑으로 몰았나 봐요. 나무에 부딪쳤지만 큰 피해는 없었던 모양이에요. 조이랑 사고 현장에 다녀오는 길이에요. 터진 타이어만 보고 알아내기는 어렵지만, 다른 타이어에도 칼로 벤 자국이 있었어요."

아뿔싸! "스티븐은 어디 있어요?"

"당신이랑 같이 있기를 바랐는데."

"당신이 사람들을 시켜 스티븐을 지키게 했잖아요."

"그랬죠. 그런데 스티븐이 엄청 싫어했어요. 경찰이 왜 자기 땅에 함부로 들어오냐면서. 조이가 그 집 가까이 진을 치고 있었다고 하니 스티븐은 집 뒤로 나간 게 틀림없어요. 우리가 트럭을 찾아냈을 때 이미 스티븐은 사라지고 없었고요. 견인차 기사가 기억하기로 스티븐은 밴에 탔다던데요."

목이 조여 왔다. "어떤 밴 말이죠?"

"몰라요. 견인차 기사는 트럭을 도랑 밖으로 끌어내느라 자세히 못 봤대요. 그것밖에 기억이 안 난다네요. 나는 당신이 스티븐 연락을 받고 데리러 간 줄 알았죠."

초조하게 서성대며 대답했다. “아니요, 아무 연락 없었어요.”

“제기랄.” 닉이 중얼거렸다. “그럼 승차 서비스였나 봐요. 콜택시나 우버 중에 밴이 많잖아요. 아이들은 조지아 집에 갔나요?”

“언니가 오늘 아침에 데려갔어요.”

“잘됐네요.” 긴장이 조금 누그러진 목소리였다. “스티븐이 당신 집으로 갈까 해서 그쪽을 주시하고 있어요. 스티븐이 발견되면 로디가 즉시 나나 조이한테 연락할 거예요. 당신도 스티븐 연락 받으면 나한테 전화 줘요. 어찌된 일인지 밝혀질 때까지 집에서 문단속 잘하고 있어요. 혹시 몰라서 조이는 스티븐 집으로 돌아갔어요. 나는 수배령을 내리려고 서로 가는 중이고요. 뭘 좀 알아내는 대로 당신 집에 들를게요. 저기, 핀?”

“네?”

“스티븐은 내가 찾아줄게요. 약속해요.” 닉은 전화를 끊었다.

무엇보다 그 말을 믿고 싶었다.

파들거리는 손으로 스티븐의 번호를 눌렀다. 곧바로 음성사서함으로 연결됐다. “스티븐, 핀이야. 메시지 들으면 바로 연락해줘.”

휴대전화를 만지작대며 모텔 뒤편 골목을 서성였다. 스티븐이 싹쓸이에게 납치됐다면 내가 그를 직접 찾는 편이 나을 터였다. 베로가 모텔 방만 잡으면 캠에게 아는 대로 털어놓게 할 생각이었다.

베로의 차 엔진이 부르릉 살아났다. 나는 건물을 돌아 그녀에게 달려갔다. 차저가 내 무릎 한 뼘 앞에서 끽 하고 멈췄다. 운전석에 앉은 캠의 눈이 휘둥그레졌다. 그의 시선이 백미러로 옮겨가 로비에서 달려 나오는 베로를 보았다. 캠은 핸들을 홱 꺾으며 가속페달을 밟았다. 타이어가 끽끽 소리를 내며 주차장을 빠져나갔다.

"내 차를 훔쳤어요! 차 열쇠도 안 챙기고 저런 놈을 혼자 뒀단 말이에요?" 베로가 꽥 소리를 질렀다.

"아니에요!" 나는 베로 앞에 리모컨 열쇠를 흔들었다. "챙겼어요. 저 아이한테는 슬러시와 휴대전화뿐이었다고요."

"유튜브." 베로가 내 손에서 열쇠를 당기며 말했다. "휴대전화로 유튜브를 봤을 거예요. 저 자식이 열쇠 없이 시동 거는 법을 익혔나 봐요! 틀림없어요." 베로가 주머니에서 휴대전화를 꺼냈다. "경찰에 신고할래요."

그녀의 손에서 휴대전화기를 빼앗았다. "그러면 안 돼요! 경찰한테 뭐라고 말하게요? 우리가 경찰을 피해 숨어 다니는 아이한테 방을 잡아줬다고 할 거예요? 캠은 우리에 대해 너무 많은 것을 알아요. 신고하면 안 돼요. 우리한테는 더 큰 문제가 있잖아요."

"내 차보다 중요한 게 어딨다고!"

"닉이 조금 전에 전화했어요. 스티븐이 없어졌다고. 싹쓸이가 데려간 게 분명해요."

35

베로와 나는 모텔에서 우버를 타고 집으로 돌아왔다. 캠을 찾으려면 차가 필요했고 남은 차는 밴뿐이었다. 집 앞 도로 끝에 있는 공원에 내린 우리는 이웃집 뒷마당을 지나 집 뒤에서 차고 옆문으로 들어갔다. 로디 경관과 해거티 부인의 눈을 피하기 위해서였다.

베로가 문에 열쇠를 꽂으며 중얼거렸다. "이상한데."

"뭐가요?"

"안 잠겨 있어요." 베로가 문을 조금 밀었다. 내 미니밴의 거대한 그림자 뒤에서 금속이 철컹대는 소리가 들렸다. "안에 누가 있어요. 어떡하죠?"

"나는 이쪽으로 들어갈게요. 당신은 주방으로 돌아가요." 베로는 고개를 끄덕이며 집 뒤의 미닫이문 쪽으로 살금살금 움직였다.

나는 차고로 살며시 들어가 밴 뒤에 웅크린 채 주위를 살폈다. 누군가 나를 등진 채 작업대 앞에 서서, 머리 위 희미한 알전구에 비친 나의 새 공구들을 들여다보고 있었다. 그의 옆모습이 보일 때까지 조심조심 다가갔다. 배관용 렌치를 살피던 스티븐이 분노 섞인 한숨을 내쉬며 공구를 내려놨다. 이번에는 새로 산 접이식 칼을 집어 칼날을 확인했다. 그가 살아 있다는 사실에 내가 안도했는지 화가 났는지 헷갈렸다.

벌떡 일어서며 외쳤다. "여기서 뭐 하는 거야?"

스티븐이 욕을 뱉었다. 그는 칼을 작업대에 쾅 떨어뜨리고 가슴을 움켜쥐며 몸을 돌렸다. 연장을 손가락으로 가리키며 그는 내 쪽으로 성큼성큼 걸어왔다. "나랑 얘기 좀 해. 당신이 무슨 짓을 하려는지는 알겠는데 이건 너무하잖아, 핀레이. 당신 때문에 경찰들이 전부 누가 나를 죽이려는 줄 안다고!"

"진짜로 누가 당신을 죽이려 하니까! 나도 당신한테 그 말을 하고 싶었어!"

"그만 좀 해. 당장. 누가 다치기 전에."

"뭐 하는 거야?" 스티븐이 내 쪽으로 손을 뻗자 나는 밴 옆으로 뒷걸음질했다.

"당신을 경찰서로 데려가야겠어."

"무슨 짓이야!" 그의 손을 탁 때렸다.

"당신 형사 친구 앞에 앉아서, 불이 난 그날 밤에 녹음된 목소리가 다름 아닌 당신이었다고 직접 털어놔야지. 전부 다 말해야 돼. 당신이랑 베이비시터가 나무 농장에서 나를 넘어뜨리고 강도 흉내를 낸 것도 내가 경찰에 신고하게 하려고 머리 쓴 거잖아."

"뭐? 내가 무슨 강도 흉내를 내?" 차고 안을 돌며 대치하다가 나는 그에게서 물러났다.

"내 휴대전화에 스파이 앱도 설치했더라. 잘 생각했네. 딜리아 가방에 홈캠 넣는 거보단 훨씬 나으니까."

"무슨 스파이 앱?"

"가스관을 건드리고 타이어를 찢은 이유는 뭐야? 누가 나를 해치려 하는 것처럼 꾸미려고? 아이들이 나랑 같이 있으면 안전하지 않은 것처럼 꾸미려고? 선 넘었잖아. 당신이 닉한테 직접 설명해. 그가 인터넷에서 발견했다는 웃기는 게시물이, 나랑 양육권을 공유하기 싫어서 당신이 올린 거라고 설명하란 말이야."

내 등이 차 보닛에 부딪쳤다. 그가 우리 사이의 거리를 좁히자 나는 차를 피해 문 쪽으로 조금씩 움직였다. "녹음된 건 내 목소리가 맞지만 불을 지른 건 내가 아니야! 다른 사고도 내가 꾸민 일이 아니야. 진짜로 누가 당신을 죽이려 하는 거라고! 믿든 안 믿든 이번만큼은 내가 아니야! 닉이 발견한 게시물은 진짜라고, 스티븐!"

그는 내 팔을 잡고 펜더 뒤에서 끌어냈다. "당신이 하는 얘기는 어째 하나같이 허무맹랑한지 몰라." 뒤꿈치에 힘을 주자 운동화가 콘크리트에 쓸려 끽끽 소리를 냈다. "걱정 마." 내가 체중을 실으며 버티자 스티븐은 이를 악물었다. "고소할 생각은 없다고 당신 경찰 친구한테 얘기할 테니까. 당신, 나, 내 변호사…… 이렇게 셋이서 해결할 거라고 하지 뭐. 지금 당장이라도 가이를 경찰서로 부르면 돼. 당신이 경찰에 털어놓기만 하면 다 해결된다고." 내가 스티븐을 밀치자 그는 한 손으로 내 팔을 꽉 잡았다. 다른 손으로는 호주머니에서 휴대전화를 꺼냈다.

"이러면 무슨 일이 생길지도 모르면서!" 연락처를 뒤적이는 그의 손가락을 보며 말했다.

"무슨 일이 생길지 정확히 알아. 형사 친구가 당신을 체포하진 않겠지. 내가 눈치도 없는 줄 알아? 그 자식이 당신을 보는 눈에서 꿀이 뚝뚝 떨어지더라. 늘 그랬듯이 조지아도 끼어들어서 당신을 싸고돌겠지." 스티븐이 버튼을 누르기 시작했다. 그의 등 뒤 주방 문 틈으로 빛줄기가 새어 들어왔다. "이 일은 그만 정리하자, 핀. 이제 당신이 저지른 짓을—"

내가 아끼는 눌음방지 팬이 스티븐의 뒤통수를 내리치자 차고에 쿵 소리가 메아리쳤다. 스티븐이 콘크리트 위에 모로 쓰러지면서 휴대전화를 떨어뜨렸다.

베로가 씩씩대며 그를 굽어봤다. "꼭 한번 해보고 싶었어요." 그녀는 구두 끝으로 스티븐을 건드렸다. 나는 맥박을 확인하려고 스티븐 위로 몸을 숙였다. 그의 얕은 숨이 뺨에 뜨끈하게 와 닿았다. "죽었어요?" 베로가 물었다.

"안 죽었어요."

"한 번 더 때릴까요?"

베로를 노려보며 스티븐의 휴대전화를 집어, 그의 변호사에게 전화가 연결되지 않았음을 확인하고 작업대에 내려놨다. 서랍은 모조리 열려 있고 새로 산 연장은 작업대 위에 널려 있었다. 둔기와 스크루드라이버가 세심하게 분류되어 있고 커터 칼은 칼날이 뽑혀 있었다. "이럴 수가. 스티븐은 내가 모든 일을 꾸몄다는 증거를 찾고 있었어요." 해거티 부인이 봤다는 수상한 사람은 펠릭스의 부하가 아니라 스티븐이었다. 닉은 스티븐의 집에 가스가 누출된 직후에 우리 집 문이 잠겨 있지 않은 것을 발견했다. 집을 기웃거리다가 경찰을 보고 줄행랑을 친 모양이었다. "스티븐은 웹사이트에 게시물을 올린 사람이 나라고 생각해요. 싹쓸이는 아직 활개를 치고 다니는데.

진짜 그를 죽이려는 사람이 누군지 밝혀줄 유일한 단서는 당신 차를 타고 내뺐고요."

베로가 프라이팬을 들었다. "잘 들어요. 내게 생각이 있어요."

익숙한 말투였다. 우리가 바로 이곳에서 해리스 미클러를 처리할 계획을 짜낼 때도 저 말투였다. 그때도 똑같은 프라이팬을 들고 교활한 눈빛을 번쩍였지만 전혀 좋은 결과로 이어지지 못했다. "그것 좀 내려놔요."

"내 말 끝까지 들어봐요." 베로가 팬을 옆으로 치우며 말했다. "싹쓸이는 살인 청부업자죠. 여자인지 남자인지는 몰라도. 오로지 돈 때문에 스티븐을 노리는 사람이에요. 그리고 진저리는 누구든 스티븐을 먼저 처리하는 한 명에게만 돈을 줄 거란 말이죠. 그러니까 우리는 진저리에게 일이 끝났다고 믿게 만들면 돼요. 그리고 돈을 요구하는 거죠. 우리가 돈을 챙기면 싹쓸이는 물러날 테고요."

"스티븐이 살아 있다는 사실을 진저리가 알게 되면요?"

"그래도 소용없죠. 그때쯤이면 돈이 우리 수중에 들어왔을 텐데 뭘 어쩌겠어요? 경찰에 신고라도 하겠어요? 그렇게는 못 하죠. 경찰한테 할 말이 없잖아요? '사람을 죽여달라고 10만 달러를 줬는데 사기를 당했어요. 내 돈 좀 찾아주세요.' 이러겠어요? 절대 못 할 소리죠! 우리가 할 일은 죽었다는 증거로 사진을 몇 장 찍고 나서, 당신 전남편을 며칠 안전하게 가둬둘 장소를 찾고, 진저리한테 연락해 돈을 받아내는 거예요. 일단 돈을 주러 나타나면 진저리는 우리한테 정체를 확실히 노출하는 거니까 약점이 잡혀서 다시는 그런 짓을 못 할 거 아녜요. 진저리가 속았다는 사실을 깨달을 무렵이면 웹사이트는 사라지고 싹쓸이도 이 일에서 손을 뗐겠죠. 그러면 스티븐은 안전해지고 나는 새 차를 갖는 거예요. 분명히 말해두는데 여기에는 타협의 여지가 없어요." 베로가 갈라진 손톱으로 나를 겨누며 말했다.

스티븐의 얼굴이 풀어지고 입이 벌어졌다. 나는 입술을 깨물었다. 괜찮은 아이디어였다. "발각되면 어쩌고요? 닉이 게시물에 대해 알잖아요. 누가 돈 때문에 스티븐을 노리는 걸 안다고요."

"그래서 이 계획이 기가 막히다는 거죠. 모르겠어요? 스티븐은 안 죽잖아요. 시체가 없으면 살인이 없죠. 살인이 없으면 범죄도 없고. 결국 당신은 전남편의 목숨을 구하려고 일을 꾸미는 거잖아요."

그 말에 일리가 있었다. 역시 싹쓸이가 일을 해치우도록 두는 쪽보다는 나았다. "스티븐을 사람들 눈에 안 띄게 하려면 어떻게 해야 하죠? 순순히 숨어 있으려고 할 리가 없는데."

베로가 작업대에 놓인 덕테이프를 집어 내게 던졌다.

"정신 나갔어요?" 내가 씩씩거렸다. "스티븐을 이 집에 숨길 수는 없어요! 뭔가 수상하다 싶으면 닉이랑 조지아가 들이닥치잖아요! 두 사람이 아직 칼을 못 찾은 게 다행이죠! 딜리아랑 재크한테는 아빠가 덕테이프에 묶인 채 지하실에 갇혀 있는 이유를 어떻게 설명하라고요?"

"누가 스티븐을 이 집에 두재요?" 베로가 호주머니에서 모텔 열쇠를 꺼내 내 앞에서 흔들었다. "이미 돈도 냈겠다, 캠은 안 쓴다잖아요. 비워두는 건 낭비라고요."

36

차고 바닥에 앉아 스티븐의 휴대전화를 들여다보는 사이, 베로는 누워 있는 스티븐을 끌어내 외투의 지퍼를 열었다. 눈살을 찌푸리며 베로는 늘어진 팔을 그의 머리 위로 들어 올리고 한쪽 다리를 요상한 각도로 구부렸다. "뭐하는 거예요?"

"범죄 현장을 연출하는 거죠." 그녀는 라즈베리 시럽 병을 열고 스티븐의 스웨터 한복판에 한 덩어리를 발랐다. 긴 스크루드라이버 끝에 묻힌 시럽을 그의 주변 바닥에 뿌리며 손잡이에 끈적끈적한 지문을 남겼다. 살인 무기는 그의 옆에 떨어뜨렸다. "됐다!" 베로는 흐뭇하게 웃으며 엄지손가락을 핥더니 피해자의 사진을 찍기 시작했다. "덕테이프 좀 줘봐요. 곧 정신을 차릴 것 같으니."

작업대에 스티븐의 휴대전화를 놓고 테이프를 길게 뜯었다. 스티븐이 뒤에서 움찔대기 시작하자 베로와 나는 분주히 움직여 테이프로 그의 손목을 등 뒤로 묶고 발목도 감았다. 마지막으로 그의 입을 막으면서, 나는 이상한 쾌감을 느꼈다. 둘이서 그를 미니밴 뒤에 신고 문을 닫았다.

밴에 기대어 이마의 땀을 닦고 있는데, 밴이 휘청거리기 시작했다. 스티븐이 완전히 깨어나 차를 마구 두드리고 있었다. 테이프에 막힌 그의 외침 소리가 문을 뚫고 나왔다. "이 일이 끝나면 스티븐이 나를 죽이려 들겠네요."

"아뇨." 베로는 내 옆에서 숨을 헐떡였다. "내가 봐도 브리 말이 맞아요. 스티븐은 당신을 사랑하는 거예요."

"어떻게 알아요?"

"생각해봐요, 핀. 당신이 자기 머리를 내리치고, 사무실에 불을 지르고, 집 가스관을 자르고, 타이어를 찢었다고 믿으면서도 경찰에 알리지 않았잖아요. 브리는 무고하다는 걸 뻔히 알면서도 하루 종일 갇혀 있게 했고요. 다 당신이 수갑을 차게 될까 봐 그랬던 거예요."

"지금 어쩌고 있는지 봤잖아요. 발길질을 하고 고함을 치면서 나를 경찰서로 끌고 가지 못해 안달인데요."

"첫째, 스티븐이 당신을 어디로 끌고 갈 수는 없어요. 내가 그러도록 안 놔둘 테니까요. 둘째, 스티븐이 당신을 경찰서로 보내려는 이유는 자기가 직접 신고하고 고소하는 나쁜 놈이 되기 싫어서예요. 당신 발로 직접 찾아가기를 바라는 거죠. 그리고 스티븐은 당신을 바로 닉과 조지아에게 데려갈 작정이었어요. 자기가 고소하지 않는 한 그 두 사람이 당신을 체포할 리 없다는 걸 아니까요."

밴이 잠잠해졌다. 스티븐에게 우리 대화가 들리는지 궁금했다.

베로가 문을 밀면서 말했다. "이 사진을 진저리한테 이메일로 보내고 누가 찾으러 오기 전에 잠자는 숲속의 미남을 모텔로 데려가야 해요." 쿵쿵 소리가 나며 밴이 흔들렸다. "스티븐의 휴대전화 앱은 처리했어요?"

그것을 가지러 작업대로 다가갔다. "아니요, 부모가 10대 아이들을 감시하려고 쓰는 추적 앱이에요. 비활성화하려면 암호가 필요해요. 싹쓸이가 스티븐의 휴대전화를 빼앗아갔을 때 설치한 게 틀림없어요."

"전원을 끄면 신호가 안 가잖아요. 일단 꺼요. 나중에 살펴보게."

내가 스티븐의 휴대전화를 집어드는 순간 화면에 메시지가 떴다.

"이상한데요." 베로가 내 뒤로 다가와 나와 같이 알림을 확인했다. "회의 일정 알림이에요. 맙소사. 스티븐의 캘린더에 2시간 후에 4분기 손익 회의에 참석할 예정이라고 되어 있어요."

"회의에 누가 오는데요?"

"테드 풀러와 칼." 우리의 눈이 전화기에 붙박였다. 나는 목소리를 낮췄다. "동업자 둘 중 한 명이 죽었는데 어떻게 회의를 열죠?"

"칼이 살해되기 전에 계획했겠죠."

"아니에요. 회의 초대장이 온 게 오늘 아침이에요."

"테드가 일정을 잡았겠죠. 그렇게밖에 설명이 안 돼요. 테드는 칼에게 무슨 일이 일어났는지 모른다는 테리사 말이 사실이었나 봐요."

"글쎄요." 베로와 같이 볼 수 있게 휴대전화를 우리 사이로 옮기며 말했다. "테드가 행사 주최자라는 표시는 없는데요. 아직 참석 여부도 확정하지 않았어요. 초대장은 칼의 직원이 보냈어요."

"칼의 직원이라고요?" 베로가 휴대전화를 받아들고 직접 확인했다. "칼에게 직원이 있었다면 왜 그 사람은 상사가 실종됐다는 말을 아무한테도 안 했을까요? 상사가 몇 달씩이나 코빼기도 안 보이고 월급도 안 줬을 텐데?" 베로가 실눈으로 화면을 들여다봤다. "회의를 칼의 집에서 하려는 이유는 또 뭘까요? 이상하다는 생각 안 들어요?"

"이 초대장을 보낸 사람은 칼이 죽었다는 사실을 이미 아는 거죠." 지나친 억측처럼 들렸다. 우리를 제외하면, 칼이 무슨 일을 당했는지 아는 사람은 오직 셋뿐이다. 테리사, 애이미, 펠릭스. "애이미가 가짜 계정을 만들어서 칼의 직원 행세를 하는 거라면요? 어쩌면 싹쓸이랑 손을 잡았는지도 모르죠. 애이미가 스티븐을 현장으로 유인하고 싹쓸이가 제거하기로 했다면?"

"애이미는 스티븐을 직접 처리하는 편이 더 빠르고 싸게 먹힌다고 여겼는지도 몰라요. 생각해봐요. ……테리사가 감옥에 있을 때 애이미가 웹사이트에 게시물을 올리고, 테리사가 전자발찌를 차고 집에 갇혀 있을 때 애이미가 청부업자 두 명의 제안에 응답했을 가능성을요. 하지만 이제 애이미는 조력자를 되찾았어요. 그런 상황에서 싹쓸이가 꼭 필요할까요? 애이미야말로 피를 보고도 눈도 깜짝 안 할 사람인데. 더구나 싹쓸이는 이미 세 차례나 시도했지만 전부 실패했잖아요." 베로는 고개를 저었다. "우리가 칼을 데리고 찾아갔을 때 애이미는 질겁한 거예요. 스티븐을 얼른 처리해야겠다 싶었겠죠. 애이미가 테리사의 도움을 받아 그를 처리하면 돈도 안 들고 좋잖아요."

"그러면 회의에 테드는 왜 부르죠? 스티븐을 살해할 의도라면, 목격자를 초대할 이유가 있을까요?"

"테드는 간다 안 간다 응답이 없었어요. 사실은 애이미가 테드에게 초대장을 안 보냈다면? 이 모두가 설정인지도 몰라요. 계략의 일부이거나. 애이미가 온라인 초대장에 동업자들의 모임인 듯 꾸며야 스티븐이 의심하지 않겠죠."

생각할수록 그럴듯했다.

"진저리가 딴소리를 하기 전에 사진부터 보내야겠어요."

자기 휴대전화로 손을 뻗는 베로를 만류했다. "잠깐만요. 회의가 두 시간도 안 남았어요. 초대한 사람은 스티븐이 참석 못 한다는 사실을 모르잖아요." 나는 스티븐의 휴대전화를 끄고 턱에 탁탁 두드렸다. "아직은 보내지 말아요. 더 좋은 아이디어가 있으니까."

베로와 나는 해 질 무렵이 다 되어 모텔에 도착했다. 스티븐은 덕테이프에 감긴 채 뒤에 실려 있고 칼은 봉지에 담긴 채 차 바닥에 놓여 있었다. 나는 뒷좌석에서 몸을 푹 숙이고, 베로가 내 밴을 차고 밖으로 몰았다. 집을 떠나면서 베로는 로디 경관에게 손을 흔들었다. 내가 집 안에 있다고 생각하게 만들어야 했다.

베로는 모텔 열쇠의 번호를 확인하고 차를 후진해 최대한 객실 문 가까이 붙였다. 우리는 주차장과 커튼이 닫힌 객실 창문들을 훑어보며 지켜보는 사람이 있는지 살핀 다음 스티븐을 밴 뒤에서 내려 방으로 밀어 넣었다. 그는 발목이 묶인 채 비틀대다가 카펫에 쿵 쓰러졌다.

"침대로 들어 올려야 할까요?" 베로가 무릎을 짚고 숨을 헐떡였다. 덕테이프에 결박당한 스티븐이 몸을 꿈틀대며 나를 매섭게 노려봤다. 나는 문에 '방해 금지' 카드를 걸고 묵직한 커튼을 닫았다. 방은 누추했다. 벽지가 일어나고, 스프레이를 뿌린 천장은 누렇게 얼룩져 있었다. 강렬한 색감의 1970년대풍 카펫이 어떤 참상을 감추고 있는지 상상하고 싶지 않았지만, 우리 힘으로 스티븐을 침대로 들어 올릴 수 있을지도 의문이었다.

"문에서 뚝 떨어뜨려놔야 돼요." 우리는 그의 겨드랑이를 잡고 두 개의 침대 사이로 끌고 갔다. 나는 그의 머리에 베개를 받치고 TV 볼륨을 높인 다음 스포츠 채널을 틀었다. "다 됐죠?" 손을 털고 열쇠를 집으며 베로에게 물었다. 스티븐이 눈을 동그랗게 떴다. 우리가 문 쪽으로 향하자 그가 공포에 질려 숨을 헉헉댔다. "미안해, 스티븐. 그래도 차라리 이 편이 나을 거야. 몇 시간 있다가 살피러 올게."

베로와 내가 방을 나와 문을 닫자 그가 버둥대는 소리가 TV 소리에 묻혔다. 나는 운전석에 올라 잠시 망설이다 시동을 걸었다.

"좀 찔리나 봐요?" 베로가 안전벨트를 매며 말했다. "그럴 거 없어요. 그가 먼저 당신 차고에 들어와 난폭하게 굴었잖아요. 그런데도 당신은 저 가련하고 비참한 인생을 구하겠다고 이러고 있죠. 죄책감은 접어둬요. 우리에겐 처리해야 할 시체가 있잖아요."

체념의 한숨을 쉬며 열쇠를 돌렸다. 엔진마저 귀에 익은 딸깍 소리를 내며 나를 조롱했다.

"안 돼! 안 돼, 안 돼, 안 돼!" 베로가 중얼거렸다.

나는 열쇠를 다시 돌렸다. 아무 일도 일어나지 않았다.

"어떻게 해요?" 베로가 물었다.

"몰라요!"

"긴급 출동 서비스도 못 부르잖아요. 칼이 있는데!"

"이 차는 여기 두고 다른 차를 빌려야겠어요. 이 근처에 렌터카 업체가 있을 거예요." 좌석 뒤에서, 어젯밤 구치소에 가져갔던 메신저백을 더듬어 찾았다. 속을 뒤적거리다가 거꾸로 뒤집었더니 서류철과 가발이 떨어졌다. "내 지갑이…… 코트 주머니에 들어 있는 모양이에요."

"당황할 거 없어요. 라몬한테 차 한 대 갖다달라고 문자할게요." 베로는 사촌과 얼른 메시지를 몇 번 주고받더니 욕을 하며 휴대전화를 컵 홀더에 떨어뜨렸다. "리즈버그에 사고가 났는지 차가 꽉 막혀서 꼼짝도 못 하고 있대요. 여기까지 오는 데 두 시간은 걸릴 거래요."

"회의까지 한 시간 남짓 남았어요! 그렇게 오래는 못 기다리죠!"

"핀, 무슨 영화도 아니고 칼을 우리 사이에 끼운 채 우버 뒷좌석에 탈 수는 없다고요!" 베로는 팔짱을 끼고 씩씩대며 뒤로 기댔다. "캠을 찾기만 하면 내 손으로 죽여버리겠어요. 차가 있어야 돼요. 빠른 놈으로." 그러더니 코를 찡그렸다. "우리 미라가 녹고 있나 봐요."

메신저백 내용물을 도로 집어넣다가 가발을 보며 잠시 망설였다. 검은 긴 머리 가발은 캣의 머리 스타일과 똑같았다. 하지만 어두운 데서는 색과 길이가 이리나의 머리와도 비슷해 보이지 않을까 싶었다. 일몰이 가까워지자 12월의 잿빛 하늘은 이미 어두워지고 있었다.

"우버를 불러요." 아이디어가 떠올랐다. "라몬한테는 일단 모텔 주소를 알려줘요. 열쇠는 차 안에 두고 간다고 하고요. 이 차는 라몬의 수리점으로 견인해달라고 해요."

"칼은?"

"라몬이 여기 도착하기 전까지 칼을 데리러 돌아올 시간이 충분할 거예요. 운이 좀 따라주면 회의 시작 전에 도착할 수도 있을 거예요."

"어디로 가려고요?"

베로에게 가발을 건넸다. "엄청 빠른 차를 구하려요."

37

해 떨어지기 직전, 우버 기사가 우리를 수입차 대리점에서 한 블록 떨어진 곳에 내려주었다. 우뚝 솟은 가로등이 자동차들 위에 후광을 드리우고, 전시장의 쨍한 조명은 날렵한 후드에 반사되었다. 베로의 입이 절로 벌어졌다.

베로 앞으로 다가가 그녀를 마법에서 끌어냈다. 가발을 그녀의 머리에 씌우고 가장자리를 매만졌다. "전시장에서 멀찍이 떨어진 곳에 있어요. 빠르고 실용적인 차를 골라요. SUV 같은 거. 색이랑 모델을 문자로 알려줘요. 무슨 일이 있어도 판매원이 가까이 오지 못하게 하고 누구에게도 말을 걸지 말아요. 중요한 통화를 하는 척해봐요. 나머지는 내가 알아서 할게요."

"어쩌려고요?"

"차 열쇠를 받아서 올 거예요." 나는 대리점 쪽으로 이동했다. 베로가 종종걸음으로 따라왔다.

"신분증도 확인 안 하고 이런 고급 차 열쇠를 당신한테 내줄까요?"

"아니, 이리나 보로프코프한테 내주는 거죠." 베로를 주차장 쪽으로 떠밀고 전시장으로 향했다.

유리문으로 손을 뻗었더니 저절로 열렸다. 앨런이 어정쩡한 미소를 지으며 옆으로 비켜섰다. "안녕하세요……." 그가 당황하여 얼굴을 붉혔다. "죄송합니다. 성함을 기억 못 해서."

"제가 별로 중요한 고객이 아닌가 보죠." 그를 거만하게 내려다봤다. 내 주머니에서 휴대전화가 진동했다. "이리나 보로프코프랑 같이 왔어요. 오늘은 그……." 휴대전화 화면을 힐끗했다. "……애스턴마틴 수퍼레제라 볼란테 모던 미니멀리스트 색상을……." 화면을 다시 슬쩍 보았다. 이것이 정녕 색 이름이란 말인가? "……시승하고 싶다고 해서요."

"수퍼레제라요?" 앨런이 눈썹을 치켜 올리자 때 내 안에서 공포가 피어올랐다. 수퍼레제라가 뭔지도 모르는데. 하지만 이름에 '미니멀리스트'가 붙었으니 별로 나쁘지는 않을 것 같았다. "정말이세요?" 그가 되물었다.

나는 열쇠를 내놓으라고 손을 내밀었다.

"물론이죠. 이리나 대신 차 가지러 왔어요." 그가 불안한 미소를 지으며 프런트의 전화기를 돌아봤다.

"안 돼요!" 그가 수화기를 들기 전에 얼른 저지했다. "그러니까……보로프코프 부인은 이미 차에서 기다리고 있다고요. 저한테 열쇠를 가져오라고 부탁했어요. 지금 아주 중요한 통화를 하고 있어서 방해하면 안 돼요."

앨런은 거대한 유리창을 통해 문제의 차를 흘끔 보았다. 베로가 여왕 같은 자태로 서 있었다. 전시장을 등지고 윤곽만 드러낸 채, 검은 가발을 바람에 날리며 귀에 전화기를 대고 있었다.

"보로프코프 부인이 좀 급하시대요."

앨런은 헛기침을 하며 넥타이를 매만졌다. "알겠습니다." 그가 목소리를 낮추어 말했다. "여기서 기다리세요." 그는 사무실로 사라졌다. 잠시 후에 돌아온 그는 열쇠를 흔들면서 조심스레 내 손에 쥐여주었다. "보로프코프 부인께 즐거운 시승이 되시길 바란다고 전해주십시오."

"고마워요"라고 중얼거리며 전시장을 빠져나왔다. 리모컨을 마구 눌렀더니 라이트가 번쩍 켜지고 엔진이 돌기 시작했다. 날렵한 무광 검정 스포츠카의 미등이 선명한 빨간색으로 타올랐다. 베로는 운전석으로 천천히 들어가면서 교성에 가까운 소리를 냈다. 조수석에 타고 차문을 잠그자 가슴이 콩닥거렸다. 계기판을 보자 말문이 막혔다. 차의 외관은 거대한 남근 같고, 내부는 다스 베이더의 욕실 같았다.

"실용적인 차로 고르라고 했잖아요!"

"빠른 차를 고르라면서요. 이 녀석은 700마력이 넘어요."

"700마력씩이나 필요 없어요! 칼을 태울 공간만 있으면 되는걸!"

베로는 눈을 지그시 감고 엔진 속도를 올렸다. "쉿, 흡사 종교 체험을 하는 기분이에요."

"수퍼레제라 님께 기도는 나중에 드려요. 더 관심 끌기 전에 여기서 떠나야 해요." 돌아보니 앨런이 인도에서 우리를 지켜보고 있었다.

"걱정 말아요. 되게 수수한 색으로 골랐으니까. 봐요! '미니멀리스트'라니까요." 베로가 글로브박스에서 꺼낸 사양표를 내게 건넸다.

"어두워지면 훨씬 눈에 안 띌걸요."

페이지 하단에 표시된 가격을 보자 숨이 턱 막혔다. "베로! 이 차 30만 달러짜리예요!"

베로가 기어를 넣었다. "나더러 내면의 이리나를 끄집어내라고 했죠? 이리나 보로프코프는 눈도 깜짝하지 않을 거예요." 베로가 주차장을 벗어나려고 가속페달을 밟으며 애스턴마틴의 방향을 틀었다. 전조등에 비친 앨런이 팔을 쳐들었다. 우리 차는 그에게 매연을 뿜으며 주차장을 쏜살같이 빠져나왔다.

38

베로와 나는 모텔로 달려가 칼이 든 봉지를 미니밴에서 애스턴마틴의 트렁크로 옮겼다. 스티븐의 휴대전화와 밴 열쇠는 밴의 좌석 밑에 두고, 스티븐이 어쩌고 있는지 모텔 방문을 열고 확인하고픈 충동을 누르며 방 열쇠를 주머니에 챙겼다. 오늘 저녁 많은 일을 앞두고 있었고, 불안해진 앨런이 이리나에게 전화를 하기까지 이 차를 얼마나 탈 수 있을지도 알 수 없었다.

우려했던 대로 차는 많은 관심을 끌었다. 도시에서 서쪽으로 수 킬로미터 떨어진 곳에 이르러, 주간 고속도로의 12차선이 6차선으로 줄어들고 어둠이 짙어지자 비로소 사람들의 시선을 피할 수 있었다. 베로가 칼의 주소지로 차를 모는 사이, 나는 휴대전화로 구글 위성 지도를 보며 2만여 제곱미터 넓이의 사유지를 살폈다. 숲이 빽빽하게 우거진 곳이었다. 서쪽에는 시골길과 동네 상점이 접해 있었다.

"이 구멍가게 뒤에 주차하면 되겠어요. 숲속에 약 4천 제곱미터의 공터가 있네요. 집 뒤로 탁 트인 시야를 확보해야 하니까요."

우리는 칼의 사유지와 나란히 이어진 시골길로 들어섰다. 상점 뒤에 차를 세우고 전조등을 껐다. 칼을 트렁크에 두고 문을 잠근 다음 휴대전화 불빛으로 숲길을 비췄다. 낙엽 위에 내린 서리가 발밑에서 부서졌다.

"거의 다 왔나 봐요." 한참을 걷다가 잠시 멈춰 서서 GPS를 확인한 다음 휴대전화 불빛을 껐다. 우리는 컴컴한 숲을 헤치고 나아갔다. 눈앞의 작은 공터는 지면이 울퉁불퉁했다. 공터 너머 드문드문한 나무 사이로 불 켜진 집 창문이 보였다. "저기예요." 나는 낮은 언덕 밑에 얽힌 덩굴장미를 가리켰다.

"아얏!" 베로가 우뚝 멈추더니, 발을 잡고 한쪽 다리로 깡충깡충 뛰었다. "뭐지?" 그녀를 돌아봤지만, 짙은 구름에 가려 달빛이 거의 없었다. 땅은 고사하고 바로 옆에 있는 베로의 형체도 구분하기 힘들었다.

휴대전화 손전등을 켜고 빛줄기를 아래로 쏘았다. 매끄러운 표면에서 반사된 빛에 눈이 시렸다. 눈을 깜박이며 반질반질하고 두툼한 대리석 판을 내려다봤다.

"그냥 공터가 아니네요. 묘지예요." 손전등을 왼쪽에서 오른쪽으로 움직이며 표석 네 개를 확인했다. "칼의 가족 묘지인가 봐요." 언 땅을 바삭바삭 밟으며, 베로와 나는 묘비에 새겨진 이름들 위로 불빛을 비췄다.

"이럴 수가. 완벽해요!" 베로가 말했다.

"무슨 소리예요?"

"당신 소설에서 주인공이 남의 무덤에 시체를 숨기잖아요. 우리도 칼을 가족 옆에 묻을 수 있어요. 아무도 파볼 생각을 하지 않을 자리라고요."

발이 부드러운 흙 속으로 빠지자 나는 비틀거렸다. 마른 낙엽을 차내고, 푸석한 흙을 만져봤다. "이건 새로 만든 무덤이에요." 하지만 칼이 아내와 사이가 틀어져 여기 혼자 살았다면, 최근에 이곳에 시체를 묻을 사람이 누가 있을까? 무릎을 꿇고 낙엽을 한 겹 걷어 표석을 드러냈다.

칼 R. 웨스터버
사랑하는 남편이자 의붓아버지
우아하고 용감하게 암과 싸우다 잠들다.

"어, 핀레이? 왜 칼의 묘비가 있죠?"

더구나 비문 밑에 사망일이 넉 달 전으로 표시돼 있다니? 칼이 실제로 살해된 시기에 가까운 날짜였다. "그러게요."

"칼이 진짜 여기 묻혔을까요?"

"그렇겠죠." 생각할수록 역겨웠지만 그럴듯했다. 테리사와 애이미는 칼을 뻔한 장소인 가족 묘지에 묻었다. 그의 사인에 대한 의문을 덮어버릴 비문과 함께. "테리사와 애이미는 몇 달 전부터 계획을 세운 거예요. 칼이 살해된 직후부터."

"무슨 뜻이죠?"

"비석 제작은 몇 주, 몇 달씩 걸리잖아요. 이 비석은 우리가 창고에서 칼을 발견하기 훨씬 전에 맞춘 거예요. 창고는 시체를 임시로 보관하는 장소였고요. 묘비가 완성되면 이곳으로 옮길 계획이었는데,

테리사가 가택연금되면서 어쩔 수 없이 미뤄진 거죠. 우리가 칼을 테리사네 주방에 던져놓자 당황해서 그길로 달려왔나 봐요. 칼의 빈집은 경찰을 피해 몸을 숨기기에 더없이 좋은 장소니까요."

"게다가 칼의 시체를 묻을 묘지까지 준비되어 있었네요."

"그 말은 테리사와 애이미가 여기 있다는 뜻이에요. 스티븐을 회의에 부른 건 그 두 사람이 분명해요." 휴대전화로 시간을 확인했다. "회의 시간이 다 됐네요. 좀 더 가까이 가봐요."

베로와 나는 손전등를 끄고 덩굴장미 뒤편의 숲 가장자리로 살금살금 다가갔다. 우리는 풀밭에 엎드렸다. 집 안에 조명 몇 개가 켜져 있었다. 누가 전기요금을 낸 모양이었다. 커다란 내닫이창 안쪽에서 그림자가 일렁였다. 베로가 외투 주머니에서 꺼낸 쌍안경을 내밀었다.

"이런 건 어디서 났어요?"

"차고에서 가져왔어요. 쓸모가 있을 것 같아서."

싸늘한 땅을 팔꿈치로 짚은 채, 쌍안경을 눈에 대고 초점을 맞췄다. 지난번 나무 농장에서 도넛 설탕이 묻었는지 손잡이가 끈적거렸다.

"뭐가 보여요?" 베로가 속삭였다.

"주방에 사람이 있어요. 여자네요. 가스레인지 앞에 서서 요리하는 것 같아요." 집 옆에 차 두 대가 서 있었다. 소형 세단과 애이미의 차가 틀림없는 SUV였다.

쌍안경을 다시 내닫이창으로 돌렸다. 다른 여자가 주방에 들어오자 가스레인지 앞에 서 있던 여자가 몸을 틀었다. "확실히 애이미예요. 테리사도 같이 있고요. 찬장에서 접시를 꺼내고 있어요. 와인잔도. 서랍에서 포크를 꺼내고, 애이미가 식탁으로 음식을 나르네요. 테리사가 잔 두 개…… 아니, 세 개에 와인을 따르고요. 세 사람 몫의 식탁이 차려졌어요." 무대 설정에 꽤 정성을 기울이는 모양이었다.

"스티븐이 나타날 때가 됐는데, 어쩌죠?" 베로가 물었다.

"이제 사진을 진저리한테 전송해요."

"지금요? 그러면 스티븐이 안 온다는 사실을 저들이 알게 될 텐데요."

"그러면 그 메시지가 애이미한테 들어가는지 바로 알 수 있잖아요. 진저리가 누구인지 확실해지는 거예요." 확실해지는 순간 우리가 저 문을 두드리고 그녀를 대면하는 것이다.

베로가 호주머니에서 휴대전화를 꺼냈다. 메시지를 입력하는 그녀의 얼굴에 화면이 반사됐다. "이 사진들 꽤 그럴듯해요. 라즈베리 시럽이 신의 한수였어요." 이메일이 쉭 하고 전송되었다.

그 순간 등 뒤에서 싸늘한 총구가 느껴졌다.

베로가 그대로 얼어붙었다. 나도 꼼짝할 수 없었다.

애이미와 테리사가 집 안에서 무얼 하는지 관심이 싹 달아났지만, 주방이 보이는 쌍안경에서 눈을 뗄 수 없었다.

"여긴 사유지예요. 이건 무단침입이고요." 뒤에서 모르는 여자 목소리가 들렸다. 사유지의 경계가 정확히 어딘지, 우리가 그 경계를 정확히 어디서 침범했는지 아는 사람이 분명했다. 마치 이곳의 주인처럼.

"웨스터버 부인이세요?" 내 추측이 맞길 바라며 조심스레 물었다. "제가 설명할게요."

"당연히 그래야죠. 일어나요. 천천히. 손은 보이는 데 두고."

쌍안경을 내리기 전에 주방 창문을 마지막으로 엿봤다. 식탁에 놓인 애이미의 휴대전화 화면이 여전히 어두웠다. 그쪽으로 눈길도 주지 않은 채 그녀와 테리사는 접시에 음식을 덜어 식사를 시작했다.

베로가 손과 무릎을 짚고 몸을 일으켰다.

“어서.” 여자가 총구로 내 어깨뼈 사이를 쿡 찔렀다. 베로는 나를 곁눈질하며 일어섰다. 여자는 우리를 집 쪽으로 밀었다. 세 번째 잔이 누구 것인지 알 듯했다. 칼과 아내가 별거 중이었다 쳐도 그녀에게는 이 빈집이 낯설지 않았을 것이다.

우리는 서리 내린 풀밭을 말없이 이동했다. 집에 가까워지자 웨스터버 부인이 두 사람을 불렀다. 테리사와 애이미가 고개를 들고 창문을 내다봤다. 테리사가 벌떡 일어나 문을 열었다.

“이 사람들 여기서 뭐 하는 거예요?” 유령이라도 본 듯 테리사의 얼굴이 창백해졌다. 애이미의 포크가 접시에 쨍그랑 떨어졌다.

“언덕에 불빛이 보이지 뭐니. 묘지 옆에.” 여자가 산탄총으로 우리를 주방으로 몰았다. “앉아요.” 그녀가 식탁을 가리키며 소리 질렀다.

애이미는 얼빠진 눈으로 맞은편 자리에 앉는 베로와 나를 보았다. 그 옆에 놓인 휴대전화 화면은 아직 어두웠다. 금방이라도 울음을 터뜨릴 듯 그녀의 눈에 눈물이 고였다. “핀레이, 여긴 뭐 하러 왔어요?” 목소리가 조금 떨렸다.

“나도 당신한테 같은 질문을 하고 싶네요.”

“우리가 여기서 뭘 하는지 잘 알잖아요.” 테리사가 톡 쏘자 애이미는 화들짝 놀랐다. “숨을 곳이 필요했고, 여기 있으면 아무도 우리를 찾으러 오지 않으니까요. 당신만 빼고. 진짜 당신은 끝까지 내 인생의 걸림돌이네요!”

"그 여자야? 스티븐의 전처?" 웨스터버 부인이 물었다.

테리사는 극적인 효과를 노리는 듯 손을 쳐들었다. "엄마, 진짜! 나 이제 어떡해."

엄마?

"잠깐만요." 베로가 테리사와 웨스터버 부인을 번갈아 보았다. "칼의 아내가 당신 엄마라면 칼은 당신의…… 이런 맙소사! 테리사. 아빠를 토막 냈어요?"

"새아빠예요. 의붓아버지요. 참고로, 나는 그분이랑 한 집에 산 적도 없어요. 내가 대학에 들어간 후에 엄마가 결혼했으니까. 이유는 모르겠지만." 테리사가 눈동자를 굴렸다. "새아빠랑 나는 전혀 안 친했어요. 혹시 궁금할까 봐 알려주는데, 펠릭스는 칼을 죽일 때 내 새아빠라는 건 몰랐고, 그 후에도 나는 그런 얘기를 한 적이 없어요. 펠릭스가 워낙 마무리를 확실하게 하는 사람이라, 우리 엄마까지 찾아올까 봐 두려웠어요."

"상관없다." 웨스터버 부인이 식탁 의자를 끌어내 앉으며 단호히 말했다. "얘기했잖아, 펠릭스라는 사람은 내 손으로 처리할 수 있다고. 나는 경찰도 상대할 수 있어. 이제 다 해결됐잖아, 테리사. 그 남자 때문에 네가 감옥에 갈 일은 없어. 다 끝난 일이야. 칼은 땅에 묻혔잖니." 웨스터버 부인이 손가락으로 식탁을 찔렀다. "이 방 밖에 있는 사람들은 전부 테리사의 의붓아버지가 8월에 암으로 죽었다고 알고 있어요. 그걸 증명할 사망진단서도 있고요."

베로가 음침하게 웃었다. "그 사망진단서에 서명한 의사는 중요한 사실 한 토막을 놓쳤네요. 지금 우리 차 트렁크에 들어— 으악!" 식탁 밑에서 내게 발길질을 당한 베로가 비명을 질렀다.

"사망진단서는 어떻게 받았어요?" 내가 질문했다. 테리사 모녀가 경찰의 의심을 사지 않고 칼의 시체를 묻을 수 있었다면, 우리의 시급한 문제 역시 해결되는 셈이었다.

"당신도 아는 그 사람이 손을 썼죠." 테리사가 새침하게 대답했다.

"당신이 같이 자는 사람이겠죠?" 베로가 말했다. 테리사가 와인을 식탁 위에 엎지르며 베로에게 달려들었다.

"그만해!" 웨스터버 부인이 소리를 질렀다. 갑자기 튀어나온 엄마 목소리에 질려, 모두들 조용해졌다. 쓰러진 와인병에서 내용물이 찔끔찔끔 흘러나왔지만 아무도 손대지 않았다. "앉아!" 그녀가 딸에게 단호하게 명령했다. 테리사는 씩씩대며 애이미 옆의 빈 의자에 앉았다.

웨스터버 부인이 찬장에서 새 레드와인 병을 가져왔다. 잔도 두 개 더 꺼냈다. 마개를 따고 모두의 잔에 조금씩 더 따른 다음 마지막으로 자신의 잔을 채웠다. "칼은 암으로 죽어가고 있었어요. 의사는 살날이 몇 달밖에 안 남았다고 했죠. 테리사가 애초에 의붓아버지를 펠릭스한테 소개한 이유가 그 때문이었어요. 치료비는 비쌌고, 보험도 별 도움이 안 됐죠. 테리사는 칼이 그 돈을 쓰면 되겠다고 생각한 거예요. 칼이 거절할 줄은 몰랐죠. 펠릭스가 그이를 해칠 줄도 몰랐고. 테리사는 아무 잘못 없어요. 어쩌다 이 모든 일에 휘말렸을 뿐. 내 남편한테 생긴 일로 테리사를 탓하지 않아요. 그 흉악한 남자가 칼한테 한 짓으로 테리사가 감옥에 가는 것도 원치 않고요."

웨스터버 부인이 말을 이었다. "칼의 주치의는 우리의 오랜 친구예요. 나는 그에게 칼이 집에서 평화롭게 떠났다고 말하면서 진단서를 부탁했어요. 그렇게 사망진단서를 받고 비석을 주문한 거예요." 그녀가 산탄총을 무릎에 놓았다. “칼은 있어야 할 곳으로 돌아왔어요. 중요한 건 그것뿐이죠. 사람들이 물으면, 칼이 가족 곁에서 조용히 떠났고 어떤 소란도 원치 않았다고 설명할 거예요. 누구도 그를 찾을 이유가 없어요.”

“하지만 테리사를 찾는 사람들은 있을 텐데요.” 내가 지적했다. “가택연금을 어겼잖아요. 경찰이 눈에 불을 켜고 찾고 있어요. 애이미가 같이 있다는 것도 알죠. 언제까지나 여기 숨어 있을 수는 없을 텐데요.”

“맞아요. 우리도 그 얘기를 했어요. 테리사는 내일 자수할 거예요. 달아난 이유를 물으면, 펠릭스의 위협을 받고 목숨을 구하려고 그랬다고 해야죠. 자수하고 계획대로 양형 거래를 하면 검사가 새로운 혐의를 제기하지는 않을 거예요. 검사에게는 테리사의 증언이 중요하니까요.”

테리사의 얼굴에서 핏기가 가셨다. 웨스터버 부인은 딸의 손을 꼭 잡았다. 애이미는 아픈 사람 같았다. “돌아가기 싫어.” 테리사가 아랫입술을 달달 떨며 소곤거렸다. “애이미랑 같이 다른 도시로 떠나면 안 될까? 애이미가 계좌에서 현금을 전부 뽑아뒀어. 둘이서 당분간 지내기에는 충분해.”

“10만 달러라면 멀리 달아날 수 있겠네요.” 베로가 맞장구를 쳤다. “그 돈을 다른 사람한테 줄 필요가 없다면 말이죠.”

테리사가 인상을 썼다. “그게 무슨 뜻이죠?”

애이미도 돌아봤다.

“테리사는 모르나 봐요?” 내가 물었다.

애이미가 커다래진 눈으로 베로와 내 눈을 번갈아 보다가 떨리는 목소리로 물었다. "무슨 소리예요?"

"당신이 진저리라는 거 알아요." 베로가 말했다. "스티븐을 죽일 사람을 구하려 했잖아요."

애이미의 입이 벌어졌다. 테리사는 미간을 찡그리며 친구 쪽으로 몸을 돌렸다. "애이미, 저게 무슨 소리야?"

"몰라." 애이미가 말을 더듬었다. "나도 스티븐한테 진저리가 나. 완전 재수없는 인간이잖아. 딜리아랑 재크도 못 만나게 하고. 그래도 사람을 시켜서 해치려고 한 적은 없어!"

"애이미 휴대전화를 확인해봐요." 베로가 말했다. "틀림없이 '익명2'가 보낸 범죄 현장 사진이 들어와 있을 테니까. 참, 그건 그렇고." 베로가 애이미를 돌아보며 말을 이었다. "아직 잘 모르나 본데, 스티븐은 여기 못 와요. 그러니까 싹쓸이한테 이제 거래가 끝났다고 메시지를 보내요."

테리사가 헉 소리를 내며 눈에 눈물을 글썽였다. "스티븐이 죽었어요? 싹쓸이는 누구예요? 애이미, 이게 다 무슨 소리야?"

"난 아무것도 몰라!" 애이미가 울음을 터뜨렸다.

테리사가 애이미의 휴대전화에 달려들었다. 그녀는 눈을 반짝이며 화면을 스크롤했다. "아무것도 없잖아요. 자기 남편이랑 주고받은 문자밖에 없어요." 테리사는 애이미에게 눈을 흘겼다. "남편한테 메시지를 보냈다고? 우리가 여기 있는 거 아무도 모른댔잖아!"

"미안해! 남편이 자꾸 문자를 보내는 걸 어떡해! 내가 보고 싶고 걱정돼 죽겠다잖아!"

"네 남편이야말로 왕재수야, 애이미! 네가 나를 돕겠다고 공동계좌에서 인출한 돈이 걱정이겠지! 넌 그 돈을 돌려놓을 생각이 없으니까!"

애이미가 움찔했다.

베로가 테리사의 손에서 휴대전화를 빼앗았다. "분명히 메시지가 와 있을 거예요. 내가 직접 보냈어요. 사진이랑 전부 다." 애이미의 휴대전화를 뒤지는 베로를 두 사람은 어리둥절한 표정으로 지켜봤다. 베로는 휴대전화를 식탁 위에 내려놨다. "이해가 안 되네. 당신이 진저리가 아니면 대체 누가 스티븐을 죽이려 할까요?"

"회의는 또 누가 소집했죠?" 내가 물었다.

"무슨 회의요?" 테리사, 애이미, 웨스터버 부인이 동시에 물었다.

나무 사이로 전조등 불빛이 들어왔다. 우리는 일제히 창문을 내다봤다. 픽업트럭이 집으로 이어진 긴 자갈길을 올라오고 있었다. 속도를 줄이며 멈추자 현관의 동작 감지등이 켜졌다. 엔진과 전조등도 꺼졌다. 휴대전화 화면의 희미한 빛이 메시지를 입력하는 운전자의 얼굴에 연한 푸른색을 드리웠다. 화면이 어두워지자 그는 눈을 가늘게 뜨고 집을 보았다.

베로의 휴대전화가 진동했다. 진저리의 이메일이 화면에 떴다. 베로는 그것을 들고 내게 보여주었다.

> 익명2, 이런 끔찍한 사진은 왜 보내요? 이게 재밌다고 생각해요? 나는 돈 없으니까 또 연락하면 경찰에 신고할 거예요!

"우리, 잘렸나 봐요." 베로가 말했다. 남자가 트럭에서 내리자 그녀의 눈길은 창 쪽으로 옮겨갔다.

그가 느릿느릿 집으로 걸어오는 사이, 웨스터버 부인은 의자에서 일어나 커튼 틈으로 내다봤다. 그녀는 핏기가 달아난 얼굴로 딸을 돌아봤다. "테드 풀러가 여기 뭐 하러 나타났지?"

39

"원하는 게 뭘까?" 브리의 아버지가 현관 계단을 오르는 사이 테리사가 웨스터버 부인에게 물었다.

"난들 알겠니." 그녀가 작은 소리로 대꾸했다. "지난 6월 이후로 테드랑 연락한 적 없다. 그날 잔디 농장 때문에 칼이랑 크게 다퉜잖아."

"다툰 이유가 뭐죠?" 내가 얼른 물었다.

"테드가 수익 분배 방식에 불만을 제기했어요. 자기가 스티븐한테 도움을 더 주고 농장 운영에도 기여했다면서 몫을 더 챙기고 싶어 했죠. 하지만 칼이랑 나는 거래 조건을 바꿀 생각이 없다고 못 박았어요. 계약은 계약이고, 칼은 몸이 아픈 걸 어쩌겠냐고 했죠. 그이는 자기 몫을 양보할 생각이 없었는데 테드는 생각이 달랐던 거죠. 두 사람은 끝내 화해하지 못했어요. 테드와 스티븐이 농장을 경영하고, 원래 계약대로 매달 칼의 계좌에 수익이 입금됐죠."

"그럼 여긴 왜 온 거야?" 테리사가 말했다.

테드의 발소리가 점점 문 쪽으로 다가왔다. 공포감으로 속이 울렁거렸다. 테드가 여기 찾아온 이유를 알 것 같았다. 수상한 회의에 초대된 건 아니라는 확신이 들었다. "누군가 칼의 직원인 척 여기서 회의를 한다며 스티븐과 테드에게 온라인 초대장을 보냈어요." 다들 나를 돌아봤다. "그래서 베로와 내가 온 거예요. 애이미가 스티븐을 죽이려고 여기로 유인한 줄 알았어요." 애이미가 눈살을 찌푸렸다. "설명하자면 길어요. 너무 불쾌하게 받아들이지 말아요." 내가 미안한 마음에 덧붙였다.

"괜찮아요." 말은 그렇게 해도 애이미는 조금 불안해 보였다.

"스티븐이랑 테드를 회의에 부른 사람이 애이미가 아니면 누굴까요?" 웨스터버 부인이 물었다.

초인종이 울렸다. 아무도 문을 열려고 나서지 않았다.

웨스터버 부인이 산탄총에 손을 뻗었다. "우리는 다섯이고 그는 혼자야. 집에 들여서 어찌된 일인지 따져봐야지." 웨스터버 부인이 산탄총을 문 뒤에 감춘 채 빗장을 풀고 문을 조금 열었다. 다들 살금살금 다가가 귀를 기울였다.

"바버라!" 테드는 그녀의 모습에 당황한 듯 숨을 삼켰다. "여기서 만날 줄은 몰랐네요."

"피차 마찬가지죠. 여기서 뵙긴 참 오랜만이네요. 남의 집에 놀러 오기엔 너무 늦은 시간 아닌가요?" 그녀가 까칠하게 물었다.

"미안해요. 미리 전화했어야 하는데. 스티븐도 늦나 봐요. 방금 메시지를 보냈던데, 차에 문제가 생겨서 꼼짝 못 하다가 겨우 출발했대요."

베로가 내 팔을 잡고 소곤거렸다. "꼼짝 못 했다고요? 차에 문제가 생겨서?"

우연일 리 없었다. 우리는 내 밴 안에 그의 휴대전화를 놓고 라몬을 위해 차 열쇠도 두고 왔다. 스티븐이라면 내 밴을 움직일 방법쯤은 쉽게 알아낼 터였다. "스티븐이 모텔 방을 빠져나온 게 틀림없어요."

테드가 수상하다는 듯이 물었다. "여기 다른 사람도 있나요?"

웨스터버 부인은 산탄총을 양팔에 끼우고 발로 문을 열었다.

어리둥절해진 테드는 이마에 주름을 잡은 채 두 손을 천천히 들고 문에서 조심스레 한 걸음 물러났다. "바버라, 지난번에 만났을 때 칼이 화가 많이 났었다는 거 알지만, 스티븐이 도착하면 같이 잘 해결할 수 있을 거예요."

"칼은 지난 여름에 세상을 떠났어요, 테드. 당신도 알았을 텐데요." 바버라는 총을 그의 가슴에 겨눈 채 현관으로 나갔다. "이 수상한 모임의 목적이 그건가요? 마지막 동업자까지 없애고 농장을 독차지할 계획이에요? 일단 스티븐의 전처랑 그 얘기를 해보시죠." 바버라가 내 쪽으로 고개를 까딱했다. 그녀의 뒤에 있는 나를 발견하자 테드는 눈이 휘둥그레졌다. "들어와요, 테드. 우리 사이에 정리할 문제가 좀 있는 것 같으니까."

바버라는 옆으로 비켜서서 테드를 일단 집 안으로 들였다. 산탄총을 등에 겨누고 그를 식탁으로 유도했다. 그가 자리에 앉자, 우리는 자백을 기다리는 배심원처럼 주위를 에워쌌다.

"미안해요, 바버라." 감정이 북받쳤는지 그가 목멘 소리를 냈다. "칼이 죽은 줄은 정말 몰랐어요. 좀 더 일찍 연락하거나 찾아왔어야 했는데. 될 대로 돼라는 식으로 내버려두는 게 아니었는데. 병세가 그렇게 악화된 줄도 모르고……."

"칼은 동정받는 걸 원치 않았어요. 참 괜찮은 사람이었죠. 당신은 괜찮은 사람인지 잘 모르겠지만."

"나도 내가 어떤 사람이라고 말 못 하겠네요." 그가 차분히 인정했다.

"누가 진저리인지부터 말해줄래요?" 내가 물었다. 테드에게서 커뮤니티에 광고를 올렸다는 자백을 듣고 싶었다. 스티븐의 목숨을 노린 온갖 시도에 책임이 있다는 말을 듣고 싶었다. 회의를 소집해, 싹쓸이가 일을 끝낼 수 있도록 스티븐을 이곳으로 유인했다는 말을 듣고 싶었다. "농장 화재 사건부터 따져보죠."

그가 고개를 쳐들었다. "알고 있었어요?"

베로가 가슴 위로 팔짱을 끼고 손가락을 까딱거렸다. "우린 많은 것을 알고 있죠."

테드가 침을 꿀꺽 삼켰다. "제발 이해 좀 해줘요. 내 아내는 누구를 다치게 할 생각은 없었어요. 멀리사는 그냥 나한테 화가 난 거예요. 진작부터 나더러 스티븐과 절교하라고 난리였지만, 나는 약속을 저버리지 않는 사람이라 거래를 계속할 수밖에 없었어요."

나는 혼란스러워 고개를 흔들었다. "당신 아내가 스티븐의 트레일러에 불을 질렀다고요? 왜요?"

테드는 얼굴이 빨개지더니 식탁으로 눈을 내리깔았다. "지난봄에, 계약의 일환으로 내 딸을 일주일에 며칠씩 사무실에서 일하게 하라고 스티븐한테 요구했어요. 그런데 브리가 스티븐한테 반해서…… 알잖아요, 스티븐이 어떤 사람인지." 테드가 미안하다는 듯 나와 눈을 맞췄다.

"이보세요! 나도 여기 있거든요." 테리사는 나와 테드에게 손을 흔들었다. "그때 스티븐이 나랑 약혼한 사이였다는 건 아무 상관 없다는 건가요?"

베로는 열린 와인병을 테리사의 손에 쥐여주었다. "그랬거나 말거나 관심 없지만, 자, 받아요, 위로가 될 테니." 베로가 테드에게 말했다. "계속 얘기해보세요."

그가 숨을 고르고 말을 이었다. "멀리사는 스티븐이 브리를 만난다는 사실을 알고 분노했어요. 브리한테 일을 그만두게 해야 한다고 우겼지만, 나는 딸아이도 이제 성인이니 우리가 누구를 사귀어라 말아라 할 입장은 아니라고 생각했어요."

베로가 역겹다는 듯 코웃음을 쳤다. "농장에서 들어오는 수입이 짭짤하니까 바람둥이가 당신 딸을 농락하는 건 눈감아주기로 한 거 아녜요?"

테드는 고개를 까딱하며 잘못을 인정했다. "멀리사는 스티븐한테 끊임없이 전화를 해댔어요. 이제 그만 브리의 고용을 해지하고 놓아 달라며 여름 내내 그를 못살게 굴었죠. 둘의 관계를 딱 끊기를 원한 거예요. 10월에 그 난리가 나고 스티븐이 브리를 해고할 구실이 생기면서 멀리사는 결국 뜻을 이뤘죠. 브리는 실의에 빠졌고요. 며칠을 울면서 침대에서 나오지 않았어요. 농장도 엄청난 손해를 보고 있었지만 멀리사는 만족했죠. 그렇게 몇 달이 흐르고, 추수감사절이었나, 스티븐이 술에 취해서는 야심한 시간에 우리 집에 전화해서 브리를 찾는 거예요." 나도 그의 휴대전화를 뒤지다가 통화 기록에서 그 번호를 확인했다. 브리의 휴대전화가 아닌 집 전화번호를.

테드가 말을 이었다. "브리는 이미 잠자리에 들었을 때였어요. 멀리사는 발신자 번호를 보고 전화를 안 받았지만, 스티븐이 음성 메시지를 남겼더라고요. 보고 싶다고, 자기가 잘못했다고. 자기 집이 생겼으니 브리를 그곳에서 만나고 싶다더군요." 베로가 눈썹을 올리며 나를 보았다. 스티븐이 우리 집 진입로에 나타났다가 줄리언과 함께 있는 나를 발견한 날이었다. 나랑 아이들이 없어서 새 집이 집 같지 않다고 말했던 날이었다.

"계속 말씀하세요." 내가 테드를 재촉했다.

"멀리사는 노발대발했어요. 나더러 동업자 관계를 당장 끝내라고 다그쳤죠. 사건이 터진 이후로 농장이 어려워졌고 브리도 더 이상 그곳에서 일하지 않으니, 사업상으로든 개인적으로든 스티븐과 관계를 유지할 이유가 없다면서요. 거절했더니 나한테 화를 냈어요. 스티븐이 우리 딸을 망치도록 내버려둘 바엔 그 농장과 우리 사업을 망치겠다며 트레일러에 불을 질렀죠. 돈보다 가족이 중요하다면서. 그건 그냥 트레일러일 뿐이라더군요. 투자금을 잃는 것보단 딸의 미래가 훨씬 중요하대요."

"진짜 사람이 죽을 수도 있었어요." 스티븐의 소파를 집어삼키던 무시무시한 불길을 떠올리며 말했다.

"아니에요." 테드는 격렬하게 고개를 저었다. "아내는 트레일러가 비어 있다는 걸 알았어요. 주위에 스티븐의 트럭도 없었거든요. 멀리사는 그가 다른 데 산다는 걸 알고 있었어요. 누가 다칠 거라고 생각했다면 절대 불을 지르지 않았을 거예요. 그저 자기 뜻을 확실히 전하고 내게 중요한 게 무엇인지 깨우치려고 그랬을 뿐이에요."

"그래서 험한 일은 사람을 사서 맡기려 했나 봐요?" 베로가 냉소적으로 말했다.

테드가 얼떨떨한 표정을 지었다. "무슨 소린지 못 알아듣겠네요." 그가 대답을 요구하듯 나를 돌아봤다.

"우리는 부인이 내 전남편을 살해하려고 살인 청부업자를 고용했다고 생각해요." 나는 당혹에서 불신으로 변하는 그의 표정을 지켜보았다.

"멀리사가요?" 그가 웃음을 터뜨렸다. 작은 소리로 시작된 웃음이 요란하게 폭발했다. "그럴 리 없어요! 당신은 내 아내를 몰라요. 그런 짓은 절대 못 할 사람이에요."

웨스터버 부인이 산탄총을 옆으로 치우며 말했다. "이런 말 하기 싫지만, 그 말은 맞아요. 나도 멀리사 풀러를 알고 지낸 지 오래됐어요. 뻔뻔한 남자한테 본때를 보이고 딸을 지키려고 경고한 것일 뿐 누구 목숨을 뺏으려고 한 짓은 아닐 거예요. 그런 행동은 안 어울려요."

테드가 말을 이었다. "잠깐 눈이 뒤집혀서 어리석은 짓을 했지만 경찰이 영장을 들고 브리를 찾아오자 멀리사는 자기 잘못을 깨달았어요. 그 일로 언제까지나 자책하겠죠. 우리 딸한테 의혹이 쏠릴까 봐 더는 스티븐이나 농장에 해를 주는 행동은 안 할 거예요."

"그러니까 부인을 고발하는 대신, 브리의 알리바이를 조작해 부인에게도 해당되게 만든 거네요." 화재 다음 날 아침에, 브리는 내게 전날 밤에 집에서 아버지랑 TV를 봤다고 했다. 하지만 닉에게 듣기로, 브리의 부모는 경찰에 셋이서 함께 TV를 봤다고 진술했다. 어찌된 일인지 눈에 선했다. "그날 밤에 거실에서 두 사람의 사진을 찍은 사람은 멀리사가 아니었어요. 당신과 브리가 집에서 TV를 보는 동안 부인은 불을 지르고 있었을 테니까요."

테드는 고개를 저었다. "집에 다른 사람은 없었어요. 나랑 내 딸뿐이었지. 브리가 우리 사진을 찍고 싶다며 휴대전화를 책장에 놓고 타이머를 맞췄어요."

"그런데 경찰에는 사진을 멀리사가 찍었다고 하면서 알리바이를 만들었네요." 베로의 지적에 테드는 고개를 끄덕였다. "하지만 당신과 부인이 스티븐을 죽일 사람을 고용하지 않았다면, 회의 일정을 잡고 스티븐을 이곳으로 부른 이유는 뭐죠?"

테드는 혼란스러운 표정이었다. "내가 정한 거 아닌데?"

나는 베로를 돌아봤다. "여기 있는 누구도 회의 소집을 안 했다면, 대체 누가 했을까요?"

"왜 나를 봐요?" 테리사가 와인 병을 입에 대며 말했다.

그 순간, 창문이 박살나면서 유리가 공중에서 흩어졌다.

모두들 귀를 막은 채 바닥에 납작 엎드렸다. 우리는 집 안으로 빗발치는 총알을 피해 식탁 밑으로 숨었다.

40

마침내 사격이 멈추고 귀가 먹먹한 침묵이 찾아왔다.

"다들 괜찮아요?" 테드가 소리쳤다. 바버라가 산탄총 공이치기를 당겼다.

"누가 쏘는 거죠?" 애이미는 테리사 옆에 딱 붙어 있었다. 나는 식탁 밑의 얼굴들을 둘러봤다. 모두 펠릭스 지로프와 엮인 사람들이다.

"펠릭스가 틀림없어요. 당신이 그랬잖아요, 펠릭스는 마무리를 확실히 하는 사람이라고." 여기 모인 전부가 마무리 대상이었다. 펠릭스의 부하들은 우리를 일거에 깔끔하게 제거할 수 있다.

집이 또 한 차례 총알 세례를 받았다.

"어디 한번 해보자고!" 웨스터버 부인은 무릎을 꿇고 깨진 창문에 산탄총을 받쳤다. 어둠 속에서 몇 발을 쏘아 그들의 공격을 중단시켰다. 총알을 장전하려고 몸을 숨긴 틈에 펠릭스의 부하들이 반격해 오자, 그녀는 우리가 숨어 있는 식탁 밑으로 후퇴할 수밖에 없었다.

테리사는 한 팔로 와인병을, 다른 팔로 애이미를 안았다. "우리가 있는 곳을 남편한테 말해서 미안해!" 애이미가 울먹었다.

"네 남편이 얼간이라 그런 걸 어쩌겠어!" 테리사가 흐느꼈다.

총알이 주방 찬장까지 날아오고 냉장고 문에도 부딪쳤다.

"핀레이!" 베로가 내 손을 덥석 쥐었다. "죽기 전에 할 말이 있어요."

"알아요!" 나도 그녀의 손을 꼭 잡았다. "나도 사랑해요! 하지만 지금은 이런 말 할 때가 아니에요!"

"아니, 핀. 돈 얘기예요. 내가—."

바깥에서 자갈 위로 타이어 미끄러지는 소리가 들렸다. 창문으로 푸른 빛이 쏟아져 들어오고 고함 소리가 뒤따랐다. "경찰이다! 무기를 버리고 손 들어!"

"닉 목소리 같아요!" 밖에서 또 한 차례 총성이 쏟아지자 베로는 귀를 막으며 몸을 숙였다.

베로와 나는 창가로 기어가 밖을 내다봤다. 닉의 계기판에 파란 불빛이 맴돌고 있었다. 운전석 쪽 문이 열려 있지만 그는 보이지 않았다. 검은색 옷을 빼입은 남자 둘이 앞마당 나무 뒤에 숨어 있었다. 그들의 반자동 총기가 불꽃을 일으키며 닉의 차 조수석 쪽으로 총알을 난사했다.

"닉은 어디 있죠?" 펑펑 터지는 총소리 틈으로 베로가 물었다.

"모르겠어요. 차 뒤에서 못 나오고 있나 봐요. 우리가 뭔가 해야 돼요." 무장 괴한들은 공격을 멈추지 않았다. 한 명이 사격할 때 다른 한 명은 장전을 했다. 뱅글뱅글 도는 푸른 빛을 향해 총을 쏘며 창문을 산산조각 냈다. 나는 베로를 끌어당기며 창문 밑으로 몸을 숨겼다. "주의를 딴 데로 분산시켜야 해요. 닉한테 쏠린 관심을 뺏을 정도로 강력한 한 방이 필요해요." 놈들이 닉의 차에서 주의를 돌리려면 더 선명하고 요란한 소음이 필요할 터였다. 주방을 휘휘 둘러보며 쓸 만한 물건을 찾았다. 식탁 위에 쓰러진 와인병이 푸른빛을 반사했다.

"생각이 있어요. 이쪽으로 와요!" 깨진 유리에 찔리는 것을 아랑곳않고 식탁 쪽으로 기어갔다. 베로도 내 뒤를 따랐다. 위로 손을 뻗어 더듬다가 병이 잡히자 베로에게 건넸다. 테리사가 손에 쥔 다른 병을 빼앗아 내용물을 바닥에 쏟아버렸더니 그녀가 빽 소리를 질렀다.

"마시고 있었다고요!"

병을 들고 싱크대로 기어가는 내 발뒤꿈치를 베로가 붙잡았다. "이건 진짜 위험한 짓이에요, 핀레이!"

"뭐라도 해야죠! 닉의 차에 구멍이 숭숭 나고 있잖아요!"

종이 타월과 쓰레기봉투를 한쪽으로 밀치고 찬장을 뒤져 유리 세척제를 찾았다. 뚜껑을 열고 코를 킁킁거렸다. 냄새에 목이 따갑고 눈이 화끈거렸다. "행주 좀 찾아줘요."

베로가 손을 뻗어 냉장고의 손잡이에 걸린 행주를 내리더니 그것을 찢어 긴 줄 두 가닥으로 만들었다. 나는 병 두 개에 유리 세척제를 부어 하나를 베로에게 건넸다. 천 조각 끝을 그 안에 쑤셔 넣고 서둘러 가스레인지 앞으로 갔다. 베로가 손을 뻗어 불을 켰다. 우리는 병을 쳐들고 천을 불꽃에 갖다 댔다. 쉭 소리를 내며 불이 붙자 우리는 깨진 창문으로 기어갔다가 밖에서 터지는 한 차례의 총성에 몸을 숙였다.

"하나 둘 셋 하면 던지는 거예요." 나는 소음 속에서 목소리를 높였다.

"잠깐만요. 셋 하는 순간에요, 아님 셋 하고 나서요?" 베로가 물었다.

"그냥 던져요!" 테리사가 소리쳤다.

베로와 나는 남자들의 총부리에서 불이 뿜어져 나오는 방향으로 병을 던졌다. 유리가 산산조각 났다. 병은 굉음과 함께 폭발하며 화염을 뿜었다. 펠릭스의 부하들이 비명을 지르며 몸을 숨겼던 나무 뒤에서 뛰어나왔다.

베로가 닉의 차 뒤쪽을 가리켰다. 나무 뒤로 달려가는 그의 재킷 등판이 보였다. 닉은 총을 뽑으며 몸을 돌려 펠릭스의 부하들을 겨누고 발사했다. 남자 한 명이 비명을 지르며 쓰러졌다. 닉이 다시 총을 쏘자 두 번째 총잡이가 쓰러졌다.

총성이 멎었다. 닉의 차 엔진이 낮게 돌아가는 소리와 마당에서 탁탁 불타는 소리를 제외하면 밤은 고요해졌다. 짙은 연기와 거침없이 돌아가는 파란 불빛 말고는 아무것도 보이지 않았다.

등 뒤 주방에서 유리가 바삭바삭 깨졌다. 식탁 밑에서 나온 테드, 바버라, 애이미, 테리사가 우리 옆에 서서 창틀 밖을 내다봤다.

숲속 어디선가 신음소리가 들렸다.

"닉!" 나는 운동화로 깨진 유리를 밟으며 문으로 달려갔다. 현관으로 뛰쳐나가는 순간 뒤에서 베로가 발을 끄는 소리가 들렸다. "닉! 어디 있어요?"

"핀?" 그가 고함을 쳤다. "엎드려요! 위험해요."

웨스터버 부인이 산탄총을 들고 앞마당으로 뛰어나가 펠릭스의 부하 한 명을 굽어보았다. 그녀는 발가락으로 그를 쿡쿡 찔렀다. 테드는 다른 남자 곁에 서서 맥박을 확인하고는 고개를 저었다.

"괜찮아요." 내가 소리쳤다. "다 끝났어요."

닉이 끙끙거렸다. 그 소리를 따라갔다가 나무에 기대앉은 그를 발견했다. 그는 팔을 몸에 붙인 채 움켜쥐고 있었다. 피비린내가 진동했다. 그의 옆에 무릎을 꿇고 앉았다. 그의 부상을 살피는 동안 심장이 쿵쾅거렸다. 집에서 나오는 불빛이 나무에 가려, 닉의 윤곽 외에는 아무것도 보이지 않았다. 베로가 휴대전화로 911을 눌렀다.

"난 괜찮아요. 그냥 좀 까진 거예요." 닉은 몸을 일으키려 했지만 쉽지 않은 듯 왼쪽 허벅지를 부여잡고 숨을 몰아쉬며 물었다. "애이미와 테리사는…… 어디 있어요?"

나는 어깨 너머를 돌아봤다. 테리사는 마당 가운데에 서서 불길에 소화기를 뿌리고 있었다. 애이미는 바람을 타고 퍼지려는 불꽃을 밟아서 껐다. "불을 끄고 있어요."

"다들 괜찮아요?"

"당신만 빼고요." 그의 상처를 자세히 보려고 휴대전화 손전등을 켰다.

"이보다 더한 일도 겪어봤어요." 그는 어색한 미소를 지으며 억지로 목소리를 짜냈다.

"여보세요, 911이죠?" 베로가 말했다. "응급 상황이에요. 저는 루이스 경관인데—"

"아, 진짜!" 나는 눈을 질끈 감으며 중얼거렸다.

"여기 응급환자가 발생했어요! 경찰 한 명이 쓰러졌어요. 다시 말할게요. 경찰 한 명이—"

닉이 손을 뻗어 베로의 휴대전화를 낚아챘다. "페어팩스 경찰서의 니콜러스 앤서니 형사입니다." 닉은 접수원에게 주소를 알려주면서 구급차를 요청했다. 전화를 끊고 베로에게 건네고는 팔을 잡은 채 나무에 몸을 기댔다. "조이한테 전화 좀 해주실래요?" 그가 베로에게 물었다. 베로가 닉이 불러주는 번호를 눌렀다. 그녀는 한쪽 손가락으로 귀를 막고 우리에게서 조금 떨어진 위치로 움직였다.

나는 닉의 소매를 걷고 상처를 자세히 살폈다. "애이미와 테리사가 여기 있는 건 어떻게 알았어요?"

"애이미가 남편과 내내 문자를 주고받았거든요. 인근 기지국의 신호를 추적하다가 근처에서 테리사 어머니의 옛 주소를 발견했어요. 우연이 너무 겹친다 싶어서 확인하러 왔죠. 당신과 베로는 여기 어떻게 왔는지 궁금한데요?"

"당신이랑 같은 이유예요. 의문을 풀고 악당들을 막으려고요." 말을 아끼는 편이 나을 거란 생각에 이렇게만 얘기했다. "우리가 더 빨리 도착했을 뿐이죠."

"다시는 당신의 수사 능력에 의문을 품지 말아야겠네요." 멀리서 울리던 사이렌이 점점 가까워졌다.

"나는 적어도 파트너는 데려왔잖아요. 당신은 혼자서 어쩌려고 그랬어요? 진짜 죽을 뻔했잖아요. 조이는 어딨어요?"

"오늘 아침에 스티븐이 경찰들을 따돌리고 달아나서 하루 종일 찾고 있어요. 아직 감시를 그만둘 수 없어요. 애이미가 여기 있는지 확인만 하고 가려고 했는데 총소리가 들려서 지원 요청을 한 거예요."

베로가 돌아와서 휴대전화를 보며 인상을 찌푸렸다. "조이의 번호로 세 번 걸었는데 받지를 않아요. 병원에서 만나자고 메시지를 남겼어요."

목덜미에 털이 곤두서는 기분이었다. 생각할수록 이해가 되지 않았다. 펠릭스가 그렇게 많은 죄를 짓고도 처벌을 피할 수 있는 이유는 몇몇 부패 경찰을 쥐락펴락하기 때문이라고 닉이 말한 적이 있다. 조이는 펠릭스가 체포된 다음에 닉의 파트너가 되었다. 펠릭스가 닉에게 특별한 관심을 갖게 된 직후였다. 조이는 지난 토요일 저녁에 닉과 내가 크바스에서 저녁을 먹는다는 사실을 알았다. 그러면 우리가 그곳에 있다는 사실이 캣의 귀에 들어간 연유도 설명이 된다. 그런데 캠은……. 그는 조이의 정보원이었지만 조이가 멀리 있다는 사실을 알고 닉에게 연락했다. 왜 그랬을까? 조이가 돌아오자마자 입을 닫고 달아난 이유는 또 뭘까?

'제가 가진 정보를 경찰에 전부 넘기면 조이 형사님과 제 관계도 끝이죠.'

캠은 싹쓸이의 정체를 밝히느라 큰 대가를 치러야 했다고 말했다. 그는 싹쓸이에 대해 뭔가 알고 있었다. 우리에게 싹쓸이가 꼭 여자는 아니라는 말을 흘리기도 했다. 직접 알리기는 두려워도 그가 누구인지 우리가 알아내기를 원하는 듯이.

'인터넷에서는 상대가 누구인지 안다고 생각해서는 안 된다고요.'

캠을 폭행한 사람이 펠릭스의 부하가 아니라 경찰이라면? 직접 이용했던 웹사이트에 대해 누구도 알기를 원치 않았던 경찰, 돈이 필요해서 부업을 하는 경찰, 새 파트너를 돕는다는 명목으로 오랜 시간 내 전남편을 감시하는 경찰이라면? 조이가 의심을 피하기 위해 스티븐이 자신을 따돌렸다고 주장하면서 스티븐의 목숨을 끊을 절호의 순간을 노렸다면? 그가 스티븐의 휴대전화에 앱을 설치했고, 따라서 스티븐의 위치를 내내 알고 있었다면?

맙소사! 휴대전화!

스티븐의 휴대전화는 내 백 안에 있었다. 조이는 그것을 이용해 스티븐이 이 모임에 오는 길이라고 테드에게 알렸다. 우리에겐 추적 앱을 삭제할 틈이 없었다.

그 말은 조이가 지금 스티븐을 미행할지도 모른다는 뜻이었다.

사이렌이 울렸다. 경찰차와 구급차가 빨강과 파랑 불빛을 번쩍이며 웨스터버의 진입로로 들어왔다. 구조대가 닉에게 달려갔다. 그중 두 명이 그의 상태를 꼼꼼히 살폈다. 나는 베로의 손을 잡고 집 옆으로 끌고 갔다. "스티븐을 찾아야 해요."

그녀가 우리 둘 사이에 뿌연 숨을 뿜었다. "왜요? 이리로 오고 있을 텐데요. 그냥 기다리면 안 돼요?"

"여기까지 못 올까 봐 걱정돼서요. 조이가 싹쓸이일 수도 있으니까요."

"조이요?" 베로는 갑자기 입을 닫고 지나간 일을 되새기는 듯했다. 내가 그랬듯 며칠 새 일어난 사건들을 다른 관점에서 곱씹고 있었다. "그럼 큰일인데요, 핀. 닉에게 말해야 돼요."

"안 돼요, 베로! 입도 뻥긋하면 안 돼요. 증거가 하나도 없잖아요. 아까도 우리는 애이미가 진저리라고 넘겨짚었지만 완전 헛다리였잖아요."

"하지만 이번에는 당신 말이 맞다면요?" 베로가 애스턴마틴의 열쇠를 내게 건넸다. "가요. 스티븐을 찾아요. 지금쯤이면 거의 다 왔겠네요. 스티븐이 결국 도착할지도 모르니까 나는 여기 있을게요."

내 이름을 외치는 닉의 목소리를 뒤로하고, 나는 숲속으로 뛰어갔다.

41

칼의 집 뒤편 컴컴한 숲속을 질주하며 스티븐의 번호를 눌렀다. 저만치 앞에 애스턴마틴의 윤곽이 보였다. 폐가 따갑도록 전속력으로 달려 차문에 손을 뻗었다.

스티븐이 전화를 받았지만 내게 인사도 하지 않았다. 목소리가 밤 공기처럼 싸늘했다. “당신, 설명할 게 많을 거야.”

“알아.” 숨을 씨근거리며 대꾸했다. “다 설명할게. 진짜로. 하지만 당신도 내 말을 들어야 해.” 차 내부에 불이 켜지고 문이 열릴 때까지 리모컨 버튼을 아무거나 막 눌렀다. 차에 들어가서 제어반을 살피다가 시동 버튼을 눌렀다.

“이제 당신 말은 절대 듣고 싶지 않아. 나도 참을 만큼 참았어. 내 인내심의 한계는 여기까지야, 핀레이. 집에 도착하자마자 가이랑 약속을 잡겠어. 이런 미친 짓은 이제 끝이야. 내 말 듣고 있어? 끝이라고!”

“스티븐, 잘 들어.” 기어를 넣고 동네 상점 뒤에서 차를 홱 돌렸다.

공터가 칠흑같이 어두워서 상향등을 켰다. “당신, 도로에서 벗어나야 돼. 사람이 많은 데를 찾아야 한다고. 가게나 주유소처럼 환한 곳.” 그가 내 생각만큼 가까운 곳에 있다면, 이미 선택지는 많지 않을 것이다. 이 인근은 전부 가로등도 없는 시골길이었다. 몇 킬로미터마다 띄엄띄엄 자리 잡은 구멍가게들이 이 시간까지 영업을 할 성싶지 않았다.

스티븐이 음침한 웃음을 뱉었다. “그렇게는 못하겠네. 이미 도로를 벗어났거든. 망할 밴이 서버려서 지금 발이 묶인 채 견인차를 기다리고 있다고!”

안 돼. 안 돼, 안 돼, 안 돼! 가속페달을 꾹 밟았다. 말 700마리에게 박차를 가하는 느낌이었다. 나무들이 휙휙 지나갔다. 애스턴마틴이 구불구불한 길을 급회전하자 관성으로 몸이 좌석 쪽으로 젖혀졌다. “스티븐, 어디 있어? 그냥 도로명이나 가까운 건물이라도 알려줘. 내가 가고 있으니까. 밴에 들어가서 문을 잠그고 있어. 지금 바로 갈게!” 그는 베로와 내가 여기 올 때 탔던 길을 그대로 따라왔을 터였다. 그 길을 되돌아가면 그를 찾을 수 있을 것이다. 별로 멀지 않은 곳에서.

“농담해? 당신 베이비시터가 내 머리를 때렸어, 핀레이! 뇌진탕일지도 몰라! 나한테 인질처럼 재갈을 물려서 싸구려 모텔에 가뒀잖아. 이해가 안 돼? 지금 내가 절대로 보고 싶지 않은 사람이 당신이라고!”

“잠깐, 당신이 보이는 것 같아.” 전방 도로 갓길에서 노란 비상등이 깜박였다. 내 밴의 낯익은 그릴을 알아보고 숨을 내쉬었다. 스티븐이 나를 등진 채 밴 옆을 서성대고 있었다. 나는 속도를 늦췄다. 차와 함께 심장박동도 차츰 느려졌다.

"다행이다." 스티븐이 중얼거렸다. "견인차가 왔네. 나 간다." 그는 도로로 나가 맞은편에서 다가오는 두 개의 전조등을 향해 손을 흔들었다. 속도를 줄이는 그 차를 보며 나는 서늘한 공포를 느꼈다.

"그건 견인차가 아니야, 스티븐. 밴으로 돌아가!"

"이 얘긴 내일 가이가 입회한 자리에서 마무리하자고."

내가 수화기에 대고 소리를 쳤지만 스티븐은 전화를 끊고 휴대전화를 주머니에 넣었다. 그는 따가운 전조등을 피해 눈을 가리며 다가오는 차를 향해 손짓했다. 차는 방향지시기를 켠 채 그를 지나쳐, 밴보다 50미터쯤 앞에 천천히 정차했다. 나는 그 차의 상향등에 눈을 찌푸리며 속도를 높였다. 스티븐에게 다가가며 창문을 내릴 버튼을 더듬어 찾았다. 애스턴마틴이 옆에 끽 하고 멈추자 스티븐은 비틀대며 뒤로 물러섰다.

"타!" 내가 외쳤다.

그의 눈이 휘둥그레졌다. "이 차는 어디서 난 거야?"

"그런 거 신경 쓰지 말고! 그냥 타!"

그는 두 손을 쳐들며 나를 등졌다. "집에 가, 핀레이."

"스티븐!" 나는 맞은편 차량 쪽으로 걸어가는 그의 속도에 맞춰 차를 후진했다. "저 차에 탄 사람이 당신을 죽이려 할 거야. 나랑 같이 가야 해. 지금 당장!"

"핀레이, 당신 이러는 거 참 징글징글하다." 계속 걸어가는 스티븐 옆에서 나는 천천히 차를 후진했다.

"스티븐, 제발." 열린 창문을 통해 그의 팔을 잡으며 애원했다.

그가 내 손을 뿌리쳤다. "나를 모텔 방에 가두는 거 보고 당신이

미친 줄은 알았지만, 이건 또 무슨 짓이야? 이게 대체 무슨……." 스티븐이 걸음을 멈췄다. 그가 내 소매를 잡자 나는 브레이크를 밟았다. "손은 왜 이래? 이거 피야?"

"설명할 시간 없어." 맞은편 차에서 사람이 내렸다. 스티븐은 내 시선을 따라가 운전자에게 손을 흔들더니 손가락을 들어 기다려달라고 부탁했다. 그 남자도 손을 들더니 우리 쪽을 가리켰다.

"엎드려, 스티븐!" 그 운전자가 총을 발사하자 나는 차 문을 벌컥 열고 스티븐의 바지 앞섶을 잡았다. 스티븐이 열린 창문 안쪽으로 몸을 숙이는 순간 총알이 머리를 스치고 지나갔다.

또 다른 총알이 그의 발 옆 아스팔트에 맞자 스티븐이 눈을 동그랗게 떴다.

"어서 타라고!" 내가 소리를 빽 질렀다. 스티븐이 굳은 표정으로 허둥지둥 후드를 돌아 조수석으로 뛰어들었다. 나는 속도를 올렸다.

"봤어? 저 자식이 나한테 총을 쐈어!"

"여태 내가 하는 소리를 귓등으로 들었어?"

"헛소린 줄 알았지!"

"안전벨트 매!" 뒷 유리에 총알이 박히자 나는 엄마 목소리로 외쳤다. 도로에 타이어 자국을 남기며 가속페달을 세게 밟았다. 상대 운전자도 차에 올라타더니 미등을 깜박이며 도로에서 차 방향을 반대로 돌렸다.

스티븐이 안전벨트를 맸다. "맙소사, 핀. 이거 애스턴마틴이잖아!"

"나도 알아, 스티븐."

"사실대로 말해. 이 차 어디서 났어?"

"그건 중요하지 않아. 휴대전화 내놔."

"왜?"

"그냥 좀 내놓으라고!"

스티븐이 휴대전화를 건넸다. 나는 전원을 끄고 창밖으로 던졌다. 스티븐이 따지려고 입을 열었다가 내가 단호히 들어 올린 손가락에 다시 꾹 닫았다. 시속 160킬로미터를 넘어선 속도계를 보고 그는 좌석에 등을 밀착했다. "너무 과속하는 거 아냐? 속도 좀 늦춰."

"지금은 안전운전 할 때가 아니라고!"

"그래. 미안." 그는 우리 뒤를 돌아봤다. "상향등을 켜고 우리를 따라오고 있어."

"저 차가 당신 앞으로 지나갈 때 운전자 얼굴 봤어?"

"아니, 전조등이 너무 밝아서 못 봤어. 세단 같았는데. 쉐보레였나?"

조이는 쉐보레 세단을 몰았다. 하지만 그런 차를 타는 사람은 한두 명이 아니다. "무슨 색이었어?"

"몰라. 너무 어두워서. 색깔을 알아볼 만큼 그 차 가까이 가고 싶지도 않고." 스티븐은 다시 앞 유리 쪽을 보며 머리를 숙인 채 주변을 두리번거렸다. "1.5킬로미터쯤 가면 왼쪽에 교차로가 있어. 그 차가 모퉁이를 돌기 전에 방향을 틀고 나서 라이트를 끄는 거야. 따돌릴 수 있을지도 몰라."

가속페달을 힘주어 밟았다. 나를 지켜보는 스티븐의 시선이 느껴졌다. 우리 사이의 긴장된 공간에 차곡차곡 쌓이는 온갖 의문들이 느껴졌다. 앞에 노란 경고판이 나타났다. 굽은 길을 보고 급커브를 틀었다. 핸들을 왼쪽으로 세게 꺾으며 전조등을 껐다. 어둠 속에서 무엇과도 충돌하지 않기를 기도하며 브레이크에서 발을 뗐다. 우리 둘 다 숨을 죽였다. 잠시 후 싹쓸이의 전조등 불빛이 뒷 유리를 훑고 지나갔다.

"우리가 따돌렸나 봐." 스티븐이 뒤를 돌아보며 말했다. "저 차가 돌아오기 전에 여길 빠져나가자."

나는 전조등을 켰다. 스티븐이 안내하는 대로 미로 같은 시골길을 지나 마침내 내가 아는 교차로에 도착했다.

"저기다 세워." 스티븐이 쇼핑몰의 빈 주차장을 가리켰다. 우리는 슈퍼마켓 뒷골목으로 들어가 대형 쓰레기통 뒤에 애스턴마틴을 세웠다. 엔진을 끄자 갑자기 차 안에 무거운 침묵이 내려앉았다. 나는 운전대에 이마를 댔다.

스티븐이 조수석 문에 몸을 기대고 나를 보았다. "처음부터 얘기해볼래?"

"아니." 설명하기엔 너무 지쳐 있었다. 집에 가서 아이들을 안아주고 싶다는 생각뿐이었다. "당신을 죽이려는 사람이 있어, 스티븐. 누군지는 모르겠지만 인터넷에 구인광고를 낼 정도로 화가 났어. 가급적 크리스마스 전에 당신을 죽여주는 사람한테 10만 달러를 주겠대. 혹시 짐작 가는 사람 있어?"

희미한 불빛 속에서 스티븐의 얼굴이 하얗게 질렸다. "화재가 생긴 날 녹음된 당신 목소리를 듣고 이게 전부 당신의 계략이라고 생각했어."

나는 눈을 비비며 화를 억눌렀다. "나는 단서를 찾으러 간 거야. 내 아이들 아빠를 죽이려는 사람이 누군지 알아내려고."

"그래서 크리스마스트리 농장에서 나를 염탐했다고?" 스티븐이 드디어 말귀를 알아들었다. "내가 아이들이랑 같이 있을 때 누가 나를 쫓아올까 봐 걱정돼서?"

나는 고개를 끄덕였다. 아직도 벌벌 떨리는 손으로 얼굴에서 머리카락을 쓸어 넘겼다. "그날 밤에 살인 청부업자가 당신 동선을 파악하려고 휴대전화를 훔쳐갔었잖아."

"집에서 가스가 새고…… 트럭 타이어가 찢어진 것도? 다 그 사람 짓이었어?"

"화재만 빼고." 나는 씁쓸하게 웃었다. "불은 브리의 엄마가 냈지만 당신을 죽일 생각은 없었던 것 같아. 그 여자가 광고를 낸 것도 아니고."

스티븐은 말없이 생각에 잠겼다. "그래서 당신이 나를 납치해서 모텔로 데려갔구나. 살인자가 따라다니는 걸 알고 나를 안전하게 지키려고." 그는 고개를 저었다. "맙소사, 핀. 왜 나한테 말 안 했어?" 내 입이 벌어졌다. 스티븐은 말을 뱉은 순간 자신의 잘못을 깨달은 듯 눈을 감으며 한 손을 들었다. "그래. 당신은 알리려고 했지. 안 들은 건 나고. 미안해." 그의 목소리가 누그러졌다. "그래서 이제 어떻게 해야 돼?"

차창에 머리를 기댔다. "나도 그걸 알고 싶어."

스티븐은 차 주위의 골목을 흘끔거렸다. "소변 보러 나가면 총 맞으려나?"

내가 진 빠진 웃음을 지었다. "안전할 거야."

스티븐은 차에서 내려 대형 쓰레기통 뒤로 사라졌다.

내 휴대전화를 확인하니 베로의 부재중 전화가 와 있었다. 그녀의 번호를 누르고 신호음을 들으며 숨을 죽였다.

"다행이다. 무사한가 봐요. 스티븐은 찾았어요?" 베로가 물었다.

"찾았어요. 웨스터버의 사유지에서 몇 킬로미터 떨어진 곳에서 차가 고장났었나 봐요. 싹쓸이가 나타나기 직전에 발견했어요. 조이랑 연락됐나요?"

"아니요. 몇 분 전에 구급차가 닉을 태우고 떠났고, 조이는 아직 연락이 없어요."

"전혀 놀랍지 않네요." 내 의심은 확신이 되었다. "총을 쏘면서 통화를 하기는 힘들 테니까요."

"총을 쐈다고요?"

"걱정 마요. 스티븐이랑 나는 괜찮고, 스티븐 휴대전화도 없앴으니까."

"휴대전화 얘기가 나와서 말인데, 진저리가 보낸 이메일을 싹쓸이한테 전달했어요. 지금쯤이면 싹쓸이도 우리 둘 다 돈을 못 받는다는 걸 알 거예요. 더는 스티븐을 따라다니느라 시간 낭비하지 않겠죠."

"그렇다고 싹쓸이를 고용한 사람이 누구인지 밝혀진 건 아니잖아요."

"그 미스터리는 다음에 풀어요. 그나저나 내 차는 잘 있어요?"

백미러로 유리에 생긴 구멍을 살폈다. "그쪽으로 가서 다 설명할게요."

"안 와도 돼요. 라몬의 연락을 받았어요. 간신히 모텔에 도착했더니 밴이 안 보이더라며 화를 냈어요. 나를 데리러 올 거예요. 여기 도착해서 나를 죽이지 않으면, 가는 길에 밴을 찾아서 견인하자고 할게요. 차고에서 만나요."

베로가 전화를 끊었다.

지난 몇 시간 동안 정신이 없어서 확인하지 못한 휴대전화 알림을 훑어봤다.

부재중 전화가 실비아에게서 한 통, 줄리언에게서 두 통, 언니에게서 한 통, 엄마에게서 세 통 와 있었다. 엄마는 이렇게 늦은 시간에는 좀처럼 전화하지 않는 사람이었다. 걱정스런 마음에 엄마의 번호를 눌렀다.

곧바로 전화가 연결됐다. "핀레이? 조지아랑 통화했다." 겁에 질려 목이 메는 데도 엄마는 말을 속사포처럼 쏟아냈다. "스티븐은 괜찮아? 누가 스티븐을 죽이려 한다며. 대체 무슨 일이야? 아이들은 왜 네 언니가 데리고 있어?"

"스티븐은 괜찮아, 엄마."

"진짜로?"

"지금 나랑 같이 있어. 조지아는 그냥 아이들을 돌봐주는 거야."

"아, 다행이다. 얼마나 걱정을 했는지. 가만……." 엄마의 음성에 점점 의심이 짙어졌다. "왜 스티븐이랑 같이 있어?"

"차가 고장났대서 내가 데리러 온 거야."

"데이트는 아니지?"

나는 피식 웃었다. "아니야."

"그래. 맞다, 네 언니한테 전화 좀 해줘라. 너를 찾더라." 엄마가 전화를 끊었다.

휴대전화를 내려놓으려는데 화면에 알림이 떴다. 베로가 전달한 메시지에 싹쓸이가 회신하는 이메일이었다.

익명2 님, 사진 한번 그럴듯하네요. 그런데 우리 둘 다 속은 모양이에요.

전문가로서 조언 한마디 해줄까요? 항상 절반을 선금으로 요구해요. 그리고 다음번엔 내가 하는 일에 걸리적거릴 생각 마요.

스티븐이 문을 열고 조수석에 앉았다. 나는 메시지를 닫고 휴대전화를 무릎에 놓았다.

“별일 없는 거지?” 그가 물었다.

“응. 당신을 죽이는 대가로 걸린 거액의 보상금이 알고 보니 공수표였어. 베로와 내가 당신 시체처럼 보이는 사진을 그럴싸하게 찍어 보냈지만, 당신을 죽이려 했던 사람은 애초에 돈을 내놓을 생각이 없었나 봐.”

스티븐은 외투 지퍼를 열어 스웨터에 묻은 라즈베리색 얼룩을 잡아당겼다. 그는 손끝을 핥으며 웃음을 터뜨렸다. “내가 아직 살아 있다는 걸 알면 누구는 심기가 불편하겠네.”

“그렇겠지. 하지만 아까 총을 쏜 남자가 당신을 또 쫓아오진 않을 거야.” 나는 한숨을 푹 쉬었다. “닉은 유능한 경찰이야. 가스 누출이랑 타이어 사건의 증거를 찾고 있어. 결국 진상을 밝혀낼 거야. 하지만 당분간은 누구 비위를 건드리지 않게 조심해, 그럴 수 있겠어?”

“노력 중이야.” 그는 앞 유리 밖을 응시하며 창틀을 따라 손가락을 움직였다. “그래, 당신이랑 닉이랑…… 별로 마음에 안 들지만 난 괜찮아.”

“당신 의견이나 허락 따윈 필요 없는데.”

“적어도 그 남자는 면도할 나이는 됐으니까.”

“노력 중이라며.”

“알았어, 미안.” 스티븐은 킁킁대며 코를 찡그렸다. “그 총잡이가 다시 안 나타날 거란 게 확실하면 어서 출발하자. 저 쓰레기통에서 냄새나."

나도 코를 킁킁거렸다. 깨진 창문으로 들어오는 냄새는 확실히 아니었다. 불쾌한 썩은 내는 우리 좌석 뒤에서 풍기고 있었다. 하도 정신이 없어서 칼을 까맣게 잊고 있었다.

시동을 걸며 말했다. "냄새 말인데, 당신 도움이 좀 필요해. 일단 나를 좀 믿어줬으면 해. 완전히."

스티븐은 주저하는 표정으로 고개를 끄덕였다. "말해봐."

운전대를 잡고 스티븐의 농장으로 출발했다. 물집이 잡혔는지 손이 쓰라렸다. "굴착기 좀 빌려줘."

42

농장으로 가는 길에, 칼에게 일어난 일을 스티븐에게 전부 설명했다. 칼의 병에 대해서는 스티븐도 알고 있었지만 사망 소식은 충격이었는지 눈가에 회한의 기색이 어렸다. 나는 테리사가 칼의 시체를 숨기기 위해 농장의 법인 계좌를 어떻게 이용했는지, 화재가 발생한 날 베로와 내가 어떻게 사무실에 잠입하여 장부 기록을 찾았는지 설명했다. 우리가 냉동고 내용물을 테리사의 집 앞에 배달한 이야기, 아이들 걱정에 혼비백산하여 테리사의 집에서 뛰쳐나온 이야기, 칼의 일부를 실수로 베로의 차저 트렁크에 남겼다는 이야기를 하자 스티븐은 얼결에 웃음을 터뜨렸다. 하지만 애스턴마틴의 뒤쪽에서 풍기는 냄새의 정체를 깨닫는 순간 그의 미소는 가시고 얼굴에 공포가 서렸다.

"칼을 묻는 걸 내가 도와주길 바라는구나. 내 농장에." 그의 목소리가 딱딱해진 이유가 충격 때문이라 생각했다. 하지만 오늘 밤엔 이상한 일이 연이어 일어났다. 이제는 스티븐도 웬만해서는 놀라지 않을 것 같았다. 그 방법이 최선이기도 했다.

"칼의 집에 갖다줄 순 없어. 거긴 경찰이 쫙 깔렸으니까. 그렇다고 우리 집에 데려갈 수도 없잖아. 농장이 가장 안전할 거야. 당분간은."

언젠가, 이 모든 소란이 진정되고 나면 스티븐이 바버라와 상의해서 칼의 마지막 일부를 웨스터버 부부네 집 뒤편의 안식처로 옮겨줄 수도 있다.

우리에게 다른 선택지가 없음을 인정하면서 스티븐은 천천히 고개를 끄덕였다.

애스턴마틴이 농장 뒷문으로 들어가 울퉁불퉁한 자갈길을 천천히 이동했다. 베로와 같이 해리스를 묻었던 휴한지를 지나는 순간 강한 기시감이 밀려왔다. 고개를 돌려 그쪽을 쳐다보고 싶은 충동을 참아야 했다. 스티븐은 그곳을 다 지나가도록 말이 없었다.

"저기야." 그가 어느 부속 건물의 뒤편을 가리켰다. 밤하늘을 배경으로 굴착기의 긴 목이 보였다. 스티븐의 지시에 따라 차를 들판 사이에 뻗은 좁은 길로 몰았다.

"여기서 기다려." 그가 차에서 내리며 말했다.

나는 조수석 창문을 내려 그의 뒤통수에 대고 외쳤다. "나도 도울게."

그는 자기 손목에 남은 접착제 흔적을 보고 슬며시 웃으며 내 쪽을 돌아봤다. 차 옆면을 짚고 열린 창문을 들여다보는 그의 눈빛에 뿌듯함이 담겨 있었다. "당신 뜻은 알겠지만, 차에서 기다리는 편이 낫겠어." 그가 내 구두와 맨손을 가리켰다. "경찰이 물으면, 당신은 절대 여기 온 적 없는 거야."

내가 웃음을 터뜨렸다. "내가 조금만 순진했으면 당신이 전에도 이런 일을 해봤나 보다 생각했을 거야."

그가 조금은 겸손하게 어깨를 으쓱했다. "지난 몇 주 동안 잠이 잘 안 와서 당신 책을 몇 권 읽었어. 심심풀이로 말이야." 내가 놀라서 입을 떡 벌리자 그는 고개를 떨구고 부츠 끝으로 땅에 발길질을 했다. 트레일러의 책상에서 발견한 반납이 연체된 책, 스티븐이 자던 소파 옆에 있던 책은 브리가 빌린 것이 아니었다. 스티븐이 눈을 들어 나를 보았다. "내가 할게, 핀. 당신한테 이 정도 신세는 졌잖아." 내가 고개를 끄덕이자 그는 차 지붕을 두드리며 말했다. "트렁크 열어봐. 얼른 끝내버리게."

애스턴마틴의 전조등 불빛 속에서 스티븐은 굴착기 운전석에 올라 깊고 깔끔하게 구멍을 팠다. 그는 칼의 일부를 힘겹게 들어 땅속에 내려놨다. 그리고 다시 트랙터에 올라타 무덤을 메우고, 그 위에 굴착기를 주차했다.

그는 작업용 장갑을 벗고 내 쪽으로 걸어왔다. 나는 창문을 내렸다. "오늘 밤에 잘 데는 있어?" 검게 탄 트레일러의 잔해가 멀리서는 그림자로 보였다. 지금은 그의 집도 안전하지 않을 터였다.

스티븐은 어깨를 으쓱했다. "가이한테 연락하지 뭐. 내가 그 집 소파를 차지해도 뭐라고 못 할 거야."

"타. 데려다줄게."

스티븐이 고개를 저었다. "농장 트럭을 타면 돼. 별로 안 멀어." 그는 애스턴마틴 옆면에 묻은 흙을 문질렀다. "더군다나 누가 이 차를 기다릴 거 아냐. 어디서 구했는지 물어봐도 돼?"

"당신은 모르는 편이 나아." 대리점은 문 닫은 지 오래일 터였다. 컴컴한 전시장에 앉아 이리나가 차를 가져오기를 이제나저제나 기다릴 앨런이 눈에 선했다. 이리나가 나를 감싸줄지, 언제까지 감싸줄지 알 길이 없었다. "이제 가볼게. 베로가 기다리고 있어서." 애스턴 마틴을 어떻게 할지 같이 생각해봐야 했다. 그리고 밴이 수리될 때까지 라몬에게 다른 차를 빌려야 했다. 베로가 아끼는 차저가 어떻게 됐는지 알 수 없었다. "저기, 아이들이랑 나는 토요일에 우리 엄마 집에 가서 저녁 먹을 건데, 같이 갈 생각 있어? 딜리아랑 재크가 당신을 엄청 보고 싶어 하던데."

스티븐이 웃으며 고개를 저었다. "그러면 당신 어머니가 식사 중에 당신 애인들 얘기를 늘어놓으면서 내가 얼마나 나쁜 놈인지 새로 일깨워주시겠지? 사양할게. 사실은 좀 쉴 생각이야. 이제 사무실도 없고 사업도 지지부진하니까 누나 집에 좀 다녀오려고. 여기를 벗어나서 당분간 조용히 지내는 편이 좋을 것 같아. 내일 떠나기 전에 당신 집에 들러서 아이들을 볼 수 있을까?"

"그럼. 아이들이 좋아하겠다."

"핀." 스티븐이 창문을 올리려는 나를 막았다. 그는 진지한 표정으로 장갑을 만지작거렸다. "불난 이후로 당신한테 하고 싶은 말이 있었어. 보안장치 안전 암호 있잖아, 우리가 다시 잘될 거라는 희망을 품고 정한 건 아냐. 그냥…… 당신이랑 아이들은…… 당신은 늘 내 인생의 상수니까."

"농장 매입할 때도?" 두터운 침묵이 내려앉았다. 그는 고개를 떨궜다. 우리가 결혼한 상태일 때 스티븐이 테드, 칼과 계약을 했다면, 법적으로 그 농장의 일부는 내 것이다. "가이는 알고 있었어?"

스티븐은 애매하게 고개를 저었다. "가이는 내 친구잖아. 항상 내가 생각도 못 한 걸 보는 녀석이야." 나를 올려다보는 그의 얼굴에 수

치심이 드러났다. 가이는 많은 것을 알고 있었을 터였다. "내가 제대로 돌려놓을게, 핀. 재산이며, 양육권이며, 전부 다." 그 약속에 애원이 깔려 있었다. 꺼내기 두려운 질문이 깔려 있었다.

어찌 보면 스티븐도 언제까지나 내 인생의 상수이겠지만, 내가 마음 놓고 뒤로 넘어질 수 있는 안전그물은 아니었다. 나는 더 이상 뒤로 넘어지지 않는다. 이제부터는 앞으로만 넘어질 생각이었다. 그리고 내가 안전 암호를 고른다면, 내 인생이 아무리 엉망이 되어도 내 옆에 남아 있을 베로의 이름일 것이다.

"그래." 내가 대답했다.

스티븐은 차를 두드리며 서글픈 미소를 짓고는, 떠나는 나를 지켜보며 손을 흔들었다.

라몬의 정비소 사무실에는 전등이 하나만 밝혀져 있었다. 베로가 철조망 문을 열자 나는 차를 안으로 몰았다. 건물 뒤의 셔터 문이 열리더니, 라몬이 들어오라고 손짓했다.

내가 애스턴마틴에서 내리자 베로와 라몬이 차를 둘러봤다. 라몬은 후면 패널의 구멍을 살피며 혀를 찼다. 그는 온갖 질문이 담긴 눈으로 사촌을 응시했다. 우리 둘 다 절대 대답하지 않을 질문들이었다. 그는 깨진 유리창을 보며 고개를 저었다. "이번엔 또 무슨 사고를 친 거야, 베로니카?"

"고칠 수 있어?" 베로가 그에게 물었다.

라몬은 조수석 문을 열고 차 내부로 몸을 숙이더니 머리 받침대 뒷면에 손가락을 넣어 총알을 꺼냈다. 굳은 표정으로 그는 총알을 내게 건넸다. "페인트며 창 유리를 구하는 데만 며칠이 걸릴걸. 머리 받침대를 용케 구한다 쳐도 교체하는 데 돈이 어마어마하게 들 거야."

"하비가 아는 사람이 있을지도 몰라." 베로가 그를 따라 차 주위를 돌면서 말했다.

라몬은 몸을 홱 돌려 그녀에게 손가락질을 했다. "나는 이 일에 대해 하비한테 한마디도 안 할 거고, 너도 그래야 돼. 차라리 차를 없애는 게 나아."

"그렇게는 할 수 없어요." 내가 끼어들었다. "대리점에서 빌린 차예요. 돌려줘야 돼요." 앨런은 이리나를 봐서 내게 열쇠를 내줬다 쳐도 이렇게 비싼 차가 없어지면 금방 딜러의 눈에 띌 게 뻔했고, 이리나가 나를 감싸는 데에도 한계가 있다. "고치는 데 얼마나 걸릴까요?"

그가 허리에 손을 짚고 나를 돌아봤다. "머리 받침대가 문제예요. 구해줄 사람이 있기는 한데 엄청 비싸게 부를걸요."

"우리한테 현금이 있어요." 내가 당당하게 말했다.

"아니에요." 베로가 조용히 말했다. "우리, 돈 없어요." 그녀의 눈에 먹구름이 드리웠다. 내가 엄마에게 베로가 내 돈을 관리하고 있으니 늙어서 파산할 일은 절대 없다고 큰소리 치던 순간처럼 빛을 잃은 눈이었다. 라몬 앞에서는 어찌 된 일인지 캐묻지 말라는 듯 그녀는 고개를 살짝 저었다.

목이 메었다. 지난 몇 주를 어떻게 버텼는데 차 한 대 때문에 감옥에 갈 수는 없었다.

머리가 멍했지만 내 입에서 이런 말이 튀어나왔다. "돈을 구할 방법이 있을 거예요."

라몬의 눈길이 내 코트의 핏자국으로 향했다. "오늘 밤에 이 차 추적 장치를 끌게요. 아침부터 차체 수리를 시작하고요. 못해도 72시간은 걸려요. 하지만 누가 이 사실을 알게 되면, 베로—"

그녀는 눈물을 참으며 라몬을 끌어안았다. "아무도 모를 거야."

"네 뒤치다꺼리하기 너무 벅차다." 라몬이 베로의 머리에 대고 중얼거렸다. 그녀가 몸을 떼자 라몬은 뒷주머니에서 깨끗한 손수건을 꺼내어 내게 던지고는 내 손을 향해 고갯짓했다. "베로랑 내가 당신 밴을 찾았어요. 며칠 살펴봐야겠지만, 금방 고칠 수는 없을 거예요. 부품이랑 인건비를 생각하면 그냥 새 차로 바꾸는 게 나을 수도 있고요. 차창에 '매물'이라고 붙여서 내놓을까요?" 그가 제안했다. "푼돈이라도 받을 수 있을지 모르잖아요?"

산전수전 다 겪은 차였다. 라몬의 말이 옳을지도. 진작에 폐차하고 새 차를 샀어야 했는지도 모른다. 하지만 나는 꿈결같이 움직이는 새 스포츠카도 시험운전해보았다. 그 차는 너무 순조로워서 권태로운 중년의 위기를 연상시켰다. 강력한 엔진과 대담한 라인을 가진 베로의 차저도 몰아보았지만 너무 경찰차처럼 느껴졌다. 바닥에 과자 부스러기가 굴러다니고 뒷좌석에는 유아용 카시트가 붙어 있지만, 나의 밴은 왠지 소박한 위안을 주었다. 아직은 그 위안을 포기할 마음이 들지 않았다.

"수리비 견적 내주실 수 있어요?" 손가락에 말라붙은 피를 문지르며 물었다.

라몬은 고개를 끄덕였다. "그러죠."

"임시로 타고 다닐 차가 필요해." 베로가 말했다. "열쇠 좀 갖다줘."

"여기서 기다려." 라몬이 복도 건너 사무실로 사라졌다.

우리 사이에 불편하리만치 긴 침묵이 이어지다가 마침내 베로가 입을 열었다. "돈을 투자한 게 아니에요." 그녀가 조용히 털어놨다. "잃었어요. 전부 다."

"추수감사절 주말에, 우리 엄마 집을 나서서 어디로 갔었어요?" 이미 알고 있지만 베로의 입으로 직접 듣고 싶었다.

"카지노요. 애틀랜틱시티에 있는. 내가…… 빚이 좀 있어요. 이리 나한테 받은 그 많은 현금으로도 빚을 다 갚기엔 부족했어요. 도박으로 돈을 두 배로 뻥튀기하면 다 잘될 줄 알았어요. 사실 그럴 뻔했는데……." 그녀는 믿어달라는 듯 양손의 깍지를 꼈다. "첫날 저녁에는 엄청 잘됐어요, 핀. 내가 이미 수천 달러를 땄다는 사실을 같은 테이블에 있던 어떤 남자가 눈치챘나 봐요. 방으로 돌아가려는데 그 남자가 비공개 파티가 있다고 귀띔하지 않겠어요. 어마어마한 판돈이 몰리는 곳이라고. 나더러 참가하고 싶으면 마커를 끊어주겠다고 했어요."

"마커가 뭐죠?"

"도박 자금을 빌려주는 거예요."

이겨야만 갚을 수 있는 돈이었다. 베로가 마커 얘기를 하는 것을 딜리아가 우연히 들은 모양이었다.

'200을 못 구하면 큰일 난다고 했어.' 딜리아가 이런 말을 한 적이 있다.

"마커가 얼마였어요?"

베로의 눈에 눈물이 가득 고였다. "20만 달러요."

라몬이 차고로 돌아오자 베로는 화들짝 놀랐다. 라몬이 그녀에게 열쇠 꾸러미를 건넸다. 베로는 떨리는 손으로 열쇠를 가슴에 갖다

댔다. 라몬이 접힌 봉투를 내밀었다. "오늘 아침에 내 아파트 우편함에서 발견했어. 네 앞으로 온 거야."

베로는 봉투를 받으며 굵은 글씨로 인쇄된 '베로니카 라미레스'라는 이름을 흘끔 보았다. 얼굴에 핏기가 가셨다. 그녀와 라몬은 한참 서로를 응시했다. "고마워." 그녀가 외투 주머니에 봉투를 넣었다. "가서 차 가지고 올게."

베로를 따라 나가려는데 라몬이 내 소매를 붙잡았다. 나가는 그녀를 바라보는 그의 이마에 골이 깊어졌다. "제 사촌을 잘 감시하셔야 돼요. 저는 베로를 무척 아끼지만, 여간 무모한 녀석이 아니거든요. 더 이상 말씀은 곤란해요."

베로의 침실 벽장에서 발견한 사진첩을 떠올렸다. 내가 모르는 이름 앞으로 온 장학증서를 떠올렸다. 베로의 어머니 집으로 그녀를 찾아왔다는 남자와, 추잡한 비밀을 숨기려면 주 경계를 넘어야 한다는 그녀의 말을 떠올렸다.

베로는 확실히 충동적이었다. 하지만 위험한 일을 벌이더라도 계산이 없지는 않았다. 돈이 얽힌 일에는 항상 신중하게 승산을 따졌다. 베로가 내게 알리지 않고 우리 돈을 걸었다면 그럴 만한 이유가 있었을 것이다. "베로가 무슨 사고를 쳤나요?"

라몬이 엄지손가락에 묻은 기름때를 문질렀다. "제가 말씀드리기는 곤란한 이야기예요."

나는 사무실로 들어가는 그를 지켜봤다. 어떤 이야기는 유난히 털어놓기 어렵다는 사실을 나는 누구보다 잘 알았다. 그 이야기가 우리의 두려움과 무능함, 실수와 실패 따위를 드러낼까 봐 두렵기 때문이다. 그런 이야기를 꺼내려면 약간의 자극이 필요하다. 나는 총알을 피 묻은 손수건과 함께 호주머니에 쑤셔 넣었다. 베로가 어떤 사고를 쳤든, 우리는 함께 해결해야 했다.

43

베로와 내가 병원에 도착했을 때는 새벽 4시가 가까웠다. 칼의 집에서 총격전이 벌어졌다는 소식을 들은 이후로 조지아는 내게 전화를 열 번도 넘게 걸었다. 마침내 내가 전화를 받자 언니는 엄마가 들었으면 기겁할 온갖 상소리를 내뱉었다. 베로도 나도 무사하다는 말을 몇 번인지도 모르게 들은 후에야, 조지아는 닉이 입원했다는 소식을 전했다. 부상은 절대 닉이 말한 만큼 가볍지 않았다. 베로는 근심 가득한 내 목소리를 듣고 사우스라이딩을 지나쳐 곧장 병원으로 차를 몰았다.

닉을 만나러 왔다고 했더니 안내 데스크 직원이 말했다. "죄송하지만 면회는 6시간 뒤부터 가능해요. 그때 다시 오세요."

베로는 그 여자에게 고맙다고 말하며 그녀가 컴퓨터에서 손을 내린 틈에 화면을 훔쳐봤다. 그러고는 나를 한쪽으로 데려가, 안내 데스크에서 슬쩍한 방문자 출입증을 내놓으며 씩 웃었다. "닉의 병실은 402호예요." 베로가 내 손에 출입증을 쥐여주며 속닥거렸다. "가

봐요. 나머지는 내가 알아서 할게요."

베로는 내게서 물러나 갑자기 손으로 부채질을 하며 너무 덥다고 투덜거리기 시작했다. 그러더니 과장된 신음소리와 함께 가슴을 움켜쥐고 안내 데스크 앞에 털썩 쓰러졌다. 분위기가 부산해지고, 누가 간호사를 불렀다. 나는 방문자 출입증을 셔츠에 끼우고 몰래 엘리베이터를 탔다.

4층은 고요하고 조명이 희미하게 밝혀져 있었다. 소리라고는 모니터에서 이따금 나는 신호음과 간호사실에서 들리는 나직한 말소리뿐이었다. 닉의 병실 문을 들여다봤다. 침대 뒤편 벽에 조명이 켜져 있었지만, 닉의 눈은 감겨 있고 구석의 모니터는 그의 심장 박동에 맞춰 느리고 일정한 소리를 내고 있었다.

나는 병실로 몇 발짝 들어섰다가 그 자리에 얼어붙었다.

조이가 침대 옆 의자에 앉아 있었다. 복도의 은은한 불빛이 병실 바닥에 펼쳐지자 조이가 내 쪽을 돌아봤다. 그는 일어서서 피곤한 미소를 지으며 내게 의자를 권했다.

나는 침대 반대편으로 조심스레 다가가며 억지로 미소 지었다. 닉의 파트너에 대해 내가 잘못 생각하고 있을 가능성도 있었다. 아무 증거가 없으니까. 그 차의 운전자는 누구라도 될 수 있었다.

"닉은 좀 어때요?" 내가 물었다.

"괜찮아요. 그냥 좀 쉬어야 해요. 팔에 난 상처가 꽤 깊고 허벅지에도 총알을 맞았어요. 당분간은 내근만 해야겠지만 물리치료를 받고 나면 다시 쌩쌩해질 거예요."

새하얀 시트 위, 짙은 수염이 돋은 닉의 얼굴은 평화로웠다.

조이는 호주머니에 손을 꽂은 채 벽에 등을 기댔다. "닉이 당신을 몹시 걱정했어요. 구급차가 나타나자마자 달아났다면서요. 당신의 밴을 봤다는 사람이 없자 병원으로 이송되면서도 불안해서 어쩔 줄을 몰랐어요."

"밴은 스티븐이 빌려갔어요. 웨스터버의 집까지는 베로가 운전하는 다른 차를 타고 갔고요. 그 차는 베로가 갓길에 대놨어요."

"그래요? 그래서 아까 어디로 달아났죠?" 낯익은 경찰 특유의 눈빛이었다. 모든 속임수를 꿰뚫어볼 듯 예리한 눈빛. 내 언니가 저런 눈을 하면 짜증이 났다. 닉이 저럴 때는 사랑스러웠다. 조이의 눈빛에 나는 모골이 송연해졌다.

"스티븐이 걱정됐어요. 몇 시간째 연락도 안 되고, 닉도 스티븐의 행방을 아무도 모른다고 하고."

침침한 조명 아래서, 조이의 뺨에 조금 화색이 돈다고 느꼈다. "스티븐의 집은 오전 내내 조용했어요. 내가 깜박 잠든 순간을 틈타 집을 빠져나간 겁니다. 위안이 될지 모르겠지만 그 때문에 닉한테 얼마나 원망을 들었나 몰라요."

"괜찮아요. 아까 스티븐이랑 통화했으니까요."

"그래요?" 조이의 눈빛이 다시 날카로워졌다. "별일 없대요?"

"무사하대요."

"어디 갔었답니까?"

"밴 엔진에 문제가 좀 생겼나 봐요. 잠시 길가에 발이 묶였지만 무사히 집으로 돌아갔어요." 조이의 얼굴을 보며 반응을 살폈다. 조이도 내 눈을 유심히 살피고 있었다.

"다행이네요. 이제 스티븐을 죽이려던 사람도 철창에 갇혔으니 다들 한숨 돌리겠네요."

병실이 점점 좁아지다가 우리 둘만 남는 기분이었다. "무슨 말씀이세요?"

"서에서 한 시간쯤 전에 연락을 받았어요. 총격 직후에 풀러 부부가 연행됐나 봐요. 부인인 멀리사 풀러가 스티븐의 농장에 불을 질렀다고 자백했대요."

"사이트에 그 게시물을 올린 사람도 멀리사라고 보세요?"

"스티븐을 괴롭히고 불을 지른 혐의만 자백했지만, 그랬을 공산이 꽤 크죠." 조이가 이쑤시개를 입에 밀어 넣으며 어깨를 들썩였다. "웹사이트는 사라졌고 그녀를 가스 누출 사고나 타이어 파손과 연결시킬 구체적인 증거도 없기 때문에 검사가 추가로 혐의를 제기하기는 어렵겠지만, 방화에 대해서는 죗값을 치러야 해요. 한동안 말썽을 피우지 못하겠죠."

"스티븐은요? 이제 안전하다고 믿어도 되는 건가요?"

조이가 잇새로 이쑤시개를 굴리며 어깨를 으쓱했다. "멀리사 풀러의 체포 소식이 내일 지역 뉴스에 날 겁니다. 잘하면 멀리사가 살인 청부업자를 고용했다는 신고가 들어올지도 모르죠. 기자들이 좋아하는 이야기잖아요. 틀림없이 언론도 그쪽으로 논리를 펼치겠죠. 청부업자는 그런 기사를 보고 상황을 대충 파악할 테고요. 자기 밥줄이 감옥으로 끌려가게 됐다면, 거래도 무산되었다는 걸 알게 되겠죠."

"그렇게 확신하시나 봐요." 조이가 싹쓸이라면, 그것이야말로 편리한 해결책이 된다. 직접 그런 이야기를 흘려 멀리사에게 덤터기를 씌우고, 캠이 찾아낸 증거는 모조리 없애고, 닉을 비롯한 모두에게 청부업자는 진작에 이 일에서 손을 뗐다고 확신시키며 싹쓸이를 조용히 사라지게 하면 된다.

"이런 놈들은 오로지 돈만 보고 그런 일을 합니다. 경찰의 관심이 집중되고 돈을 챙기기도 쉽지 않아지면 포기하게 되어 있죠."

"킬러가 남자라고 생각하세요?"

"살인 청부업자 대부분이 남자니까요."

"둘 다요?" 내가 물었다. 조이가 호기심이 동한 듯 고개를 갸웃했다. "두 사람이 그 일을 수락한 걸로 아는데, 그중 한 사람만 걱정하시는 것 같아서요."

병실 안에는 모니터에서 나는 작은 삐 소리뿐이었다. 조이는 인상을 쓰며 경계하는 눈초리로 나를 뜯어보았다. "닉이 말해줬어요? 그런 시시콜콜한 정보까지 누설하다니."

"아무한테도 말하지 않을게요."

"스티븐이 당신 밴을 빌리러 나타났다는 얘기를 아무한테도 안 한 것처럼요?" 그는 생각에 잠긴 듯 입안에 든 이쑤시개를 이리저리 움직였다. "스티븐을 봤다면 나나, 닉, 로디한테 전화해서 알렸어야죠. 스티븐을 찾느라 오후 내내 카운티 세 개를 샅샅이 훑었어요. 나한테 귀띔 좀 해주지 그랬어요."

"제가 전화했으면 받으셨을까요?"

"그것 때문이에요?" 그의 질문이 우리 사이에 긴장을 만들었다. "내가 베로 전화를 안 받아서 삐친 거예요? 나라고 파트너가 총에 맞았는데 현장도 못 지킨 게 신경 안 쓰이겠어요?"

"그때 어디 계셨어요?"

"당신 집에요. 로디와 교대해주러 간 거예요. 그 친구가 화장실도 가고 저녁도 좀 먹도록. 이웃의 해거티 부인하고 이야기를 나누고 있을 때, 무전으로 총격 사건 연락을 받았어요. 베로가 전화했을 때는 닉의 상태를 확인하려고 급히 통화하던 중이었고요. 당신 집에서는 현장보다 병원이 더 가까워서 바로 이쪽으로 온 거예요."

"아." 긴장과 투지가 어깨에서 스르르 내려왔다. 굳건한 '마을 지킴이 단장' 해거티 부인은 현관 테이블에 놓아둔 스프링 공책에 조이와의 대화를 기록하고, 그가 도착하고 떠난 시각도 표시해두었을 것이다. 말인즉슨 조이가 싹쓸이일 수 없다는 뜻이다. 누가 진짜 싹쓸이인지 짐작조차 되지 않았다.

"장담하는데 닉이 당한 일에 나만큼 속상한 사람은 없을걸요."

나는 바보가 된 기분에 길고 답답한 한숨을 훅 뱉었다. "미안해요. 당신은 속상하지도 않느냐는 뜻은 아니었어요. 그나저나 어지간히 피곤한 하루였네요. 애이미와 테리사는 어떻게 됐나요? 테리사의 어머니는요?" 나는 조금 무난한 화제로 말을 돌렸다.

조이의 자세가 조금 누그러졌다. 그는 두 손을 주머니에 쑤셔 넣었다. "테리사는 보호감호에 들어갔어요. 애이미와 테리사의 모친에게는 방조 혐의가 적용될 수 있고요. 하지만 재판에 늦지 않게 돌아온데 감지덕지해서 검사가 테리사를 조금 봐줄지도 모르죠."

"총을 쏜 괴한들은 누구인지 밝혀졌나요?"

"펠릭스 지로프 소유의 사설 보안회사 소속이었어요. 재판 전에 증인 몇 명을 제거하러 온 모양이에요. 말이 나와서 얘긴데." 그는 이쑤시개로 나를 가리키며 덧붙였다. "총격 때 집 안에 있던 사람 전원에게 진술을 요구할 거예요. 아침에 누가 당신이나 베로의 진술을 받으러 집으로 찾아갈 수 있어요."

그 정도는 예상하고 있었기에 나는 고개를 끄덕였다.

"그런데 궁금한 게 있어요." 조이가 뒤쪽 벽에 한 발을 올리며 말했다. "당신하고 베로는 거기 왜 갔죠?"

"그냥 직감을 따랐어요."

"그게 다예요?"

침대 너머로 그의 미심쩍은 눈과 마주쳤다.

"유도신문은 그 정도면 됐어요, 조이." 닉의 말에 우리 둘 다 고개를 돌렸다. 낮고 어눌한 목소리였다. 나를 보자 그는 무거운 눈꺼풀을 깜박이며 입가에 미소를 띠었다. 옆으로 가까이 다가갔더니 내 손을 잡으려고 손가락을 뻗었다.

"나는 커피 마시러 갈 테니 둘이 오붓한 시간 보내요. 무리는 하지 말고." 조이는 붕대 감긴 부위를 조심스레 피하며 닉의 어깨를 가볍게 두드렸다. 그는 내게 고개를 끄덕하고는 병실을 나갔다.

"당신이 나를 버리고 달아난 줄 알았어요." 조이가 나가자 닉이 말했다. "내가 가여워서 떠나기 전에 키스라도 해줄 줄 알았는데. 좀 어떠냐고 안 물어봐요?"

"안 좋다고 하겠죠." 그의 침대에 몸을 기대며 말했다. "사실은 당신 파트너한테 다 들었어요. 당신이 죽지는 않을 거고 금방 나을 거라고. 키스는 물 건너갔죠."

닉이 환히 웃으며 한쪽 뺨에 치명적인 보조개를 만들었다. 그는 내 손가락에 깍지를 꼈다. "내가 가여우면 우리 집에 저녁 먹으러 올래요?" 그가 잠에 취한 눈썹을 올렸다. "이번엔 절대 쓰레기통에 안 뛰어든다고 약속할게요."

"그 얘긴 회복되고 나서 해요. 당분간은 좀 쉬어요. 퇴원하면 처리할 서류가 산더미라던데요."

그는 끙끙대며 다시 눈을 감았다. "생각하기 싫어요."

진통제 효과가 나타나자 나는 그의 손을 꼭 쥐었다. "베로를 구하러 응급실에 가야 해요. 언니 때문에 내 휴대전화에 불이 날 지경이고요. 기운 차리면 전화해요." 닉은 비몽사몽간에 고개를 끄덕였다. 아까는 거부했지만 나는 몸을 숙여 그의 볼에 입을 맞췄다. 그는 희미하지만 만족한 듯 미소 지었다. "얼른 나아요." 내가 속삭였다.

베로가 차에서 무사히 응급실을 탈출했다는 문자를 보내왔다. 주차장으로 이동하는 길에 조이와의 대화를 복기하며 주머니 속 총알을 만지작거렸다. 나는 애이미에 대해 크게 오해하고 있었다. 조이에 대한 추리도 틀렸다. 아직 진저리와 싹쓸이의 이름도 얼굴도 밝히지 못했다. 스티븐이 오늘 밤에는 가이의 소파에서 안전하게 지낸다 해도 무엇 하나 해결된 게 없어 보였다. 빌린 차의 조수석 문을 열고 타기 전에 잠시 머뭇거렸다. 닉의 병실 창문을 올려다본 순간, 틀림없이 어떤 그림자가 나를 내려다봤다.

44

아침 일찍, 경찰이 우리의 진술을 받으러 찾아왔다. 우리는 이야기를 단순하고 그럴듯하게 전달했다. 그곳에 테리사의 가족이 산다는 사실은 스티븐에게 들어서 전부터 알고 있었다고 진술했다. 우리는 테리사에게 자수를 설득하려고 웨스터버의 집을 찾아갔고, 도착 직후부터 총격이 시작되었다고 말했다.

수사관들에게 감사 인사를 하고 문 앞에서 배웅하며 길가를 살펴보니, 이제 경계석 옆에 로디 경관의 차가 보이지 않았다. 지난밤에 조이가 말했듯 검찰과 경찰이 멀리사 풀러를 진저리라고 확신한다면, 이제 스티븐을 위협할 사람이 없으니 감시를 계속할 이유도 없다고 여긴 모양이었다. 진짜 그렇다면 얼마나 좋을까.

몇 시간 후면 스티븐은 누나가 사는 필라델피아행 비행기를 탄다. 잘하면 새해가 되어 스티븐이 돌아오기 전에 진저리가 누구인지 알아낼 수 있을 것이다.

경찰이 떠나고 나서 내 휴대전화를 응시했다. 앨런이 이리나에게 전화를 걸어 사라진 애스턴마틴 수퍼레제라의 행방을 묻기까지 몇 시간이나 남았을까? 내가 무슨 짓을 저질렀는지 알게 된 이리나가 펠릭스의 부하들을 보내 나를 잡으러 오는 더 나쁜 상황이 벌어진다면?

베로가 격려하듯 고개를 까딱했다. 자동차 대리점의 번호를 누르고 앨런을 바꿔달라고 한 다음 크리스마스 재즈를 들으며 고통스러울 정도로 긴 대기 시간을 견뎠다. 결국 앨런이 전화를 받았다.

"앨런입니다." 초조하고 불안한 목소리였다. 넥타이의 매듭을 당기는 그의 모습이 눈에 선했다.

"안녕하세요." 나는 목청을 가다듬었다. "아마 저를 기억하실 거예요. 어젯밤에 이리나 보로프코프랑 같이 차를 빌렸는데요. 급한 일이 생겨서 반납이 조금 늦어진다는 말씀을 드리려고요. 정말 죄송합니다. 이럴 생각은 정말 없었는데—"

"사과하실 필요 없습니다." 그가 얼른 대꾸했다.

"없다고요?"

"필요한 조치가 다 끝났으니까요. 결제 영수증을 발급해서 차량 등록증과 함께 30분 전에 택배로 발송했습니다. 다른 요구사항이 없으시다면 차를 저희 쪽에 반납하지 않으셔도 된다는 뜻이죠." 나는 어이가 없어서 전화기를 귀에 딱 붙였다. "차량 구입에 대해 다른 문의사항이 없으시면 이만 끊겠습니다."

전화가 끊겼다. 나는 휴대전화를 뚫어지게 응시했다.

"어떻게 된 거예요?" 베로가 커피잔을 내 앞에 놓으며 물었다.

"모르겠어요. 이리나가 차 값을 냈나 봐요." 그렇게밖에 설명할 수 없었다.

베로 몸에 뼈라는 뼈는 죄다 없어진 것 같았다. 그녀가 내 옆자리에 털썩 주저앉았다. "그러면 돌려줄 필요가 없다는 뜻인가요?"

나는 고개를 저었다. "대리점에 반납할 필요는 없어요." 어느 순간 이리나가 나타나 자신의 수퍼레제라를 요구할 것이다. 그때쯤에는 수리가 끝나고, 이 모든 악몽도 끝나기를 바랄 뿐이다.

베로가 안도의 한숨을 내쉬었다. 그녀는 찬장 문을 열고 까치발을 하며 손을 뻗어 숨겨둔 쿠키를 찾았다. 초인종이 울렸다. 베로는 과자 봉지를 손으로 감싼 채 동작을 멈추고 나와 눈을 맞췄다.

"누굴까요?" 베로가 물었다.

언니는 한 시간 후에나 아이들을 데려올 터였다. "글쎄요."

베로는 나를 따라 문 앞으로 왔다. 나는 커튼 틈으로 밖을 내다봤다. 캠이 구부정한 자세로 서 있었다. 후드를 당겨 얼굴을 가리고 겨드랑이에는 밀봉된 봉투 하나를 끼고 있었다. 나는 빗장을 풀고 문을 열었다.

"너!" 나는 팔을 뻗어 캠에게 달려드는 베로를 붙잡았다. "내 차 훔쳤지!"

"훔치다니요." 캠은 차 열쇠를 들고 있었다. "글로브박스에 사용 설명서와 함께 여분의 열쇠를 두셨죠? 그건 타고 가라는 뜻이나 마찬가지예요."

베로는 사납게 으르렁대며 캠의 손에 들린 열쇠를 잡아챘다. "흠집이라도 났으면 넌 죽었어." 그녀는 캠을 어깨로 밀치고 밖으로 나갔다. 진입로로 달려가 차를 살피는 베로를 지켜보며 캠은 고개를 저었다.

"여긴 어쩐 일이에요?" 캠을 현관으로 잡아끌고 해거티 부인의 창문을 살핀 다음 문을 닫았다. 캠이 후드를 벗었다. 기름진 탈색 금발이 염색되고 깎여 있었다. 낡은 군복 재킷은 고급스런 새 옷 냄새를 풍기는 가죽 재킷으로 바뀌었다. 뺨에 희미해져가는 자줏빛과 녹색 멍이 없었다면 못 알아볼 정도였다.

그가 봉투를 내밀었다.

"이게 뭐죠?" 봉투를 봉인한 핏빛 밀랍에 캣의 인장 반지와 일치하는 구불구불한 Z가 박혀 있었다.

"묻지 마세요. 그냥 심부름하러 왔으니까."

"펠릭스 밑으로 들어갔어요?"

"지로프 님이 제게 일자리를 제안하셨어요. 부하들이 저를 눈여겨봤다나요. 제 기술을 높이 평가한다고 하셔서 제안을 받아들였어요. 가끔씩 그분이 시키는 허드렛일을 하기로요. 그 대가로 신변의 안전과 넉넉한 보수를 보장받고요."

"그게 다예요?" 캠이 심부름만 하지는 않을 거란 생각이 들었다.

캠은 어깨를 으쓱했다. "제가 주제넘는 짓을 하지 않고 우리의 거래에 불필요한 이목을 끌지 않으면, 나머지는 제 마음대로 해도 된대요. 그래서 친구분께 차를 돌려드리러 온 거예요. 선의의 표시로." 나는 눈썹을 올렸다. "지로프 님도 그러라고 하셨고요." 캠이 인정했다.

"펠릭스하고만 거래하는 거 아니잖아요." 나는 손을 뻗어 그의 턱을 돌려 광대뼈를 살폈다. 부기는 가라앉았지만, 눈 주위가 흉측한 색으로 얼룩덜룩했다. 좀 나아졌는지 더 나빠졌는지 알 수 없었다. 캠이 내 손을 떨쳐냈지만, 악의는 없었다. "닉이 그러는데 집에도 학교에도 안 갔다면서요. 어머니가 걱정 많이 하시겠어요." 캠의 눈에 잠시 스친 고통을 보자 마음이 아팠다.

"엄마가 집에 있어야 걱정을 하든가 말든가 하죠."

"할머니는?"

그는 까끌한 검은 머리를 문질렀다. "괜찮으세요. 제가 잘 보살펴 드리고 있어요."

"당신은 누가 보살피죠?" 캠은 어린애였다. 스스로 감당할 수 없을 만큼 훌쩍 커버린 아이. 펠릭스 밑에 들어가면 안전할 줄 알지만, 그 안전은 환상에 불과하다. 펠릭스와의 거래는 방패가 되어줄 수 없다. "싹쓸이에 대해 뭔가…… 뭐가 됐든 나한테 해줄 말이 있을 텐데요, 캠. 싹쓸이는 누구예요? 누가 당신한테 이런 짓을 했죠?"

캠은 움츠러들었다. 그는 청바지 앞주머니에서 지폐 뭉치를 꺼내더니 50달러 한 장을 뽑아 내 손에 쥐여주고 나머지는 다시 챙겼다. "저도 당신을 돕고 싶어요. 그냥 제 말을 좀 믿어주세요. 모르시는 게 낫다니까요. 그 사람 이름을 안다 해도 말씀 못 드려요."

"왜죠?"

"제가 당신 경찰 친구한테 넘기려던 플래시 드라이브를 Z 님이 받아가셨어요. 그것도 우리 거래에 속하거든요. 그래도 걱정 마세요." 캠은 벽이 엿듣기라도 하는 듯 목소리를 낮췄다. "제가 몇 가지는 지워버렸거든요."

목이 메었다. 그 드라이브에 얼마나 많은 정보가 담겨 있었을까?

캠은 자기 뺨의 멍을 문지르며 죄책감이 실린 한숨을 쉬었다. "확실한 건, 싹쓸이가 경찰이라는 거예요. 완전 부패한 경찰요. 걸리면 잃을 게 많으니 정체를 숨기려고 수단과 방법을 가리지 않을 거예요."

"경찰인 줄은 어떻게 알죠?"

캠이 두 손을 호주머니에 찔러 넣었다. "저는 평생 경찰들을 가까이서 지켜봤어요. 우리 아빠도 경찰이었고요. 그들만의 은어가 있어요. 싹쓸이가 올린 게시물과 이메일을 전부 읽어봤는데 말투가 딱 경찰이에요."

머릿속으로 조이와 나눈 대화를 얼른 곱씹었다. 모든 단서가 맞아떨어졌다. 조이에게는 스티븐을 살해할 수단, 동기, 수많은 기회가 있었다. 하지만 어젯밤에는 그에게도 알리바이가 있었다. 아직 확인은 못 했지만.

"저기요." 캠이 창문을 보고 있던 내 주의를 끌었다. "조언 하나 해드려요? 싹쓸이는 잊으세요. 그 사람은 당신이 상대할 만한 순진한 아이 엄마가 아니에요. Z 님도 마찬가지고요." 캠은 호주머니에서 조잡해 보이는 플립 폰을 꺼냈다. 그가 내게 건네는 순간 폰이 진동했다. "받으세요."

발신자가 누구냐고 묻기도 전에 캠은 후드 티셔츠를 머리에 쓰고 밖으로 나갔다. 그가 우리 집 잔디밭을 벗어나자 창을 선팅한 진녹색 재규어 한 대가 경계석 옆 캠 앞에 멈췄다. 캠은 뒷문을 열고 차에 탔다. 베로가 현관 앞 계단에서, 속도를 내는 재규어를 향해 가운뎃손가락을 쳐들었다.

베로는 집 안으로 들어와 문을 닫았다. 선불폰은 계속 진동했다. 화면에 '알 수 없는 발신자'라고 떴다. 엄지로 화면을 쓸어 베로와 같이 들을 수 있게 스피커 모드로 바꿨다.

"누구세요?" 내가 물었다.

"안녕하세요, 도너번 씨." 에카타리나 리바코프의 말투는 그야말로로 사무적이었다. "지로프 씨께서 소포를 직접 전하지 못해 송구하다고 하셨어요. 하지만 내용물을 보시면 따로 설명이 필요 없을 겁니다."

베로가 전화기를 들고 있는 사이 나는 밀랍 봉인을 뜯고 봉투 안의 서류를 넘겨봤다. 자동차 대리점의 차량 등록증과 애스턴마틴 수퍼레제라 볼란테 모던 미니멀리스트(검정)의 매도 증서가 들어 있었다. 대금은 완납되었다. 현금으로. 펠릭스 지로프에 의해. 베로는 눈을 휘둥그레 뜨고 매도 증서를 받아들었다.

"이런 걸 왜 보냈을까요?" 나는 숨을 헐떡이며 물었다. 하지만 차량등록증에 표시된 이름을 보니 답을 알 수 있었다.

차주: FD 독립 컨설팅 유한회사.

'FD', 핀레이 도너번이다.

펠릭스는 내 이름을 가짜 회사에 묶었다. 그가 돈을 지불한 차에.

나는 펠릭스의 유령 회사 중 하나가 되었다. 이제 펠릭스는 나를 언제든 경찰에 넘길 수 있다. 닉이 펠릭스를 조사하다 보면 결국 나를 발견하게 되리라. 크바스에서 식사한 후로 펠릭스는 닉과 내가 어떤 사이인지 정확히 알게 되었다.

이 메시지는 펠릭스 지로프가 나를 소유했다는 뜻이었다.

"제 의뢰인께서 오랫동안 당신을 지켜보셨어요." 캣이 입꼬리를 비틀며 고소해 하는 소리가 귀에 들리는 것 같았다. "꽤 강렬한 인상을 남기셨더군요."

"그게 무슨 뜻이죠?"

"당신이 그 차를 갖게 됐다는 뜻 같아요." 베로가 소곤거렸다.

"나는 그 차를 원하지 않는데요." 내가 서류를 잡아당기며 말했다.

베로의 손이 서류를 따라왔다. "아닐걸요."

"물론 차는 당신 거예요." 캣이 말을 잇자 나는 베로에게서 휴대전화를 받아들었다. "하지만 특정 정보가 노출되는 위험을 감수할 생각이 없다면, 타고 다니는 건 자제하라고 간곡히 권하고 싶네요."

맞는 말이었다. 가벼운 신호 위반만 해도 경찰은 등록 번호를 조회할 터였다. 위험 요소가 너무 많았다. 폐차하는 편이 나을지도 모른다. 흔적 없이 없애야 할지도. 라몬의 거대한 폐차기에 넣어야 할지도. 그런 다음 서류까지 불태우면 전부 없던 일로 돌아갈지도.

"펠릭스가 내게 원하는 게 뭐죠?" 그는 나에 대한 모든 것을 알고 있다. 내가 차 값을 갚을 능력이 없다는 사실도.

"일단은 당신의 침묵뿐입니다. 이만 끊을게요, 도너번 씨."

통화가 끊겼을 때 나는 안도감을 느껴야 했다. 차 문제가 해결되었다. 그 차를 어째서 우리가 갖고 있는지 이리나에게 구질구질하게 설명할 필요도 없어졌다. 앨런에게 해명하려고 이야기를 꾸며낼 필요도 없고 돈을 갚을 필요도 없다. 하지만 봉인이 뜯긴 봉투에 서류를 밀어 넣을 때 두 가지 의문이 나를 무겁게 짓눌렀다. 펠릭스는 그 차에 대해 어떻게 알았을까? 그리고 '일단은'이 무슨 의미일까?

겉옷을 걸치고 신을 발에 꿰며 길 건너 해거티 부인의 집으로 향했다. 문을 두드리면서도 한편으로 반응이 없기를 바랐다. 지금 집에 없어서 캠이나 그를 태운 진녹색 재규어를 못 보았기를 바랐다.

사슬 문고리가 덜컹거리고 빗장이 미끄러졌다. 해거티 부인은 문을 열고 실눈으로 나를 보며 가느다란 금 사슬에 매달린 안경으로 손을 뻗었다. 안경을 눈에 갖다 댄 후에도 어리둥절한 표정이었다.

“안녕하세요, 해거티 부인.” 얼른 말을 꺼냈다. 그녀가 주방 커튼 뒤에서 파악한 내 인생의 굴욕적인 순간들을 소재로 불편한 잡담을 나눌 생각은 없었다. “혹시 어제 저녁에 저희 집에 찾아온 사람을 보셨나 해서요. 그러니까 경찰요.”

“요 며칠 집 밖에 차를 대놓고 있던 경찰 말이우?”

“아니, 다른 경찰요.”

“오가는 사람이 좀 많았어야지.” 그녀가 못마땅하다는 듯이 말했다. “기억나면 다행이고.”

“저녁 무렵이었어요. 키는 이만하고.” 나는 머리 위로 손을 쳐들었다. “금발에, 파란 눈, 40대 초반이에요. 그 사람은 부인과 얘기를 나눴다던데요.”

해거티 부인은 엉성한 관자놀이를 긁적이며 잠시 생각했다. “내가 저녁 먹고 곧바로 쓰레기를 버리러 나갔지. 웬 남자가 저기다 차를 대더라고.” 그녀는 로디의 차가 주로 서 있던 위치를 가리켰다. “차에서 내리더니 내가 쓰레기통을 길가로 밀어놓는 걸 도와줬어요. 그러면서 나한테 지난 몇 시간 사이에 당신이나 스티븐을 봤는지 물었다우. 그래서 누가 언제 오고 갔는지 전부 말해줬지. 그런데 전화 한 통을 받고는 곧바로 자리를 뜨던걸. 내가 이름을 묻고 받아 적을 새도 없이.”

“무슨 색 차를 몰았는지, 어떻게 생겼는지는 기억하세요?”

“컴컴하고 추울 때라…….” 부인은 조금 자신 없게 대답했다. “그 남자가 모자를 쓰고 있어서 머리카락 색은 몰라.” 그의 눈 색깔을 알아볼 만큼 시력이 좋지 않은 건 분명했다. 하지만 해거티 부인과 얘기를 나눴다는 말은 조이에게 직접 들었다. 로디 경관 대신에 여기 있다가 닉의 상태를 알리는 전화를 받았다고도 했다. 알리바이는 전부 확인된 셈이지만, 그가 무언가 숨기고 있다는 느낌을 떨칠 수 없었다.

"고맙습니다, 해거티 부인." 외투를 꽉 여미고 그녀의 문 앞에서 물러나며 말했다. 문이 닫히기 직전에 나는 몸을 돌려 그녀를 붙잡았다.

"혹시, 그 사람이 담배를 피웠는지 기억나세요?" 잠깐씩 몇 번 만난 게 전부지만, 내가 보기에 조이는 담배 없이 오래 버틸 수 없는 사람이었다.

"기억이 안 나네. 말이 나와서 말인데, 그 남자, 대화하는 내내 입에 뭔가를 물고 있지 뭐요. 그렇게 예의 바른 젊은이랑은 안 어울리는 행동이었지."

조이의 이쑤시개. 담배를 피우지 못할 때 그는 항상 이쑤시개를 씹었다. 내가 집으로 향하면서 던진 감사 인사가 밋밋하게 울렸다. 결국 나는 진저리나 싹쓸이에게 어젯밤보다 한 발짝도 더 다가가지 못했다.

45

진입로 입구에서 발걸음을 멈췄다. 우리 집 앞에 적갈색 지프가 서 있었다. 디가가니 줄리언이 현관문 앞에서 문손잡이에 뭔가를 매달고 있었다.

"줄리언." 조용히 그를 불렀다.

그는 내 목소리에 몸을 돌렸다. 그가 새틴 리본으로 매단 샌드달러*가 현관문에 살짝 부딪쳤다. 줄리언은 내 쪽으로 다가오다가 팔길이만큼 거리를 두고 멈춰 섰다. 그러고는 양손을 어떻게 해야할지 모르겠다는 듯 호주머니에 넣었다 뺐다 했다. "귀찮게 하고 싶지 않았어요. 당신은 얘기할 준비가 안 되었다 해도 괜찮아요. 그냥…… 플로리다 갔을 때 당신 주려고 산 거예요. 크리스마스 선물로. 받아줘요." 그는 모자를 벗어 앞으로 내민 채 다가왔다. 차갑고 축축한 하늘 아래서 그의 눈은 회색에 가까웠다. "미안해요. 전부 다. 파커에겐 이러쿵저러쿵할 권리가 없는데."

* 해변 모래 속에 사는 연잎성게의 껍데기로, 동글납작한 형태에 별 무늬가 찍혀 있다.

“아니, 그렇지 않아요.” 나는 팔짱을 끼고 말했다. 내 입술에서 나간 한숨이 가늘고 흰 구름이 되었다. “내가 당신한테 도움을 청했으니까 대신 경찰서에 와준 거잖아요. 그리고 파커는 당신 친구잖아요. 당신이 걱정돼서 그랬겠죠. 얼마든지 자기 생각을 말할 수 있어요.”

“파커는 자기 생각을 마치 내 생각인 양 말했어요.” 그는 주저하다가 말을 이었다. “당신도 마찬가지고요. 나는 당신이나 우리를 창피하게 생각한 적 없어요. 내가 당신의 존재를 숨겼다는 건 인정하지만, 그건 당신이 결혼할 상대를 만나야 할 것 같아서였어요. 나는 사실 그럴 처지가 못 되잖아요. 그냥 지금의 우리가 좋아요.”

“우리는 무슨 사이죠?” 그는 대답을 고민했다. 입을 벌린 채 정답이 나오기를 기다렸다. 하지만 정답은 없다. “우리 둘 다 그걸 생각할 시간이 필요할 거예요.”

발끝을 들고 그의 뺨에 입을 맞추며 그대로 머무르고 싶은 충동을 눌렀다. “메리 크리스마스, 줄리언.” 후회의 아픔을 느끼며 부드럽게 미소 지었다. 나는 문고리에서 샌드달러를 벗겨 집 안으로 들어갔다.

주방 조리대 위에서 내 휴대전화가 울리고 있었다. 손가락에는 감각이 없고 코끝은 살짝 얼었고 심장은 쿵쾅거렸다.

“실비아예요. 5분 동안 벌써 세 통째예요.” 베로가 와인잔을 들고 싱크대에 기대서 있었다.

“오전 11시부터 이럴 거예요?” 나는 베로가 딴 와인병을 가리키며 말했다.

“잔소리할 생각 말아요. 쉬는 날이니까.” 그녀는 한 잔을 더 따라 내 앞으로 밀었다.

"나는 안 마실래요."

"얼굴 보니까 마셔야겠는데요. 얼른 전화 받아요. 중요한 일인가 봐요."

음성사서함으로 넘어가기 직전에 수화기를 들고 전화를 받았다. "여보세요, 실비아."

"핀레이, 어디 갔었어요? 어젯밤에 음성 메시지도 남겼는데."

"집에 급한 일이 좀 있었서요. 무슨 일이에요?"

"편집자랑 얘기했어요. 샘플 원고가 마음에 든대요. 그 잘나가는 형사와 감옥에서 밀회하는 장면이 압권이라는데요? 3부에서 변호사를 죽이는 게 어떻겠냐고 했어요."

내가 와인으로 손을 뻗자 베로는 피식 웃었다. "진지하게 고려해 보죠."

"그리고 나머지 원고는 연휴 끝나면 바로 받고 싶다네요." 나는 잔을 반쯤 들이켰다. 당연히 그럴 것이다. "한 가지 더 있어요. 샘플을 영화 에이전트한테도 보냈어요. 마음에 든대요. 관심을 가질 만한 유명 제작자가 있다면서 약속을 잡겠대요!"

베로의 눈이 왕방울만 해졌다.

"하지만 실비아, 원고는 아직 반도 안 썼는데—"

"일류 여자 배우에 대형 할리우드 스튜디오, 언론 홍보 얘기까지 이미 오가고 있어요, 핀레이. 당신한테도 나한테도 아주 잘된 일이라고요. 날 실망시키지 말아요."

한숨이 나왔다. 이런 상황이 어떻게 전개되는지 나는 이미 경험했다. 무척 두려운 경험이었지만, 실비아가 내게 선택권을 주는 것 같지는 않았다. "알았어요."

실비아와 나는 뻔한 명절 인사를 나눈 다음 전화를 끊었다.

"엄청 대단한 이야기예요, 핀." 베로가 내 잔을 다시 채우며 말했다. "자신을 과소평가하지 말아요."

"내 이야기를 읽었군요. 나는 언제 당신 이야기를 들을 수 있죠?" 빈 병이 우리 사이에 멈추고 베로의 시선이 내 눈으로 옮겨졌다. 베로와 내 이야기는 이미 빠르게 진행되고 있던 줄거리의 중간부터 시작되어, 전개될수록 서로에 대해 많은 것들을 알려주었다. 하지만 훌륭한 미스터리에는 반드시 배경 이야기가 있다. 우리가 그녀의 문제를 함께 해결하려면 나는 베로가 진짜 어떤 사람인지 알아야 했다. "우리, 무슨 사이죠?" 조금 전에 줄리언에게 던진 것과 같은 질문이었지만, 이번에는 나도 답을 알았다.

"우린 친구죠." 그녀가 대답했다.

"아니, 그 이상이에요, 베로. 우린 파트너예요. 친구는 서로에게 실수할 수 있어요. 파트너는 실수를 함께 헤쳐가고요. 둘 사이엔 비밀이 없어요." 나는 잔을 내밀었다.

베로는 주저하며 잔을 부딪쳤다. "비밀이 없다고요." 조용히 몇 모금 마시더니 베로는 말을 이었다. "생각해봤는데요. 그 차가 이제 우리 소유가 됐잖아요. 그런데 타고 다닐 수는 없단 말이에요. 라몬한테 해체해달라고 하면 어떨까 싶어요. 하비가 부품을 팔아줄 수 있어요. 돈은 당신이 가져요. 전부 다." 사과의 의미가 담긴 제안이었다. 자신이 날린 돈을 차차 갚겠다는 약속이었다. 하지만 그 차는 베로 것도 내 것도 아니었다. 펠릭스의 것이었다. 손을 댈 생각은 없었다.

나는 식탁에서 일어서서 펠릭스의 봉투를 가스레인지로 가져가 불을 붙였다. 종이 끄트머리를 들고 매도증서와 자동차 등록증이 불타는 모습을 지켜봤다. 주방에 연기가 퍼졌다. 타다 남은 재를 개수대로 옮겼다. 화재탐지기가 요란하게 울리자 그것을 음식물 분쇄기에 넣었다. 그렇게 펠릭스의 나머지 호의는 하수구로 흘러갔다.

46

메이플시럽, 감귤류, 올스파이스가 어우러진 천상의 냄새가 엄마의 집을 가득 채웠다. 베로가 관능적인 탄성을 내지를 정도였다. 주방에서 냄비와 프라이팬이 달각거렸다. 아이들을 풀어놨더니 TV 앞 소파에 기댄 할아버지에게 달려갔다. 나는 아이들의 외투를 걸었다. 베로는 아이들을 따라가 우리 아빠를 열렬히 포옹했다.

주방 찬장이 쾅 닫혔다. 냄새에 이끌려 주방으로 들어갔다. 엄마는 가장 아끼는 크리스마스 스웨터 차림으로 가스레인지 앞에 서서 김이 오르는 양념 구이를 만드느라 여념이 없었다. 나는 엄마의 뺨에 입을 맞췄다.

"안녕, 엄마."

엄마의 입술이 유난히 굳게 다물려 있었다. 엄마는 딱딱한 표정으로 조그만 정향 껍질을 벗겨 개수대에 던져 넣었다. "베로는 어딨어? 같이 오라고 했잖아."

"아빠랑 같이 거실에 있어. 나는 뭐 하면 돼?" 접시에 위험해 보이는 서빙 포크를 놓고 칼집에서 고기 자르는 칼을 뽑는 엄마에게서 조금 물러나며 물었다.

"이걸 식탁으로 옮기렴. 아빠하고 언니한테 TV 끄고 아이들이랑 저녁 먹으러 오라고 하고." 엄마는 감자 그라탱과 구운 방울양배추에 서빙 스푼을 푹 꽂고 롤빵 옆 쟁반에 집게를 탁 내려놨다.

"왜 그래, 엄마?"

"아무것도 아니다."

엄마 손 위에 내 손을 얹고, 엄마가 자르려는 고명용 허브 줄기를 내려놓게 했다. 엄마는 한숨을 푹 쉬었다. "별일 아냐." 엄마가 마음을 진정시키며 부드럽게 말했다. "그냥 네 아빠 때문에 짜증이 좀 났을 뿐이야."

"아빠가 어쨌기에?"

"하루 종일 소파에 앉아서 미식축구만 보고 있잖아. 나는 싸고 굽고 청소하고 요리하고 난린데. 또 뭘 했더라?" 내가 안됐다는 듯이 웃자 엄마도 마지못해 웃었다.

"아빠랑 사이는 괜찮아?"

엄마가 내 볼을 꽉 쥐었다. 손가락에서 럼볼과 진저쿠키 냄새가 났다. "우리는 항상 괜찮아. 네 아빠랑 살기가 참 힘들다 싶을 때도 있지만, 나라고 같이 살기 좋기만 한 사람이겠니. 너도 살다 보면 고난도 기쁨처럼 받아들일 때가 올 거야, 핀레이. 안 그러면 너무 힘들어. 완벽한 남자는 없거든. 그럭저럭 괜찮은 사람이면 만족하고 살아야 해. 방울양배추 식기 전에 전부 식탁으로 좀 옮기자."

엄마가 고기 구이 접시를 채소로 장식하는 동안, 나는 개인 접시를 다이닝룸으로 날랐다. 엄마의 새하얀 크리스마스 식탁보는 칼같이 다림질되어 있었다. 저녁 식사가 끝나기도 전에 아이들이 주스를 쏟고 끈끈한 손가락으로 얼룩을 만들 줄 알면서도 엄마는 새해에 맞춰 티 없는 식탁보를 준비하곤 했다.

식탁 복판에 개인 접시를 조심스레 놓고, 반짝이는 크리스털 잔 몇 개와 매끈한 은식기 몇 점을 옮겨 곧 나올 만찬을 위한 공간을 만들었다. 옆방에서 TV가 꺼지고 조지아와 베로가 아이들과 실랑이를 벌였다. 초인종이 울렸다.

"누구 올 사람 있어?" 엄마에게 물었다.

"네 언니가 초대한 사람이 있어."

"정말?" 조지아가 엄마 아빠에게 소개하려고 누구를 마지막으로 초대한 게 언제였는지 기억조차 나지 않았다. 의문의 손님을 언니보다 먼저 맞이하려고 서둘러 문 앞으로 향했다. 문이 열리는 순간 목이 컥 막혔다.

닉이 문틀에 서 있었다. 열린 코트 사이로 왼팔에 감은 팔걸이붕대와 오른팔로 짚은 목발이 보였다. 세련된 정장구두와 빳빳한 황록색 바지, 캐시미어 스웨터가 기막히게 어울렸다. 수염을 말끔히 밀었고, 머리도 최근에 자른 것 같았다.

그가 눈가에 주름을 잡았다. "반가워요, 핀. 좋아 보이네요."

"당신도요." 나는 고개를 흔들어 불순한 생각을 떨쳤다. "지난번보다는 훨씬 좋아 보인다는 뜻이에요. 병원에서 봤을 때보다요. 여긴 웬일이에요?"

"당신 언니가 초대했어요. 들어가도 되죠?" 그의 한쪽 입꼬리가 올라가며 보조개가 팼다. "당신이 원한다면 여기서 좀 더 이러고 있어도 되고요." 그의 시선을 따라가 보니 엄마가 매달아둔 게 분명한 겨우살이 다발*이 보였다. 나는 뺨이 달아올라 문에서 물러났다.

“오늘 엄청 멋지세요, 형사님!” 베로가 불쑥 튀어나와 그의 뺨에 입을 맞췄다.

“메리 크리스마스, 베로. 이것 좀.” 그는 목발에 위태롭게 기대며 선물 가방을 내밀었다. “목발에 통 익숙해지지 않네요.”

“선물이에요? 저 주시는 거예요? 뭐 이런 걸 다!” 베로는 가방을 받아들어 뻔뻔하게 속을 들여다봤다.

“딜리아랑 재크 선물이에요.” 닉이 식탁으로 달려가는 베로에게 말했다. “와인은 어머님 드릴 거고요.” 그는 문턱을 넘도록 부축하는 내게 덧붙였다.

“저런 것까지 안 챙겨 오셔도 되는데.”

“가져오고 싶었어요.” 그의 목발이 문틀에 걸렸다.

나는 손을 뻗어 그의 가슴을 잡았다. “조심하세요. 넘어질라.”

“안 넘어지려고 애쓰고 있어요.” 보드랍고 따뜻한 스웨터 속에서 닉의 목소리가 낮게 울렸고, 그의 눈에 장난기가 번뜩였다. “그냥 저녁 먹으러 온 거예요.” 그가 내게 말했다.

“그렇죠.” 닉이 한쪽 다리로 위태롭게 균형을 잡는 통에 우리는 우스꽝스럽게 비틀거렸다. 나는 반대편으로 움직여 그가 코트 벗는 것을 도왔다. 등 뒤에서 목발 쿵쿵대는 소리를 잔뜩 의식하며 그를 식탁으로 안내했다.

“닉 아저씨다!” 딜리아가 의자에서 뛰어내렸다. 닉의 다리로 돌진하기 전에 언니가 가로막았다.

“얘, 진정해. 아저씨 다리가 얼른 나아야지. 다들 닉이 일터로 돌아

* 크리스마스에는 겨우살이 장식 아래 선 사람에게 키스하는 것이 허용된다.

오기만 눈 빠지게 기다리는데."

닉이 딜리아의 머리를 헝클었다. "네 선물 가져왔단다." 그는 가방 쪽으로 턱짓했다. "네 동생 선물도 있고."

손을 닦으며 주방에서 나오던 엄마가 걸음을 멈추고 입을 쩍 벌렸다. "니콜러스! 어떻게 된 거예요? 다쳤다는 얘기는 조지아한테 못 들었는데!"

"별일 아닙니다." 호들갑을 떠는 엄마를 그가 안심시켰다. "그냥 몇 군데 상처가 좀 났어요. 몇 주만 지나면 다 나을 겁니다. 가방에 선물 있어요, 맥도널 부인."

"수전이라고 불러요." '어머님'이라고 불러달라고 하지 않아서 다행이었다.

나는 조지아의 팔꿈치를 꽉 잡고 다이닝룸 밖으로 끌어냈다. 우리 뒤로 주방 문이 휙 닫혔다. 와인을 쾅 내려놓고 언니에게 따졌다. "뭐 하는 거야?"

"뭐래? 저녁 식사에 친구도 초대 못 해?"

"나는 언니가 만나는 사람인 줄 알았지."

"딱히 데려오고 싶은 사람이 안 떠오르더라고. 더구나 닉이 연휴를 혼자 보내야 한다지 뭐야. 어머니는 콜로라도에 있고 여동생은 캘리포니아에 있대. 저렇게 목발이랑 붕대를 하고서야 직접 요리도 못 하잖아. 내가 신경 좀 써줘야지." 조지아는 서랍에서 오프너를 찾아 와인병의 코르크 마개를 열었다.

"암튼, 언니는 거짓말 되게 못해."

"그래. 닉이 너무 아까운 남자라서 너랑 잘해보라고 초대했다, 됐냐?"

“왜 다들 나한테 남편감을 못 찾아줘서 안달이야?” 나는 소리 죽여 항의했다. “내 인생에 뛰어들어 나를 구해줄 사람은 필요 없거든!”

“나도 알거든!” 조지아가 오프너를 조리대에 탁 내려놨다. “스티븐이 너랑 아이들을 두고 떠난 날부터 쭉 알고 있었어! 그날부터 세 식구 먹여 살리느라 네가 얼마나 아등바등했는지도 알아. 하지만 혼자 살아남을 수 있다고 해서 꼭 혼자 살아야 하는 건 아냐.” 언니는 내 어깨를 살짝 흔들었다. “이 바보, 내가 널 얼마나 아낀다고. 아무도 너더러 남편감 찾으라고 등 떠밀지 않아. 하지만 옆을 지켜줄 듬직한 짝꿍이 있으면 좋을 때가 많잖아.” 언니는 내 목을 자기 겨드랑이에 끼우고 정수리에 입을 맞췄다. 그러고는 와인을 가지고 식탁으로 갔다.

주방을 나가니 아이들이 바닥에 앉아 선물을 풀고 있었다. 딜리아는 반질반질한 체커 게임 상자를 끌어안고 폴짝폴짝 뛰었다. 재크는 선물은 팽개치고 포장지에 붙은 반짝반짝한 빨간 리본에 정신이 팔려 있었다.

아빠가 식탁 상석에 앉았다. 엄마는 그 맞은편에 앉으면서 딜리아를 위해 옆자리 의자를 빼주었다. 나는 엄마의 왼쪽에 앉고 베로와 나 사이의 유아용 의자에 재크를 끼웠다. 조지아는 닉을 부축해 내 맞은편 의자에 앉히고, 목발은 벽에 기대 세운 다음 그의 옆자리에 앉았다. 엄마가 우리를 은총으로 인도하는 동안 언니는 닉의 등 뒤에 있는 딜리아에게 웃긴 표정을 지었다. 엄마는 성호를 그으며 따 놓은 와인병에 손을 뻗는 조지아를 째려봤다. 그러고는 자기 잔에 술을 넉넉하게 따라 얼굴을 찡그리며 꿀꺽꿀꺽 마셨다. 우리는 접시를 돌리며 음식을 나누기 시작했다. 식탁 위에서 조지아와 내 시선이 마주쳤다. 평소 엄마는 술을 거의 입에 대지 않았고, 마신다 해도 아빠의 잔을 한두 모금 홀짝이는 게 전부였다.

"엄마, 적당히 좀 드셔." 조지아가 놀렸다. "저녁도 다 먹기 전에 뻗으면 어쩌려고? 닉한테 엄마 피칸 파이 자랑을 얼마나 했는데."

"네 엄마는 신경 쓰지 마라. 그냥 화가 좀 난 거야." 아빠가 무뚝뚝하게 말했다.

"왜 화가 나셨을까?" 조지아가 물었다.

"아무것도 아니다." 엄마가 퉁명스레 대꾸했다.

아빠가 접시에 감자를 수북이 덜었다. "몇 주째 심기가 불편하잖아. 인터넷 사기라도 당했는지 누가 엄마한테 사진을 보내고 돈을 요구하면서 괴롭히고 있대."

"괴롭히는 사람 같은 거 없어." 엄마가 고기를 찌르며 말했다. "이제는 없어. 다 끝났다고."

"봤지? 인터넷에서 속은 사람이 나 혼자는 아니잖아." 아빠가 말했다.

"돈을 요구한다고요?" 닉이 물었다.

"귀가 따갑도록 들었던 다단계 사기 아냐? 우리 같은 사람들을 노리는."

"노인들 말이지." 조지아가 말했다.

"말조심해라." 아빠가 조지아에게 주의를 주었다.

"다단계 사기 아냐." 엄마가 주장했다. "그냥 누가 장난 좀 친 걸 갖고."

닉이 포크를 내려놓고 냅킨으로 입을 두드렸다. "온라인 괴롭힘도

명백한 범죄예요. 누가 자꾸 귀찮게 하면 우리 사이버 부서에 수사를 의뢰하실 수 있어요."

"괜찮대도." 엄마가 말했다. "그냥 사진 한 장 받은 건데 뭘. 그 후로는 아무도 귀찮게 안 해."

"언제부터?" 나도 모르게 물었다. 속이 메스껍고 기분이 우중충해졌다. 엄마가 와인을 또 벌컥벌컥 마셨다.

"2주 전부터." 아빠가 대답했다.

"어떤 사진이 들어온 건데?" 조지아가 물었다.

아빠는 어깨를 으쓱했다. "네 엄마가 말을 안 해준다."

"당신이 상관할 일 아니니까." 엄마가 불퉁스레 대꾸하고는 입을 닫았다. 고기를 자르는 입매가 굳어 있었다.

"그래, 닉, 자네는 어쩌다 그렇게 다쳤나?" 아빠가 물었다.

닉의 주의가 아빠에게 옮겨갔다. "일하다가 총알을 몇 방 맞았습니다."

아빠의 눈썹이 솟구쳤다. "아니, 그건 큰일 아닌가."

닉의 시선이 내 쪽으로 움직였다. 나는 말하지 말라는 뜻으로 고개를 저었다. "핀도 현장에 있었는데 아무 말씀 못 들으셨나 봅니다?"

엄마가 머리를 홱 들었다. "뭐야? 핀레이, 너는 왜 우리한테 아무 말도 안 했니!" 엄마는 언니를 보았다. 조지아는 두 손을 쳐들 뿐 입이 꽉 찼다는 핑계로 대답하지 않았다.

"난 무사해. 닉이 제때 도착한 덕분에."

"그보다, 당신 도움이 없었으면 나는 위기에서 빠져나오지 못했을 거예요." 그의 시선이 식탁 너머 내 눈동자에 한참 머물렀다.

"엄마가 아저씨를 구했어?" 딜리아가 방울양배추를 접시 가장자리로 밀어내며 물었다.

"그래, 맞아." 닉이 내게만 들릴 만큼 작은 소리로 대답했다.

베로가 냅킨으로 부채질을 했다. "좀 덥지 않아요? 갑자기 분위기가 후끈 달아오르네요."

"총격전에서 네가 대체 뭘 했단 말이니?" 엄마가 버럭 소리를 지르자 닉에게 향해 있던 내 주의가 그쪽으로 옮겨갔다.

"말하자면 길어. 식사 자리에서 할 얘기도 아니고." 목에 걸린 응어리를 삼키며 말했다. "딜리아, 밥 다 먹었으면 장난감 가지고 놀아도 돼." 딜리아는 자리에서 벌떡 일어나 거실로 달려가고 재크는 머리에 감자 그라탱을 문질렀다.

언니가 한입 가득 고기를 우물대며 물었다. "그래, 그 인터넷 커뮤니티 살인 청부업자 사건은 결국 진짜로 밝혀졌어요?"

입으로 향하던 엄마의 포크가 멈췄다.

"그렇게 보고 있어요. 하지만 수사는 교착 상태예요. 쓸 만한 단서를 찾기도 전에 웹사이트가 사라졌거든요." 닉이 대답했다.

"그게 무슨 사이트인가?" 아빠가 롤빵으로 접시에 남은 소스를 닦아내며 물었다.

"러시아 마피아 현지 조직이 여성 커뮤니티 게시판을 조직범죄의 온상으로 이용한 모양입니다."

엄마의 포크가 쨍그랑 떨어졌다.

내 옆에 앉은 베로가 움직임을 멈췄다.

나는 잔을 내려놨다. 손가락이 마비되어 잡고 있을 수가 없었다. 엄마를 돌아봤다.

트레일러에 불을 지른 방화범, 칼의 살인을 교묘히 은폐한 장본인, 내 전남편을 살해하려고 살인 청부업자를 고용한 사람의 정체……. 조금 전까지만 해도 각각의 사건은 동기가 전혀 다른, 별개의 미스터리처럼 보였다. 하지만 그 이면에 세상 무엇보다 강력한 하나의 공통된 동기가 숨어 있다면? 베로와 내가 마커 통을 놓고 바닥에 앉아서 궁리할 때는 생각도 할 수 없었던 동기가.

엄마의 사랑. 자식을 지키려는 어쩔 수 없는 본능.

맙소사! 설마 우리 엄마가 진저리?

나는 커뮤니티에 올라온 첫 번째 게시글을 떠올렸다. 진짜 골 때리는 물건…… 그 자식이 세상에서 없어져야 할 이유가 100가지는 될걸요……. 진저리는 스티븐을 싫어했지만 그를 죽이고 싶다거나 죽여주는 사람에게 돈을 주겠다고 말한 적은 없다. 우리가 주고받은 이메일에서도 노골적으로 죽여달라는 요구를 하지 않았다. 베로와 나는 진저리가 검색에 걸리지 않으려고 일부러 애매모호한 표현을 쓴다고 생각했지만, 이 모든 게 단순한 오해에 불과했다면? 진저리에게 애당초 돈을 주고 살인 청부업자를 고용할 의도가 없었다면? 자신이 행동이 어떤 파장을 일으킬지 까맣게 모른 채 그저 괘씸한 옛 사위를 욕한 화난 엄마에 불과했다면?

나는 잔을 들어 한 번에 비웠다. 닉은 접시에서 고개를 들고 엄마를 쏘아보는 나를 보며 눈썹을 우그렸다. "듣자하니 참 흉악한 사이트네. 온갖 끔찍하고 무서운 인간들이 모여 끔찍하고 무서운 짓을 벌이는 곳이잖아. 스티븐이 죽을 뻔했어. 닉은 운이 좋아서 목숨을 건졌고." 베로가 식탁 밑에서 내 팔꿈치를 꼬집었다.

엄마가 접시에 냅킨을 던졌다. "핀레이, 다 먹었으면, 주방 일 좀 도와다오."

"얼마든지."

엄마는 의자에서 일어나 접시를 들고 주방으로 갔다. 나도 뒤따라 여닫이문으로 들어갔다.

"그래, 내일 경기에는 어느 편에 돈을 거실래요?" 베로가 불안한 웃음을 뱉으며 화제를 돌리는 소리가 들렸다.

내 등 뒤로 문이 닫히자 사람들의 말소리가 희미해졌다. 엄마는 쌓인 접시를 개수대 옆에 털썩 내려놨다. 나도 나른 접시를 그 위에 올려놓고 팔짱을 낀 채 냉장고에서 생크림을 찾는 엄마를 지켜봤다. "엄마, 대체 무슨 생각으로 그런 짓을 한 거야?" 내가 소리 낮춰 물었다.

"무슨 소린지 모르겠네."

"나, 엄마가 진저리라는 거 알아."

냉장고 문을 닫는 손이 부들부들 떨렸다. 엄마는 불안한 눈빛으로 다이닝룸을 흘끔거렸다. "네가 그걸 어떻게 알아?"

"스티븐을 그렇게 미워하는 사람이 엄마 말고 또 있겠어?"

"네 언니도 아니? 닉은?" 엄마가 속삭였다.

"베로만 알아."

엄마는 싱크대에 기댄 채 성호를 그었다. 그리고 떨리는 목소리로 설명했다. "그 사람들이 이메일로 사진을 보내면서…… 돈을 요구하지 뭐니. 그 사이트를 마피아가 운영하는 줄은 꿈에도 몰랐어. 내가 스티븐이 죽기를 바란다고 생각할 사람이 있을 줄도 몰랐다. 사실, 그런 생각을 안 해본 건 아니지만, 버스에라도 확 치여버렸으면 좋겠다고 은근히 바라기도 했지만—."

"엄마."

엄마는 입을 다물었다. "너랑 아이들을 위험에 빠뜨릴 줄은 몰랐어. 진짜 아무것도 모르고 한 짓이야. 실수였다고. 내가 어쩌자고 그런 데다 글을 올렸는지."

"애초에 그 사이트에는 왜 들어간 거야?"

엄마는 두 손을 비틀었다. "네 아빠가 그 성가신 바이러스를 다운받는 바람에 컴퓨터 수리하는 사람을 불렀다는 얘기 했었지?" 나는 우리 집 주방에서 나눈 어처구니없는 대화를 떠올리며 고개를 끄덕였다. "네 아빠가 저지른 짓 때문에 민망하고 부아가 났었는데, 집에 찾아온 수리 기술자가 얼마나 싹싹하고 서글서글하던지. 우리 또래한테 그런 사고가 잦다면서 나를 안심시키더라고. 그 아가씨한테 점심을 차려줬더니, 우리랑 비슷한 일을 겪은 사람들 얘기를 이것저것 들려주더라. 남자들이 어쩌다 수상한 웹사이트에 들어가면…… 아내들은 남들한테 숨기려고 별 수를 다 쓴다나 어쩐다나. 한참 그런 얘기를 하다가 그 아가씨가 개인 정보를 보호하는 소프트웨어가 있다고 알려주는 거야. 설치를 도와주기도 했어. 그러더니 주부들이 모여서 남편 흉을 보는 모임이 있다며 소개해주더라. 네 아빠랑 따로 쓰는 이메일도 새로 만들게 도와주고. 그 모임에 내 프로필도 등록해주고 닉네임까지 골라줬단다. 그 아가씨가 가고 나서 거기 게시물 읽느라 시간 가는 줄 몰랐어. 그 아가씨 말이 맞더라. 기분이 한결 풀리더라고, 핀레이! 어리석은 짓을 벌이는 남편을 둔 여자가 나만이 아니었던 거야. 스티븐처럼 진짜 형편없는 놈들도 꽤 있더라. 내가 스티븐 욕하면 네가 싫어한다는 건 안다만, 그동안 나도 얼마나 답답하고 속상했는지 몰라. 그 자식이 너를 그렇게 대하는데도 내가 아무 도움을 못 준다는 게. 시시한 농장 하나 갖고 그렇게 잘난 척하고 네 앞에서 돈 자랑하면서 으스대는 꼴을 보니까, 그 자식의 실체를 사람들한테 까발려야 되겠다 싶더라고. 얼마나 쓰레기 같은 놈인지. 내 사랑하는 딸한테 얼마나 상처를 줬는지. 난 그저 맺힌 감정을 속 시원히 털어낼 곳이 필요했을 뿐인데." 엄마는 미안해 죽겠다는 눈빛으로 나를 올려다보았다.

잠시 동안, 나는 어쩌다 일이 이렇게까지 됐는지 되새기면서 엄마를 응시하는 수밖에 없었다. 팔을 뻗어 엄마를 끌어안았다. 엄마는 울음을 터뜨렸다.

"누구도 위험에 빠뜨릴 생각은 없었어." 엄마가 내게 기대 흐느꼈다. "그 사진을 받고 얼마나 속을 끓였는지 몰라. 너무 무서웠어. 너한테 전화해서 스티븐이 괜찮다는 말을 들었을 때 얼마나 안도했던지. 전부 누가 장난친 게 아닌가 싶어. 사기 치려고. 내 돈을 뺏으려고 그랬겠지."

"그 이후로는 연락 없었어?" 엄마가 고개를 젓자 2주 동안 내 어깨를 짓누르던 긴장감이 스르르 사라졌다. 나는 뒤로 물러나 엄마의 뺨에 흐른 눈물을 닦아주었다. "괜찮아, 엄마. 다시는 누구도 스티븐을 해치지 않을 거야. 엄마가 그 사람한테 화난 거 알아. 나도 마찬가지니까. 남편으로선 최악이었지만, 그 사람도 좋은 아빠가 되려고 애쓰고 있어. 딜리아랑 재크가 아빠를 얼마나 따르는데. 스티븐한테 무슨 일이 생겼으면 크게 상처받았을 거야."

엄마의 입술이 바들바들 떨렸다. "미안하다, 핀레이. 제발 네 아빠나 조지아한테는 비밀로 해다오." 엄마는 고개를 저었다.

"말 안 할 거야. 하지만 그 이메일 계정은 꼭 삭제해야 해. 그러면 없었던 일이 될 수 있어. 이제 그 사이트는 없어. 게시판도 다 없어졌어."

엄마는 고개를 끄덕이며 행주로 뺨을 두드리더니, 잠시 감정을 추스르고는 파이와 생크림을 식탁으로 가져갔다. 곧이어 지저분한 접시를 한아름 든 베로가 주방으로 들어왔다. 베로는 개수대 옆에 접시를 놓고 궁금해 죽겠다는 듯 나를 보며 눈을 크게 떴다. 나는 손으로 관자놀이를 누르며 고개를 끄덕였다.

"세상에, 내가 스티븐 사진을 어머님께 보냈다니. 어머님은 괜찮으세요?"

"그런 것 같아요. 조금 겁을 먹었지만."

"싹쓸이가 계속 연락한대요?"

"그날 밤 이후로는 연락이 없었대요." 나는 지쳐서 싱크대에 기댔다. "스티븐한테 연락해서 집에 가도 안전하다고 말해줘야겠어요."

"그럴 필요 있나요?"

"베로."

"그냥 해본 소리예요."

나는 한숨을 쉬며 그녀와 팔짱을 끼고 다시 식탁으로 향했다. "속 좀 태우게 한동안은 알리지 말죠."

47

엄마의 피칸 파이를 애타게 기대했건만, 올해는 그걸 어떻게 먹었는지 기억도 나지 않는다. 와인병은 진작에 비었고, 에그노그*도 다 없어지고 육두구 찌꺼기만 남아 있었다. 아이들은 트리 옆에 널브러진 채 곯아떨어졌다. 아빠는 식탁 밑에서 바지 단추를 슬쩍 푼 것 같았다.

엄마가 한숨을 쉬며 일어나 언니에게 설거지를 도와달라고 했다. 나는 의자에 다시 주저앉았다. 베로가 내 에그노그에 추가한 브랜디 때문에 입술이 얼얼했다. 파이로 빵빵해진 배 위에 한 손을 얹었다. 식사를 제대로 못 했지만, 디저트 때문에 식욕이 되살아났다. 엄마가 진저리라는 충격이 가시자, 근 한 달 만에 기분이 이상하게 가벼워졌다. 악몽은 정말로 끝났다. 스티븐은 안전하다. 아이들은 행복하다. 싹쓸이는 이 일에서 손을 뗐다. 테리사는 예정대로 증언할 테고, 그녀의 어머니 덕분에 칼이 살해당한 사건에 또다시 누가 엮이

* 브랜디와 럼에 달걀, 우유, 향신료 등을 넣어 만든 음료. 주로 크리스마스에 마신다.

는 일도 없을 터였다. 베로는 사촌과 함께 애스턴마틴을 없애기로 했다. 일이 잘 풀리면 펠릭스는 평생 감옥에서 썩을 테니 다시 그의 소식을 들을 일도 없을 것이다.

나의 이야기는 마침내 실비아가 으쓱해 할 책으로 엮이고 있었다. 머잖아 나머지 원고료도 입금될 테고. 대체로 감사할 일이 많았다.

닉이 뻣뻣하게 일어서서 목발을 짚으며 엄마와 아빠에게 저녁 초대에 감사를 표했다. 조지아와 베로에게도 작별 인사를 했다. 나는 그를 문 앞까지 배웅했다. 그는 현관에 서서 목발에 체중을 실었다. 그의 목소리는 부드럽고 눈꺼풀은 묵직했다. "외투 걸치는 것 좀 도와줄래요?"

분명히 혼자서도 할 수 있었다. 와인 때문인지 그저 안도감 때문인지 나는 어쨌든 손을 뻗었다.

"안주머니에 뭐가 들어 있네요. 좀 꺼내줄래요?" 내가 코트걸이에서 그의 가죽 재킷을 내리자 그의 눈이 묘하게 빛났다. 궁금해하며 그의 안주머니에 손을 넣었다가 내 휴대전화를 꺼냈다. 새것이 아니라 몇 주 전, 우리가 칼을 처음 발견한 날 잃어버린 그 휴대전화였다.

입이 바짝 탔다. "어디서 찾았어요?"

"경찰 한 명이 웨스터버 부인의 집에서 발견했어요. 전원을 켰다가 잠금 화면에서 당신 이름을 보고 충격 중 떨어뜨렸다고 생각했나 봐요. 내가 돌려주겠다고 했죠."

"고마워요." 목이 조이는 기분을 느끼며 그것을 챙겼다. 잠겨 있어 못 열어봤을 거라 확신했다. 경찰이 이 전화기에 증거가 들어 있다고 의심했다면 내게 돌려줄 리 없다. 그리고 닉은 지금 같은 눈으로 나를 보지 않겠지.

"잃어버린 물건을 보니까 생각나서 그러는데, 혹시 당신 주인공은 잃어버린 변호사를 찾았나요?"

우리 주위의 현관이 좁아지는 기분이었다. 수상하게도 주방에서 접시 문지르는 소리가 뚝 멎었다.

"찾았어요. 하지만 둘의 이야기는 내 계획대로 풀리지 않았어요."

"그거 안됐네요." 그는 내가 묵직한 가죽 재킷을 입히기 쉽도록 몸을 숙였다. 그의 성한 팔을 소매에 끼우며 그의 아찔한 향기를 애써 무시했다. "우리가 같이 저녁 먹으러 간 날부터 당신한테 묻고 싶은 게 있었어요." 닉은 목소리를 낮췄다. 그의 따뜻한 숨결이 외투를 입히는 내 귀를 간지럽혔다. "화재가 일어난 날 당신하고 베로가 스티븐의 트레일러에서 뭘 했나 어쩌나 궁금하던지." 내 손이 그의 옷깃을 잡은 채 경직되었다. 그에게 뭔가 잘못 알고 있는 거라 말하려고 입을 열었지만, 그의 코가 내 관자놀이를 스쳐 뺨을 따라 천천히 내려오자 말이 나오지 않았다. "보안회사에 당신 목소리가 녹음된 이유를 알고 싶어요. 당신의 신용카드 조각이 풀밭에 떨어져 있고 트레일러 뒤편의 진흙에 고성능 스포츠카 바퀴 자국이 찍힌 이유가 뭔지." 그의 입술이 내 귓가에 멈췄다. "당신이랑 베로가 어디서 그렇게 강력한 화염병 제조법을 배웠는지도. 테리사가 웨스터버 부부의 집에 숨어 있다는 사실을 당신이 어떻게 알았는지도요. 아마 당신이 잃어버린 휴대전화와 관계가 있겠죠. 그런데 말이에요." 그의 입술이 바짝 다가오자 나는 솟구치는 욕망에 몸을 떨었다. "지금은 다 필요 없고 그저 당신한테 키스하고 싶어요. 그런 의문을 해소하려 했다간 다 망칠 것 같아요. 지금은 차라리 모르는 쪽을 택하겠어요."

무릎에 힘이 풀려서 그의 외투 깃을 쥐었다. "누가 당신이랑 키스한대요?"

그는 우리 머리 위에 걸린 겨우살이 다발 쪽으로 고개를 기울였다. 그러고는 턱을 낮추어 내 입가에 자기 입술을 부드럽게 스쳤다. 그의 담백한 키스에 나는 숨 막히는 갈망을 느꼈다. "메리 크리스마스." 그가 속삭였다. 내 몸쓸 입이 다가가자 그는 천천히 물러났다.

내가 그의 재킷을 놓고 비틀거리는 사이 그는 돌아섰다. 문틀에 머리를 댄 채, 목발을 짚고 절뚝이며 차로 향하는 그를 보며 아릿한 입술 끝을 매만졌다. 엄마가 행주에 손을 닦으며 내 옆에 나타났다. 내 어깨 너머로 닉을 지켜보며 엄마는 한숨 지었다. "참 먹음직스러운 비스킷인데 말이다."

에필로그

벽난로에 놓인 수준기와 줄자 옆에 스크루드라이버를 내려놓고 갈고리에 걸린 베로의 핫핑크 스타킹을 편편하게 매만졌다. 아이들과 내 것 사이에 걸었더니 휑해 보이지 않고 균형이 맞아서 좋았다.

베로와 아이들이 산타를 위해 남겨둔 에그노그를 벽난로에서 집어, 스티븐이 고른 트리 조명 밑에서 홀짝였다. 추억에 잠긴 채, 오늘 밤에 매단 장식의 의미를 되새겼다. 첫 걸음마, 첫돌, 이제 처음 빠진 치아까지……. 첫 데이트, 결혼식, 첫 결혼기념일을 담은 다른 상자는 2층 내 옷장 속으로 들어갔다. 이제 크리스마스트리는 그것들 없이도 썰렁하거나 초라하지 않다.

베로는 2층 방에서 딜리아와 재크에게 주려고 산 선물을 마지막으로 포장하고 있었다. 아이들은 깊이 잠들었고 집은 더없이 고요했다.

아이들이 자는 동안 조금이라도 글을 쓰려고 무릎에 랩톱을 두고 원고 파일을 열었다. 막혔던 글이 뻥 뚫린 듯 마침내 이야기가 그럴

듯하게 엮이고 있었다. 내 주인공은 탈옥하여 빼앗긴 보상금을 손에 넣고 사라진 변호사도 직접 찾아낸다. 하지만 결국 그녀는 그와 함께 재판받지 않기로 결심했다. 어차피 그녀는 또다시 누군가를 죽이는 선택을 할 수밖에 없을 테니. 실비아는 만족했다. 잘나가는 형사도 킬러를 잡기 위해 이야기 속으로 돌아왔다. 두 사람은 위태롭고 불안하지만 팽팽한 줄 위에서 느리게 춤추고 있다.

나의 킬러는 잡힐 준비가 되었는지 아직 확신이 없다. 당분간은 자기 이야기의 주인공으로 사는 데 만족한다.

커피 테이블 위의 휴대전화가 진동하면서 화면에 새로운 알림이 떴다.

줄리언 베이커 님이 메시지를 보내고 싶어 합니다.

엄지손가락이 '수락' 버튼 위를 맴돌았다.

베로가 뒤에서 살금살금 다가와 화면을 흘끔거렸다. 그녀는 선물 세 개를 트리 아래에 두고 그 옆에 앉아 소파 팔걸이에 고개를 기댔다. "주인공은 결국 누구를 선택해요?"

"꼭 누구를 골라야 하나요?" 나는 초대창을 닫고 휴대전화를 내려놨다.

"그러면 책을 써서 벌어들인 그 많은 돈을 챙겨 혼자 말을 타고 석양 속으로 사라지게요?"

"이야기를 그렇게 끝내라고요? 그럴 순 없죠." 나는 진지하게 대꾸했다. "내 주인공이 풀어야 할 미스터리 몇 가지를 남겨둬야죠. 더구나 주인공에겐 돈도 없어요."

"결국 새 차를 샀나요?"

"아니요. 그 돈을 자기 회계사에게 주거든요."

베로가 조용해졌다. 그녀의 눈 속에서 트리 조명이 반짝였다. "왜 그랬대요?"

"당신한테 돈이 필요하니까요. 우리는 가족이잖아요." 우리 둘 중 하나가 울음을 터뜨리기 전에 소파에서 다리를 내리고 그녀에게 양말에 넣을 선물 봉지를 던졌다. "연휴 끝나자마자 애틀랜틱시티로 가서 마커 문제부터 해결해요. 빚쟁이들도 떼어내고. 이제 양말을 채워놓고 자러 가죠. 피곤해 죽겠어요."

베로가 벽난로에서 빈 양말을 가져오는 사이에, 사탕 봉지를 뜯어 몇 개를 챙겼다. 베로는 내 양말을 높이 쳐든 채 눈살을 찌푸렸다. 그러고는 양말이 구겨지도록 꾹 쥐었다.

"안에 뭐가 들어 있는데요?" 베로가 다른 양말들을 내려놓으며 말했다. 베로가 손을 집어넣어 미색 봉투를 꺼냈다. 봉투를 뒤집어 진홍색 밀랍 봉인을 드러내자 나는 심장이 멎는 것 같았다.

베로가 소파 옆자리로 다가와 봉투를 건넸다. 둘 다 너무 놀라서 할 말을 잃었다.

봉투를 천천히 뜯어 이미지가 프린트된 인쇄용지 몇 장을 펼쳤다. 베로도 내 뒤에서 들여다봤다.

"여성 커뮤니티를 캡쳐한 이미지네요." 여백에 펜으로 게시물의 의미가 해독되어 있었다. 마약 거래를 위한 접선 장소며 무기 배송 정보, 펠릭스 일당과 표적의 이름 등등. 이 사이트가 범죄 소굴이라는 사실을 아는 사람이 쓴 것이다. 그 배후가 누구인지도.

빨간색으로 선명하게 적힌 금액이 보였다. 서명도 있었다.

"싹쓸이가 펠릭스를 협박하고 있나 봐요. 입을 닫는 대가로 펠릭스에게 2백만 달러를 요구하는 모양이에요."

마지막 페이지는 펠릭스가 내게 전하는 메시지였다.

나를 귀찮게 하는 자가 있군요, 도너번 씨.

싹쓸이를 찾아내 이 일을 매듭짓길 바랍니다.

부디 실망시키지 마시길.

—Z

이번 한 번은 살려드립니다

초판 1쇄 2024년 4월 22일

지은이 | 엘 코시마노
옮긴이 | 김효정

발행인 | 문태진
본부장 | 서금선
책임편집 | 이준환 편집 3팀 | 허문선

기획편집팀 | 한성수 임은선 임선아 최지인 송은하 송현경 이은지 유진영 장서원 원지연
마케팅팀 | 김동준 이재성 박병국 문무현 김윤희 김은지 이지현 조용환 전지혜
디자인팀 | 김현철 손성규 저작권팀 | 정선주
경영지원팀 | 노강희 윤현성 정헌준 조샘 이지연 조희연 김기현
강연팀 | 장진항 조은빛 신유리 김수연

펴낸곳 | ㈜인플루엔셜
출판신고 | 2012년 5월 18일 제300-2012-1043호
주소 | (06619) 서울특별시 서초구 서초대로 398 BnK디지털타워 11층
전화 | 02)720-1034(기획편집) 02)720-1024(마케팅) 02)720-1042(강연섭외)
팩스 | 02)720-1043 전자우편 | books@influential.co.kr
홈페이지 | www.influential.co.kr

ISBN 979-11-6834-188-3 (03840)